国家出版基金项目
新高地军旅文学丛书
傅逸尘 / 主编

石钟山 著

我的喜马拉雅

花城出版社
南方传媒
中国·广州

图书在版编目（CIP）数据

我的喜马拉雅 / 石钟山著. -- 广州：花城出版社，
2022.12
（新高地军旅文学丛书 / 傅逸尘主编）
ISBN 978-7-5360-9834-3

Ⅰ．①我… Ⅱ．①石… Ⅲ．①长篇小说－中国－当代
Ⅳ．①I247.5

中国版本图书馆CIP数据核字(2022)第236466号

出 版 人：张　懿
策　　划：肖延兵　陈宾杰
丛书主编：傅逸尘
责任编辑：蔡　安　王　凯
责任校对：李道学
技术编辑：凌春梅
封面设计：

书　　名	我的喜马拉雅
	WO DE XIMALAYA
出版发行	花城出版社
	（广州市环市东路水荫路11号）
经　　销	全国新华书店
印　　刷	佛山市浩文彩色印刷有限公司
	（广东省佛山市南海区狮山科技工业园A区）
开　　本	787毫米×1092毫米 16开
印　　张	17　1插页
字　　数	240,000字
版　　次	2022年12月第1版　2022年12月第1次印刷
定　　价	48.00元

如发现印装质量问题，请直接与印刷厂联系调换。
购书热线：020-37604658　37602954
花城出版社网站　http://www.fcph.com.cn

目录

上部

留守处 ………………… 003
相亲 ………………… 007
归队 ………………… 010
集结 ………………… 014
初见 ………………… 018
经历 ………………… 022
逃兵 ………………… 030
割舍 ………………… 035
新婚 ………………… 047
出征 ………………… 055
桥 ………………… 060
警卫员 ………………… 068
冷妮 ………………… 073
二康 ………………… 077
格达活佛 ………………… 083
昌都 ………………… 087
落空的团聚 ………………… 090
急急急 ………………… 100
告别 ………………… 115
辎重队 ………………… 121
和平协议 ………………… 132
生死风雪路 ………………… 138

下部

进城 …… 145

相逢 …… 148

战友 …… 156

格桑顿珠 …… 163

艰难时期的爱情 …… 168

水深血浓 …… 172

血太阳 …… 181

送别 …… 185

梅朵卓嘎 …… 195

尼玛 …… 199

保育院 …… 204

桑杰曲巴 …… 214

曙光 …… 218

平叛 …… 222

云南 …… 227

拉萨 …… 231

归宿 …… 235

戍边 …… 243

又是边防连 …… 246

我的喜马拉雅 …… 249

故乡 …… 252

大康 …… 255

马鞭 …… 259

梦与现实 …… 264

老兵 …… 266

上部

留 守 处

1950年3月乐山18军某师留守处，一片春日的祥和中，女人们在收起院内晾晒出来的床单和被褥，有心急的人，已经开始做饭了，掺杂着辣椒味的菜香弥漫在空气中。

马师长的吉普车颠簸着，一路风尘地驶进了留守处的院内。一天前，马师长突然接到立即去军部开会的电报。入川后，18军便接到了上级的指示，为了支援地方建设，许多干部已经转业到了地方，第二批、第三批转业干部的名单正在草拟中，不仅是一般军官转业，就连他们的军长张国华、政委谭冠三都接到了转业的命令。当马师长接到军部电报指示时，都以为和他们的转业有关，这一阵子隔三岔五地就会有战友被宣布转业，然后他们敲锣打鼓地送行。被转业的军官总是不舍老部队，走得愁肠百结，一步三回头。西南解放了，全国也即将解放，他们完成了使命去地方支援建设，这是党中央和西南局首长的指示。他们是军人，不论上级什么命令，他们都得服从。

当马师长从吉普车的后座上跳下来时，留守处的人都围过去，七嘴八舌地问：师长，这次咱们师又走多少？有我没有？还有的说：给句痛快话吧师长，别让我们这么抻着了，去哪儿都行，我们服从分配……马师长用拳头敲了敲腰眼，挺起胸，众人发现，马师长一脸严肃，目光冷峻，他用这种目光把在场的每个人都扫视了一遍，干净利落地说了一句：王参谋，通知留守处团以上干部到会议室集合。

王参谋是随马师长一起开会的，在马师长下车前，他就已经从副驾驶上跳下了车，人们这才看见王参谋手里拿着一沓材料，王参谋也是一脸严肃的样子。人们这才意识到，他们的18军有大事发生了。

众人走进留守处会议室时，发现墙上多了一张手绘的西藏地图，众人刚落座，马师长便急迈着脚步，走到地图前，挥了下手说：同志们，我们18军领受了进军西藏的任务，所有已经转业的人员，马上电令召回。从今天开始，我们所有的留守人员，立即投入到进军西藏的准备中。

马师长刚开了个头，所有人都倒吸了一口冷气，不是畏惧新的任务，而是这任务来得太突然了。众人你看我，我看你，都是一副没有缓过神来的样子。

马师长讲到这儿，声音提高了八度，就有些激昂道：我们18军领受进军西藏的任务，是中央、西南局首长对我们的信任，也是我们18军每位官兵的荣光。

马师长的话似乎把在座的人唤醒了，他们悄悄地挺起胸脯，所有人的目光都集中在马师长的脸上。

马师长把手挥在西藏地图上，用拳头砸着墙面说：西藏地理位置极其重要，是我们新中国的西大门，历朝历代都是中国的一部分。现在许多西方国家正虎视眈眈地盯着西藏，拉萨噶厦政府那些藏独分子，也想借机将西藏独立出去，所有人都在盯着我们新中国政府如何处理西藏问题。如今党中央、毛主席已做出了指示，进军西藏，解放西藏这个任务落在我们18军头上……

1949年7月，随着国民党部队在内地西南、西北地区的节节败退，西藏政府也感受到了空前的危险，他们担心一旦国民政府垮台，新建立的共产党政府会取代国民党在西藏的地位。西藏政府各位噶伦以及达扎摄政，在国共两党的博弈中也看到了一种机会。那就是让西藏从中国版图上独立出去。当时在西藏拉萨，不仅有国民党以各种办事处的名目驻扎的官员，也有共产党秘密潜入的人员，他们以商人或一些技术人员身份为掩护，搜集情报，打探民情，为下一步和平解放西藏做准备。

西藏政府达扎摄政及噶伦自然看到了这种危险，于是西藏发生了驱逐汉人的事件，仅仅不到一个月的时间，所有汉人包括驻扎在西藏的国民政府官员，被从西藏驱逐出来。没有了汉人，表面上的危机似乎小了许多，但这并不能让西藏当局觉得一劳永逸，他们要借助英美以及印度的力量，想以西藏噶厦政府身份取得联合国的合法席位。

10月1日，中华人民共和国在北京宣布成立，随后的一两个月之后，重庆和成都相继宣告解放。西南地区的平定指日可待。

远在拉萨的噶厦政府，更加感到了焦虑，一方面想极力稳住和新的国家政府的关系；另一方面又向西方国家派出使团，希望得到西方国家的支持，谋求西藏独立。

美、英等国家，面对刚刚成立的新中国也显得忧心忡忡，在不同的场合和地点，明确表态支持西藏独立的观点，并派出驻印度的大使和使团，暗中与噶厦政府勾结，密谋促使西藏独立的阴谋。

在1949年11月23日，毛泽东就曾致电西北局的彭德怀，指出解决西藏的问题。西北局奉命调研，侦察进军西藏的可行性，并产生报告，汇报给毛主席。

毛泽东主席在出访莫斯科的专列上，以电报的形式，详细地指示解放军入藏事宜，因为西北局进藏路线艰苦，且不易实施，又责成西南局邓小平、刘伯承的部队，作为入藏的主力军。

就此，由伟人毛泽东亲自谋划和平解放西藏的帷幕就此拉开。

三团政委杨明业，在夜深时分随着众人从会议室里走出来，心里沉甸甸地多了心事，他抬头望眼天空，天阴着，不见一颗星斗，脚高脚低地向自己的临时住处摸去。他原本是三团留守处的负责人，团干部在一个多月前陆续地转业了，他把这些曾经生死与共的战友送走，心里也空了。想着自己再送走一两批转业干部，就该轮到自己向后转了。虽有些不舍，但上级的命令就是命令，所有人都得服从。二十多年的从军经历，让他学会了服从，部队是个集体，不是他一个人。正因为有如此的纪律，他们才会成为一支不可战胜的铁军。

预想没有变化快，自己明明做好了转业到地方的心理准备，不料部队却接到了进藏的任务。按道理,他应该高兴才是,师长在动员会上已经明确做出了指示,转业到地方的军官,要立马发电报,让他们重新归队。

他的心事不是部队接受的新任务,而是他的两个孩子。他的夫人是团军医王秀丽,两人结婚已有几年了。王秀丽为他生了两个孩子,如今大康都三岁多了,二康也一岁半了。两个孩子都是在队伍入川前生在行军打仗的路上。杨明业和王秀丽之前也商量过,转业到地方也许对两个孩子是件好事,不再打仗了,有个安稳的环境,对两个孩子的成长也许更有利。想起两个孩子,从出生到长大,没过上一天安稳日子,当父母的心里就有些愧疚。

杨明业进门时,王秀丽还没睡,在灯下给两个孩子缝补着衣服,大康和二康围着母亲,一左一右早已进入了梦乡。杨明业进门,还没等他开口,王秀丽放下手中的衣服,急切地问:老杨,你转业被分到哪儿去了?我可跟你保证过,咱不挑工作,只要咱们家四口人在一起就行。

杨明业的目光迟滞着从王秀丽脸上滑过,落到两个孩子身上,他过去,伸出手在大康和二康的脸上轻摸一下,又抬起头冲王秀丽有些失落地说:咱们过太平日子的打算怕是落空了。

王秀丽的眉毛挑了起来,吃惊地望着他,半晌才道:咋,部队又接到新任务了?

杨明业点点头,沉着声音道:咱们18军接到了进军西藏的任务,是党中央和西南局首长定的大事。

王秀丽把手里的衣服扔到床上,扭着头左右看了正在熟睡中的大康和二康:那咱们这两个孩子咋办?是我留下?

杨明业倚在床头上道:怎么可能?你现在是咱们全团唯一的军医了,你留下,全团官兵怎么办?

王秀丽变了脸色:进军西藏可不比内地,咱们总不能带着两个孩子进藏吧。

杨明业重重地叹了一口气,再望一眼王秀丽道:咱们这种情况,全军不止咱们一家,明天我找马师长去,总能找到一个办法。

第二天一早，杨明业就心急火燎地推开了师长办公室的门。

杨明业站在马师长办公室里，马师长背着手在空地上踱步，他的习惯就是每当遇到事情决定之前，总是要踱上一阵子步。马师长收住脚，转过身子，有些为难地说：目前看，你的两个孩子，只能放到老乡家寄养了。

以前，部队出生的孩子，遇到紧要的任务，都会把孩子寄养到老乡家，包括马师长的孩子，以前就寄养过。有的父母虽然把孩子寄养到老乡家了，但一场战役下来，再也没有机会去找孩子了，也有许多像他一样的父母，到现在还没有机会把寄养的孩子找到。这就是这支队伍的传统。

杨明业想到大康和二康，从出生就随着自己南征北战，现在又要送到老乡家寄养，他的心就痛了一下。任务紧急，看来也只有这一个办法了。

他把马师长的建议说给王秀丽听时，他看到王秀丽的眼泪呼啦一下子就流了出来。她咬着牙关，半晌，抖颤着身子，似哭似喊地道：不，大康、二康还这么小，怎么能够没有妈妈？

杨明业知道，两个孩子从出生起就是在枪林弹雨中度过的，王秀丽为两个孩子吃过多少苦，受过多少罪，自己想起来，都觉得后怕。

这时，王秀丽抹去眼泪，下了决心似的说：不，我要把两个孩子带在身边，就是上刀山，下火海，我们也要在一起。

杨明业望着坚定的王秀丽，一时不知说什么好。他意识到，部队出发前，他最艰巨的任务就是说服王秀丽，安顿好两个孩子。

相　亲

顾红旗已经是四川某县的公安局副局长了，他觉得从18军某部团长转变成公安局副局长就像做了一场梦。自从18军从秦岭进入到四川之后，他们每个人都像在做梦，葱绿的世界，山坡上野沟里，盛开着一簇一片的花朵，这些花朵鲜艳异常，就像四川的女人，如花似玉，让人眼花缭乱。

顾红旗已经三十有五了，十五岁参军，一晃在部队南征北战二十年了。从入伍到第一场战斗还不会开枪的毛头孩子，成长为一名部队团长。四川解放了，大西南也将尘埃落定，一切都让人沉醉。前不久，接到上级指示，为了建设美丽的大四川，官兵们要就地转业，军长张国华都说了：摆在我们面前的是崭新的任务，我们曾经是战争中的英雄，如今建设美好的新中国，我们也要当英雄。不仅大部分干部战士就地转业了，军长、政委也即将到地方报到了。也就是说，马放南山，他们要开辟他们的新生活了。

三十有五的顾红旗和所有单身干部一样，转业到地方后，他们要安家立业，在建设地方的战场上猛打猛冲上一阵。顾红旗虽然转业，仍穿着洗得发白的军装，属于他的马匹没有了，但马鞭是不能丢的，这么多年他有两个生死不离的伙伴，一个是马匹，另一个就是马鞭。只有把马鞭握在手里，心里才有抓手。他在豫皖苏开辟根据地时，他成为副营长后就有了自己的马匹，然后就有了马鞭。后来一路南下，战马牺牲了几匹，可马鞭仍是当年的马鞭。乌木做的把手，牛皮条拧成的鞭梢，不论把手还是皮条早已有了包浆，握在手里感觉正好。离开部队时，把该上交的都交了，包括他那支缴获的勃朗宁手枪，唯独留下了这个马鞭。马师长对他说：这是你私人财物，可以不交。于是这个马鞭一起和他转业到了地方。

每天到公安局上班，他都要提着马鞭。刚开始人们不习惯，见了他就问：顾副局长，你手里这是什么家伙？他不回答，举起马鞭冲着空气挥舞一下。感觉自己还威武地骑在马上，冲着敌人阵地冲杀过去。血涌了上来，顶得他腰板笔直，人就像喝醉了酒，跟跄着向办公室走去，然后郑重地把马鞭放到办公桌上，开始了一天的办公。地方政府刚成立，杂乱的事情总是千头万绪，他们公安局眼下的任务就是维护地方的治安，抓捕国民党潜伏特务。还有一些败退的国民党散兵游勇逃到附近的山里，不时骚扰和平生活。这一切，公安局都得管，他们像救火队员，经常急三火四地从公安局里冲出去。当然，每次，顾红旗都不会忘了提上他的马鞭。人们经常可以看到，顾红旗一手提着马鞭，一手握枪，急急忙忙地向出事地点跑去。

　　局长姓那，四川解放前他是地下党员。如今四川解放了，从地下到地上。那局长四十左右的年纪，脸上的胡子浓密，每天都刮，胡子不见了，却留下一片森然的胡楂，不怒自威。那局长很少发火，心还很细。他每次见到顾红旗这种急三火四的样子都说：顾副局长，咱们是公安局，不是作战部队。稳重点，别让人民群众心里没底。那局长每次这么提醒他，顾红旗都会将步子稳下来，心里着急，只能把地面跺得咚咚响。自己的身影离那局长的视线稍远一点之后，他就冲和他手下一起办案的同志招呼道：快，跑起来。然后他就带着人一溜烟地消失在那局长的视线中。

　　那局长心细，体现在不停地关心顾红旗个人的生活上。有一天刚上班不久，那局长推开了顾红旗办公室的门，拉了把椅子坐在顾红旗对面，看了眼顾红旗又看了眼桌上扔着的马鞭道：顾副局长，你该考虑你个人问题了，不然你这生性是改不了了。顾红旗的目光从桌角移到那局长脸上，他又看到了青青一片的胡楂。那局长这句话说到了他的心坎上，他都三十有五了，有血有肉的正常男人，怎么会不把自己的个人问题放在心上？记得在部队时，他们这些大龄老光棍凑在一起，议论过无数次个人问题。眼下不停地行军打仗，在任何地方都不会停留几个月以上，在部队，除了每日陪伴他们的骡马，还有敌人，很难看到异性。顾红旗经常把枪从腰上摘下来，在手里把玩着说：我们这支枪越用越溜了，可我们另外一支枪算是报废了。他的话引得一帮大龄军官哈哈大笑，面色赤红。

　　如今他们都转业了，到了地方，每天都能见到如花似玉的姑娘在眼皮子底下走过，心不生痒是不可能的，但总不能到大街上抓来一个就跟自己过日子吧，总得有个程序，文火煮出来的饭才可口，这个道理顾红旗自然懂。

　　那局长将顾红旗的个人问题交代给了机要秘书于大姐。于大姐以前是做妇女工作的。人热情得很，都叫她大姐，其实也不过四十来岁的样子。一日，于大姐推开顾红旗办公室的门，人还没站稳便从兜里掏出一沓照片，递给他道：顾局长，这些都是我给你收集来的，你看看哪个中意，只要你点头,我就安排你们见面。

顾红旗接过这一沓姑娘的照片,脸红心跳,手捧着照片重如千斤,这么多漂亮姑娘集合在一起,简直要了他命了。他口干舌燥,早已按捺不住,却还是冲于大姐说:现在是工作时间,等有空了俺再看。说完还冲于大姐笑了笑。于大姐一离开,便迫不及待地一张张看了起来。这不看不打紧,他手心脚心都冒出了热汗,呼吸也急促起来,仿佛这些漂亮各异的姑娘就站在他的面前和他对视交流。他从小到大哪见过这个场面?跑了几次洗手间,心才平静下来。

这些姑娘的照片在他怀里捂了两天,他终于在眼花缭乱中选了一张,照片背后有介绍,姑娘姓许,在县里医院做护士。两天后他把这些照片还给于大姐,只留下许姑娘的照片,于大姐看着许姑娘的照片,拍着自己的手说:顾副局长,不愧是战斗英雄,眼力也好,许姑娘可是百里挑一的好姑娘,不仅人长得漂亮,性子也贤惠。

接下来于大姐就要约许姑娘与顾红旗谋面了。时间很快就定了下来,就是这个周末的晚上。于大姐也是一副好人做到底的样子,把他们见面地点安排到了自己家里,并答应包抄手让他们来吃。

离相亲还有三天时间,每分每秒对顾红旗来说都是度日如年。没事的时候,总是把怀里的那枚怀表掏出来,不时地看上一眼,心里计算着到周末晚上剩余的时间。心便长了草,花花绿绿的。无数次想着许姑娘的样子,心里便漾起一种叫幸福的东西,幸福在心里盛满了,溢到嘴角,嘴角总会绽出一抹笑。

归　队

离周末还差一天,这是一个普通的下午,顾红旗刚带人办完案子回来,由群众检举揭发,县公安局又捣毁了一部潜伏特务的电台。心满意足的顾红旗坐在椅子上，用一块抹布在擦拭着马鞭。一提起马鞭，他的思绪便会穿越回到了部队，一个个战友的音容便潜到他的耳中眼前，马师长、杨明业……和这些朝夕相处的战友分别，一转眼也有数日之久，想到这儿，便心生惆怅，想着与这些生死与共的战友很难再谋面，不免有些伤感。目光越过窗子，望着院内的一棵树，虽然已算是深冬，这天气放在北方，早就冻手冻脚，可此时，天府之国的树还绿着，让他时常有种季节颠倒的错觉。

他看见树后冒出来那局长，那局长手里提了一张纸片，风风火火地朝他办公室里走来。人走得急，踢到了一个石角上，还趔趄了一下身子。他知道，一定是有新任务了。他提着马鞭几步蹿到门口，打开门，那局长就迎头闯了进来，两人差点撞了个满怀。他单刀直入地冲那局长道：哪里又发现了特务？四川刚刚解放，潜伏的特务和散兵游勇多如牛毛，他们当前的任务就是不停地抓捕潜伏特务和收拾那些残兵败将。

那局长立在他的面前，很深地望了他一眼，嘴角抽动一下，想说什么，"啪"的一声把手里那张纸拍到了桌子上，然后瓮着声音说：你自己看吧。他疑惑地看眼那局长，那局长望向他的目光就有些复杂，他拿起那张纸片，发现是张电报，很短：

顾红旗速到乐山军营集合。落款是：18军留守处。

18军官兵正陆续转业，团以上单位都在乐山设了留守处，留守处现在就是部队机关，机关发出的电报就是命令。他盯着电报，虽然只有短短十几个字，但他还是几乎不敢相信自己的眼睛，用袖口揉了左眼又擦了右眼，再去看这封电报，才回过神来。电报就是命令，这是让他火速归队。他又想到自己离开部队时，许多人都接到了转业到地方的命令，也许收到电报的不只他一个人，部队要集结自然有重大任务，否则不会再兴师动众把他们这些转业人员用电报的形式召回去。

他的耳畔此时不停地响起一个声音：归队，归队……像一声紧似一声的冲锋号角，让他热血涌头。半晌，又是半晌，他才冷静下来，发现自己抓着马鞭的手已经汗湿了。那局长在一旁一直望着他，此刻，目光落在他的脸上，复杂而又割舍不下的样子。那局长颤着声音叫了一声：红旗，你要走了？真有点舍不得你。顾红旗拍了下屁股，又看了眼桌后的椅子，才意识到，自己转业到公安局屁股还没有坐热。

那局长就说：今晚去我家，咱们一醉方休，算是给你送行了。

那局长说完，他不知点了头，还是摇了头，他奔出办公室，火烧火燎地奔向了他的宿舍，宿舍在办公区后院的一排房子中，现在他一门心思想的就是"归队"！他要收拾他的行李，这是每次队伍出发前的规定动作之一。他两耳生风，脚步铿锵，他推开宿舍门时，才又一次看到，他的宿舍简单得不能再简单了，床上铺就的一双被褥，床下一个脸盆，脸盆里盛着牙具，还有一双替换的鞋子放在一旁，按照在部队出发前的速度，打点行装也就是几分钟的事。想到这，他停了下来，靠在门框上。回望一眼宿舍院内，树上有几片树叶翩跹着落了下来，午后偏斜的阳光正好照射进来，也照在他半边身子上，暖暖的，让人有种如梦的感觉。这里安静得让他心发慌，他参军到现在，还没享受过如此安宁平和的日子。从十五岁参军，整整二十年，不是行军就是打仗，就是晚上睡觉一只眼睛都是睁开的，随时转移或迎接战斗的事件时有发生，半睡半醒早就成了常态。在这里他刚睡了几个安稳觉就接到了归队的电报。

归队的电报让他意识到，即将有大事发生了。他离开部队时，政委杨明业和一帮战友来送他，那会儿杨明业还没接到转业命令，暂时负责团里留守处的工作。他和杨明业是搭档，他入伍时，杨明业就已经是班长了。记得第一次战斗，刚上阵地，枪声一响，他就学野鸡状，将头扎在地上，顾头不顾腚，让杨明业一把把他按在地上，让他朝敌人开枪。他见过日本鬼子，但从来还没正面和鬼子交过火，眼见着鬼子一步步紧逼过来，连眉毛眼睛都能看清楚了。杨明业一边射击，一边冲他喊：开枪呀！你愣着干啥？他学班长杨明业的样子，把枪口冲向鬼子，使出平生的力气搂火，却不见枪响，他惊乍地冲杨明业大喊：班长，俺的枪坏了，打不响。杨明业冲敌人打了两枪，低头查看，发现他枪的保险没打开……为了这事，好长一阵子，班长杨明业还不时地取笑他，直到后来他成为一名真正的战士。

部队开往大西南前夕,他成为一名团长,杨明业是政委。两人成了搭档。

那天晚上,杨明业和一群战友为他送行,杨明业端起酒碗冲他说:红旗,你先走一步,到了地方上找个媳妇安个家,等把全团干部安置完,我们留守处也该撤了。与这些生死与共的战友每天在一起时并不觉得什么,马上就要分别了,他才意识到,自己就像是一个出门远行的孩子在与家告别。那次告别,他喝了平生都没有喝过的那么多的酒,一个战友又一个战友地碰杯,然后拥抱,历数一次又一次战斗结下的情谊,谁救了谁,谁支援了谁,谁又冒死把负伤的战友背下阵地……那是怎样的分别场面呢!肝肠寸断,难舍难离。那晚的告别酒,他们一直喝到了第二天早晨。送行的车辆停在窗前鸣笛催了几次,他才向战友告别。他透过车窗望着越来越远的战友,渐渐模糊的营房,终于控制不住,抱头痛哭。和战友分手告别的情景仿佛就在昨日。

顾红旗即将归队的消息很快传遍了公安局。人们放下手里的工作来向他告别,顾红旗望着这一张张熟悉或陌生的面孔,公安局组建起来,得到了八方支援,他是后来的,到公安局的日子屈指可数。这些同事,有的人见过,但还叫不出姓名,他就要告别了。他来不及赴那局长之约,喝一碗告别酒,他要火速归队。军情就是战情。他像来时一样,背着背包,提着脸盆站在公安局院内时,那局长已把公安局的人员全部集合完毕,就像一列军人在向战友告别。他的目光依次从这些熟悉或陌生的面孔中扫过,竟有了生离死别的心境,他不停地向这些战友敬礼,然后依次握手告别。轮到和于大姐告别时,于大姐红了眼圈,拉着他的衣袖说:小顾,就不能晚走一天么?和许姑娘见面,咱们都约好了呀!他突然想起那位许姑娘,虽没谋面,可照片中的许姑娘已走进他的梦里,羞涩地冲他笑。他向她大步迎上去,许姑娘却在漂移,不远不近,和他保持着恒定的距离,笑容依旧,羞羞涩涩的样子。在没有接到归队电报前,他是那么渴望见到许姑娘,许姑娘成了他人生中的大事。有两次,他在梦里醒来,想起梦境中的许姑娘,心里便涌过不可言说的甜蜜。

见于大姐这么说,他端正地给于大姐敬礼道:如果这生还有缘,再见许姑娘吧。然后又压低声音冲于大姐说：于姐，告诉许姑娘，就说俺顾红旗对不住她了。

他一直告别到队尾，然后又举起手，向所有人敬礼。那局长喊了一声：向顾副局长告别。所有人都齐刷刷地举手向他敬礼。那一刻，他鼻子发酸，眼睛发热，他转过身，向公安局院外走去，手里的马鞭大幅度在手里挥动着，他的目标：乐山！任务：归队！他没再回头，怕公安局的战友们看到他脸上的泪水。他依稀听见于大姐在他身后喊：小顾，等你回来大姐还给你介绍对象。他忍不住向前跑起来，落下的泪砸在脚面上。他越跑越快，两耳生风。

集　　结

当顾红旗风尘仆仆赶到乐山留守处时，是他接到电报几天后的一个傍晚了。斜阳照在留守处的石碾子上，远远就看见马师长站在石碾子上，手搭凉棚向远处眺望的样子。还没等顾红旗开口，马师长飞身从碾子上跳下来，几步奔到顾红旗的面前，扑过来，抱住他。这一抱差点把顾红旗扑倒。他踉跄几步，想和马师长开一句玩笑，抬起头来，见到马师长时，自己的眼圈却红了，忙立正，敬礼，哽咽道：师长，俺归队了。眼泪再也控制不住，哗啦哗啦地流了下来。

他像见到了久别的亲人，其实和马师长分手还不到月余。他入伍那会儿，马师长就是他们的连长，自己参军时叫狗剩。他的名字还是马师长给起的。记得第一次负伤时，就是马师长把他背下阵地的。那会儿在豫北的大山里，部队被鬼子包围了。他们接到了突围的命令，队伍是连夜开始突围的。刚开始鬼子没有反应过来，发现他们意图后，鬼子开始调集部队，一部分从斜刺里包抄，一部分追赶。队伍那时很危险，他们腹背受敌。他就是在奔跑中被一颗流弹击中了小腿，身子一软便趴在了地上。身边跑过去的人不知是来不及还是没有发现他，总之，他看见一双又一双脚从他眼前快速奔跑过去。他想喊却怕招来更多的敌人，他脑子里闪过一个念头：完了。如果没有马师长，也许几分钟后，他将成为敌人的俘虏。就是在那时，一双大脚停在了他的面前，拉起他的胳膊，一甩就把他甩到了自己的背上。当他伏卧在那个宽大的背上时，才发现是自己的连长。他轻叫一声：连长。马连长就气喘着低声喝了句：别出声。

那次他们从夜半，一直跑到黎明时分。天光大亮了，才甩开身后的敌人。他眼见着马连长摇晃着一头扎在地上，几个战士扶起他和连长时，他看见连长刚趴倒的地方，留有一汪鲜血，马连长的嘴角还有一丝没来得及擦拭的血迹。他大叫一声：连长，你吐血了！然后"哇"的一声就大哭起来，那年，他十六岁，是参军的第二个年头。

马连长给了他又一条命，从此，他再也忘不了马连长的救命之恩。他一直想回报马连长，可他一直没有找到机会。直到三年前，在一次王四峰的战斗中，师部被敌人偷袭了，那会儿的师部在一个山坳里，阵地在主峰上，他那会儿是副团长，战斗打响时，他带着一个营做预备队。当天傍晚，他接到支援主峰阵地命令时，便带着战士们出发了。途经师指挥所时，他发现了一股敌人已经把师部包围了，战斗打得异常激烈，师指挥部临时搭的帐篷已经冒烟起火。一边是主峰阵地等待支援，另一侧师部的情况危在旦夕。他两头都不敢耽搁，让三营长带上主力去主峰支援，自己只带了一个排的战士，冲入敌群，去救马师长。当他带人冲入敌人的包围圈时，师部警卫排的人马几乎拼光了，只剩下五六名战士了。师部的参谋、电报员、炊事员都参加了战斗。他找到马师长时，马师长腹部已经中弹，气喘吁吁地正靠在一棵树上。手里还握着两枚手榴弹，后盖已被拧开，那是师长留给自己的光荣弹。他大叫一声扑过去，就像当年师长救自己一样，不由分说把师长扔到了自己的背上。他一口气跑到了几公里外的野战医院。一路上他不知怎么过来的，满耳的都是枪炮声。那会儿他只有一个心思，就是拼死也要救活师长。他奔到野战医院时，也是连人带师长地摔倒在地。几名护士把他扶起来时，他只觉得胸膛里有一团火，从喉咙口喷了出去，他扭过头，知道那是血，他却嘶声冲医生喊：救师长！

师长那次在医院里昏睡了三天，他守了三天。第四天师长终于睁开了眼睛，他咧开嘴，拍下大腿说：俺就说么，师长你命大，不会丢下我们的。师长的目光一直盯着他，盯得他直发毛，一会儿摸自己的脸，一会儿整理自己的军容。师长终于虚弱着声音说：你看看你，都成啥样子了。后来他在一汪水面前瞅过自己当时的样子，头发蓬乱，嘴唇干裂，不知道的人以为他自己死里逃生了一回。

那次师长出院归队时，见到他什么也没说，一把扯过他，两个男人熊抱在一起。他发现马师长的胸膛还是那么硬，马师长在他背上重重地拍了三下。

只短短几天工夫，一个月前转业的官兵便聚齐了，又是原来的样子。一眼看不到头的队伍，人喊马嘶的军营。顾红旗游走在这些昔日的战友之间，他是兴奋的。心里涌动着一种热浪，像燃烧的火苗，灼烤得他火烧火燎的。

他归队的当晚，就和老搭档杨明业政委喝了个半醉，酒是那局长送给他的，他们就着一盘炒黄豆，把两瓶酒喝了个底朝天。当他向杨明业打探重新召回他们的新任务时，杨明业将嘴凑到他耳边说出一句让他震惊的话：进军西藏。他听了这话，半天没缓过神来。在他的脑海里，西藏是荒无人烟的，贫穷落后，还是奴隶社会，穷得连空气都少有。他的呼吸急促起来，想到了公安局那个小院，那些渐渐熟悉起来的同志。当然还有热心的于大姐，想到于大姐，自然又联想到了他还不曾谋面的许姑娘。他在归队的路上，想过招他归队的各种理由，在他的想象里，全国马上就解放了，要这么多部队没用了。也许部队遇到紧急情况，召他回去再打两仗，战争打完了，他又会脱下军装回公安局上班了。也许那会儿就是他和许姑娘见面的日子。马师长把他迎回部队，还没说上几句热乎的话，就接到了去重庆召开紧急会议的命令，坐上自己的吉普车一溜烟地走了。路过他眼前时，还冲他和杨明业挥手道：等我开完会回来，请你们喝酒。马师长也是一脸神秘和兴奋的样子。

杨明业见他有些愣神，一边嚼着嘴里的炒黄豆，一边说：师长已经给我们动员一次了。他这次去西南局开会，去见刘、邓、贺首长，领受更重要的任务。一切等师长开完会宣布为准。然后突然想起了什么似的说：你这次转业都当了公安局副局长了，咋没带个姑娘回来？

这句话又点燃了他对许姑娘的相思，虽然只看了许姑娘照片几眼，但许姑娘的样貌已刻在了他的脑子里。还没见人一面，都快把孩子名字想好了。就是在归队的路上，他脑子里仍不断闪现出许姑娘的样子，心里就有股说不出的东西在涌动。听杨明业这么说，他只能苦笑着摇头了。

杨明业就拍着他的肩膀，神秘地冲他说：这次是马师长把你召回来的，你就冲他要媳妇。

他斜视杨明业，喷着嘴里的酒气说：他又不是俺老丈人，我冲他要什么媳妇？

杨明业捅了他腰眼一下道：你真傻还是假傻？咱师里有文工团，有医院，哪里还缺女人？！

他忽地一下子想起，杨明业的夫人王秀丽以前就在师医院当军医，后来他们生了大康之后，为了更方便照顾孩子才调到团卫生队工作。他还记得杨明业结婚的日子是全国大喜的日子。1945年8月15日，是日本鬼子投降那天。他们的婚礼还是马师长操办的。想起这些，他脑子里又一次闪过许姑娘的样貌，有种背叛爱人的罪恶感。

那天他躺在帐篷里，脑子里翻来覆去地想着找媳妇的事。要是部队真的入藏了，部队驻扎下来，那里地广人稀的，咋找媳妇啊？他越想越睡不着了，下了床像磨道上驴子一样，绕着单人床走了一气，越加相信杨明业的话了，在部队开拔前，一定要把自己的终身大事解决了。

初　见

　　马师长从重庆回来后，便召集了全师营以上干部会议。这些军官有一半以上都是从转业到地方后召回来的。短短的一两个月时间的分别，让他们再见到时，仿佛大难不死，又重新活过来一次。不停地握手，不停地拥抱在一起，拍肩捶背的。

　　当马师长出现在会场时，现场一下子安静下来，几十双眼睛定在马师长的脸上，马师长也用目光依次把大家扫了一遍，人们发现马师长平时经常挂在嘴角边那抹微笑不见了，取而代之的是冷峻。了解马师长的人都知道，这是大仗前，马师长惯有的一种表情，嘴角绷直，两片嘴唇也紧紧地抿在一起。果然，他把目光从众人面前收回之后，终于说话了：同志们，这次党中央、毛主席指示，西南局把我们18军重新集结在一起，你们知道这次任务有多么重大么？马师长讲到这儿用了一句问句，之前已有风声透露说要入藏的事，这时人们听了马师长的问句又怀疑起来，你看看我，我看看你，自然探究不出什么底牌，又把目光再次投向了马师长。马师长就挥舞了一下手中的一沓材料，才又说：我们的任务是进军西藏！为什么进军西藏？西藏的分裂分子正在勾结境外势力企图把我们的西藏从祖国的怀抱中独立出去，你说我们能答应吗？这是马师长讲话的技巧，关键处总是用反问来结束自己的一段讲话。

　　在座的营以上军官，都是入伍少则十几年以上的老兵了，觉悟高，思维敏锐。自然群情激奋，有的还攥起了拳头，让骨节发出"咔吧咔吧"的响声，有人带头还喊起了口号。马师长不失时机地又把手往下压了压说：这次去重庆开会，见到了刘、邓、贺三位首长，指示我们从快从速地进军西藏，决不能让少数分裂分子的阴谋得逞。我这里有上级下发的文件，所有进藏之前的准备和训练要求都在这上面。分发给大家，按照上级要求落实好每一个细节，谁要是拉胯了，可别怪我不客气。

马师长的目光又一次扫向大家，在座的每个人都昂起头，挺起胸，像一只又一只公鸡一样，抖开翅膀，希望引起马师长的注意。因为他们知道，接下来，马师长就要分派任务了。果然，马师长把手背在身后，目光扫过全场，最后准确地把目光定在前排中顾红旗和杨明业的身上，两人似乎早已心照不宣，且等待这一时刻已经好久了。两人不约而同地站了起来，脸红脖子粗地一齐吼了一句：请师长给我们团任务。这就是多年搭档的结果，每个人的眼神、口气、节奏就像事前排练好了一样。

马师长落在两人身上的目光像火苗似的抖了一下，绷紧的嘴角松弛下来，很快又再次绷紧，抬眼望着众人：我们师被军里任命为前指，就是行军打仗，最靠前的部队。我和军长、政委研究过了。说到这里又一次把目光落到顾红旗和杨明业身上，两人觉得师长的目光像两枚钉子，分别钉在了两人脸上。两人身子就一抖，重新立正，挺起胸脯，这才听马师长说：顾红旗、杨明业的三团从即日起，改为我师的前卫团。在座的所有人都明白，前指师中的前卫团，就是一把大部队伸出去的尖刀，死死地顶在最前面，作为能征惯战的军人，每当执行任务时，都想当这把尖刀。就像冲锋扛着战旗的人，那是全部队精神的象征。此刻，这种象征落到了三团的肩上。所有人都清楚，师长的决定是不可更改的。一片遗憾的叹气声，还有松垮下来的身子。

会议结束后，顾红旗和杨明业并没有离开。人散得差不多了，顾红旗和杨明业对了一下眼神，又是顾红旗上前一步，伸出一双手，脸上堆着笑，就像一个被父母偏心眼的孩子，他想和马师长握下手，以表达感激之情。马师长并没有把手伸出来。这就弄得顾红旗很尴尬，收回手，不停地把手在裤子两侧蹭来蹭去。马师长这才说：你们身上的担子可不比以往，以前不论我们和鬼子交战，还是和国民党交锋，都是常规形式下战斗。这次可不一样，西藏之前谁也没去过，交通原始，雪山林立，会遇到断粮缺氧，非战斗减员也许比一场真正的战斗还要惨烈。马师长的话越说越凝重了，听得顾红旗和杨明业仿佛站在五千米的山峰上，早就缺氧了，脑子似乎跟不上马师长讲话的节奏了。

直到两个人头重脚轻地离开马师长，到了外面先是杨明业灵醒过来，拉了一下顾红旗的胳膊提醒道：你还有件大事忘了办了！顾红旗盯着杨明业足有几秒才回过神来，狠狠地拍了一下大腿，此刻，他才彻底从云雾里落到地上。前两天与杨明业喝完见面酒之后他就下定了决心，非得让师长把个人问题解决了不可。刚才在会场上再次听到马师长重申入藏的紧迫性和重要性时，他脑子里最后浮现出一次许姑娘，他明白，这就是和未见面的许姑娘彻底告别了。心在那一瞬间还针扎似的痛了一次。

杨明业扯起顾红旗又一次站到了马师长面前，马师长背着手在原地转圈，似乎在思考什么大事，见到两人，神才回来。杨明业用膀子把顾红旗顶到了前面，顾红旗一时不知如何是好的样子，身体还扭成麻花状，扭捏得很。杨明业见顾红旗这一副扶不上台面的样子，抢上一步道：报告师长，我们团目前有一个最大困难。杨明业也学着马师长讲话的方式卖了个关子。马师长的眉毛挑了一下。杨明业就又说：顾团长，今年三十有五了，是个名副其实的老光棍了。他个人问题你管不管？

马师长听了，把目光落在顾红旗的脸上，眉毛飞快地抖动几次，把双手拍在一起，发出一声脆响，伸出手拉过顾红旗的肩膀。起初顾红旗不知马师长的用意，被动地踉跄着脚步走了出去，还向杨明业投来求救似的目光。杨明业就喊了一声：师长，咱不能饱汉子不知饿汉子饥。顾团长为了这次重新归队，连说好的女朋友都没能见上一面。

走到外面，马师长才把顾红旗放开，拍下脑门说：是我考虑不周，顾红旗，我向你小子检讨，我这就带你相亲去。

说完大步地向前走去，顾红旗却愣在了原地，望眼马师长的后背，又求救似的望眼杨明业。还是杨明业先反应过来，推了一把顾红旗道：还不快去！

顾红旗忙随在马师长身后，脚高脚低，心里空落得很。这时他才发现，自己说说可以，真动真章，啥也不是。他晕头转向地随马师长一路向前走去，他先是听到了歌声，又走过一条巷子，前面是个院子，搭了个台子。一群师文工团的男女，站在台上正在排练节目。领头的一个女兵，个子不高，齐耳短发，很结实的样子。她正在台上领唱：花篮的花儿香，听我来唱一唱唱一呀唱，来到了南泥湾，南泥湾好地方……歌声洪亮有力，穿透力十足，女生的声音带着野性，嘹亮地在院内回荡着。

师文工团顾红旗并不陌生。每次打仗前或一次战役后，部队总会受到文工团的慰问。无非是唱歌、跳舞、活报剧之类的。那会儿他的心思完全没在这些人身上，战斗前他心里在一直盘算着如何打赢即将开始的战斗，方案一个接着一个，推倒一个又冒出一批。他在这些活跃的思路里进进出出，眼睛虽然盯着台上，思路早就飞到了即将打响的战斗中了。战役结束，他能模糊地听见演出的歌声，但心却沉浸在那些牺牲的战友身上，本来活蹦乱跳的，前几分钟刚领受他的任务，转身冲向阵地，就再也没有回来。不论战役胜利的果实有多大，想起那些牺牲的战友，他总是高兴不起来。心思就飞到了另一个时空里，陪着那些已逝的战友哭或笑。

他随在马师长身后，第一次这么近距离地打量着台上这些文工团的女兵，才发现这些女兵虽然谈不上倾国倾城，但也算个个漂亮。她们都穿着军装，个性不那么明显，但胖瘦高矮不一，大致也能分清谁是谁。

此时台上领唱的女兵把目光投向了马师长和他，唱得就更卖力了，在晴朗的天空下，那首《南泥湾》横冲直撞地闯进了顾红旗的耳鼓，让他脑子里嗡响成一片。马师长扭过头，一连冲他说了三遍：你看上谁了？说吧。他才反应过来，眼前台上的女兵，他谁也不熟，直到这次他才算认真地看了几眼，见马师长这么问，他用手指了一下台上领唱的女兵道：这个兵不错，嗓门高，有力气。行军、打仗、生孩子，一定不会含糊。

马师长上下打量他一眼，发现新大陆地说：你小子眼光还不错。她叫冷妮，是演唱队的队长，正排职。他再望台上那个叫冷妮的女兵，脑子里飞快地又把在照片中看到的许姑娘和她做了个对比，当然，眼前的冷妮是活的，且正在声情并茂地唱着歌。显然，比照片中的许姑娘生动了许多。

马师长重重地拍了他的肩膀一下，一字一句地说：你小子回去抓紧出发前的准备，老婆的事我替你去说。

他慌张地冲马师长敬个礼,然后头也不回地向前跑去,他的样子就像一个小偷,步子又急又快,心脏打鼓似的响。他听见马师长喊:韩团长,请你过来一下。韩团长顾红旗认识,五十出头的年纪,是师文工团的团长。

经　　历

冷妮和韩团长的关系,是亦师亦父的那一种。

冷妮生于河南和苏北交界的小山村里。1938年花园口大决堤,那年她才九岁。在她的记忆里,她是在睡梦中被父亲拖到了屋外,那会儿的洪水已经没腰深了,周遭是大人喊孩子哭以及隆隆的水声。天很黑,父亲拖曳着她和母亲循着人声向村外一处高地奔过去。那是怎样的一种窒息感!滔滔奔流在身边的洪水像一把刀子锯在她的身上。父亲一口口地吸着气,身体打着战,父亲的样子似乎冷得厉害。许多年后她回想起当时的情景,才知道父亲不是因为冷浑身打战,而是因为恐惧。当时,母亲像个提线木偶,在大难来临前一副束手无策的样子,僵硬着任由父亲拖曳着前行。水涨得迅速而又猛烈,很快涨到了父亲的胸口。她那会儿什么也看不见,只能看到远处的洪水像山峰一样压过来,周围都是浑浊的。耳朵听见的是哭爹喊娘的声音,前一秒一个孩子还在恐惧地喊着爹娘,下一秒声音便被洪水吞噬了。她在惊慌中也在喊,喊父母喊老天爷。几分钟后,她被一股巨浪从父亲的肩头上掀了出去,人一下子淹在水里。离开父亲身体那一刻,他听见父亲喊了一声:俺的妮呀。就此她和父母便分开了。一股水流把她推到浪尖,转瞬又被跌到谷底。也许是命运驱使,是一棵树冠挡住了她的去路。她下意识地死死抓住树的枝条,听着水声隆隆地在她身边奔过。水还在涨,她从树冠上,爬到了树梢,即便这样,还是没过了她的腰。当时她只有一个信念,那就是死命地抱住怀里的树枝,只要树不倒,自己就还活着。

后来天亮了，满天满地的水还是滔滔不绝地流着。只有她和这棵孤零零的树还在，父母呢？她离开父母那一刻到自己抓住了一棵树梢，她以为父母也一定会被冲到某棵树上，就在她的不远处。到了天明才知道，周围只有她自己时，她陷入到了前所未有的恐慌中。于是她开始哭泣，最初的大声到最后的低泣。渐渐地她眼里发生了奇迹，随着她的哭声，水在一点点降落。先是露出了树冠，后来又露出树干，洪水也不再气势汹汹了。她一连在树上待了三天三夜，最后她自己都快虚脱了，眼睛不论望什么都是黑色的，她一头从树上跌落在泥地里。

再后来她就成了一个孤儿，和在这场大水中幸存的人一起，跟跄地寻找着亲人和生路。他们一边走一边喊着亲人的名字，似乎在叫魂。天地之间，只有他们这些衣衫褴褛、蓬头垢面、举步维艰的人。她不知怎么活下来的，随着大水幸存下来的人，一路向东，向没有洪水的地方走去。

她在一个镇子上流浪时，她在绝望中遇到了韩师傅的戏班子，那会儿韩师傅四十出头的样子，正一脸苦难地推着装满道具的车行走在小镇的街上。他的身后跟随着十几个半大孩子，有男有女。对戏班子她并不陌生，以前父母带她去赶集时，她在集镇上看到过戏班子的演出，人们围了一圈，唱到高潮处，有个半大小子，手里托着木盘，伸向围观的众人。这时便有好心人，从兜里掏出散碎银两，叮叮当当地扔到托盘里。韩师傅戏班子的出现，给她指明了一条生路，她不能再错过这机会了，于是死死地跟上，就像当时死命抱住树枝。韩师傅轰了她几次，不论韩师傅怎么待她，她就是寸步不离地跟着戏班子一路走去。几天后，她私下里和后来的师姐师兄都混熟了。当师傅又一次轰她走时，师兄师姐跪在了师傅面前为她求情。韩师傅无奈地仰起脸，她看见有泪水从师傅眼里流出来，师傅就冲着天空苍凉地喊了一声：老天爷呀，俺这又添了一张吃饭的嘴，这日子可咋过呀！

后来她听说，那次花园口决堤，不仅让几千万人受灾，还牵连了他们戏班子的生意。灾难让人吃不上饭，又有谁有心思听他们唱戏？没有戏可唱，他们就没有生路。韩师傅带着他们吃过观音土、树皮、草根……总之活了下来。后来他们离开河南，向安徽方向寻找生路。在河南和安徽交界处，他们遇到了一支正在扩招队伍的部队。他们戏班子摇身一变，成了师文工团。这支队伍就是后来的18军。那一年她十五岁，还记得是日本投降的前一年。韩师傅也成了文工团的团长，他们脱下褴褛的衣衫换上了军装，重要的是，她能吃饱了。十五岁的她，正是身体发育的年龄，半年后，干瘦如柴的她，就出落成如花似玉的少女了。后来他们文工团随着队伍南征北战。队伍在壮大，文工团也在成长。最初他们十几个人，扩大到了现在三十几人的规模，他们兵强马壮，唱起歌来气势如虹。他们文工团经常出现在队伍最需要他们的地方。比如战前动员，队伍班师回朝，还有在战火连天的阵地上，都有他们活跃的身影。在硝烟与战火中，冷妮和部队一起成长。此时，冷妮十九岁，已经是文工团演唱分队的分队长了。

他们接到了为即将出发的18军壮行的任务，他们群情激荡，气势高涨地投入到排练中。一首又一首或抒情或雄壮的战歌，从他们内心唱响。在他们的眼前，出现了一列又一列即将出征的队伍，军旗猎猎，歌声响彻天际，那是怎样的一种豪迈。

当训练告一段落时，韩团长走了过来，一如往日的慈祥，冲她眯眯地笑着，招了下手，她知道，师傅这是在叫她。师傅转过身向后台走去，她随在师傅的身后，一直走到后台的空地上。师傅停下来，转身认认真真地把她打量了一会儿。师傅这眼神让她觉得有些陌生和奇怪，她有些讶异地望着师傅。师傅闷了半晌才问：你认识三团长么？她脑子里快速飞转着，想起了那个红脸膛的男人，但不敢确定，问了一句：是那个顾红旗，顾团长？得到师傅肯定答复后，她才问：师傅为什么问我这个？

师傅低下头，她从来没见过师傅如此犹豫过，她九岁就投奔了师傅，如今自己满十九快二十了，她对师傅是了解的。虽然师傅不是雷厉风行的人，遇到困难也会流泪，但也是行为果敢之人。师傅如此这般，让她的心提了起来。

师傅终于抬起头，望着她的眼睛说：顾红旗团长，他看上你了，想娶你。马师长当媒人。我没敢答应，我得看你的想法。

韩团长的目光在她脸上游移着，最后挪到自己的脚尖上，黏黏的似乎再也分不开了。

顾红旗团长的大名她当然听说过，是战斗英雄。记得唯一一次她和顾团长有过近距离接触，那是一次战役后，顾团长当时是名营长，他带着一个连阻击敌人三天三夜。结果一个连的人马几乎拼光了，他带出十几个人，追赶上队伍。那次授功评奖大会，是她上台把一朵红纸扎成的鲜花戴在了顾红旗的胸前。那会儿她觉得顾红旗又高又壮，胸膛发红，整个过程，她只抬眼望了眼顾红旗，可他看都没看自己一眼。那一次，她脸红心热地上台，又心慌意乱地下台。部队官兵发出如雷的掌声，让她惊慌失措。当然那些掌声是送给英雄顾红旗的。后来她听说，顾红旗当上了副团长，又当上了团长。还有几次行军，他们演出，顾红旗骑着高头大马从她眼前路过，那会儿在她眼里，顾红旗离自己那么远，让她敬而远之。

韩团长见她一时没答话，便开始做她的思想工作：顾团长是大英雄，有多少次死里逃生，他今年三十五了，还没成个家，队伍又要出发执行任务了，马师长说，组织不能再对不起顾红旗了，一定要让他有个家……韩团长的话开始说得有些结结巴巴，迟迟疑疑，后来越讲越流畅，就像在台上做关于顾红旗的先进个人报告，到最后竟然有点激昂了。

从师傅刚开始说到顾红旗，冷妮就没回过神来，确切地说是没反应过来，她从来没想到，顾红旗团长会向她求婚。她想到了师兄王栋才，自从进到这个戏班子开始，师傅对她是最好的人，其次就是师兄王栋才了。师兄比她年长两岁，长得英俊而又高大，她从懵懂无知的孩子，成长成少女开始，王栋才的形象也发生着变化。她每天只要见到师兄就愉快，有时师兄找她说话，她心跳还会加速，脸也发热。总之，师兄王栋才在她心里是复杂地存在着。她的思绪从师兄又转移到顾红旗身上，两个男人快速地在心里平衡对比着。

韩团长跺了下脚，激动着声音说：马师长说了，这是组织的决定，请你考虑。

冷妮望着韩团长，这个像父亲又是师傅的男人，是组织给了她第二次生命，她现在不仅入了党，还是名部队干部，她当然相信组织，没有组织哪有她的今天？可婚姻大事让她犹豫了，一副不知如何是好的样子。韩团长见冷妮一副犹豫不决的神情，拍下大腿说：也是，妮子，要不这么的，这毕竟是你的婚姻大事，你再想想。说完转身想离开，又想起什么似的说：妮子，这可是马师长做的媒，顾团长又是英雄团长，队伍马上要出发了，行与不行，你可快点给个回话呀。

韩团长说到这儿，这回真的走了，冷妮半是清醒半是眩晕着，她做梦也没想到，自己身上还会发生这样一出戏。马师长是全师最让人敬重的首长，还有韩团长，亦师亦父的身份。想到这些，心里似乎装了一个铁砣，重重地坠着。此时的冷妮神情迷离，像喝醉了酒。

冷妮不知是如何走回到宿舍的，一进门就趴到床上，她说不上兴奋，更谈不上难过，完全是被这突然而至的婚姻大事击倒了，此时，她的身体像悬浮在空中的一粒尘埃，不上不下，没着没落的样子。

师妹吴茵红走进宿舍，一眼看到如摊泥一样躺在床上的冷妮，惊叫一声跑过来，惊乍道：妮子姐，你怎么了，是出什么大事了？

马师长带着顾红旗来到文工团，排练的文工团员们都看到了，然后就看见冷妮被韩团长叫走了。这一切的发生，不能不让人联想到什么。

冷妮面对吴茵红，似乎清醒了些，她翻身从床上坐了起来，痴怔地望着吴茵红，似乎找到主心骨似的一把拉过吴茵红的手。吴茵红发现冷妮的手滚烫，又惊乍地说：妮子，怎么了，你发烧了？冷妮摇了下头，带着哭腔说：师妹，三团长顾红旗让我嫁给他。

吴茵红拉着冷妮的手也抖了一下，望着眼前的冷妮满脸通红的样子，她毕竟是这件事的局外人，很快冷静清醒过来，另一只手搭在冷妮的肩膀上，用了些力气道：妮子，这是好事呀。顾红旗团长谁不知道？他可是英雄，能嫁给他这是好事，许多人想嫁还嫁不成呢。

冷妮求救似的望着吴茵红，颤抖着声音问：茵红，你说我该怎么办呢？

吴茵红这会儿已捋清了思路，理解地望着冷妮道：妮子姐，你是不是觉得还不够了解顾团长，师长和师傅出面，你不知道怎么办？

冷妮拼命地点着头。

吴茵红又说：这还不好办？你先答应下来，以后慢慢了解呗。

冷妮摇着头说：韩团长说了，队伍马上要出发了，要我立即答应下来，不然就来不及了。

这回轮到吴茵红吃惊了，她吸了口气道：怎么这么急？她快速地想着什么，出主意道：要不你找顾红旗本人谈一谈，把话说清楚。吴茵红说到这儿，冷妮不知如何是好地望着吴茵红，她现在一点主意也没有，心里乱得像一团麻。

吴茵红拉了一下冷妮：你不敢去，我陪你去。顾红旗团长虽然是英雄，但他又没长三头六臂，难道还怕他不成？

冷妮在吴茵红的拉扯下，身不由己地走出文工团宿舍。冷妮双脚踏在地上，心里似乎有了底，她不再犹豫，又急又快地向三团驻地走去。吴茵红随在身后，又气又急地嗔怪道：妮子，你等等我呀。

冷妮捋清楚了自己的想法，便不再犹豫，她要当面锣对面鼓地和顾红旗把话说清楚，请人吃顿饭还得给人留下个空当收拾收拾呢，何况这是婚姻大事。为啥这么急？虽然马师长出面做媒，但也不能包办婚姻呀。她把自己要对顾红旗说的话在心里捋清楚了，心就静了下来，那团乱麻也顿时消散了。吴茵红不离不弃地随在她的身后，让她更有了底气。

还没到三团驻地，在一片小树林里，她们被一种奇怪的声音吸引住了，那是一人在自言自语，由模糊到清晰。两人立住脚，对视一眼，慢慢地向发出声音的小树林里凑过去。让她们没料到的是，立在小树林里的竟然就是她们要找的顾红旗。

顾红旗手里握着马鞭，衣帽整齐地正冲一棵树说话：冷妮呀，俺知道你为难，你对俺顾红旗也不熟悉，说嫁给俺就嫁给俺，真是难为你了。冷妮同志呀，俺也有难处哇，队伍马上就要入藏了，高山缺氧，冰天雪地，还不知道发生啥事呢。俺参军入伍二十年了，出生入死，死里逃生，就是想过上好日子。俺都三十五岁了，就是想在队伍出发前有个家，有个女人疼俺，知冷知热。俺也有了牵挂，有个奔头。你可能觉得过分了，可这是俺顾红旗的真实想法呀。说到这儿，顾红旗又重新把衣帽正了正，冲面前一棵树郑重地敬了个礼，把马鞭从左手又交到右手，挥舞了一下道：冷妮同志，只要你答应嫁给俺顾红旗，俺顾红旗发誓，这辈子会舍命对你好。只要俺活着一天，就不让你受委屈，你是俺的女人，俺就拿命对你。俺顾红旗肚子里没啥墨水，也不会说啥话，但俺这颗心是真的。说完，他握着马鞭的手举起来，咚咚地敲着自己的胸膛。

顾红旗说到这儿，似乎已接近尾声了，不知道他在这片小树林里待了多久了。从文工团回来后，他的心也乱了。在马师长面前，他装出一副不管不顾的样子，对待女人就像在战场上冲锋，他不能认尿。他是马师长看着成长起来的一名军人，啥时候认过尿呀？可他离开马师长，两人分手时，马师长拍着他的肩膀说：红旗，你小子眼光不错，冷妮是个好同志，人漂亮，歌也唱得好。话反正我是带到了，人家冷妮同不同意，我可做不了主，是好是歹得看你小子运气了。

马师长把话扔下，转身就走了，顾红旗脑子就清醒过来，意识到自己这种选媳妇的方式有些鲁莽可笑。现在是新社会，他们又是一支革命的队伍，他又不是军阀，怎么能想干啥就干啥呢？他相中了人家冷妮，可人家不一定认识自己，了解自己呀。此时，他觉得有一肚子话要对冷妮说，他把警卫员李本田打发走，自己走进这片小树林里，他选中了一棵树，想象着冷妮的样子，仿佛冷妮就站在他的面前。他开始说得结结巴巴，渐渐地流畅起来，自己就像一个演员，在舞台上渐入佳境。他要练习一遍，自己要是有机会，一定当着冷妮的面表述自己的真实想法。

冷妮和吴茵红躲在树后发现他时，他已经说得口干舌燥了，他解下腰间的水壶，仰起头，咕咕噜噜地把半壶水喝下肚，然后清清嗓子，又冲眼前的树，充满柔情地表述起来：冷妮呀，俺虽然离你远，可打第一眼看到你，你就走进俺心里了，不管你答不答应俺，俺算是把你记下了。以后不论走到哪里，你就揣在俺这里。说到这儿，用手拍了一下胸脯：俺心里把你装下了，为你遮风挡雨，就是用命换，俺顾红旗连眼皮都不会眨一下……

听着顾红旗的忠心，冷妮已经感动得一塌糊涂了。见冷妮如此这般，吴茵红禁不住自己的眼泪也流了出来。她们不知道顾红旗是何时离开的，直到顾红旗的身影走出小树林，向三团驻地方向走去，两人才清醒过来。吴茵红抹了一把脸上的泪：妮子，要不要我把顾团长叫回来？冷妮捂着嘴，泪如雨下地摇着头，扭过身子也向树林外跑去。冷妮似乎受到了某种重击，她哭得上气不接下气。她之前不了解顾红旗，顾红旗对她来说就是一道光。虽说顾红旗这话不是故意当着她的面说的，但让她阴错阳差地听到了。一个男人如此对待一个女人，她还有什么奢望呢？顾红旗的话，像机关枪子弹一样，句句击中到了她内心中的要害，她已经不能自已了。顾红旗对她来说虽然是陌生的，但他的真情实感一下子走进了她的心里。顾红旗的话，一遍遍在她心底里响起：俺都三十五岁了，就是想在队伍出发前有个家，有个女人疼俺，知冷知热……顾红旗的话瞬间把她的母爱之心唤醒。

一路上，冷妮一边流泪，一边下着决心，面对这样的男人，还有什么理由不答应呢？她是个孤儿，何尝不希望早日有个属于自己的家呢？一个遮风挡雨，给她安全的男人，这是她从小到大心底里的奢望呀。吴茵红在她的身边也抽抽搭搭地附和着：没想到顾团长能对你这样，我要是能碰上一个男人这么对我，我会连眉头都不皱一下，立马和他结婚。说到此，吴茵红也被自己营造出的氛围感染了，泪水再次涌出来，恨不能放声大哭一场。被誓言击中的冷妮又何尝不是如此呢。

韩团长正在文工团驻地满世界地寻找着冷妮，他还想和冷妮谈一谈个人的终身大事。他是看着冷妮长大的，从情感上来说，他就是个家长，婚姻是人生的大事，他要帮冷妮把这突然发生的事捋清楚。没料到，冷妮满脸泪痕地来到了他的面前，哽咽着声音道：师傅，我答应嫁给顾红旗。冷妮说完这话，突然哇的一声放声大哭起来。

韩团长不知发生了什么，张大嘴巴吃惊地望着眼前的冷妮。

逃 兵

原来的老三团，被任命为前卫团，顾红旗和杨明业顿觉肩上的担子重如千斤。顾红旗伏在一张桌子上在造花名册，这里有老三团的熟人，也有一些为增加前卫团战斗力补充而来的新人。他的目光依次地从这些熟悉或陌生的名字上掠过，仿佛看到了前卫团一列又一列长长的队伍，在团旗和军旗的招展中整装待发。

杨明业背着手在踱步，不知杨明业多了什么心事，总是把眉头微微地蹙起，偶尔还会发会儿呆。顾红旗问了他几次，杨明业总是顾左右而言他，支支吾吾的像牙疼。部队即将集结出发了，顾红旗和杨明业身为前卫团长和政委，自然事必躬亲，检查人员、装备、后勤保障等等，焦头烂额，千头万绪。

突然，顾红旗的手掌很响地拍在花名册上，吓得杨明业一哆嗦，虚着声音道：红旗，你别一惊一乍的，弄得我思绪都乱套了。

顾红旗起身差点把桌子掀翻，提起马鞭就要往外走。杨明业大喝一声：你要干什么去？依他对顾红旗的了解，一定有大事发生了。每次有大事发生，顾红旗总是热血撞头，经常会闯祸。每次都是杨明业出面灭火，平息顾红旗惹出的事端。这一次他自然也不例外，把自己的心事抛到九霄云外，又一次奋不顾身地冲出来，拽住顾红旗的膀子。顾红旗就趔趄了一下，甩开杨明业的手，红着眼睛道：这个于守山太不像话了，刘参谋找了他两次，二营长又找了他一次，他到现在还没有归队，看来这小子是要当逃兵了。

顾红旗所说的于守山是老三团的副团长，前两个月部队响应支援地方建设的号召，于守山也转业了，就在乐山附近一个镇子上当副镇长。这次部队集结在乐山，归队后顾红旗和杨明业才得知，这个于守山副团长已经结婚了。

前几日，于守山还回来看望过他们，提了两瓶酒和一捆腊肠，沉浸在新婚的喜悦之中，面色滋润，喜气洋洋，浑身上下洋溢着幸福。那会儿，顾红旗和杨明业还和他开玩笑，说这小子下手又狠又准，这么快就结婚了。一些老战友凑了份子，都来祝贺于守山。即将分手时，顾红旗把于守山拉到背静处，一手拉着他的胳膊，另一只手抱着他的肩头道：守山，回去准备一下，抓紧归队吧，咱们团被上级任命为前卫团了。咱现在就是一把尖刀，要把第一面红旗插上喜马拉雅。

于守山还挺了胸脯向他保证，料理完家事，一定准时归队。

从那天开始，顾红旗就开始等待于守山，于守山和顾红旗、杨明业相比要小上几岁，今年三十刚出头。他是在苏北入伍参军的，也算是能征善战的一员虎将了。眼见着昔日老三团的干部战士悉数归队，唯独这个于守山左等不来，右等不来。前两日他分别派刘参谋和二营长去催促，每次捎来的信都是马上，嘴上答应得很好，就不见归队。

此时，杨明业扯住顾红旗，虽然手被甩开，顾红旗还是停下了脚步，用马鞭指着天空道：于守山这小子变节了，再也不是以前那个打仗嗷嗷叫的于守山了。他被女人绊住了脚，这小子腿软。

杨明业原地转了两周背着手：他归不归队，完全是靠自愿，当初人家也是响应党的号召，支援地方建设的。强扭的瓜不甜。

顾红旗把马鞭在空中甩出了一声脆响，一蹦八丈高地道：这小子要是当逃兵，就是绑我也得把他绑回来！吼完，冲远处喊：小李子，李本田，给我备马。李本田是他的警卫员，二十岁左右的样子，长得圆头圆脸。成都战役时，老警卫员张木林为了掩护他牺牲了，刚入伍不久的李本田便成了他的警卫员。李本田是在成都战役后入伍的，一口四川话，不紧不慢的样子。李本田是杨明业挑选给自己的。刚开始见李本田时，他满脑子都是老警卫员张木林的身影。张木林的牺牲，他已经在床上躺了三天了。

顾红旗的话音刚落，李本田在不远处就应声道：来咧。少顷，李本田就牵着那匹青灰色的马跑步来到了顾红旗近前。顾红旗热血上头，脑海里只有一个念头，那就是把于守山绑也要绑回来。上了马之后，又甩了一下鞭子，冲站在地上的李本田大吼一声：还愣着干啥？喊上刘参谋给我带路。

李本田来不及应一声，又一溜烟地消失在营区里。

顾红旗一马当先地跑到了于守山家门前，才勒住马缰，翻身从马上跳下来。刘参谋和李本田也从马上下来，三匹马跑得热气腾腾，身上还散着蒸汽。

眼前是一户农家小院，就在镇子的边上，院门关着。有一只黄狗匆匆叫了两声，躲在一旁看热闹去了。顾红旗扯开嗓门冲里面喊：于守山，你小子给我滚出来。连喊了两声，门"吱呀"一声开了。首先映入他们眼帘的是一个年轻女人，中等个子，眉眼有几分俊俏。刘参谋附在顾红旗耳边小声地说：这位是于守山副团长的新媳妇。还没等顾红旗开口，新媳妇就操着乐山话说：于守山不在家，他去镇上上班了。乐山话在顾红旗听来很好听，尤其这话从女人嘴里说出来，酥了他半边身子，他心想：谁摊上这样的女人，骨头也会软。女人走近一些，又看见女人的皮肤很白，能掐出水样地鲜嫩。顾红旗的心又酥了几分。女人又把刚才的话重复了一遍。

顾红旗晃晃脑袋灵醒过来。他们刚才路过镇政府，已经去过一趟，被告知于守山请病假在家休息。他来到门前，于守山还不出来，让自己的女人打马虎眼，这明显的就是想耍赖。想到这儿，把刚才见到新媳妇的酥软收了起来，又一次变得坚硬无比，不由分说拉开院门，就要往里面闯。新媳妇似乎早有准备，伸开手臂拦着长驱直入的顾红旗。顾红旗舞起马鞭，手都举到了半空，又停住了，低声却威严地喝了一声：让开！女人迟疑一下，在他的威严面前收回了双臂，顾红旗一脚把门踢开，于守山脸红脸白地站在屋内，一副不知如何是好的样子。

顾红旗把刚硬的目光刺在于守山的脸上，于守山的目光躲开，人也塌了下去，白着脸小声央求道：顾团长，我刚结婚，被窝还没焐热，我都三十二了，找个老婆不容易。再者说了，我留下也是支援国家建设……

还没等于守山说完，顾红旗就打断了他的话，吼道：你放屁，部队集结，全部归队。我们是在执行特殊任务，西藏自古就是我们中国的领土，马上就要被分裂分子独立出去了。这是多大多急的事！你现在当缩头乌龟了？于守山你自己说，你还是个军人吗？国家需要你，部队需要你，你不归队就是一个逃兵。

于守山苍白着脸还想解释什么，顾红旗已经不想再给他机会了，挥了下手，冲身后的刘参谋和警卫员李本田道：把于副团长给我绑上。

先冲上来的是李本田，他是顾红旗的警卫员，对首长的命令自然不会打一丝折扣，从腰间抽出事先准备好的背包带，上前就捆，一边捆还一边说：于副团长，对不住了。刘参谋先是犹豫一下，望了眼顾红旗不容置疑的眼神，也上前一步协助李本田绑于守山。于守山并没有反抗，很配合的样子。

当李本田推着于守山从屋里出来时，新媳妇已经跪在了他们眼前。白嫩的脸上流下两串泪珠，一遍遍哀求道：求求你们了，放了我男人吧，他为革命中过枪负过伤，也立过功，就让我家男人过几天踏实日子吧。他都三十多岁了，还没有个后，等我把他的孩子生出来，就放我男人再和你们去革命。

眼见着新媳妇哀求的样子，顾红旗的心又软了一下。看眼身边蔫头耷脑的于守山，火气又冒了出来。在他眼里以前的于守山可不是这个样子，满身的勇气，就连脚指头都是硬的，没想到一碰女人，连骨头都没有了。怒气再次从他心头泛起，大声地冲刘参谋和李本田喊了一嗓子：还愣着干啥？还不快把人带走！

于守山在二人推搡下，趔趄着向院外走去。女人一下子抱住了顾红旗的腿，一边哭一边喊：顾团长，求求你了，就放了我家男人吧。躲在一旁的那只黄狗，壮着胆子叫了两声。在顾红旗的威严目光中，又低下头，佯装不见的样子，只剩下女人的哀求声。

正当于守山被推到小院门前时，马蹄声再次响了起来，转眼就来到小院门前。马师长和杨明业两人气喘着从马上翻下来。于守山见到二人，头再次低了下去，灰头土脸地站在众人面前。

马师长不温不火的样子，把手背在身后，目光先是落到小院的房子上，然后又收回来，望向那个新媳妇。此刻的新媳妇见到马师长，就像见到了救星，放开顾红旗的腿，摆着手奔出来，跪在马师长面前，一迭声地哭诉着：求求你了这位首长，就放过守山吧，让我给他留个后，以后随你们怎么发落。

马师长变了脸色，冲刘参谋和李本田叫道：还愣着干什么？还不快把人扶起来！二人连拉带拽地把新媳妇扶起来。

马师长背着手绕着于守山踱步，于守山把头又低了一些，眼睛不敢斜视，盯着自己的脚尖，汗水从他脑袋上冒出来。

马师长终于定在于守山面前，问了一句：于守山，你真不想和部队入藏了？

于守山半晌从胸膛里发出一声"嗯"，才仰起脸说：老首长，我于守山跟着你东打西杀也十几年了，我不是怕死。当初娶媳妇，我答应过她，要守她一辈子，我不能做个说话不算数的男人。我转业到地方，也是组织批准的，建设地方，也是组织需要。首长，你就原谅我这次吧。下辈子我还跟着你打仗，就是死十回八回我也认。说到这儿于守山抽泣起来。马师长把目光投向远处，目光中掠过一缕失望。新媳妇不失时机地带着哭腔又说：我男人现在转业到地方了，以后当牛做马让他建设新社会，不给部队丢脸。

马师长把目光收回来，闭了下眼睛又睁开，冲刘参谋低声道：把人放了。

刘参谋怔了一下，把目光投向顾红旗。顾红旗已背过身去，仍能感到他的怒气未消，肩头不平静地起伏着。

马师长见于守山在捆绑中被解放出来，不知冲谁说了一句：人各有志，不能强求。说完翻身上马，气哼哼地嚷了一句：归队！然后自己打马而去。

杨明业过去拉顾红旗，顾红旗正用愤怒的目光望向他。杨明业就解释道：就是你把于守山带回去也得等师长发落。说完还安慰似的拍了拍顾红旗的肩膀。

顾红旗像钉子似的钉在原地，杨明业上前拉了他一把道：马师长都说了，人各有志，还不快走！说完向自己的马匹走去。顾红旗无奈地从李本田手里接过马缰绳，又狠狠地望了眼于守山，于守山已抬起头，满眼感激地望着他。

顾红旗抬起头，冲着天空发出一声长叹，然后挥起马鞭，发泄着抽了一下马的屁股，青马就箭一样地射了出去。

马蹄声渐远，新媳妇这才一下子扑在于守山的怀里，放声大哭起来，于守山在女人的哭声中喊了一句：我是个逃兵，对不起培养我的部队。然后挣开女人，蹲下身子，狠狠地抽了几记自己的耳光。他又一次被女人抱住。

那只院子里的黄狗见危险已过，从角落里跑过来，冲两个主人欢天喜地摇着尾巴。

割　　舍

当顾红旗一行回到军营时，日头已经偏西了。斜阳射在他的脸上，像一个喝醉了酒的莽汉。他摇摇晃晃地从马上跳下来，把马缰丢给警卫员李本田。当双脚踏在地上时，一股没出的恶气立马顶到了头上。他脚高脚低地走到一棵树前，撸起袖子，甩起马鞭便向树上抽去，树叶在他的鞭响中纷纷落了下来，像一群受惊又委屈的小鸟。顾红旗抽打一阵并不解气。他开始冲着树咒骂：孬种，逃兵，这么多年部队的饭你白吃了，就知道过你的小日子。他娘的，见到女人就迈不动步，没出息的货。你的志向呢？参军前的理想呢？将革命进行到底，喊得好听，你的良心让狗吃了，看俺不抽死你这个没出息的货……他的咒骂声越来越大，引来众人围观。李本田把马拴好，回来见团长的气还没消，无助地站在人群中，看着顾红旗发泄着。他抽热了,把上衣扣解开,敞开怀再接再厉地和眼前那棵树较着劲。在他眼里,这就是逃兵于守山。想着于守山那个熊样,他的气一股又一股地从身体里蹿出来。他脸上流汗,手有些哆嗦,他气喘着,停止了抽动。他想应该狠狠地踹几脚眼前这个逃兵,于是飞起一脚向树干上踹去,不料却踢空了,人很滑稽地摔在了地上。一旁看热闹的士兵想笑又不敢笑,难受地憋着。李本田奔过来,抱起摔在地上的他。他刚站起来就用膀子把李本田顶开,吼了一声:一边待着去。李本田身远心近尴尬地立在那里,想上前劝慰,又不敢。

　　队伍还没有出征,顾红旗心里就堵了几块大石头。于守山这个逃兵算一个,还有杨明业的家事。昨天晚上,夜都深了,先是军医王秀丽敲响了他的门。他打开门,看见两眼红肿的王秀丽一副委屈的样子,他最初以为是王秀丽和杨明业吵架了,以前两口子也经常闹矛盾,王秀丽也找过他给评理,但从来没遇到过如此这般的王秀丽。他刚要把王秀丽让到房间里,杨明业风风火火地追了过来,一边走一边系着衣扣,上前拉着王秀丽的衣角说:这事你和顾团长说也没用,咱们是去解放西藏,不是游山玩水。

　　王秀丽用手把杨明业的手打掉,一步跨进顾红旗的宿舍,杨明业只好跟了进来。顾红旗瞟了两人几眼,试探地问:你们是为大康、二康的事吵架了吧?

　　王秀丽仰起脸,又有了要哭的意思,她苍白着脸说:孩子是我生的,一把屎一把尿拉扯到现在。以前也行军打仗,还不是枪林弹雨地把孩子带到四川了?西藏怎么了?难道不是人待的地方?只要我还活着,我就要把孩子带在身边。孩子不在了,还要我这个当妈的干什么?

　　顾红旗归队之后,一天到晚忙得不可开交。出发前的准备真是千头万绪,三团变成了前卫团,许多归队的官兵刚刚回来,他们要检查枪械,落实编制,还要做出发前的动员,安排后勤保障。总之,这次出征不同以往。师长在干部大会上做过动员,也介绍过西藏高原的特殊。这次进军西藏,不仅山高路远,而且平均海拔四千米以上,缺氧和雪山是他们以前都不曾经历过的。马师长用手指着西藏地图,咬着腮帮骨说:西藏是天堂,也是地狱，不管是什么，我们就是剩下一兵一卒，也要完成党中央、毛主席交给我们的任务。

自从队伍接到进军西藏的任务后，干部战士议论最多的就是西藏的陌生和艰险。顾红旗知道，他们前卫团所肩负的任务就是逢山开道，遇水搭桥。前卫团的任务要比大部队艰巨得多。他的忙乱，差点把政委杨明业的两个孩子大康、二康给忘了。两人的出现，让他意识到问题的严重性，他绕着屋内的八仙桌走了两圈。杨明业就在一旁赌气地说：红旗，你别为难了，我想好了，把两个孩子送给当地的老乡。不能因为两个孩子拖了全团的后腿……

杨明业的话还没说完，王秀丽把身子横在顾红旗和杨明业之间，一边流泪一边道：顾团长，刚才在家里，就为两个孩子去处在吵架，今天来找你，就是想让你评个理。我是军医，又是孩子的母亲，有谁能理解母亲的心呢？

顾红旗知道杨明业一家遇到棘手的大事了，大康和二康是他看着长大的，二康出生时，他还曾和杨明业两口子开玩笑地说：你们有大康了，就让二康给俺当儿子吧。杨明业大方地答应了。二康会说话时，杨明业把二康揽在顾红旗的怀里，让二康喊他爸爸，二康不认生地真的喊了。那一瞬间，感动得顾红旗一塌糊涂。他还没结婚，就领略了当爹的感受。他理解情字，也懂得部队的纪律。虽然这次队伍出发没有明确是否能带上孩子，但马师长反复强调一定要轻装前进。因为这次入藏对所有人来说都是第一次。高原，缺氧，各种风险，目前都停留在理论上，谁也没有体会过，未来是如何艰险。

想到这里，顾红旗望眼杨明业，试图开导王秀丽道：老杨说得没错，咱们是前卫团，这次入藏的任务不同以往……

他的话还没说完，就被王秀丽打断了。王秀丽披散着头发道：顾团长，我知道你和杨明业用一个鼻孔出气。我是军人，我会服从命令，但我也是个母亲，有母亲的使命和责任。我们革命为了什么？不就是为了我们下一代过好日子么？我们连下一代都不要了，我们革命还有什么意义？

王秀丽的话把他噎得一句话也说不出来,他在心里一会儿站在杨明业的角度,一会儿又站在王秀丽的一边,总之,这件事弄得他心里乱七八糟,一时也没了主意。眼见着天色不早了,他打着圆场道:秀丽同志,带着孩子出征,这是件大事,我们前卫团无权决定。这样吧,我们明天一早就去找师长,不论如何,我们服从上级的安排。

顾红旗的话已至此,王秀丽知道,也不会在顾红旗这里得到结果,一边走一边说:不论谁说也不行,我是当妈的,我不疼自己的孩子,还有谁疼?

杨明业望眼顾红旗,一副为难的样子说:哎,红旗,我现在真羡慕你,一个人利手利脚的多好。说完甩着两只手,也走了。

两人一走,顾红旗重新躺在床上,品味着两个人的话。大康、二康要是自己的孩子,又怎么能割舍?他的眼前又浮现出冷妮的影子,马师长和韩团长给自己提亲去了,还不知有个什么结果。他当时为了将马师长一军,也就是那么随口一说。可革命尚未结束,结婚成家只是个奢望而已。他冲着那棵树,把自己该说的心里话都说了,虽然叫着冷妮的名字,他眼前浮现的却是模糊的一张女人面孔,像许姑娘,也像冷妮,总之,他是在对自己未来的爱人诉说着衷肠,发誓着男人内心的热血豪情。他意识到,自己和那个叫冷妮的文工团员不可能,时间太紧张了。自己又不是土匪,总不能去抢亲吧。想到这儿,他摇摇头,在心里叹了口长长的气。

第二天一早,王秀丽果然找到了马师长,顾红旗和杨明业赶到时,王秀丽似乎已经把自己的理由说完了,正站在一旁,一副视死如归的模样。

马师长在自己办公室里在踱步,他的样子像一只拉磨的驴,走了一圈又一圈。两个人出现在马师长面前时,他们都以为马师长要冲两人发火。马师长的嘴张了张,发出一声悠长的叹息声。马师长拉过一把椅子坐下,一只手扶着额头道:我们不是神,都是人呢。还记得马路么?

马师长的一句话,一下子让他们想起了那个三岁的男孩;马路是马师长的儿子,在部队过长江时,马师长忍痛把马路寄养给了长江北岸的一户人家。可他们过了长江,队伍就没再回头。如今马路还在老乡家寄养着,一点音讯也没有。马师长的夫人是师部的机要参谋,每次提起自己被寄养给别人的孩子,总是魂不守舍,躲到没人的地方,偷偷地擦眼泪。

马师长这么说,两人一边点头,一边难过起来。

马师长站起身,来到王秀丽面前,以商量的口吻说:秀丽同志,我理解你作为母亲的心情,大康三岁半,二康一岁多,两个孩子正需要母亲的时候。说到这里又把目光投向杨明业道:这次咱们任务特殊,如果一般的行军打仗,不就是两个孩子么?我老马都能带他们。我们这次入藏,也是走一步看一步,都是第一次。我出个主意,你们带上一个孩子,另一个寄养在当地老乡家,不论什么形式的寄养,孩子都是我们亲生的,他跑不了。带上另一个,能走咱就带着他入藏,万一真走不成了,沿途还有老乡,再送人不迟。说到这儿停下来,看了眼王秀丽,又看了眼杨明业:我这不是在和稀泥。因为我也是当爹的,要是上级追究下来,这个责任我来承担。

马师长把话说到这个份上了,王秀丽虽心有不甘,但又不好说什么了。想到一个孩子就要留在当地送人,忍不住又要哭出声来,捂着脸,低着头跑出师部。

马师长又重重地叹口气,拍了拍两人的肩膀道:你们两个身上的担子不轻呀。王秀丽是你们团的军医,还带着孩子,你们要照顾好王军医。她又当母亲,又当军人,不容易。

顾红旗就把胸脯挺一挺道:放心吧,师长。这话不用你说,俺顾红旗心里有数,但俺有个请求。

马师长把目光落在顾红旗的脸上。

顾红旗就说:以前俺们老三团有三个军医,另外两个军医转业回了南方,这次也没召回来,就剩下王秀丽一个军医了,能不能把俺们团军医的编制恢复了?俺们前卫团任务重。

顾红旗知道,这次部队进军西藏,遇到了前所未有的困难,光后勤补给筹粮就遇到了大困难。西南刚刚解放,全国还有许多地方没有解放,整个新中国千疮百孔。别说医生和药品了,让部队吃饱都成了大问题。

马师长摇了摇头道：别说全军，就是咱们师，后勤保障这一块都是缺斤短两的，军医和药品是少了点，你们可以多培养几名卫生员。我们国家困难，部队也困难，这次任务紧急，党中央相信我们18军。我们有条件要上，没条件也要把西藏解放。

顾红旗和杨明业交换了一下眼神，冲马师长敬个礼，转过身，离开了师部。

王秀丽虽然心里犯难，但还是接受了马师长的建议，能有个孩子留在她的身边，眼下是对她最好的安慰了。

杨明业是一团政委，但也是父亲，面对两个孩子，谁留谁走，也犯难了。

他和王秀丽借住在一户农家里，此时夜已深，两人和衣坐在床前，望着两个孩子，大康和二康。两个孩子浑然不知，正香甜地睡着。自从接到入藏命令之后，两个孩子便成了杨明业和王秀丽的最大的牵挂。王秀丽是团卫生队的军医，两人是抗战胜利那天结的婚，那会儿杨明业担任团政治处主任，王秀丽是从武汉投奔到延安的医学院女学生，后来分配到了杨明业所在的团。抗战胜利后，大家似乎都松了口气，许多大龄军官想起了成家立业的人生大事。杨明业就是那一年和王秀丽结的婚，虽然两人相差了八九岁，还是被全团当成才子佳人的结合，一时间夫妻二人成了一对人人羡慕的革命伉俪。谁知不久，解放战争开始了，他们又一次踏上了南征北战的征途。大康和二康又接连出生了。西南解放了，他们原本以为，马放南山，解甲归田，开始过上男耕女织的生活。杨明业虽然暂时留在留守处，但眼见着一批又一拨战友转业到了地方，他意识到，不远的将来，自己的留守处也将不复存在，他和妻子王秀丽也会一起转业到地方。以后的日子再也没仗可打了，王秀丽一直希望自己再生个女孩，他们将成为儿女双全的家庭。从参军到现在，他没忘了革命的初衷，那就是让全天下的老百姓和自己过上好日子。眼见着这样的好日子就要到来了，突然接到队伍又一次重新集结的命令。于是转业复员的军官战士，一声令下，重新又集结在一起。他们三团被任命为入藏的前卫团，光荣地担负起了尖刀的使命，他知道，入藏大军是否顺利，完全取决于前卫团这个开路先锋。他知道前卫团所承担的使命和责任。

当两人商量把哪个孩子送人时，两人都犯了难。一天前，杨明业找到当地政府的一名工作人员，把自己送孩子的决定说了，并求这名政府工作人员帮忙找一个好人家。政府工作人员是个三十出头的青年人，当听到杨明业的决定时，怔了半晌，才回过神来，郑重地点了头，一遍遍保证，一定找一个靠谱的人家。首先不能让孩子受委屈，更不能伤了入藏军人的心。这名政府工作人员果然说到做到，很快便找到了一户姓林的人家。这是对四十多岁的中年夫妇，两人以前做过小买卖，日子过得不错。只因林姓妻子怀过两次身孕，都流产了，郎中说，妻子再也不能怀孕了。所以两人决定抱养一个男婴给自己当义子，也算是老来有个照应。在政府人员的陪同下，两人曾到林家实地看过。就在乐山东郊，有个小院，干净整洁。名下还有几亩地，日子很殷实的样子。夫妻俩见了他们，自然是千恩万谢。丈夫还拍着胸脯一再保证：有我们吃干的，绝不让孩子喝稀的，到我家来，就是老天爷安排好的缘分，我们会把孩子当成亲生的。

两人考察过林家，又和这对夫妻见了面。知道这一对夫妻是好人，他们没什么不放心的。可决定把大康还是二康送人，两人却犯了难，手心手背都是肉。眼下，两人坐在床前看着大康、二康，两个孩子正香甜地睡着，样子是那么招人怜爱。提起送孩子，王秀丽不知流了多少眼泪，一双眼睛都红肿了。

杨明业也在心里合计过，若把二康送人，带上大康一路上会比二康好带一些，可一想到把一岁半的二康送人，又不能马上适应新家的环境，肯定又哭又闹。心里拿起这个又放不下那个，一场战斗排兵布阵都没让他这么犯难过。在母亲王秀丽心里又何尝不是如此？她轻手轻脚地抱起大康，大康迷糊中咕噜句什么，看见母亲的脸，依在母亲怀里又一次安然入睡。看着孩子红扑扑的小脸，眼泪再一次婆娑着落下来。半晌，她把大康放下，又抱起二康，二康偎在母亲怀里，下意识去掀她的衣襟去寻找奶水。前些日子，部队接到集结命令时，王秀丽意识到了该给孩子断奶了。那会儿她奶水正足，她狠下心，不论二康怎么哭闹，再也没让二康吃过一口奶水。想起受了委屈的孩子，王秀丽再也忍不住，捂面抽泣起来。

王秀丽这一哭，杨明业的心就更乱了。他站起身来开始踱步，心情七上八下。眉头紧锁，心是乱的，步子也是乱的，歪斜着身子，几次磕碰到屋内的桌子，发出更让他心乱如麻的乱响。

王秀丽就抬起一张泪脸叫了一声：明业，你倒是下个决心呀。

杨明业愁苦地望了眼王秀丽，他何曾又有一个好主意呢？终于他立住脚，目光不敢与妻子直视，虚着声音说：要不就给两个孩子抓阄吧，谁留谁走，听天由命。王秀丽怔怔地望着杨明业半晌，哀声道：没有别的好办法了么？

杨明业把头深深地低下，摇了摇头，心底里发出一声无奈又悠长的叹息。

王秀丽起身在抽屉里找出一张纸，又把剪刀摸了出来，她把一张纸均匀地剪开，一片是老大，另一片是老二，两个孩子的命运就由两片纸决定了。

杨明业接过两片纸，拿出笔，在一张纸片上先写了一个大字，想了想在另一张纸片上又写了个小字。然后慢慢地把两张纸片合上，又揉成团。在他眼里这两个纸团已经一模一样了，把双手合拢，掌心鼓凸出来，又把两个纸团在手心里摇了几次。最后把手心里托着的两个纸团递到王秀丽面前。王秀丽犹豫着，伸出一只手，几乎都碰到纸团了，似乎被烫着了，又倏地收了回去。脸色变得苍白，呼吸也开始急促。她扬起脸求救似的望着杨明业道：要不，还是你来吧。

杨明业没说话，又把手执拗地伸向王秀丽，王秀丽无路可退地用一只手蒙住了眼睛，另一只手伸向了纸团。她攥起一个放开，犹豫了半晌，终于捏起一个，不再犹豫，把纸团递给杨明业。杨明业接过这枚小小的纸团，手抖了一下，重如千斤的样子，忐忑地展开纸团。随着纸团慢慢展开，"大"字呈现在两人面前。杨明业抬起头长叹一声：这是天意呀！王秀丽转过身已扑在大康身上，哭成了一团。

远处农家的鸡叫声悠远地传来，杨明业抬眼望向窗外，已有朦胧的一片曙色照进窗内。

　　当政府工作人员小王带着王秀丽和杨明业来到林家门前时，林氏夫妇站在院内早就翘首以盼了。

　　出门时，王秀丽给大康换上了新衣服，兜里还揣了两块糖。大康不知自己要去干什么，见到自己穿上的新衣服，兜里又有两块糖，就一副欢天喜地的样子，一声又一声地问：咱们这是过年了么？大康三岁半了，已经过了三个春节了，前两个春节并没有印象。第三个春节是在乐山过的，那会儿一家人都在留守处。解放后乐山第一个春节，过得平和又喜气洋洋。那会儿他们也给大康穿上了新衣，杨明业还在集市上买了挂鞭炮，他牵了大康的手，王秀丽抱着二康，一家人在留守处院里，欢乐着放响了鞭炮。大康显然是第一次见父亲放鞭炮，高兴得什么似的，满院子追着鞭炮的纸屑。二康在王秀丽怀里却被吓哭了，一头扎在母亲的怀里，再也不敢看了。逗得杨明业哈哈大笑。自从和王秀丽结婚，解放战争就开始了，他从来没停歇过南征北战的脚步，大康就生在部队转移的路上。那会儿人喊马嘶，部队在大踏步地前进，他们的任务是黎明之前，一定要抢占王各庄的阵地，孩子就出生在路边的草地上。杨明业都没来得及多看一眼，留下卫生员和警卫员照料王秀丽，自己带着队伍脚不沾地朝王各庄方向奔去。二康是生在入川的路上，一户老乡家里，比预产期提前了大半个月，生二康之前，王秀丽似乎一点反应都没有，挺着肚子查看了伤员，还给两个感冒的战士打了针，回到老乡住地就生了。警卫员进来报告时，他正在和顾红旗一起商量明天的行军路线。他急三火四地来到王秀丽住地时，见王秀丽已经把孩子收拾妥当，抱在怀里正在喂奶。部队入川前要过秦岭，后来许多过秦岭的老兵回忆，那是入川以来遇到的最大的困难，风雪交加，在路上牺牲了许多战士。王秀丽因为生了二康，在老乡家住了二十天之后才出发，她是随着后勤人员一起入的川。

　　大康和二康是在颠沛流离中生产下来的，更是在行军打仗的枪炮声中长大的。那会儿杨明业和王秀丽的最大心愿就是全国解放，再也不用行军打仗了,一起过着男耕女织的生活。不再让两个孩子颠沛流离,风餐露宿。他们能有一个栖身的家,成了他们共同的希望。眼见着18军将士解甲归田,只剩他们在留守处时,觉得这一天终于来到了。杨明业望着鞭炮燃放中渐逝的烟雾,把王秀丽的肩头揽住,感慨着道:以后咱就要过上安宁的日子了。那一刻,王秀丽将头靠在杨明业的肩上,幸福安详。他们以为,从此以后,终于可以过上真正的生活了。

几天后,一切都变了。一纸命令,转业复员的官兵,又陆续地回到了军营。18军奉命入藏,这是党中央的决策,短暂的安宁祥和又一次被打破了。

杨明业走出家门,二康还在床上不知深浅地睡着。王秀丽牵起大康的手,走到门口又停下来,冲大康说:大康,再看眼你的弟弟吧。大康懂事地回过头,看了眼床上的弟弟。虽然两个孩子相差两岁多,大康却很懂事,总是让着弟弟,有一口好吃的也会让弟弟先吃,总是拍着自己的小肚子说:我不饿。这么说了,咽着口水,看见弟弟把唯一的一点好吃的吃下去。两个孩子是玩伴,一岁半的二康已经学会走路了,虽然有些磕绊,但并不影响小哥俩的快乐,他们经常发出童真的笑声。

大康似乎预感到了什么,身子往后坠着,不肯出门。王秀丽哄劝地告诉他,父母要带他出趟门。这一趟门他不知道是远是近,什么时候回来,他没有个概念,以为一会儿就会回来。他又来到床前,伸出手在弟弟二康的脸上轻轻地摸了一下,嘴里还小声地道:弟弟,一会儿我就回来和你玩啊。王秀丽把涌到眼窝的泪水又憋了回去,狠下心牵起大康的手,头也不回地向外走去。杨明业背对着他们等待在院外。

路上,王秀丽曾蹲在大康面前,把大康送人的事委婉着告诉了大康。她说,爸妈又要执行任务去了,把他寄养在一个老乡家一段时间,等执行完任务就会来接他。大康听到从母亲嘴里说出的这一结果还是愣住了,他仰起一张小脸,目光从母亲脸上又移到父亲脸上。父母的表情验证了并不是跟他开玩笑。他"哇"的一声便哭了起来,死命地抱着母亲的腿,一遍遍地哭喊着道:爸,妈,别扔下我,我跟你们走,弟弟能走我也能走。杨明业只能把后背留给大康，王秀丽蹲下身子，一把抱过大康，也一边流泪一边说：大康听妈话，你是个乖孩子，妈说话算数，过一阵一定接大康回家。无奈的大康审视着母亲的表情，为了说服大康相信自己的话，王秀丽又叫过杨明业，让杨明业给大康一个定心丸。杨明业转过身子，把大康从地上抱了起来，湿着眼睛，哽着声音冲大康道：儿子，爸是军人，从来说一不二，答应接你就一定会来接你。

说完他抱着大康，大着步子向前走去。王秀丽扭过身子，把脸上的泪擦去，低垂着头，随在后面。半路上他们和政府的王同志碰面，便一起向林家走来。

林氏夫妇见三人过来，张着手迎过来，他们的目光齐聚在杨明业怀里的大康身上。这对中年夫妇，盼星盼月地就是期望自己有个孩子，没承想老天爷眷顾，真的天上掉下来一个儿子。自从上次政府的王同志把杨明业和王秀丽带到家里，说明来意，两口子已经几夜没睡好了。他们两眼望着天棚，想象着天上掉下来的儿子长得啥样，是否健康……总之，把该想的都想了，眼见着自己未来的儿子就在眼前，怎能不激动？林妻张着手迫不及待地要从王秀丽怀里把大康接过去，王秀丽下意识地躲开了。林妻被闪了一下，有些错愕地把杨明业和王秀丽看了看，最后目光落在政府王同志的身上。

王同志就上前一步，笑着冲杨明业道：首长，孩子都带来了，就让老乡抱走吧。

杨明业又将目光投向林氏夫妇，前两天王同志带他和王秀丽来到林家，他心里对林氏夫妇是满意的，怎么想都觉得眼前这对夫妻都不会亏待了自己的孩子。可此时，眼见着和儿子大康分别，心还是悬了起来，放不下上不去。刚才大康一直抱在他怀里，快到林家门前时，王秀丽又把孩子夺了过去，把大康一张小脸紧贴在自己的脸上。表情抽动着，她在强忍泪水。

他望了眼王秀丽，王秀丽含在眼里的一泡泪，随时要奔涌出来。他走到男人面前，伸出一只手，和林姓男人的手握在了一起。对方似乎还不习惯握手，身子有些僵硬，脸上的表情却丰富着，忙不迭地说：首长，孩子交给我们，你尽管放心，有我们林家一口吃的，就不会让孩子饿着。杨明业握着林姓男人的手就用了些力气，摇晃一下道：咱们都是男人，说出的话就是泼出去的水。林姓男人喏喏地点着头：那是那是，这你放心，这孩子以后就是我们的儿子了，哪有父母对儿子不好的道理？杨明业听了这话心里哆嗦了一下，现在大康还是自己的儿子，马上就是林家的人了。

他放开林姓男人的手，转过身，冲王秀丽道：把大康给人家。

林妻听了这话，又热情似火，急不可待地扑过来，似夺似抱地从王秀丽怀里抱过大康。王秀丽还没看清楚，女人就旋风似的把大康一路抱进屋里。

大康就在这时突然大哭起来，一边哭一边叫：爸，妈，你们早点来接我。

王秀丽含在眼里的那泡泪再也憋不住了，她拔腿就向院外跑去，呜咽着声音一路远去。

杨明业也想转身走开，林姓男人突然一把捉住他，从口袋里掏出一张早就准备好的纸，展开来。杨明业才看清楚，那是一张契约。杨明业扫了一眼，大概意思写的是，孩子是自愿送的，终身不得反悔云云……林姓男人不失时机地又从怀里掏出一盒印泥，递到杨明业面前，殷殷地叫了声：首长，君子一言驷马难追。什么事都得把话说在明处。

杨明业望着这个男人，脑子有些空，似乎有些反应不过来。男人举着印泥和那张草就的契约，又催促道：首长，咱们是君子，就得干君子的事，不能反悔就是不能反悔。过几年我们把孩子养大了，有了感情，你们再把孩子接走，这不是要了我们两口子的命吗？！首长，你见多识广，深明大义，您说是不是这个理儿？

杨明业的耳畔似乎听到了军营处传来的军号声。他狠了狠心，又望眼身旁的王同志，接过契约，用右手食指狠戳了一下印泥，又猛地按在契约上，似乎要把那张纸捅个窟窿。男人又递过第二张，让杨明业把刚才的动作又重复着做了一遍，递给他一张，另一张自己揣起来，又按了按。

男人做完这一切,才长舒一口气,又重复了一遍刚才说过的话:孩子从现在开始就是我们的儿子了,就是拿命换也要把孩子养大……

杨明业不想在林家停留了,转过身向院外走去。屋内的大康似乎知道他也要走了,哭喊着:爸,你要来接我。

杨明业脑子里嗡响一片,耳朵什么也听不见了。他越走越快,走了一气,发现脸上是湿的,摸了一把,满脸都是泪。

新　　婚

前卫团出发的前一天,马师长把顾红旗叫到了师部。顾红旗在师部门前下马,把马缰绳丢给警卫员李本田,自己提着马鞭大步流星地往师部里走。这一天,马师长的心情似乎很好,背着手站在师部门口的台阶上,见顾红旗走过来,脸上挂出忍不住的那种乐。顾红旗到了马师长近前,琢磨着马师长脸上的表情,从入伍那天就认识马师长这个人,就连自己的名字都是马师长给起的。以前他的名字叫狗剩。爹妈为了孩子好养,随便起个便是。当时的马连长听了他的名字,龇着牙半天没有说话,后来目光投到阵地上插着的红旗,便说:你就叫红旗吧,这名字威风,又鲜亮。

从那以后,他才有了顾红旗这个名字,自从有了这个名字,觉得自己提气多了。和马师长生死与共二十年,他对马师长也是有揣摩的。比如马师长此时的笑,肯定不是自己的事,一定和他有关。果然马师长一把拉他到自己面前,一只手勾在他的脖后,两眼盯着他,放着光说:顾红旗,恭喜你呀。顾红旗从上到下摸了把自己的脸,眨着眼睛说:师长,你别和我这个老光棍开玩笑,不娶媳妇,又不添丁进口的,我能有啥好事?顾红旗这么说,心里就涌出一缕落寞,前两天马师长把他带到了文工团,名义上让他挑媳妇,他看上了那个唱《南泥湾》的姑娘,可一连两天过去了,人家连屁都没放一个。他一直觉得马师长是骗他的,把他当成狗剩、驴剩一样忽悠，想想就生气，又不好发作。有几次晚上，他望着漆黑的天棚，脑子里又闪过许姑娘冲他笑，又质问他：为什么说来你还不来？莫名地，他竟有一丝委屈，摇着头把许姑娘从自己脑子里驱赶远离。

自从师长任命他们三团成为入藏前卫团之后，一切都忙碌起来，白天要检查部队，配备人员、装备、后勤给养的运输等等，整天他和杨明业忙得焦头烂额，自己的事早就抛到九霄云外去了，他甚至想，等部队到了西藏，说不定还能娶个藏族姑娘。

眼见着马师长把脸上的笑变成了桃花，他仍然猜不透自己会有什么好事。马师长放开勾着他后脖子的手，变成拳头，冲他的胸擂了一下道：文工团的冷妮，同意嫁给你了。

他听了这话，浑身的血液似乎凝住了，有些头晕，他趔趄了一下身子，扶住一棵身边的树，盯了师长好半晌，把脖子伸长问了句：你说啥？别糊弄俺。马师长这次又扳过他的脖子，冲着他耳边一字一句地说：前卫团，明天就要出发了，师里研究决定，今天就安排你和冷妮的婚礼。

顾红旗这回听明白了，他一蹦八丈高，扯着嗓子喊：师长，你没骗俺？

马师长收起脸上的笑，认真地道：下午抽空你就把婚结了，明天队伍出发，你也用不着为自己个人大事牵肠挂肚了，我老马答应你的事，说到做到。

顾红旗舞起马鞭在半空中抽了一下，他拔腿就往外跑，跑了两步，停住脚，转过身子冲马师长：师长，那个宣传队的女娃子叫啥来着？

马师长看着顾红旗的样子，又可气又可笑，又细致白牙地说：冷妮，冷热的冷，妮子的妮。

顾红旗用马鞭抽了下自己的大腿，冲马师长笑道：中了，俺记住了。

说完一溜烟地消失在马师长面前。

在前卫团驻地，顾团长要和师文工团冷妮结婚的消息一阵风似的刮开了。最先得到消息的还是杨明业，刚把大康送人，一路上他的肠胃似乎被一只手揪着，一阵紧似一阵。回到团部，他听到顾红旗结婚的消息。作为团政委，又是顾红旗的老战友，好搭档，自然为顾红旗高兴。他找到卫生队的王秀丽，她显然又哭了一阵，眼睛依旧红肿着。只要眼前没人，还忍不住抽搭着。孩子送人，母子连心，仿佛自己心头上的一块肉也被挖走了。杨明业把王秀丽拉到一个没人的地方，低着声音又交代道：大康的事谁也不要告诉。两人送孩子前，已经商量好了，这件事一定要保密。保密是防止顾红旗知道，顾红旗那脾气两个人都了解，他一定不会同意送人。但带上孩子，连累的不仅是他们夫妻两人，是整个全团。

部队过秦岭时，杨明业就萌生了把大康送人的想法，他征求着把自己的想法冲顾红旗说了。当时两人就着一盘炒黄豆正在喝酒，顾红旗当场发火了，把酒瓶子都摔了，指着杨明业的鼻子大叫：老杨，你敢！要是把孩子送人，俺也算看清你这个人了，咱们搭档就此散伙，你不认识俺，俺也不认识你，以后大路朝天。杨明业就解释，还没等他说完，顾红旗伸出手制止他说下去，丢下一句：大康你们要是带不了，俺来带，从今天开始俺就是大康的爹。杨明业有千万条理由也说不下去了。他也就此打消了把大康送人的想法。

从那以后，顾红旗果然把大康当成了自己的干儿子，在战场上缴获好吃的好玩的都要送给大康，大康自然也喜欢信赖这个干爹。有时行军，顾红旗就把大康抱在怀里，用背包带把大康捆在自己的胸前，大康吃喝拉撒都在顾红旗的怀里。

王秀丽虽然把大康送出去有心理准备，但此时还是牵肠挂肚，杨明业在王秀丽身边踱了几步，止住脚，想起了顾红旗结婚的事，拍下自己的脑袋道：我找你不是和你说孩子的事，顾红旗今天抽空要结婚，团里就你是个女人，这事老爷们不懂，你得张罗一下。

王秀丽听顾红旗要完婚，暂时将对大康的牵肠挂肚收了回来，忙问：顾团长和谁结婚？

杨明业说：师文工团的，叫啥我也记不得了。你抽空把顾团长的房间布置一下，人生大事，怎么也得添点喜庆。杨明业说完便走了，王秀丽把自己的眼泪擦净，向顾红旗住处赶了过去。

前卫团已经接到即将出发的命令，各连各营都在做着出发前的最后准备。顾红旗和杨明业研究完行军路线，又对各营出发的顺序进行了安排。交由刘参谋通知各营后，两人便到各营开始检查落实。前卫团并不在一个军营里，住得分散，两人挨个营跑了一圈，赶回团部时都快傍晚了。路上，杨明业还开玩笑着催顾红旗早点回去完婚。还没到团部门口，就看到刘参谋慌张地打马而来。原来刘参谋接到师里通知，让两人马上去师里召开紧急会议。两人接到刘参谋通知，掉转马头，又风风火火地向师部赶去。

冷妮也是一早接到韩团长通知她完婚的命令。虽然她答应了顾红旗的求婚，可突然接到结婚的命令，还是让她大吃一惊。她紧张又不安地望着韩团长，扯着自己的衣襟道：团长，咋这么快？韩团长就拍下大腿说：前卫团明早就出发了。师长说了，要让顾团长走得安心。我知道你心里还没做好准备，是急了点。但你既然同意嫁给顾团长了，早晚这婚都得结。

冷妮想着即将出征的前卫团，想着顾红旗形单影只的样子，她来不及多想，觉得组织安排自然有组织的道理，便认真地冲韩团长点点头说：师傅，我服从组织安排。在韩团长心里，觉得冷妮会提出相反的意见。毕竟婚姻是终身大事，两天前刚答应，现在立马就结婚，甚至这两天冷妮和顾团长连个正面都没照过，于情于理，冷妮要是提出什么想法，也在情理之中。他甚至做好了和冷妮磨牙的心理准备，没料到冷妮竟然一口答应了。望着眼前听话乖巧的冷妮，他想起冷妮初来乍到时的样子，一个落荒的孤儿，破衣烂衫，面黄肌瘦，眼睛里闪着求生的火苗。仿佛那个小姑娘的样貌就在昨天，如今冷妮已是如花似玉的大姑娘了。韩团长想到这儿，伸出手爱抚地在冷妮头上拍了两下，哽着声音道：师傅没白疼你们，妮子，你是懂事听话的孩子。

冷妮在那一瞬，也有了扑在师傅怀里大哭一场的愿望。但她还是冷静地克制住了，眼睛湿润着冲师傅说：师傅，你放心，妮子不论走到哪里，都不会让师傅操心。我会光荣地完成组织的决定，今天就嫁给顾红旗团长。

说完还挺起身给韩团长敬了个礼。

王秀丽带着几名团卫生队的卫生员，把顾红旗居住的小院打扫得里外一新。窗子擦了，两个男兵还用脸盆接了水，把门前的青石板小路用水泼净了，就像刚下过一场雨，干净可人。王秀丽从老乡家借了两张红纸，剪出几个喜字，和卫生员一起，贴在了窗子上。有两张还贴在了小院的墙垛上。王秀丽里外又查看了一遍，在她眼里这里布置得真像一个新房了，才带着几名战士满意地离开。此时，已是傍晚时分。新房映衬在最后的一抹夕阳中。

冷妮和其他文工团员已经上好妆，舞台一角，乐器分队的几个人，一遍遍调试着手里的锣、鼓、镲，就像临战的士兵，在擦拭着手里的武器。前卫团明天一早就要出发了，文工团这晚的演出，就是在为前卫团的将士们做最后的壮行。

夜色临近，一排排一列列的士兵，来到舞台前的空地上，席地而坐。舞台四角的汽灯已经点亮，壮行演出的大幕正徐徐拉开。

师部出征的动员大会已接近了尾声，任务早已分配完毕，那张入藏的地图就挂在会议室的墙上。所有指挥员，对前进的线路早已烂熟于心。

马师长站在会议室地图前，目光扫视着这些团以上干部，在座的每个人他早就熟得不能再熟，都是随他摸爬滚打过来的。每位团长、政委的优缺点，他也了如指掌。他把目光收回来，低沉着声音说：同志们，入藏的命令是党中央、毛主席下达的。境外一些势力正虎视眈眈地盯着我们西藏这块领土，我们不去解放，敌人就会从我们新中国的版图中把它分裂出去。西藏是我们新中国的西大门，是走向世界的高地。如果我们失去西藏这个战略制高点，我们的边境线就会倒退上千公里。我们防无可防，守无可守。党中央、西南局把解放西藏的任务交给我们18军，这是我们18军指战员的荣光。历史会记住今天，更会记住我们18军每位入藏的官兵。马师长讲到这儿，已经有些激情澎湃了，他向前走了几步又折返回来，用更低沉的声音说：同志们，战友们，任务光荣，执行起来困难重重。我们入藏要途经五千米以上的雪山就有好几十座，三四千米的雪山不计其数，阴沟、河流更是数不胜数,甚至无路可走,我们要开辟出一条进藏道路。讲到此处,他把目光投向了顾红旗和杨明业。两人自然感受到了马师长的召唤,两人腾地从座位上站了起来。

马师长挥着拳头道:你们前卫团就是整个入藏部队打出的拳头,刺出去的尖刀,考验你们战斗力的时候到了。

顾红旗和杨明业两人似乎早就演练好了,立正挺胸答道:山可摧,海可枯,前卫团的勇气不能丢……两人的齐声回答,让整个会场都有了一种气场,像点燃的炉火。

马师长挥了下手,做了一个劈下去的动作:明早出发,我亲自给你们团授旗,让前卫团的旗帜早日插到喜马拉雅。

会场所有人起立,这些团以上的军官,就是前卫师的核心力量。这些饱经战争考验的军人,又一次挺起了他们的胸膛。不论前方是刀山还是火海,一旦他们决心已下,他们皆会面无惧色,用他们的血肉铺成一条通往西藏的大道。

会议结束后,在院门前,马师长又一次把顾红旗和杨明业留下了,盯着两个人的眼睛久久没有说话。两人明白师长的心思,师长还是不太放心,两人又一次立正站好,声音铿锵地道:师长,我们就是搭上性命,也会保证逢山开道,遇水搭桥,誓死也要把进藏的路线打通,决不耽误大部队入藏的计划。两人又一次给马师长敬礼。马师长依次把两个人手握了,马师长的手用了力气,这股力气让他们感受到了前卫团肩上的重任。

当顾红旗和杨明业打马回到前卫团驻地时,天早已黑透。文工团壮行的演出已经散场,有两个连队的士兵,最后从演出现场撤离。台上的汽灯只剩下孤零零的一盏,几名收拾道具的文工团员在灯影下忙碌着。顾红旗和杨明业分手,顾红旗提出还要到各个营转一转。杨明业一拍大腿,想起了什么似的,推了一把顾红旗道:你都把自己的大事忘了?顾红旗有些发蒙,他摸着自己的脑袋,瞅着杨明业。杨明业指着顾红旗的鼻子急赤白脸地说:你这个马大哈,今天是你结婚的日子。顾红旗挥了下马鞭,他从早晨开始一直忙到现在,他真的把自己今天结婚的日子给忘记了。杨明业呲了句：还不快回去！我去各营看看，这里没你的事了。

顾红旗火燎腚般地向回跑去，杨明业在他身后又喊了一嗓子：顾团长，新婚快乐哟……他的话还没喊完，顾红旗已经不见影了。

顾红旗回到自己居住的小院时，远远地看见自己房间内的油灯燃着，透过窗子温暖地亮着。他还是第一次被这灯光所吸引，以前，不论他多晚回来，都是警卫员李本田摸着黑把灯点亮。今天却不同以往，那盏温暖又幸福的灯火是为他而燃。走到门垛前，见暗处立着一个人，那人上前敬礼道：团长，冷妮同志已经回来了。他才发现说话的人是警卫员李本田。一早出发时，是杨明业让李本田留下的，为的就是给顾团长准备新婚。李本田下午的时候就跑到文工团，把冷妮的被子抱到了团长的房间。把两张单人床拼到了一起，又把两床被子肩并肩地摆放在一起。望着两床被子，又想起即将成为新郎的顾团长，李本田才满意地离去。从演出开始，他一直在后台盯着冷妮，冷妮一演出完，他便把冷妮护送到这里。然后像一名哨兵似的站在小院门口，翘首等待团长的归来。

顾红旗心跳脸热地走进自己的宿舍，这是个里外间的房子，外间平时是他开会研究事的地方，摆着一张八仙桌，桌旁摆了四把椅子。里间的门虚掩着，他走到门前停了下来，顺着门缝望过去，看到冷妮搭在床下的半边身子。他顿觉口干舌燥，头有些晕，像喝醉了酒，脚步虚飘，他不知怎么推开的门，又是怎么脚高脚低地走到床前。冷妮坐在床沿上，身子倚在被子上，她已经睡着了。两只手臂抱在胸前，怕冷的样子。她的脸上居然还带着油彩，就像她在舞台演出时一样，她睡得正香正甜，喉咙处还打着轻轻的鼾声。一盏煤油灯放在床旁的一张桌子上，灯火跳跃着映在冷妮的脸上。顾红旗镇静下来，又从头到尾把冷妮打量了，他是第一次这么近距离地观察冷妮。师长带他去文工团，第一次看冷妮是站在远远的地方，甚至连眉眼都没能看清，只是被她的歌声所吸引。一首《南泥湾》被冷妮领唱得高远透亮，气脉足，味道浓。与其说他看上了冷妮，还不如说是他被冷妮的歌声所吸引。他认定，冷妮身体好，以后能吃能生能养。从小到大，他对健壮的女人天然地有种不可抗拒的迷恋。祖祖辈辈以耕田生活，自然对身体强健的女人情有独钟。而此刻，眼前的冷妮并没有他想象的那么健壮，甚至有些瘦小，一张绘着彩妆的脸，还是一张没有长开的娃娃脸。在他的心里，冷妮就是个孩子。他不忍心把冷妮叫醒。他在床旁伫立了片刻，他开始行动了，先是蹲下身，把冷妮的鞋脱去。这是一双冰冷又小巧的脚，他把她的下半身平放在床上。整个过程就像在照顾一个婴儿，小心翼翼，恐怕把她惊醒。换了个姿势，她似乎睡得更舒服了，嘴里喃喃地还说着梦话。顾红旗又把另一床被子拉过来，同样轻手轻脚地盖在冷妮的身上。然后回身端起油灯，又仔细地把冷妮打量了一遍，他此刻就像是一位慈祥的父亲在守护女儿。半晌，又是半晌，顾红旗终于把油灯吹灭，放在桌子上，又轻手轻脚地向门外走去，带好门，他和衣躺在了外间那张八仙桌上。他望着漆黑的天棚，舒展着身子，幸福地想：我顾红旗也是有老婆的人了。这么想过，心底里有一股暖流涌出来，热了他整个身子，他还想着什么，上下眼皮粘在一起，便进入了梦乡。

是集合的号声把他从睡梦中唤醒，号声就是命令，他条件反射地从八仙桌上跳下来，他踩到了什么东西，差点跌倒。定睛细看，是李本田从八仙桌底下爬了出来，慌张地整理着衣服。他用惊诧的目光盯着李本田，他没想到这个警卫员是何时钻到桌子下的。李本田感受到了团长问询的目光，慌乱地敬个礼道：团长，保护你的安全是我的任务。你睡着了，我才钻进来的。回答完，转身向外跑去。从惊怔中醒过神来的顾红旗听到里间屋里有了动静，忙推开虚掩着的门。只见冷妮已坐到床沿上，她正满眼不解地打量着这间陌生的房屋，似乎还没有从睡梦中彻底醒过神来。见到探头的顾红旗，她下意识从床上下来，惊恐地望着他，还说了句：首长好。集合号已经吹响，顾红旗没有时间做更多的停留，只冲门缝中的冷妮说了句：咱们拉萨见。

说完奔到门外，站在院子里又想起什么，立住脚，冲屋里喊了一声：冷妮，你要保重呀。说完迈开大步，向集结地点奔去。

冷妮听着一双男人的脚步从近及远地消失，才反应过来。这是顾团长的宿舍，昨晚演出完就被警卫员带到这里，她的任务是和顾红旗团长完婚，可不知自己怎么就睡着了。她上下打量着自己，发现自己的衣服都没脱，只在门缝处看到了顾红旗被挤扁的那张脸，更别说对顾红旗有什么印象了。想到这儿，她懊悔地跺了下脚，也奔出门外，向文工团驻地方向跑去。

出　　征

前卫团在驻地村口，整装待发。团旗营旗在风中飘舞，送行的人群早早地就站在路的两侧。老乡们手里托举着腊肉、鸡蛋，还有各种当地吃食。在他们眼里，就是眼前这支队伍解放了他们乐山。他们的队伍又一次出征，他们满怀真情地涌出家门，欢送子弟兵。每个人脸上流露出的真诚，在初升的太阳下，闪着炽热的光芒。

前卫团已列装齐整。马师长骑马赶来，顾红旗和杨明业从队列里跑出来，立在马师长面前。三位老战友的目光交织在一起，该说过的话已说过无数遍了，再说就显得多余了。马师长神情严峻，从随行参谋手里接过一面印有前卫团的红旗，这是连夜赶制出来的团旗。队伍出征，授旗仪式是少不了的。授旗不仅是种仪式，更是一种责任的象征。马师长从参谋手里接过前卫团的旗帜，擎在手里，团旗在马师长手里迎风飘展。顾红旗上前一步，从马师长手里接过团旗，声音豪迈着道：我代表前卫团向师、军、西南军区首长保证，人在旗在，誓把红旗插上喜马拉雅。不完成任务，哪怕只剩下一兵一卒我们也决不收兵。

马师长上前再次握住顾红旗和杨明业的手，重复了一句道：不论千难万险，你们前卫团一定要给后续的大部队开辟出一条通往喜马拉雅的路。说完挥了一下手，这是出发的命令。二人端正地向师长敬礼，顾红旗挥舞一下团旗，冲身边的司号员下达了命令：吹响出发号。

出发号声响起，世界凝固了。尖刀连出发了，连旗和营旗招展在一处。路旁的乡亲们的情绪也到达了顶峰，他们拥上来，不停地往战士们手里塞着吃食。有几个大爷大妈见到子弟兵，还流下了热泪。有些刚参军的新战士，在人群中寻找着父母亲人的脸，他们一声又一声呼唤着，交代着，离别的场面通俗而又动情。

顾红旗和杨明业已经商量好了，出发时，顾红旗随尖刀连出征，杨明业随后勤人员殿后。

顾红旗在队伍出发时，一直在人群里搜寻着，他希望能看到冷妮一眼。昨天晚上的新婚之夜，他像做了一场梦，甚至都没来得及和冷妮说上一句话。一个屋里一个屋外，两人虽然睡在同一屋檐下，但连手都没拉过一下。连续几天为出征做着准备，他太累了，躺在八仙桌上，甚至连躺在屋内的冷妮都没来得及回味便睡着了。早晨起床的军号声把他唤醒，他本来想进到里屋和冷妮打个招呼，不料又被从桌子下钻出来的警卫员打乱了思绪。这一出发，还不知何时再能见到冷妮。这么想过了，心里便涌起一丝杂乱的牵挂。驻军的小村很快被甩到了身后，尖刀连以急行军的速度向前挺进，转过一个山垭口。突然传来一阵快板声，在山垭口的山头上，师文工团几名男女站在那里，打开快板在给前卫团加油打气。内容是他们即兴创作的：党中央决心下，誓把西藏去解放，十八军挑重担，个个是英雄和好汉。前卫团把路探，高山险阻皆可攀……所有人都被文工团这几名男女吸引了，他们人走过去了，还扭着脖子望着。顾红旗的目光一直在那几名女队员中搜寻着，他分辨着冷妮的面孔。因为文工团在山头上，他们在山下，能看清他们的身影，却看不清他们的眉眼，心里不免有些失落。眼见着前头队伍已绕过山头，向更远处挺进时，顾红旗在马上又回了一次头，他看见一个女文工团员跑到半山腰，手不停地挥舞着红绸带，嘴里还喊着什么。因为离得太远，人和声音都比较模糊，倒是警卫员李本田心明眼亮地说：团长，快看，那是嫂子，在向你告别呢。顾红旗用衣袖擦了下眼睛，再去看，仍是模糊不清的身影。他偏过头冲李本田道：你敢确定？李本田自信地：当然，昨天就是我把嫂子接回来的，我是见过嫂子的人。

顾红旗回头再望，眼里就有一种湿润的东西浸出来，遮住了他的视线，冷妮的身影也模糊成一团，只有她手里的红绸带一直鲜亮着。

冷妮在出发队伍先头部队中，早就看到了骑在马上的顾红旗。虽然他们在仪式上完成了新婚之夜，但这个男人不论在她心里还是在外表上，依然陌生。昨晚演出完，她太累了，本想在床上靠一会儿，歇一歇，为顾红旗烧上一盆洗脚水，再把自己的脸洗了。可她这一躺下就睡着了，再次醒来时，已经是第二天早晨了，她只看到顾红旗走出小院的背影。在院门口，顾红旗回了一次头，他在看墙垛上贴着的两张大红的喜字。他还回身，用手抚平那两张掀开边沿的喜字。那一刻，顾红旗在她心里是那么温存，抚在喜字上的手就像抚在她的胸口，让她脸红心跳。顾红旗做完这一系列动作，再也没有回头，他的身影很快消失在自己的视线里。她目光收回来，望着自己睡过的床，她才发现自己和衣睡了一晚，身上盖着被子，她只记得自己昨晚半边身子是歪在床上的，一定是顾红旗给她盖上的被子。一股暖流涌遍她的全身，心底里升起一团幸福。

她在山头上为前卫团出征送行，她早就发现了顾红旗的身影。可她没有勇气，更羞于走出来向他告别，最后还是师兄王栋才把她推出来，她借势向前跑了一段，站在半山腰上，舞起了手里的红绸带。她不知道顾红旗看到没有，她只是尽情地舞着。她远远地看见顾红旗回了头，她抑制不住地喊了起来：顾红旗首长，多保重，咱们拉萨见。话一出口，自己都惊了一下，她直呼顾红旗姓名，后面还加上了首长，她自己都觉得拗口陌生。他现在是自己的丈夫了，可她就是叫不出口。一想起自己是眼前那个越走越远的男人的妻子时，再也忍不住，突然泪流满面，最后她竟然失声痛哭起来。她不知为什么要哭，总觉得对不住顾红旗。恨自己什么时候睡着不好，怎么偏偏是昨天晚上，在那么重大的日子里。自己偏偏睡着了。悔恨、遗憾的心情让冷妮充满了忧伤。在她的泪眼中，顾红旗和他的先头部队消失在她的视线里。眼前还有源源不断的队伍在经过。她又跑回到山头上自己的岗位上，他们文工团的任务是给前卫团送行，此刻，她真想唱一首歌，为顾红旗的队伍送行。

王秀丽也骑在马上，怀里抱着二康，这匹马是顾红旗特批的。从入川开始，她就有了这匹马，不仅因为她是全团唯一的女军医，更重要的是，她还要带大康和二康，因为两个孩子她才有了特殊待遇。从前马背上都会放两个竹筐，马背的两侧一边一个，左面放着大康，右边放着二康，两个孩子是在马背上长大的。大康昨天被送人了，晚上王秀丽几乎一夜也没有睡好，她睁眼闭眼都是大康的身影。她脑海里无数次想起，大康吃得好不好？想爸妈了是不是哭闹了？以前不论行军还是到了驻地，每天晚上她都是让两个孩子一边一个，她随手就可以触碰得到。不论多么累她总会在夜半里醒过来，伸出手碰到两个孩子，为他们披披被角，拍一拍他们身子，她心里才会踏实。如今大康不在了，她在夜半时分，一次次触碰大康以前的位置，那儿却是空的。在那一刻，她的心更空，便再也睡不着了，脑子里想的全是大康。他哭了，闹了还是饿了？这是一个母亲对孩子的牵肠挂肚。她不想哭，怕影响身边杨明业的休息。她知道，明天一早就是前卫团出发的时刻，作为一个团的政委，他有许多心要操，也会浪费许多体力在出征的路上。她是军人，对丈夫的工作更有体悟，可她忍不住，眼泪一股脑地流出来，她越哭越伤心，最后竟抽噎起来。突然，杨明业的手搭在她的身上，她再也控制不住自己，一把抱住身边的丈夫，把头埋在他的怀里。杨明业爱抚又理解地拍着她的背，一句话也没有说，他作为父亲又何尝不思念自己的儿子呢？三年多时间，大康一直陪在他们身边，从咿呀学语，会叫爸爸、妈妈，又到蹒跚着学步，孩子是他们的累赘，但也是他们快乐的源泉。他离开林家小院时，分明听到大康在屋内传出的撕心裂肺的哭叫声，声嘶力竭地喊着"爸爸、妈妈"。那一刻，他觉得有把刀子在捅他的心。人心都是肉长的，他是个军人，但也是个父亲。此刻，他是个丈夫，自然理解妻子的伤心难过。

第二天早晨，王秀丽红肿着眼睛向他提出要去再看眼孩子，被他拒绝了。队伍出发在即，任重而道远，他不想让王秀丽陷入儿女情长之中。既然孩子已经送人了，他们就要狠下心来面对眼前的现实，他相信时间是医治思念的最好良方。他没有别的选择，只能硬下心来，他不想王秀丽因为孩子再生出事端。当王秀丽的请求被杨明业拒绝后，王秀丽的泪再一次汹涌出来，杨明业一边整理行囊一边说：忘掉大康吧，以后想生，咱们到拉萨再生，生多少都行。虽然他硬着口气这么说，心却在滴血。

王秀丽骑在马上，走在卫生队的队伍里。路两旁送行的队伍并没有散去，拥来了更多的人，他们真情地呼喊着：子弟兵，再见了。再见声此起彼伏。就在这时，王秀丽的耳畔响起一声熟悉的孩子的啼哭声，心不由得一颤。是大康的声音？她回身望去，在人头攒动的人群中，却没看到大康的身影。怀里的二康也睁开眼睛叫了声：哥哥。泪水又一次涌出眼眶，她马上擦去，睁大眼睛在人群中搜寻着，她想从马上下来，钻到人群中去寻找她的儿子大康。哪怕再看上一眼，再抱上一次，她也会心满意足。就在这时，马屁股上挨了一鞭子，身下的马向前蹿去，这一鞭子自然是杨明业抽过来的。杨明业也打马上前，冲她道：别胡思乱想，我们不能拖队伍的后腿。说完又抽了王秀丽身下的马一鞭子。他们前进的速度加快了。

王秀丽扭着脖子，向孩子哭叫的方向张望着，她多么希望能再看一眼自己的大康呀！

哭叫声果然是大康发出来的。大康在林妻的怀里，昨天一天一夜，大康一直哭闹不止，他要找爸妈。林妻想尽了各种办法，比如拿出早就准备好的玩具，还有好吃的，这一切都无法阻止大康的哭闹。昨晚，直到后半夜，大康折腾累了，才睡去，在睡梦中仍没停止他的抽泣。

早晨左邻右舍的人都涌出家门为前卫团送行。大康仍然哭闹不止，林妻不论怎么哄劝都无济于事。林姓男人从外面回来，冲林妻说：抱上孩子，让孩子看上最后一眼亲爹亲妈吧。

林妻也是个善良的人，听了丈夫的话，找了条毯子，把大康包裹起来，她担心大康被风吹了。夫妻俩挤进人群，大康眼尖，一眼看到了骑在马上的王秀丽，突然又大哭起来。一边哭一边喊：妈妈，别丢下我，我要跟你们走。后来他又看见了自己的父亲，父母都偏过头在人群中寻找着他。林妻这时下意识地背过身，大康在她怀里踢闹着。直到王秀丽和杨明业远去，她才转过身，把大康举起来，含着泪说了句：大康，你再最后看一眼你的亲爹亲娘吧。

大康一声又一声喊叫着：爸，妈。林妻也是一脸泪水。她还是狠下心，抱着孩子向家的方向跑去。他们的身后是此起彼伏送行人的呼喊声，大康的哭声远去了，最后消失在小院中。林妻冲着哭闹的大康叫道：你亲爹亲妈走了，以后我就是你的亲妈……话还没说完，自己早已泣不成声了。

桥

西南军区于1950年2月2日宣告正式成立。贺龙任司令员，邓小平任政治委员。18军直属军区指挥。研究决定，立即成立西藏工作委员会，军长张国华为书记，政治委员谭冠三为副书记。从那一刻开始，18军进军西藏的序幕就此拉开。同年8月，新疆军区即派出了由团保卫股长李狄三率领的入藏先遣连从新疆于田出发，直指西藏腹地阿里。几路先头部队，从不同方向，开始向西藏进发。

前卫团浩荡地向前开进，在四姑娘山脚下，通往前方的一座桥被国民党残匪炸断了。当顾红旗和杨明业查看被炸毁的桥梁时，尖刀连已经做好了修复桥梁的准备。这座桥梁在两山之间，地势狭窄，容纳不下一个连队的人马施工。胡连长正和鲁排长吵吵嚷嚷地为这件事争执着，顾红旗和杨明业走过去。那个大个子鲁排长眼疾腿快，率先跑过来，冲二人敬礼道：团长政委，你们来得正好，给评评理。

原来尖刀连长要自己带一个排战士去修复桥梁，鲁排长不同意，要带自己排上，两人就为这事争执起来。尖刀连的胡连长在一旁也不相让，脸红脖子粗的。胡连长与两个团首长自然很熟，山东枣庄人，算起来入伍也有八九年时间了。鲁排长是前阵子马师长专门配给他们团的。他们作为前卫团，任务就是逢山开道，遇水搭桥。鲁排长以前在工兵团，干的就是修路建桥的工作，于是被马师长调配到他们前卫团。胡连长的本意是，毕竟鲁排长是新调来的，遇到点任务就让人家上，不论从里还是面上说，都有欺负人的意思。另外，胡连长也想展示一下自己连队的实力，虽然不是工兵出身，但修路造桥的活以前也没少干过，于是就出现了两人为谁带队修桥而争执不下的场面。

顾红旗听明原委，把手里的马鞭背在身后，这是他思考问题时惯常的动作。他又望了眼断桥，发现对岸是悬崖峭壁，对面山上森林密布，他凭直觉感觉，对面一定有埋伏。这么好的地形，不设埋伏就是天大的傻瓜。西南地区刚刚解放，被打散的国民党残敌溃退到大山里，平时别说这四姑娘山一带，就是在乡镇也隐藏着许多国民党的散兵游勇，不停地打冷枪，制造事端。18军以前留守人员是准备剿匪的，后来接到党中央入藏任务，剿匪的工作暂时就搁置了。想到此，顾红旗立马灵醒过来，叫过胡连长道：让鲁排长带人修桥，你负责警戒。胡连长听到这样的命令，还有些不服气，吸了口气想掰扯点什么，顾红旗挥下马鞭呲了句：少啰唆。又指着桥对岸的山林道：你安排人把火力对准对面，有情况狠狠地给俺招呼。胡连长似乎明白了什么，应声而去。

前方的桥断了，等待修复，大部队只能驻扎在原地等待。顾红旗和杨明业一路走过来，检查着休息的队伍。因部队刚出发几天，粮草充足，虽然行军途中有些疲态，但整体感觉还是军容严整，士气高昂。

顾红旗骑在马上向队尾的后勤部门转去，身后的杨明业把马缰带住，冲他说：红旗，后勤我就不去了，我再到部队上看一看。当时顾红旗并没有多想，挥了下马鞭算是同意了。他打马前行，远远地看到前面草地上卫生队支起的帐篷，到了近前，他看见军医王秀丽正在给一个战士挑脚上的水疱。另一个卫生员抱着二康晒太阳，二康在这个战士怀里，嘴里发出咿咿呀呀的声音。他跳下马，王秀丽只是礼节性地和他打了个招呼，全神贯注地给小战士那只脚包扎。他转了一圈，帐篷里外都查看了一遍，觉得少了什么，他从帐篷前走到帐篷后才反应过来，发现少了大康。他径直走到王秀丽跟前，王秀丽已经忙完了，正在收拾医药箱。王秀丽看见顾红旗的脚停在了自己的眼前。她和杨明业商量过，有一天顾红旗发现大康送人了，肯定会大闹不止，他们还研究了几种处置这个后果的方法。把大康送人，完全是杨明业和王秀丽个人的意愿，是为大康好，不拖部队的后腿。

顾红旗望着王秀丽"咦"了一声。王秀丽慢慢地站起来，虽然他们从乐山出发到现在已经几天了，但作为母亲的王秀丽一时一刻也没有忘记大康。她的耳旁仍不时地会响起大康的哭声。孩子在喊爸爸妈妈，她知道这是现实中的幻觉，但却是从她心底里真实的对大康的牵扯。每到夜里，孩子的哭声更加清晰，犹在耳边，她无数次地想象着大康在林家哭闹找妈妈的样子，想到这些，眼泪便控制不住。这些天来，白天她把泪水藏起来，到了晚上却成了开闸的河堤，她的眼睛一直是红肿着的。

顾红旗盯着王秀丽一双红肿的眼睛，又"咦"了一声。王秀丽躲避开顾红旗直视的目光。顾红旗心抖了一下，直觉告诉他，在大康的问题上，杨明业和王秀丽与自己打了埋伏。他这才想起，杨明业不随他来后勤的原因。他就单刀直入地冲王秀丽道：大康呢？王秀丽的身子不由自主地哆嗦了一下，又有了要哭的意思。顾红旗绕着王秀丽转了一圈，王秀丽想整理思路把顾红旗搪塞过去。顾红旗突然大喝一声：你们是把俺干儿子送人了吧？王秀丽终于忍不住，以前设想的种种搪塞顾红旗的方案都在这一刻土崩瓦解了。

顾红旗看到眼前的王秀丽什么都明白了。突然他变成了一头失控的牛，横冲乱撞地在草地上走了几个来回，最后还是停在了王秀丽的面前，看着王秀丽抽泣成一团，他想一定是杨明业的主意。他挥起手把马鞭在空中甩了一个响，跺了下脚，朝马走去。骑在马上，他又狠抽了一下马屁股，马匹便蹿了出去。

他找到杨明业时，杨明业正坐在河边的一块石头上发呆。他下马几步走过去，冷不丁揪住杨明业的脖领子，杨明业惊恐地望着眼前疯了似的顾红旗。还不等自己说什么，顾红旗已经开口了：好你个杨明业，告诉俺，大康怎么了？你是他亲爹，你就这么狠心把孩子丢下不管了？嗯，咱们革命，流血牺牲是为了啥？还不是为了下一代过上好日子？哪有你这么狠心的爹？说完狠狠地把杨明业推搡开，杨明业倒退了几步，脸红脖子粗地望着顾红旗，他知道顾红旗迟早会发现大康消失，也迟早有一天会有这么一出。他想起了事前准备好的预案，他要先下手为强，要在气势和心理上占上风，于是他沉下心，抻了抻衣角，冷着声音说：这事和你顾红旗没关系，大康、二康都是我的孩子，孩子咋处理和你没关系。这事是我和秀丽两人商量好了，我们愿意。我们是为大康好，要是行军路上有个三长两短，后悔都来不及。

顾红旗没料到杨明业竟然这么说，就像一股贼风呛进了他的肺管里，顿时"噎"在那里，脸色铁青，张口结舌。杨明业眼见着顾红旗中了自己的计谋，脸上流露出不易察觉的胜利者微笑。还没等他胜利的笑容在脸上绽开，就听"嗷"的一声，顾红旗一下子扑了过来，而且一下子把他给扑倒了，两人就在河边的沙地上撕扯起来。杨明业的身体不如顾红旗强壮，但这么多年东打西杀也不是吃素的，在短时间内，他并没有落下风。团长和政委的两个警卫员在不远不近的地方正看着，两个首长以前也经常为一些事情争吵，但还从来没动过手。起初的一瞬间，两个警卫员被吓着了，还是李本田先反应过来，"嗷"叫一声冲过来，杨明业的警卫员小马怕自己的首长吃亏，也呼哧带喘地跑过来。两个警卫员齐心协力地把自己的首长拉开。两人都喘着粗气，像两头在赛场上格斗的公牛。虽然停止了肢体的动作，但四目圆睁，就那么对峙着。还是杨明业先恢复了理智，把目光望向别处，身子也泄了气，尽量心平气和地说：顾团长，这是我和秀丽的私事，你就别管了。

顾红旗的火气并没消，又咆哮道：告诉俺，大康去哪儿了？

杨明业这时彻底冷静下来，他又想起了三十六计之中的"走计"，不再搭理顾红旗，转身向河道的坡上走去。顾红旗见杨明业在躲自己，欲追上去。警卫员李本田又抱住了他的腰，哀求道：团长，你要冷静，和政委有啥话不能好好说，非得要吵架？顾红旗想挣脱李本田的搂抱，李本田小声地又道：团长，全团的人都看着你呢。顾红旗这才看见河道上已经聚集了许多官兵，他们不明真相地向这边张望着。顾红旗立马冷静下来，冲李本田低声道：放开俺吧，俺不吵就是了。

李本田的手这才从他身上松开。顾红旗望着远去的杨明业，又有了些火气，但还是被他压住了。面对着远处探头探脑的官兵，他做出一副锻炼身体的样子，又是扩胸又是踢腿的。李本田反应过来，也配合着他，支腿拉胯地比画起来。直到那些看热闹的官兵散去，他才向坡上走去。李本田紧随其后，还一遍遍小声地说：团长，你和政委关系那么好，有啥大不了的？顾红旗并不想回答李本田的话，梗着脖子，喘着粗气向前走去。

　　顾红旗入夜时分又去断桥处视察了一番。在鲁排长的努力下，断桥即将合龙了。鲁排长见顾团长又来视察，从水里钻出来，拖着湿淋淋的身子，走到他近前报告道：团长，明天一早，保证大部队顺利通行。逢山开路，遇水搭桥，这是前卫团的任务，顾红旗望着泡在水里奋力抢修断桥的士兵，又望眼站在眼前已被河水泡得苍白的鲁排长，重重地拍了一下他的肩头。他知道，前方还有许多路要修，许多桥梁需要搭建，这些工作无疑会落到工兵排的身上。感激的话有千言万语要对鲁排长说，他只变成了一句：鲁排长，18军会记住你，西藏人民会记住你的。说完用力地握了下鲁排长的手，向回走去，他听见鲁排长在他身后喊道：团长，我们工兵排保证完成任务，就是死也不会拖大部队的后腿。鲁排长见顾红旗走远，转身又一头扎到了水里。

　　白天顾红旗和杨明业的事，还梗在顾红旗的心头，像塞了一把乱草，横七竖八地卧在心里。他回到帐篷里，坐卧不宁，想起大康送人，心里就一阵阵地泛酸，那个活泼可爱的孩子，不知道给了什么人家。他仰躺在炮弹箱上，突然就想到另外一层。大康可是他们的亲生儿子，他们狠心把儿子送人，难道难过的程度比自己还轻吗？他再也躺不住了，打开炮弹箱，摸出一瓶出发前李本田塞到里面的酒。李本田虽然和他相处时间并不长，但对他的了解也算是心里有数了。每逢战斗前，作战计划做完后，眼见着部队奔赴自己的阵地，在指挥所里，他都喜欢喝上几口。只要几口酒一下肚，他烦乱的心绪立马就安定了，思路也变得异常清晰。直到战斗打响，他下达的作战命令迅速而又果敢，从不拖泥带水，部队就是在他一次又一次当机立断的命令中，转危为安，取得一次又一次的胜利。当然，每次战斗大捷也少不了喝上几口，和活下来的官兵抱在一起，也为牺牲的战友们大哭。这就是顾红旗的风格。

当顾红旗揣着那瓶酒走进杨明业的帐篷时，杨明业在写日记，除了记录一天行军下来的心得，当然也少不了写上几笔对儿子大康的思念：今天是离开乐山整整一周时间，也是和大康分别的第八天，现在无论走到哪里，不论干什么，满耳朵里都是大康的哭声。我的儿子，请原谅父母心狠，把你送人，是希望你少受些行军之苦，爸妈也少些拖累。现在你也许恨父母心狠，迟早有一天，你会明白父母对你的一番良苦用心。儿子，爸爸想你。

杨明业把日记写到这儿，又一次动情，红了眼圈。他把日记合上，耳畔又响起他离开林家小院时，大康的呼叫声。就在这时，顾红旗掀开帐篷的门帘闯了进来，身子堵在门口。杨明业下意识地站起来，身上憋了一股劲。白天在河滩上他和顾红旗的撕扯，还没画上句号，他知道凭顾红旗的性格这件事不可能就这样了结。此时他站起身来，甚至还握紧了拳头，随时准备迎接顾红旗对他发起的突然袭击。顾红旗上前一步，突然把他抱住，两个男人的胸膛硬硬地撞在一起，还没等他反应过来，顾红旗松开拥抱他的手臂，变戏法似的从裤兜里掏出一瓶酒，蹾在炮弹箱上，盯着他道：老杨，俺给你赔不是来了。说完还弯下身子冲他鞠了一躬。

杨明业对顾红旗这一出始料未及，他呆定又不解地望着顾红旗。顾红旗从杨明业脸盆里拿出刷牙缸，用牙把酒的瓶盖咬开，哗哗啦啦地把酒倒满了整个刷牙缸。自己对着酒瓶喝了一大口，喷着嘴里的酒气道：老杨，俺理解你，你把大康送人了，心里也不好受哇。顾红旗的一句话，让杨明业心中的块垒瞬间消融了，他身子一软坐在顾红旗的对面，顾红旗又用酒瓶和倒满酒的刷牙缸碰了一下，又喝了一大口。酒"咕噜"有声地从顾红旗的喉管咽了下去。杨明业迟疑着把刷牙缸端起来，也喝了一大口，一股热浪顿时填满腹腔。几口酒下肚，两人的话就稠了起来。从参军两人相识，又说到现在。两人又一起领受新的任务，奔赴西藏。顾红旗喋喋不休地说着。

杨明业在顾红旗的感染下，说到了大康，为什么狠下心送人，就是不想给大部队造成拖累。他们是前卫团，是开路先锋，不是收容团，更不是留守处，他们要利手利脚地一路走在大部队的最前面，把红旗插上喜马拉雅。孩子送人了，以后还可以再生，可这样的任务只有一次，从参军到现在，这支队伍教会了他们轻重缓急，大家小家，大我和小我。他把孩子送人，就是舍小家顾大家，也是为了孩子少受些苦。有一天和孩子重逢，孩子会理解的。说到这里，杨明业已经热泪横流，顾红旗又一次拥抱了杨明业，用力地拍着他的后背道：老杨，你心里难过就大声哭出来。我知道你和王秀丽舍不得大康，咱们自己连孩子都照顾不了，想起来，是我们做得还不够哇。等全国真正解放了，我们一起都要过上好日子。天天和孩子在一起，再也不分开。

就在两个男人相互安慰之际，突然外面响起了枪声。枪声越来越紧，最后就响成一团。多年作战经验告诉他们，这是部队遇到了敌人的偷袭，而且从枪声断定，一定是国民党的残军，否则火力不可能这么紧，也不可能这么猛烈。两人奔出帐篷时，各自的警卫员已牵了马匹在外面等候了。两人顾不上多言翻身上马，向枪响的方向奔去。

枪响的地方就是断桥处。鲁排长已把断桥合龙了，前卫连长带着鲁排长等人正在检查修好的断桥时，对面的山林里突然冲出几十人的国民党残匪向他们开火。在18军出发之际，剿匪的部队也已开始了行动，隐藏在乐山、江津一带山林里的国民党残军，受到了打击，只能向外出逃。他们错把前卫团当成了围剿自己的部队，白天他们早就发现了这伙修桥的队伍，但见对岸的部队警戒森严，一挺又一挺机枪架在制高点，他们打消了向前卫团进攻的打算。入夜时分，眼见着断桥已被修好，天亮时分，一定是大部队过河之时，他们决定出击。目标就是把修桥部队击退，然后再一次炸断桥梁，让对面的部队寸步难行。

很快国民党残匪的偷袭就被前卫团击溃了，正在桥上检查的三名战士牺牲，鲁排长也身负重伤，腿上和腹部分别中枪。

杨明业和顾红旗赶到时，王秀丽正在包扎受伤的鲁排长。鲁排长见顾红旗和杨明业跳下马匹朝自己身边走来,他挣扎着要坐起来,被顾红旗的手势制止了。但鲁排长还是躺在地上向二人敬了个礼,嘶着声音道:首长,工兵排的任务完成了。说完鲁排长苍白着一张失血的脸,冲两人微笑了一下。

顾红旗蹲下身,问王秀丽:鲁排长的伤势怎么样?

王秀丽摇了一下头,少顷又说:鲁排长得送到后方去,及时手术也许有救。

顾红旗站起来,和杨明业交换了一下眼神。两人都从王秀丽的口气中听出来,鲁排长伤势不轻。前卫团是轻装前进,别说手术设备,就是带的药品也不多,看来只能向后方转送了。想到这儿,他又立在鲁排长身边道:天一亮,马上让后勤人员把你送到后方治疗。

鲁排长没有说话,只是轻轻地摇了一下头,半晌才说:团长、政委,我真想和你们一路走下去,一直走到拉萨,看眼传说中的布达拉宫,还有大昭寺。

杨明业也上前一步,蹲在鲁排长身边,握住了不停颤抖的鲁排长的一只手:会的,你只是负伤,等伤养好了,你就归队,我们在前方等你。

东方的天际已经微明了,群山的轮廓已显现出来。顾红旗向前卫连的连长交代几句,何时渡河,渡河后如何抢占对面山坡的制高点,保证大部队渡河时,不再遭到国民党残军的偷袭。两人骑上马,他们要回去安排大部队渡河。

鲁排长身缠纱布,血水早已又浸了出来,他血人似的躺在桥头的空地上。前卫连长安排一个战士守护着鲁排长,也转身离去安排连队第一个过桥并布置火力点去了。

世界安静了下来,只有河道里的流水声,还有从大地中早苏醒的昆虫发出的鸣叫声。工兵排已经奋战一天一夜了,看护鲁排长的士兵,冲鲁排长说了句:排长,你要疼就叫一声。说完抱着枪,倚着树就睡着了,头歪在一边,还扯起了鼾声。

鲁排长知道,自己这次负伤已凶多吉少了。天亮大部队出发时,自己将被转运到后方。为了转移自己最少得抽出四名战士，抬着担架向后方转运。前卫团是先头部队，出发前，师里做了计划，前卫团出发一周后，大部队才会启程，为的就是给前卫团留出修路建桥的时间。自己如被护送到后方，最少也得一周时间，自己伤成这样，又怎么能坚持这么久？他觉得自己的血快流干了。几次眩晕，眼皮发黏，合上再也不想睁开了。当他又一次清醒过来时，他斜眼看一眼照看他的小赵，小赵也是随他在前卫团出发前支援前卫团而来的。他认真地看了眼小赵，小赵睡得正香，似乎还有一缕涎水流出了嘴角。他收回目光，用尽全身的力气让自己的身体翻转过来，又攒了攒力气，向刚修好的桥爬过去，每向前挪一步，他都感到身上的血又流出一些，他的伤口不再疼，是麻木的。他向桥上爬去，一点，又一点，身后的土地上是他留下的血迹。

他终于爬到桥上，更真切地听到了流水声，感受到了湿气从身子底下一点点地浸上来。身下的桥是自己带着全排战士经过一昼夜抢修出来的，前十几分钟，他还能在修好的桥上奔跑，现在他只能爬行了。他知道，自己的生命就快走到尽头了，血从受伤的腹部汩汩地流出来，已经快流干了。他几次快要晕过去，执念又把他唤醒，终于他爬到了桥中间。这是桥的最低处，桥下的水流几乎擦着桥底流过去。他扭过头，冲着刚爬过来的方向，那里有他的战友，他虚着声音喊了声：战友们再见了……然后使出最后一丝力气，让自己的身体翻转到桥下。

湍急的水流溅起一片浪花，瞬间就消失在滔滔的河水中。

警 卫 员

队伍过桥时，顾红旗带着尖刀连一马当先，他要为鲁排长和那三位牺牲的战士复仇。鲁排长滚落到河里的消息，传到顾红旗的耳朵里时，他挥着马鞭抽了自己的大腿，便飞身上马。杨明业拉都拉不住，只来得及冲警卫员李本田高喊：顾团长有任何闪失，我拿你是问。李本田也连滚带爬地骑在马上，身子还没坐稳，便抽动马匹向团长追去。李本田担任顾红旗的警卫员时间不长，是解放成都时，老警卫员在一颗炮弹落到团指挥所时，用自己的身体把顾团长压到身下，顾团长活了下来，那个警卫员却再也没有起来。他听说，那个警卫员姓张，从皖北就跟着顾团长，有许多次，拿自己的命去挡敌人的子弹和刺刀，身上的伤疤比顾团长的还多。警卫员牺牲后，顾红旗捡起警卫员的冲锋枪就冲出了指挥部，一直冲到了最前沿，在街巷里和敌人展开白刃战，最后是杨明业派了两名战士把顾团长拉了下来。

听说那次顾团长在解放成都后大病了三天，满嘴燎泡，声音嘶哑，双眼血红。师医院的医生给他诊断的结果是：悲伤过度，急火攻心。李本田是杨明业为顾红旗选中的。那会儿，李本田刚参军不久，只参加了解放成都的战役。他一入伍就来到了尖刀连，队伍从东郊攻入城内时，整个尖刀连死伤殆尽。是李本田扛着尖刀连的连旗一直攻到城内，把连旗插到城内制高点的水塔上。一位战地摄影干事抢拍到了他把连旗插上水塔上的那一瞬间。杨明业就是通过这张照片认识了李本田，照片中的李本田衣服上被子弹打了几个洞眼，满脸烟火色，只露出一口雪白的牙齿。红旗插上水塔那一刻，他正咧嘴笑着。后来，尖刀连把李本田送到团部。杨明业绕着李本田转了三圈，上下打量着李本田，弄得李本田直发毛，一会儿摸自己的头，一会儿又抻自己的衣角，然后冲政委嘿嘿傻笑着。最后杨明业就把一只手拍在他的肩膀上，李本田本能地把胸挺起来，定睛地望着自己的政委。杨明业就说：团长的警卫员牺牲了，让你接替，你能干好么？团长警卫员牺牲的消息早就在团里传开了，他没想到政委会选择自己做团长的警卫员。能做团长警卫员，是士兵的荣幸，他当然愿意，当即并拢双脚，郑重地给政委敬礼道：我愿意！

杨明业又说：你知道警卫员的工作是什么吗？

李本田又挺了下胸道：平时照顾首长的工作生活，战时保卫首长的安全。

杨明业把李本田带到顾红旗面前时，顾红旗正一脸绝望地躺在床上，望着天棚生无可恋的模样，就连杨明业进门，他眼珠都没转一下。杨明业还是说：红旗，你看我把谁带来了。

顾红旗偏了下头，看了眼跟在杨明业身后的李本田，神情麻木。杨明业拉了下李本田，李本田就上前，向顾红旗敬礼道：团长，政委说，我以后就是你的警卫员。

顾红旗听到警卫员这三个字时，眼里有一簇火苗跳了一下。短短的一瞬，闪了一下，便又熄灭了。李本田就一副手足无措的样子，求救似的望着杨明业。

杨明业俯下身，大着声音说：顾红旗同志，李本田是我给你选的，你身为团长，不可一日无警卫员。这位小同志你先试试，不合适你自己再选。杨明业说完，冲李本田使了个眼色，自己便退了出去。来的路上，政委给他交代了一个艰巨而又光荣的任务。告诉他，顾团长已经三天三夜水米未进了，别人磨破嘴皮子都没用，他领受的第一个任务就是劝团长喝水吃饭。

杨政委一走，李本田觉得自己表现的机会来了，他从床下找出顾团长喝水的缸子。跑到门外，在水桶里舀了一缸子水，满满当当地端到顾团长床前，然后情真意切地说了句：团长，人是铁，饭是钢，身体是革命本钱，你都三天没吃没喝了，你的任务是得先喝水。

顾红旗连理都没理他，脑子里仍是以前的警卫员。以前的警卫员叫张木林，从皖北入伍，一入伍就跟在他的身边。那会儿他是营长，张木林就做他的通信员，小伙子机灵、勇敢，用自己的命救了他好几次的命。要是没有张木林，他早就不知自己在哪儿了。一个警卫员用习惯了，就像自己手里的枪，指哪儿打哪儿，得心应手。张木林牺牲的当天晚上，他就做了个梦，梦见张木林满脸是血地站在他的面前，一遍遍地说：团长，俺不能跟你走了，你往后一定要照顾好你自己。梦中的张木林满脸哀伤和不舍。他在梦里哭醒，从那时他就像有块石头压在他的胸口，堵在食管里。他茶不思饭不想，似乎自己的魂被抽走了，无神无彩。不论任何人和他说话，都唤不回他的注意力。

李本田端着水缸，举在顾红旗面前，顾红旗连眼皮都没抬一下，李本田就那么僵硬着举了一会儿，又举了一会儿。他的胳膊都酸了，顾团长眼皮都没抬一下。他突然做出了一个惊人的举动，把那一缸子水几口喝了下去。然后他再次来到门外，又舀了一缸子水，一如第一次那样举到团长面前，把刚才说过的话又重复了一遍。见团长还是没有理他，他又一次把满缸子水喝了下去。他一连几次都在重复这个动作。后来他发现自己的胃胀得难受，军装的扣子都快崩开了，他把军衣脱去，光了膀子，他看见自己的肚子又大又圆，像只熟透的西瓜。团长还是没理他，他的犟劲也上来了，索性把门外的水桶提到屋内，就放在顾团长床旁。他这才发现，半桶水已经被他喝下去一半了。他打了三声响嗝，又一次把缸子舀满了水，又大口地喝下去，他已经不能完全吞咽了，有一半水顺着嘴角流出来，中间还被呛了一口，最后他带着哭腔说：团长，你不吃不喝，我就把自己撑死拉倒。他又弯下腰，去舀水，艰难痛苦地喝着，他鼻涕眼泪都下来了，一边哭一边说：你是个啥团长呀？自己的兵都要死了，你连看眼都不看。平时你还说，爱兵如子呢，你净骗人，以后我们再也不信你的话了。

是李本田的哭声把顾红旗的目光吸引过来，他先是看到李本田圆滚滚的肚子，几乎要炸裂开，然后看到李本田一边哭一边喝水。他聚起神，听明白了李本田的抱怨，似乎明白过来什么，当李本田又舀起一缸子水，准备喝下去时，顾红旗嘶着声音说：俺喝，喝还不行么？李本田听了这话，又惊又喜，忙把水缸子端了过去，就势把顾红旗上半身扶了起来，顾红旗一半自愿一半被强迫着把半缸子水灌下了肚。李本田狂奔出顾红旗的房间，冲伙房方向大喊着：团长能吃了。他发疯地向伙房跑，突然趔趄一下，被什么东西绊倒，嘴里喷出水柱，把围上来的众人吓呆了。

从那以后，李本田就成了顾团长的警卫员。以前李本田是个慢性子的人，平时说话慢，办起事来也慢。自从和顾红旗在一起之后，他的性格大变，变得像顾团长一样。部队有一种传统，什么样的领导带什么样的兵。

顾红旗一马当先地冲过河去，这是黎明时分。远山近树还分不清层次，顾红旗和他的青马便冲进对面山林的一片混沌之中。李本田打马紧随其后，他的身后是喊杀着冲将过来的尖刀连官兵。

对面山林的残兵，经过昨夜的激战被打退。他们知道，对面的大部队迟早要过来消灭他们。他们召集了附近几伙散兵游勇，连夜设伏，希望用自己的力量把正面的解放军部队挡在对岸。只要解放军冲不过来，就会有更多的残军聚拢过来，成为他们的援军。这伙残匪有一种置之死地而后生的悲壮。他们选好掩体，架好武器，但他们没想到的是，解放军的先头部队会这么早过桥。经过昨晚的一番试探，死伤了不少兄弟。他们也一夜没睡好，正是天明时分，困意排山倒海地席卷了他们。他们正在梦中，便听到了扯地连天的喊杀声，当他们醒来时，只见两匹马已奔驰着来到了他们的近前。领头那匹马上的军人，一枪击中了他们的一名机枪手。他们的前沿阵地被两匹马就冲破了。他们一边后撤，一边开始还击。双方的枪声、喊杀声在黎明时分交织在半空中。

李本田紧随在顾红旗身边，这是他第一次和顾红旗参加这种短兵相接的战斗。他发现自己的团长样子可怕，就像一头发疯的公牛，眼睛充血，脸色铁青，牙关紧咬，眼里只有敌人，没有自己的生死。团长在这伙残军面前东闯西杀，完全失去了理智。他看见躲在一棵树后的一个敌人，正用枪瞄着团长，他大叫一声，随着声音的喊出，他的身体也从马背上蹿了出去，抱住了顾红旗的腰，把他从马上拖了下来，子弹贴着他们的耳边飞了过去。尖刀连的士兵此时也冲了上来，顾团长从地上爬起来，呼哧带喘地冲他大喊：李本田，你个孬种，坏了俺的好事。说完抱起枪又和尖刀连的士兵一起冲向敌人，李本田自不敢大意，紧随在顾团长身边。他知道自己的任务，那就是保护团长的安全。

冷　妮

正当前卫团渡河剿匪时，师大部队也浩荡地出发了。

冷妮走在行军的队列里。前卫团不时地向师里发送电报，通告自己的位置。前卫团的点滴消息便从队伍里传开，她参军这么多年，经历过无数次行军战役，还从来没有这么关心过前线的消息。每当有前卫团的消息传来，她总会跑到韩团长那儿去打探。韩团长了解得也并不多，三言两语地把自己得到的有关前卫团的消息又复述一遍，冷妮总是觉得韩团长说得太简单，然后有许多担心和疑问劈头盖脸地向韩团长提出来。比如前卫团还有吃的吗，和残匪遭遇有没有人牺牲或负伤。韩团长就笑着说：妮子，你这心要是一路这么操下去，都能当师首长了。见韩团长这么说，冷妮不由得也红了脸。

冷妮得不到前卫团更多消息，心就一次又一次提起来，想着前卫团可能发生的种种状况。有一次大部队夜宿在一个山坡上，她发现了前卫团留下的临时搭建的灶台，她坐在灶台边，开始走神。想象着几天前，前卫团在这里生火做饭的样子，当然脑子想的都是顾红旗。虽然，他们只有一夜宿在一个屋檐下的经历，她却时时地想着自己是有丈夫的人了。她和顾红旗分别的那个黎明，顾红旗的背影一直残留在她的脑海里。顾红旗走到院门口，停下脚步，抚了几下墙垛上的喜字，最后望向她所居住的窗口，她也正趴在窗前望他。那会儿，她的心跳得又快又急，似乎都跳到了喉咙口，她不知道顾红旗看没看到她的样子，她想大叫一声顾红旗的名字，却发不出来一点声音。顾红旗匆匆地一瞥，背影很快就消失在她的视线里。她想哭，又不知为什么要哭。眼睛湿润了，又开始恨自己为什么会睡着，要是自己一直等到顾红旗回来，那又会是一种怎样的情形？她的心又跳了起来，脸热得发烫。她突然灵醒过来，想到自己是有丈夫的人了，丈夫这个词在她心里一经出现，便有一种奇妙的东西在她身体里弥漫开来。这是一种从未有过的体验。一天前她还是属于自己的，昨晚过了一夜，她就是有丈夫的人了，虽然，顾红旗还是理论上的丈夫，但仅此，就让她体会到了以前不曾体会到的另一种心境。

她从里间奔到客厅里，看到门口脸盆架上那盆清水，她想起昨天晚上，是李本田打来的，让她卸去脸上的戏妆。她本想倚在床上歇一歇，可没想到自己便睡着了。昨晚那盆清水，还原封不动地摆放在那里。她站在那盆清水前，看着自己的样子，脸上的油彩依然是昨晚演出时的妆，她想到都没来得及让自己的丈夫看到自己真实的容颜，她开始洗脸，让自己恢复本来面目，希望顾红旗能再看她一眼。

当她甩着湿淋淋的手冲到前卫团集合地点时，前卫团已经出发了。路两旁都是送行的人群，她挤进人群向前卫团的队伍里张望着，早就不见了顾红旗的身影。她又跑出人群，向队头方向跑去，她一口气跑出镇子，才发现，已经找不到队首了，只见长长的队伍从她眼前走过去。她飞奔着朝近路跑过去，像一阵风一样跑到了文工团在山坡上的送行点。几个男女文工团员已经又唱又跳了一些时候，她看到了骑在马上的顾红旗，从队友手里夺过一块红绸子，王栋才似推了她一把。她于是跑出去，向顾红旗的背影大喊大叫。她远远地看见顾红旗立住马，回望着，那一刻，她两眼潮湿，她在向自己的丈夫告别。直到长长的队伍不见了，才落寞地回到文工团驻地。

她没着没落地回到文工团时，她看见师兄王栋才正在院里练手风琴。见她走过来，刻意地别过身子，留给她一个背影，她不知王栋才这是怎么了。以前的王栋才可不是这个样子，总是想方设法逗她开心。记得最初来到戏班子时，不论男生女生都会挤在一起睡觉，有时睡在马棚里，偶尔也能睡到一些大户人家的房间里。地面上铺些草，他们就和衣而卧。每当这时，师兄王栋才总会睡在最外面，为他们这些师妹师弟遮风挡雨。夜半，她出去小解，路过王栋才时，王栋才都会机警地醒过来，陪她一起到外面，她在野地里找好地方，他会背过身去。直到她从野地里回来，躺到自己的铺位上，王栋才才会躺下。在她的世界里，师兄就像自己的家人。一直到他们的戏班子集体参军，师兄还是以前那个师兄，不论行军还是演出，搬运道具、搭设戏台这种粗活累活，师兄从来不让她们这些师妹插手。有时，行军时，她背着的乐器时不时地会被师兄抢去撂在自己的身上，王栋才肩上的乐器已经有小山那么高了，师兄却从不叫苦叫累。一张汗湿的脸，笑容却是绽开的。不论遇到多么危险的事，只要师兄出现，总能化险为夷。

有一次，他们派出了一个小分队去阵地上演出。敌人开始进攻时，他们撤出了阵地，为躲避敌人的炮火，他们误闯进了敌人的包围圈。那次他们小分队只有五六个人。他们伏在草丛里，周围都是敌人，敌人并没有发现他们，注意力都被山头上的炮火所吸引。还是师兄一马当先，摸出一个手榴弹，打开保险，塞到她的手里。另一只手拉着她，一直爬出草地。然后推了她一把，冲另外几个队员大喊一声：快跑。师兄自己则滚到一棵树后，向发现他们的敌人射击。把敌人的注意力吸引过去，他们顺利逃脱了。师兄却没有回来。韩团长得知这个消息后，组织男队员去接应师兄，一直到天黑，才在一个土沟里找到师兄。师兄负伤了，腿上和肩上都中了子弹。当师兄被抬回来时，她们几个师妹都哭了。师兄却轻描淡写地说：小伤。然后冲她们灿烂地笑。

师兄一直像她的亲人，她一直这么认为。一年又一年，她从少不更事的年纪，变成了大姑娘。也就是从那时开始，她发现师兄望向自己的目光变了，似乎不再直视她，但他的目光又无处不在。只要她望向他，师兄的目光总是倏地闪开，有时她还能看见师兄羞红的一张脸。

在她的眼里，师兄也是有变化的。先是有了喉结，然后上唇又多了绒毛。个子在不经意间变高了，肩也宽了，像一个真正的男人了。高高大大的师兄，让她们这些师妹更有了安全感。

师妹吴茵红总爱找师兄说话，有时望向师兄时，脸还会红。只要师兄出现，吴茵红的话总是很多。就连说话的声音也变得和以前不一样了，总是娇滴滴的样子。吴茵红个子很高，又瘦又高。女队员们列队时，她总是站在排头。男队员中，师兄个子也最高，也站在排头。每次列队，男队员站在前排，女队员站在后面，吴茵红就很幸福的样子。

师兄的注意力似乎不在吴茵红的身上，却总爱和冷妮说话。行军时，总是最先帮着冷妮拎这个背那个，吴茵红脸色就不太好看，故意在师兄面前装出弱不禁风的样子，以引起师兄的注意。

冷妮记得，师傅收留她时，吴茵红已经在戏班子里了。那会儿的吴茵红又瘦又小，头发泛黄，像路旁的一团乱草。练功时还会经常哭鼻子，每次哭鼻孔里都会冒出两朵鼻涕泡。一会儿鼓起来，一会儿又吸回去。他们私下里给吴茵红起了个外号，就叫鼻涕泡。

冷妮答应顾红旗求婚的当天晚上，这个消息还是很快在文工团里传开了。当天晚上，王栋才把她约到了文工团驻地后面的山坡上。师兄倚在一棵树上，眼神复杂地望着冷妮。冷妮还是以前的样子，撒着娇道：师兄，有事你就说嘛，干吗这么看人？

王栋才从树上扯下一截树枝，又用劲地扔到远处，才说：你答应顾团长向你求婚了？

她"嗯"了一声，马上又补充道：师长和咱们师傅都说了，让我和顾团长组织革命家庭，也是工作的一部分。况且，顾团长都对天发过誓了，一辈子对我都会好。说完她害羞地低下头。

王栋才突然冲她瞪起眼睛，气愤地：你了解那个顾团长么？你喜欢他么？他比你大上十几岁，你们合适么？你们结合在一起会幸福么？

师兄连珠炮似的一堆问题劈头盖脸地砸向她，她一时语塞，不知如何回答。当初韩团长向她转达师长的意见时，这些问题似乎在她脑子里也过了一遍，只是一闪念而已。她并没有深想。她以前对顾红旗是仰望的，顾红旗是首长，又是英雄，她在授奖大会上为他献过光荣花。那会儿，顾红旗在她眼里是高大的，就像一个传说。在这之前，她做梦都没想过自己和顾团长会有什么关系。如果不是吴茵红带着她去找顾红旗理论，在小树林里听到顾红旗那番发誓的言语，她已经回绝顾红旗了。正是顾红旗那些话，像一排子弹一样射到了她的心里，她被击中了，才下决心嫁给这个男人的。她觉得师兄王栋才不理解自己的内心，更不会懂顾红旗说过的那些话。

王栋才当着她的面这么问自己，她不知如何回答。

师兄就气咻咻地说：妮子，你会后悔的。师傅和师兄一直这么称呼她。师兄这么说完，她迷惑地望着师兄。她不知道自己会不会后悔，她凭直觉，认为顾红旗这个男人可以托付。那天傍晚，师兄失望地离开了她。

第二天早晨，她又早起练功，就站在师兄的身后，她听到师兄拉琴的节拍有些乱。后来师兄索性不拉了，仍然背对着她，像个树桩似的立在那儿。她叫了一声：师兄。她看见师兄的身子抖了一下。她不知师兄为何要这样，几步绕到师兄面前，她看见师兄已经满脸是泪了。她有些惊骇，师兄泪眼蒙眬地望着她。她仍不解地问：师兄，你怎么了？

师兄突然把手风琴放到地上，发疯似的向外跑去。她站在原地，呆定地望着师兄跑远。从那一刻开始，师兄就像换了一个人，开始变得沉默少言。人前人后总是低垂着脑袋，脸上也没有了笑模样。

吴茵红却变得叽叽喳喳起来，当着众人的面冲她说：冷妮，你变了。她正想问明缘由时，吴茵红突然笑道：你变成女人了。不论男女队员听了吴茵红的话，都一起笑起来，目光复杂又含蓄。她不解吴茵红为什么要这么说，难道自己以前不是女人？单纯的冷妮，一副不知如何是好的样子，她也只能冲众人笑起来。唯有师兄沉默着，样子痛苦，让冷妮看了有些心寒。她不知自己做错了什么，让师兄不高兴，她想到了和顾红旗的婚姻，似有所悟。心里便生了另外一种不满，心里恨恨地说：这个蠢师兄，想对自己好，也从来没说过呀。

二　康

前卫团行进到二郎山时，顾红旗听李本田说，二康已经发了三天烧了。从出发到现在，二康一直是顾红旗最不放心的人。二康和以前行军时一样，用一个竹筐挂在马背上一侧。和以前不同的是，大康送人了，只剩下孤独的二康。后勤的马匹队伍行驶在队尾，驮着二康的马匹身上还驮了许多物资。他在拥挤的物资中露着小脑袋，不哭不闹地看着马还有行进的队伍。二康从出生就开始经历这样的场面，还有颠沛流离的生活，似乎早已处变不惊。更多的时候，他在睡觉，马身上摇晃着的竹筐成了摇篮。竹筐里放了一条小被子，每次睡觉，他就蜷缩在被子里，路便在他的睡梦中一点点地甩在身后。

顾红旗每到宿营地，都会转上一圈，来到后勤队伍中时，他都要看上二康一眼。每到这时，杨明业和王秀丽都在队伍里忙着。杨明业是政委，队伍停下来，负责向师里汇报行军状况，还有人员的思想动态、鼓动队伍等工作等着他去做。王秀丽是军医，她带着卫生员们去查看伤员，换药，打针。二康便交给后勤管马匹的一个战士负责。奶瓶里装了代食粉，在生火做饭的炊事班那里讨了点开水，把代食粉摇匀，二康便喝代食粉充当的食物。连日下来，二康瘦了也黑了。与刚出发相比，小了一号。顾红旗每次见到二康，他就会想起大康，心里就五味杂陈。每次都蹲在二康面前，伸出手摸一摸二康的头。孩子刚学会说话，每次看见顾红旗时，都会张开小嘴冲顾红旗很甜地笑，然后含混不清地叫一声：干爹。他心里就有一种温暖流过。每到休息时，二康的身边总会围了一些干部战士，艰苦又单调的行军，让所有人的心里压抑。二康成为他们的调味剂。他们围在二康周围，一边逗弄着孩子，一边把自己手里的好吃的递给二康。二康就咿呀地笑着。笑着闹着，二康会突然愣神，嘴里喊着哥哥，便哭闹起来。以前大康是他的玩伴，两个孩子不论在何处，大康都带着弟弟形影不离。在大康最初送人的几天，每到夜里二康都哭闹着找哥哥，他哭哑了嗓子，一直哭累自己，抽抽搭搭地睡在母亲的怀里。

每当二康如此这般，王秀丽只能把泪咽到肚子里。她知道孩子在想哥哥，大康送人，作为母亲，她心里早就空了，这是她身上掉下来的肉，母子连心。王秀丽像大病了一场，只能让整天的忙碌填塞空荡荡的心。好在还有二康，依稀地在二康身上看到了大康的影子。

二康是三天前夜里开始发烧的，最初她以为二康是白天受凉了，吃片感冒药，再喝一些温水就该过去了。没料到的是，二康发烧不仅没退，还越升越高。她有些紧张，和杨明业说了，杨明业查看了二康的病情，也是一副忧心忡忡的样子。那会儿部队正准备翻越二郎山，这是他们从乐山出发，翻越的第一座高山。许多年过去之后，还有歌唱二郎山的歌曲在流传：二呀二郎山，高呀高万丈，枯树荒草遍山野，巨石满山冈。羊肠小道难行走……当时的二郎山更加难以行走。别说羊肠小道，就是山羊野兔都难以光顾。还没走到二郎山，队伍里便有了畏难情绪。杨明业是政委，做战士工作，为整支部队加油打气。不巧，这时二康还发起了高烧，真是屋漏又逢连阴雨。王秀丽说：孩子怕是烧出了肺炎。杨明业伸手摸在二康的额头上，已经烫手了。

队伍出发到现在，他们已经翻越了几座大山，昼夜温差大，还赶上了几场暴雪，有许多干部战士发烧成了肺炎，每次都要打盘尼西林这种针剂。他的目光望向了王秀丽，王秀丽早已面露难色，向他道：盘尼西林剩下的不多了，二营长，还有三营的四个战士的病还没好，这些药是留给他们的。杨明业听了这话，只能把头扭向一边。带孩子出征，出发时，他心理负担就很重，知道一千多公里的进藏之路，会发生许多难料的事情，他才下决心把孩子送人。他想过，如果把两个孩子都送出去，他担心王秀丽承受不了，就是王秀丽能承受，自己又怎么能狠下心来？踌躇着以抓阄的方式把大康送了出去。孩子是连着父母的心头肉，最初的几天，他虽然装成没事人一样，其实他心里空荡得无着无落，时不时地眼前就会出现大康的样子。大康冲他笑，蹒跚着向他跑来，晚上入睡时，大康多次走进他的梦里。还像以前一样，他当马，大康骑在他的身上，然后发出一串天真又稚嫩的笑声。醒来时，泪水已打湿枕巾。抹一把泪水，他又装成无事人一样。他是团政委，那么多战士干部都看着他，他要像一条好汉一样，站在全团的面前。他和顾红旗就是前卫团的旗帜，不论何时，都不能倒下。

王秀丽告诉他盘尼西林所剩无几时，他缄默了，自己的孩子不能和干部战士去争这救命的药。冲锋陷阵还指望着他们，干部战士就是全团的战斗力，怎么能凭一己私利和干部战士来争呢？他在心里叹了口气，冲王秀丽说：给孩子喂些药吧。

队伍进军二郎山时，顾红旗一直走在前面。山高路窄，后面的队伍只能通过前方将士开辟出来的小路前行，从队头到队尾阵线就拉得很长。先头部队到了半山腰了，后面的队伍才开始爬山。他已经连续三天没有检查队伍了。刚才他命令李本田去找政委汇报先头部队的情况，李本田带回来二康发烧三天的消息。

他打马从山上折返回来，赶到杨明业帐篷前，已经快夜半时分了，杨明业并没有休息，油灯还亮着。他在帐篷外喊了声：老杨。杨明业很快在里面应了一声，掀开了帐篷的门帘。二康已经昏迷不醒了，王秀丽抱着二康倚在一个炮弹箱上正在哭泣。顾红旗进门，带进来一股冷风，他默立了一会儿，从杨明业和王秀丽脸上的表情上就猜到了二康的病情。杨明业还做出一副轻描淡写的样子说：红旗，你咋来了？一下一上，得折腾大半天时间。

顾红旗来到王秀丽面前，盯着昏迷的二康道：二康到底怎么样？

王秀丽在顾红旗进门前一直在流泪，刚止住，听顾红旗这么说，眼泪又断了线似的流了下来，默默地摇着头说：二康已经从肺炎转化成肺水肿了。肺水肿顾红旗当然明白，这意味着什么，队伍从出发到现在，已经有许多干部战士没有挺过来，就牺牲在前进的路上。肺水肿也被称为一种高原病，患病前是因为冷热交替，患上了感冒，然后变成肺炎，从肺炎再转化成肺水肿。通俗一点说，肺因为炎症，已经有水了，好端端一个肺，被一层水所包裹，人就很难呼吸，最后窒息而亡。此时的二康一张小脸已呈青色，他拼命地呼吸着，嘴唇深紫，眼睛突起。见二康这样，顾红旗立起身，他在帐篷里踱了两步，挥起马鞭，想了想又收了回去，脸不是脸，鼻子不是鼻子地冲王秀丽怒道：你是军医，连自己的孩子都救不了，全团官兵怎么能相信你？！

王秀丽愧疚地埋下头，抽泣起来。

杨明业说：红旗，咱们的盘尼西林就剩下一支了。白天还有几十支，晚上这会儿都给生病的干部战士注射了。

顾红旗吼道：二康没用盘尼西林么？

杨明业顾左右而言他地说：二康是个孩子，心肺功能都没发育全，抵抗力又不如大人，当初考虑周全点，把二康一起送人也许更好。

顾红旗走到发烧的二康面前。二康已经昏睡不醒了，呼吸微弱。王秀丽在二康头上搭了一条湿毛巾，绝望无助地呆立着。

顾红旗呻吟般地道：王医生，快给孩子用药吧。真的没救了？

王秀丽把头抬起来，茫然地摇摇头道：那么多干部、战士得了高原肺炎，都倒下了，何况一个孩子。

顾红旗求救似的：没有别的办法了？

王秀丽叹息了一声：除非把孩子送到平原上去，也许还有救。

顾红旗听到这，心里像被雷击了一下。自从队伍翻越雪山开始，已陆续有干部、战士病倒了。病情都相同，从发烧到转成肺炎，王秀丽带着卫生员，奔跑在这些伤病员之间，他们的治疗，也没能及时挽救这些官兵的生命。有的在担架上被抬着，有的骑在马上，在行进间，就牺牲了。顾红旗看着这些倒下的官兵，心里的滋味不知如何形容。出发时，他们都活蹦乱跳，身体强壮。经过一场又一场可怕的高原性肺炎，一个又一个鲜活的生命戛然而止了。

眼下又轮到二康了。为了带不带大康、二康一起行军，他还和杨明业吵过。当得知杨明业狠心把大康送人时，他心里记恨过杨明业，觉得他这个当爹的心太狠，不近人情。

杨明业这时悲凉地说了句：要是当初把二康一起送人，就不会有今天了。

王秀丽听了，突然"哇"的一声大哭起来，她伏下身，死死地把二康抱在怀里。

顾红旗看看这个，望望那个。他把手拍在杨明业的肩头上，转身，离开了杨明业的帐篷。他站在帐篷外，冷风吹过来，让他清醒了一些，他后悔自己的武断。知道这次入藏，山高路远，风险莫测，看来，他还是低估了进藏的真实困难。他想起了送人的大康，心里有了松动，庆幸大康送人了。

帐篷里传来杨明业和王秀丽的对话声。

王秀丽：我是个当妈的，不是放心不下孩子么？要是早知道有今天，我也会同意把两个孩子一起送人。

杨明业：现在说什么都晚了。二康，你睁开眼，再看一眼爸妈吧。

然后就是两个人呜咽的声音。

顾红旗抹了一把脸，他听不下去了，望着一座又一座的山峰，此时，像乌云一样压在他的头顶，有些窒息。他无奈又落寞地离开了杨明业的帐篷。

第二天一早，二郎山的半山腰飘起了雪花。司号员依旧吹响了出发的军号。士兵们从休息处挣扎着站起来，摇晃着向山顶爬去。长长的队伍在山腰蠕动着，像条蟒蛇。

顾红旗骑在马上，马气喘着，打着响鼻，踉跄着向前艰难地迈动着脚步。他听见了李本田的呼叫声，起初李本田还骑在马上，马失前蹄，跪地不起。李本田丢下马匹，连滚带爬地向山上奔来。顾红旗勒住马缰，他看着李本田的样子，意识到出事了。他从马上下来，迎着李本田向山下跑了几步，李本田终于到了近前，喘息着说：二康，二康不行了……

顾红旗脑子里嗡地响了一声，就像这漫天飘雪，白茫茫的一片。他向山下奔去，连马也不顾了。李本田急忙跟上。

顾红旗赶到时，路旁已垒起一个雪包。王秀丽半跪在雪坟前，她赤着手在给雪包添雪。杨明业木桩子似的立在一旁。警卫员小马躲在一旁，用手捂着嘴，想哭又不敢的样子，脸憋成了猪肝色。顾红旗踉跄地奔到近前时，什么都明白了，他的腿变成了两支木桩，沉重僵硬。

王秀丽哑着声音哭诉道：二康，你冷不冷、怕不怕？一会儿爸妈就要走了，在这大山里就剩下你自个儿了。孩子，爸妈对不起你呀。王秀丽几欲晕倒在地。

杨明业浑身颤抖，在忍受着突然而至的悲痛。雪又大了，他们立在那儿，几乎成了雪人。

顾红旗嗓子也突然哑了，冲李本田和小马道：你们快扶起王军医。

两个士兵上前小心地把王秀丽扶了起来。只一夜之间，王秀丽似乎老了十岁，她苍白着脸，魂魄似乎也被二康带走了。她被动地被两个警卫员架着，嘴里仍喃喃地说着：二康，别害怕呀，等妈到了拉萨就回来接你，给你做新衣，带好吃的，孩子，妈对不起你……

顾红旗早已经泪流满面了，他看眼路旁那座孤零零的雪包，想着二康活着时的样子，二康咧开小嘴，粉嫩地冲他笑着，含混地喊着干爹。他伸出手用力把杨明业扯过来。杨明业差点跌倒，他就势和杨明业抱在一起，用手擂了一下杨明业的后背，伏在他的耳边道：你以后还会是父亲。杨明业在他怀里抖了一下，顾红旗拥抱他的手臂又用了些力气，一字一句地道：以后你生的孩子，我还给他当干爹，让他有更多人去爱。

杨明业镇静了下来，望了他一眼，咬着腮帮骨，半晌说了句：顾团长，我们会带着队伍走到拉萨的。

顾红旗把泪从脸上抹去，望着二康的坟茔上前一步道：二康，你虽不是军人，但你是军人的儿子，你是进藏路上最小的烈士，干爹永远记着你。

说完，举起手向那雪包敬礼。

顾红旗回过身时，扯了一下杨明业，两人向风雪里走去。他们眼前是一眼看不到头的队伍，身后仍源源不断地有士兵走过来。他们经过二康的坟茔前，都停下脚步，向二康敬礼。

格达活佛

前卫团又翻越了两座不知名的山，断粮已经数日了。队伍出发时，后勤所带的粮食早已告罄。人是铁饭是钢，饥饿让整支队伍提不起兴致，再加上这些天爬冰卧雪的行军，所有人都面带菜色，走起路来也东摇西晃。

一早，李本田给顾红旗端来一碗粥，说是粥，还不如说清水里放了几粒粮食更贴切。粥碗放在炮弹箱上，顾红旗走过去，他在粥碗里看到了自己那双深陷的眼睛。他的眼睛眨动，碗里的眼睛也在动，像一对孪生兄弟。顾红旗尴尬地笑道：给这粥起个名字吧，就叫四眼粥。说完抬眼去找李本田，李本田就站在他面前，他发现李本田满眼的泪水，不知发生了什么，惊呼道：本田，你怎么了？李本田这才抽抽搭搭地道：团长，对不起你，天天让你喝这个。你是一团之长，身上的担子那么重。说到这瘪着嘴就哭了起来。

李本田一哭，顾红旗也烦乱起来，他知道解决全团官兵的伙食成了迫在眉睫的大事。

他把"四眼粥"喝完，摇晃着一肚子清水去找杨明业。在杨明业帐篷门前看到了两眼红肿的王秀丽，她低着头从杨明业帐篷里走出来。顾红旗想到了二康，心就刀扎般地难受。王秀丽正沉浸在悲伤之中，并没有发现他的到来，他一直望着王秀丽的背影消失在卫生队方向，才掀开门帘走进杨明业的帐篷。杨政委正在喝粥，他把最后一口清水倒进嘴里，牙齿挂住了最后一粒米，小心地嚼着，不舍下咽的模样。

顾红旗把一只脚踏在杨政委面前的炮弹箱上，挥了下马鞭说：老杨，咱们现在头等大事不是行军，得弄吃的。吃不饱肚子，俺们可就寸步难行了。

杨明业抬起一张愁苦的脸，脸是青灰色的，顾红旗想起大康送人，二康又葬在二郎山的雪地里，他两眼又一次泛潮。杨明业摇晃一下站起来，哑着声音说：你来得正好，我也正想找你。一碗粥里就几粒米，跟喝水比也没大区别，一点热量也没有，官兵早就叫苦连天了。

两人正说着话，团后勤处的范处长气喘着跑过来，喊了声报告，来到两人面前。范处长报告道：前方不远处，发现了一处藏族人居住的小村庄。有人的地方一定有粮食。

顾红旗和杨明业听了也大喜过望，忙吩咐范处长带上银元和人马前去购粮。杨明业没忘了又交代了民族政策，一二三四地强调着。范处长一走，两人就分头向部队走去，他们要利用这个时间，对部队摸个底，检查马匹装备、伤病情况，以及官兵的思想动态。这是他们多年的带兵经验，也是保持队伍战斗力的法宝。

顾红旗和杨明业因为粮食问题高兴没多久，范处长带着人马低头耷脑地就回来了。顾红旗一看这架势，心里就明白了。范处长还是报告说，藏族村民人去屋空，村里村外，没有发现一粒粮食。

买粮的想法彻底落空了。从军二十年，什么样艰苦卓绝的日子都过过，以前在中原时，日本人"大扫荡"，把他们队伍围在山里，一困就是半年。当时也是没吃没喝的，他们不也是挺过来了？他叫过李本田备马，骑着马扬长而去。李本田自然不敢怠慢，紧紧随在身后。这里已经进入藏区了，草原和远处的雪山勾勒出一幅苍凉的图景。以前在中原和日本人打游击时，他们是躲在山里，有树叶、树皮、坚果可以充饥。这里完全不同，除了眼前漫无目的的荒原就是远处的雪山，哪里可以找到充饥的东西呢？顾红旗愁苦了，愁得心里发慌，他突然看见一只地鼠从草地的洞里窜出来，吱吱惊叫着，连滚带爬地向远处跑去。顾红旗下马，跌撞着走向刚跑出地鼠的洞穴处，这一发现不要紧，他目光所及之处，又发现了几个鼠洞。他挥起马鞭再次抽到自己的大腿上，冲不远处的李本田高喊：本田，你去通知政委，让他带上队伍，拿上开路的工具，咱们挖地鼠吃肉。李本田得令而去，顾红旗绕着鼠洞转圈圈，最后仰望西天道：天无绝人之路，老天爷饿不死瞎家雀。

上千名前卫团的官兵在草原铺开阵势，展开了一场捕鼠大战。一只地鼠从地里被挖出来，就有三四名战士扑上去，逮到了就雀跃起来，最后欢呼声此起彼伏，一浪接着一浪。吃肉的期望像燃烧的大火，熊熊地在草原上燃烧起来。

顾红旗和杨明业知道，挖地鼠只是权宜之计，他们还要行军。当再次过雪山时，就没有这么多地鼠好挖了。正当两人愁眉不展之时，只见远远地走来一支人马，起初两人以为是师后勤人员给他们运送粮草而来，到了近前，才发现领头的却是154团的参谋长。他的身后是几个藏族头人。活佛打扮的人群，剩下的就是我军的十几名警卫人员。

顾红旗和杨明业迎上去，154团的参谋长也姓顾，自然认识两位。寒暄过后，他们才知道，154团的参谋长接到了军部命令，在护送从北京回来的格达活佛，以及邦达多吉和夏格刀登两位头人。格达活佛在甘孜的白利寺，两位头人也是甘孜有影响的人物。

格达活佛早在红军时期就和他们的队伍结缘了。1936年红军队伍途经甘孜时，他便以活佛的身份动员藏族群众支援红军，救治伤病员，和朱德、刘伯承结下了友谊。红军的思想也就此影响了格达活佛。在红军的支持下，成立了当地的藏族政府"博巴依得瓦"，还兼任了苏维埃自治区的主席。后来红二、红四方面军挥师北上，还乡团反攻倒算，"清剿"红军留下的"博巴依得瓦"政府，同时大肆抓捕我红军留下的伤病员。格达活佛组织藏族群众，在当地头人邦达多吉和夏格刀登的帮助下，掩护转移几百名红军伤病员，同时也把参加革命的藏汉群众保护起来。

当新中国成立之时，格达活佛又派代表专程进京，向新中国政府送旗致敬，还捎去了给老朋友朱德、刘伯承的信件，表达了祝贺拥护之意。

中央政府决定解放西藏之时，自然想起了远在甘孜的格达活佛和当地大头人邦达多吉和夏格刀登，遂把他们请到北京商议解放军入藏事宜。这次格达活佛一行就是从北京返回甘孜途中，与前卫团不期而遇。

格达活佛一行的出现，对前卫团来说，可谓是雪中送炭。最后是格达活佛和两位头人出面，在附近的藏族村落筹集到了糌粑和酥油，这是藏族群众把自己的口粮拿出来，支援解放军。

格达活佛在前卫团驻地停了几日，筹措了一些吃食，让前卫团渡过了难关，又在顾参谋长的护送下出发了。格达活佛骑在马上向已经成了老朋友的顾红旗和杨明业挥手告别，嘴里一遍遍地说：二位首长，咱们甘孜见。

全团官兵在顾红旗、杨明业的带领下，向格达活佛一行敬礼送别。他们知道，再翻越几座高山，就要到达甘孜了。

昌　都

前卫团已逼近了甘孜地区，前面就是昌都府了。当外国势力在印度不断挑唆一些西藏分裂分子时，根据毛泽东和周恩来的指示，新中国驻印度的外交使节与在印度的西藏政府官员进行了接触，表明中央对西藏和平解放的态度，同时宣传中央对西藏的政策。

中国驻印度大使馆人员接见了在印度的西藏地方政府孜本夏格巴·旺秋德丹等人，向他们又一次阐述了中央解放西藏的原则和方针，并赠送了《中国人民政治协商会议共同纲领》，要求他们承认"西藏是中国的领土"。在人民解放军进军西藏的前提下，进行和平解放西藏的谈判。

党中央的一系列信息自然也传达到了拉萨，西藏噶厦政府在摄政主持下讨论此事。一些僧俗官员吵成了一锅粥，一部分人主张与新中国政府进行和谈，另一部分强硬派，坚持西藏独立。这时他们又得到昌都总管拉鲁的快马报告说：解放军的先头部队已抵达了甘孜，进军昌都府只是时间问题了。年迈的摄政已到了下野的年龄，眼下又遇到百年不遇的变局。在两派僧俗官员的争吵中，他昏昏欲睡。两派的声音他都没有听进去，他想的是在这动荡不安的年份里如何全身而退。最后还是主战派占了上风，他们要调集驻扎在西藏各处的藏军派往昌都，守住通往拉萨的北大门。一时间，驻扎在各地的藏军代本团，都接到了守卫昌都的命令，他们举起雪山狮子旗，浩荡地向昌都开进，他们的任务就是阻挡解放军向西藏纵深前进的脚步。

随着前卫团步步向昌都紧逼，顾红旗和杨明业也收到了马师长的电报，指示二人：作为先头部队的指挥官，要向驻扎在昌都的总管拉鲁写上一封信，通报我军的态度，电报中要求二人有礼有节，不卑不亢。

在行军间隙搭建好的帐篷内，顾红旗和杨明业分工明确，信自然是政委杨明业执笔。一盏油灯亮着，杨明业伏在炮弹箱上，他写一句读一句，空地上的顾红旗一边踱步一边用马鞭不时地抽着自己的腿。连日的行军，让他的腿又酸又胀，他就经常用马鞭抽自己的腿，还把这方法教给杨明业，杨明业对他这种自虐的方法并不领情，丢下一句：你自己享受吧。弄得顾红旗为此闷闷不乐了好长时间。

杨明业一边写一边读道：昌都总管拉鲁噶伦阁下台鉴。

杨明业第一句的称谓就招来了顾红旗质疑，他停在杨明业的面前道：还阁下、台鉴？这个老拉鲁噶伦，是个昏庸无度的家伙，他配阁下这个称呼么？

杨明业就正色道：马师长指示，要有礼有节，不这么称呼你说怎么称呼？

顾红旗踱步，挥马鞭抽腿，杨明业就抗议道：红旗你能不能消停会？你这又走又打的，我头晕。顾红旗退后两步，身子已触碰到了帐篷门帘，再跨一步就要出去了，他在灯影里沉默一会儿道：好好，听你的，就这么写。

杨明业又读：本军奉中央人民政府毛主席、朱总司令的命令，进军边疆赶走帝国主义势力，保卫和巩固中华人民共和国和国防，解放受苦受难受压迫之康藏军民，我前卫部队已抵达金沙江畔。听闻一些分裂分子，不听中央政府的劝告，在昌都一带布置藏军，企图阻挡我人民解放军前进的脚步，分裂阴谋不会得逞。任何企图用武装力量阻挠我人民解放军和平解放西藏的脚步，也将遭到摧枯拉朽地粉碎……

杨明业边写边读到这里，顾红旗从暗影里跳出来，喊了声：好，不卑不亢，我看拉鲁那老小子怎么回复咱们。

顾红旗、杨明业这封来信，拉鲁闭着眼睛，是听书记官读完的。听罢信的内容，他骇然地睁大眼睛，看着昌都总管府里熟悉的一切，他心里只有一个想法，解放大军来了，是阻挡不住的，唯上策就是逃，而且逃得越远越好。

拉鲁噶伦在昌都总管的位置上已经届满三年了。前些日子，正当夏格巴及其所率领的代表团在印度新德里同新中国人民政府驻印度大使馆的官员接触谈判时，拉萨政府为了加强昌都的管理和守护，已派出新任总管阿沛·阿旺晋美噶伦前来接任到期的拉鲁总管。但命令要求拉鲁总管依旧留在昌都，协助新任的阿沛噶伦度过当前危机之后方能离开。

年迈的拉鲁并没有把拉萨摄政的命令记挂在心上。这些天，已不时地有藏军探子不断地通报解放军先头部队的消息，他的心早就像热锅上的蚂蚁了。他做好了新任总管到任，即刻离开昌都的准备。他意识到，藏军与解放军的一场战役是不可避免了。他知道拉萨噶厦政府现在是强硬派占上风，十几个藏军代本团陆续抵达了昌都外围。他接到前卫团的信函，他在信中听出了中央政府解放西藏的决心。他在昌都总管的位置上已经届满了，他不想延期，更不想协助阿沛噶伦，自知走得晚了弄不好把老命都搭在这里了。

他先是命令书记官向拉萨发报，催问新任总管阿沛到昌都的日期，然后让家人打点好行囊随时做出撤离的准备。

拉萨政府很快回电，通报了阿沛噶伦前往昌都的进程，同时也没忘了给他这个老总管加油打气。

拉鲁总管知道自己时日无多，召开了最后一次僧俗官员及守军代表的防务会议。在会上他告知手下，新任昌都总管阿沛噶伦已经在赴任的路上了，还带来了拉萨政府在印度采购的枪支弹药，以及精兵良将。他又重复着拉萨政府电报中的口气道：绝不让共产党的军队渡过金沙江。还说，拉萨政府背后有英国和美国人的支持，拉萨政府已做好了准备，如果中央政府以强硬武力进攻西藏，就会给世界落下口实，然后趁机把西藏问题交由联合国来解决，把西藏问题国际化，一定会得到全世界的支持。拉鲁虚弱着声音把拉萨政府的电报内容宣读完毕之后，与会的僧俗官员就像打了鸡血似的，情绪达到了一个高潮，似乎西藏已经独立，行进中的解放军已望而却步了。

在众人的喝彩声中，藏军第九代本格桑旺堆却提出了自己不同看法，大头人夏格刀登回到甘孜后，便开始给许多友人写信，包括第九代本格桑旺堆，一边宣传中央政府和平解放西藏的善意，同时也强调了人民解放军进军西藏的决心。格桑旺堆拿出好友夏格刀登的来信，宣读了信中的内容，驳斥了分裂分子对解放军丑化式的宣传。在解放军还没有抵达昌都前，昌都城里早就流传开"解放军杀和尚""共产共妻"的谣言。格桑旺堆还没有宣读完夏格刀登信件内容，就遭到了同为藏军代本牟霞、噶炯娃等一些僧俗官员的嘲笑，他们把格桑旺堆围在中间，说他是胆小鬼，连只地鼠的胆魄都不如。他们扬言，西藏是属于达扎摄政和达赖的，他们才是天上的太阳和月亮，给西藏人民带来福祉和生命的甘露。格桑旺堆就是只蚂蚁，解放军还没到来，就吓得缩进窝里。

牟霞还站到椅子上，把腰刀抽了出来，指向了天空，带人高呼口号：西藏是藏人的，和红汉人没有任何关系，解放军进藏就是侵略。

格桑旺堆知道靠一己之力无法说服这些狂热的藏独分子。他挤出人群，丢下一句：你们总有后悔的那一天。说完并不解气，学着汉人的说话方式，又丢下一句：不见棺材不落泪。

牟霞用腰刀指着格桑旺堆远离的背影，大笑道：你们听，他说了些什么话，他被红汉人赤化了，保卫昌都战役打响，他一定会是第一个叛徒。

格桑旺堆的命运被牟霞言中了。不久之后，昌都战役打响，格桑旺堆率部四百余人在宁静起义，投入到解放军新政府的怀抱中。

落空的团聚

顾红旗、杨明业二人收到了马师长的来电，告知：师大部队正在向金沙江畔挺进，命令前卫团在金沙江上造桥修路，确保大部队向昌都挺进。

前卫团已过了金沙江的彼岸，在没接到师部命令前，他们又一次处于断粮状态，全团正在为筹备粮草发愁。好在前卫团已经远离了雪山，过了金沙江就是一片开阔的平原，人烟也渐多了起来。十几年前红军路过此地时，给当地人留下了美好的记忆，这些天后勤的范处长带着人马四处筹措粮草，每次还都有收获。但另一个困难也随之而来，队伍出发时，所带的银元眼见着就要用完了，即便能采购到粮草，他们也没有更富余的银元了。

顾、杨二人商议，向师里发报，再次请求支援。师大部队的境况其实也并不比前卫团好多少，他们也面临同样的问题。于是师里又向西南军区发报，请求支援。陆地上的支援已是远水解不了近渴，在西南委员会和西南军区的支持下，派出了空军的飞机，向前卫部队空投粮食和银元。

在空军的飞机尚未到达时，前卫团早就揭不开锅了。范处长带人所购的粮草，都用来给一些伤病号和身体虚弱的官兵分配了。大部队不时地去挖地鼠，找一些可以食用的草根。建桥的速度还不能落下，官兵们干的都是体力活。顾红旗在江边视察建桥的速度时，眼见着有几名战士抬着木方就晕倒在了江边上。还有两名战士，晕倒后一头栽倒在滔滔的江水里，岸上的人都来不及救援，便被又急又深的江水卷走了。看得顾红旗一次次用马鞭抽打自己，干着急，自己并帮不上什么忙，只能暗自垂泪。

顾红旗找到杨明业，做出个决定，杀马来解决迫在眉睫的饥饿问题。杨明业听了顾红旗的决定，这残忍的想法也曾在他脑海里闪现过。从出发到现在，这些马匹为部队前进立下了汗马功劳，驮运后勤物资，运送伤病员。翻雪山，跨河流，整个行军过程，马比人还要辛苦。听顾红旗做出杀马的决定后，杨明业犹豫了，他变成了磨道上的驴子，绕着顾红旗一遍遍地走，停不下来的样子。顾红旗忍无可忍地把马鞭横在杨明业眼前，大声地道：今天俺是来通知你的，这马杀也得杀，不杀也得杀。杨明业当然知道队伍此时饥寒交迫的现状，绝望地望着顾红旗，眼里的血丝清晰可见。

顾红旗又说：那么多战士在修桥时晕倒，还有些人掉到江里喂了鱼，我们没保护好这些官兵，我们是罪人啊！

杨明业湿了眼睛：我何尝不想让士兵吃饱肚子呀？可那些马也是我们的战友。流血牺牲，千辛万苦随我们走到今天，它们也是鲜活的生命，我狠不下这个心。

顾红旗跺了下脚咬着牙道：那今天俺就当这个恶人。杀生，下辈子甘愿当牛做马。

他转身离开，喊叫道：范处长，组织人，杀马。

一排枪声响起时，顾红旗跑到江边慢慢蹲下身子，他望着西天，欲哭无泪。杨明业不知何时走来，两个人一个姿势地蹲在那里，痴痴怔怔地望着江水快速地在眼前流过。他们没有说一句话，也没有相互再看一眼，就像两个泥雕。

警卫员李本田和小马两人各自端来了一碗马肉汤，汤里还有几块肉在漂浮着，他们默立在两位首长的身后。半晌，李本田叫了声：团长，肉汤煮好了。顾红旗没动，杨明业也没动，两人依旧刚才那个姿势。两个警卫员在他们身后，也只能保持起初的姿势。不知过了多久，呼的一下，顾红旗站了起来，转过身，快速地接过警卫员递过来的碗，捧在手里，似乎对自己，也对着杨明业道：吃是为了有力气，有了力气才能前进。杨政委，这汤咱们得喝，我知道你不忍心，咱们就把喝马肉汤当成任务吧。说完把碗送到嘴边，汤还没入口，眼泪已经流到汤碗里。

几日后的一个傍晚，天空中发现了三架飞机。飞机飞得很低，轰鸣着盘旋着。尾部机舱打开了，一袋又一袋粮食和包装好的银元从天而降。疲惫饥饿的官兵这才猛醒过来，这是上级给他们空投下的物资。他们蜂拥而上，奔向了从天而降的救命粮食。有许多官兵喜极而泣，相拥在一起，冲着天空喊：感谢党中央，我们得救了……

顾红旗和杨明业正在团部商量这批空投物资的分配方案。范处长报告后匆匆进来，带来了随空投物资一起投来的军指挥部的一封信，信的内容对前卫团的工作给予了肯定的表扬，同时告诉他们，如果有家信或者和后面大部队的家人通信息，让他们把信写好，下次飞机空投时，飞机上会落下绳索，把他们的信件带走。从乐山出发开始，前卫部队一直在前方披荆斩棘，逢山开路，遇水搭桥。转眼已经几个月有余，他们一直和雪山河流荒路做着艰苦卓绝的斗争，他们过着与世隔绝的生活。当听到可以写家信时，队伍又一次沸腾了。似乎亲人就在不远处向他们招手，微笑。那天夜晚，所有士兵驻守的帐篷里的油灯一直亮到很晚。

顾红旗自然也没闲着，在自己的帐篷里，他绕着搭好的炮弹箱走了一圈又一圈。他离开家乡时，断续地和家乡联系过，后来他童年的伙伴栓子写信告诉他，父母已经相继离世了。现在父母早就不在了，成了山包上两座孤零零的坟茔，只有两间老屋还在。从军这么多年，他对故乡的怀念，仅仅是两座父母的坟茔，还有那两间门前长满荒草的老屋。想起当年偷跑出来参军，和父母连个招呼都没打，他总觉得欠父母这个情他一辈子也还不完。这么多年许多战友都在给老家的亲人写信，唯有他没有写过。他透过帐篷的门隙看到一间又一间帐篷燃着的灯火，他想到了在师部的冷妮，他要给冷妮写信。笔和纸就放在炮弹箱上。李本田细心地还把酥油灯端到了近前，可他却不知怎么开口，也不知写些什么。对他来说，这不仅是第一次给冷妮写信，更是他结婚后第一次对冷妮说些自己的心里话。一想起冷妮，心就变得软乎起来，从乐山出发到现在，他只要一想起冷妮，心就热得不行，随之软得都不成个了。在这之前也是他从未体验过的，之前，他把脑袋别在腰带上，那会儿他一门心思就是盼着革命胜利。他看过太多生死，把每一次战役，每场战斗，都看成最后一次。结果他伤痕累累，从尸体堆里又爬起来，在战友们的鲜血中又向前迈开了前进的脚步。那会儿，他心是硬的，觉得自己的命并不值钱，说不定哪天一颗炮弹或者一颗流弹就会要了自己的命，和这个世界再也没有了关系。可自从有了冷妮，他的想法变了，不仅要活下去，而且要好好活着。虽然冷妮在自己心里至今仍面目模糊，但却是一个活生生的人。同他一起进了洞房，还在一个屋檐下宿了一夜。他触碰过她的脚，给她脱过鞋子，盖过被子，她是他的老婆了。他是男人，男人就要为自己的女人遮风挡雨。想到这儿，他坐到炮弹箱旁，提起笔，千言万语便涌到了胸口。可惜自己能写出的字并不多，只能用最简单的文字表达自己的心怀。他提起笔，迟疑地写道：冷妮同志。想想不妥，把纸撕掉，又写：冷妮爱人。端详了一阵觉得肉麻，再撕掉，最后写道：冷妮，俺在前方挺好的，你随大部队出征还好吧？出发时匆忙，俺没来得及好好看你一眼，但你却刻在俺的心里，拔都拔不走了。

这辈子俺记下你了。部队进入甘孜地区，已接近昌都，俺们前卫团，一直在前方做开路先锋，也没有机会和你见面，咱们到拉萨见。想了想，觉得一肚子话只开了个头，思呀念呀的话他不想写了，也写不出。便落上自己的名字和年月日。找了个信封把信纸塞进去，并封好口。

两天之后，果然又有飞机低旋着再次空投物资，范处长把全团官兵的信收集起来，捆在一个竹筐里，满满登登地用飞机降落的绳索捆扎好。飞机上的人一点点把绳索收起来，连同那一竹筐的信件也随飞机而去了，带走一双又一双望眼欲穿的目光。

顾红旗那颗心也被带走了，颤颤悠悠地随着飞机远离了。他还骑马奔到附近的一个山头上，飞机消失在他的视线里，他望着天空中最后一抹夕阳，似乎看到了冷妮读他信的样子。他不知冷妮怎么想，他的心里已经软得一塌糊涂了。

范处长在晚上向顾团长和杨政委报告了一条不好的消息。他们清点空投物资时，少了一箱银元，一共一百八十块。这些银元丢失可是一件大事，所有人都知道，新中国刚成立，百废待兴。是中央政府挤牙缝节省出的物资，空投给他们。前卫部队已经得到了消息，美国人已在仁川登陆，志愿军已做出了赴朝参战的决定。新中国刚成立一年有余，一点家底都没有存下。全国人民勒紧裤带，支援着自己的子弟兵。别说一箱一百八十块银元，就是一块，也是人民的血汗呢。顾红旗当即命令组织人马，连夜寻找那箱丢失的银元，这不仅是新中国的血汗钱，更是他们前卫团的命根子。

前卫团全体出动，松明火把遍布整个驻地。他们寻找了角角落落，折腾了大半宿，仍然一无所获，悻悻而归。那天晚上，顾红旗躺在炮弹箱上，一夜也没睡好，一想到不知所终的那箱银元，他的心就在流血。他坚信，那箱银元一定就在某个角落里等待他们寻找，他像个算命先生一样，东南西北地分析着。

当第二天一早，顾红旗正想再次集合人马搜寻那箱银元时，范处长突然闯了进来，告诉他一条惊人的喜讯：那箱银元找到了。又补充道：是一位叫周大兴的中年藏族同胞送来的，而且，这藏族同胞还会说汉话。

范处长把周大兴请进帐篷里时，顾红旗伸出手一边冲周大兴握过去，一边打量着眼前的这位藏族同胞。他穿着标准的藏服，面孔黝黑，这是典型藏族男人的打扮。他握住了周大兴的手，再一次向站在一旁的范处长确认：你说他会说汉话？还没等范处长答，周大兴露出牙齿道：昨夜，贵军的飞机把这些银元投到了我家门前，散了一地，我和妻子卓玛寻找了一夜，一共一百八十枚，不知对不对。说完从身后用另一只手拎过那箱银元。

范处长上前又证实道：团长，我刚才在外面已经数过了，一枚不多，一枚不少。

顾红旗打量着周大兴，眼前的男人很结实，也许是因为长年在藏区生活，和许多藏族同胞一样，有些木讷，但他的眼神里藏着一种机智，被顾红旗捕捉到了。

顾红旗冲范处长道：藏族老乡帮咱们找回了银元，咱们不论经费多紧，也得意思一下。

团长这么说，范处长似乎也反应过来，点着头说：应该的。然后感谢地搓着手。

顾红旗回身，打开盛银元的箱子，抓起几块银元递给面前的周大兴，周大兴似乎被吓着了，连退两步，摆着手道：不，不，我不能要。

顾红旗和范处长一起把疑惑的目光投向周大兴，顾红旗以为是给少了，顺手又抓过两枚，再次递到周大兴的面前。周大兴似乎受到了更大的惊吓，倒退一步，又一步，他退出了帐篷。顾红旗和范处长对视一眼，范处长追了出去。

周大兴已躲到帐篷外几步开外的地方，躬下身子，浑身颤抖着，不知是因为激动还是因为惧怕。范处长叫了声：老乡，你别怕，我们团长是真的想感谢你，没有别的意思。

周大兴又抬起头，注视着范处长的眼睛，张口想说什么，又犹豫起来。这时，顾红旗也走了出来，周大兴颤颤颠颠地又把目光投了过来，当他的目光和顾红旗的目光碰在一起时,再次把目光躲开,躬下身子,望着自己的脚尖。顾红旗终于看出眼前的汉子的顾虑,上前一步道:老乡,别怕,俺们是人民解放军,是为了解放西藏才来到这里的,咱们都是平等的人。说完把周大兴躬下去的腰又扶了起来。周大兴这次似乎目光坚定起来,终于下了决心,上前半步,但还是小心地问:你们这解放军,和十几年前路过这里的红军是啥子关系?

顾红旗就大着声音道:现在的解放军就是当年的红军。

一句话让周大兴的身子一颤,像中了一颗子弹,他摇晃了一下,伸出手主动地捉住顾红旗的手。顾红旗发现,周大兴的手心里都是汗水。这次轮到他吃惊地望着周大兴了。周大兴放开顾红旗,立正站好,大声道:红军战士周大兴向首长报到。说完一脸严肃地把目光钉在顾红旗的脸上,不再游移。

顾红旗一震,和范处长快速地交换了一下眼神,又重新打量着眼前的周大兴。此时的周大兴挺胸报告,以一个标准军人的站姿,挺在他的眼前。

周大兴颤抖着声音又说:报告首长,我是原第二方面军三团二营一连战士,周大兴。

重新被顾红旗请到帐篷里的周大兴,面对顾红旗和政委杨明业讲述了自己的遭遇。周大兴是红军路过四川时参的军,走到甘孜时,染了疟疾。红军再次出发时,他的病还没有好,他连同一些红军的伤病员就留在了原地养伤。红军走了,还乡团又回来了。在格达活佛的掩护下,把他们这些红军的伤病员分散到藏族群众家里。他被一个叫卓玛的女孩收留,病好后,红军已经走远了。他们这些伤病员不知去何方寻找自己的队伍,一部分留在了原地。还有一部分跋山涉水向回走,回自己的老家,他们的命运有喜有忧。周大兴和卓玛结婚后,给自己起了一个藏族男人的名字叫格桑。他们生儿育女,靠放牧为生。虽然十几年过去了,他仍没有忘记自己的身份,日思夜想自己的队伍。这几天前卫团来到这里,他在暗中观察了数日,发现这支队伍很像当年的红军,为人亲和,秋毫无犯,纪律严明。

可他不敢确认，因为解放军头上的八角帽不见了。也是命里注定，一天傍晚，一箱散落的银元投到他家门前的山坡上，箱子破裂，银元散了一山坡。他叫来妻子卓玛，打着火把寻了一夜，才把这些散落的银元收齐，怀着试探的心理走到了营区。

周大兴介绍完自己，又一次挺胸抬头地站在顾红旗和杨明业面前，声音铿锵地道：我要归队，跟自己的队伍走。

顾红旗和杨明业面对周大兴的态度，一时犯了难。如果此时周大兴是一个人，他们会毫不犹豫地答应他的请求，现在他有妻儿老小，让周大兴随队伍走了，妻儿又怎么办？

顾红旗踱步，杨明业也一脸为难。

周大兴又说：我和卓玛结婚时就说好了，只要自己的队伍回来，我就要跟上队伍走。卓玛能照顾一家人，你们放心。

顾红旗和杨明业简单商量了一下，做出一个临时的决定：在甘孜期间，同意周大兴来做他们的向导。因为有周大兴的存在，以后他们和藏族群众交流，购买粮食还有解决一些困难，无疑会给前卫团带来许多便利。至于他归队的事，他们还要请示师里，让师里做出最后的决定。

周大兴虽然没有彻底解决归队问题，但前卫团暂时收留了他，还是让他欢欣了一阵子。顾红旗让后勤的范处长安顿周大兴。当周大兴走出帐篷时，似乎和来时已经换了一个人，胸脯挺了起来，两眼发光，再也不是那副见人就弯腰躲让的模样了。

顾红旗突然收到师里发来的一封电报，电报中告诉顾红旗，师大部队正在休整，与前卫团的距离只有一天的路程。故此，马师长做出决定，让文工团的冷妮前来与顾红旗做短暂团聚。

当顾红旗弄明白这封电报的原委时，两眼放光，像马似的在帐篷前的空地上跑了两圈。杨明业看着顾红旗心里自然也为他高兴，他取笑着顾红旗道：你这个生瓜蛋子，也该开开荤了。顾红旗出发前的新婚之夜是如何度过的，在顾红旗嘴里已说了一百八十遍了。他也为顾红旗白白荒废新婚之夜而惋惜。这一次，托马师长还想着顾红旗这事，特批冷妮前来与顾红旗做短暂的相会。

前卫团目前的任务是在金沙江上架桥，修路，为后续大部队真正进入藏区做着前期准备。队伍不再连日行军，驻扎在金沙江的两岸。虽然短短数日，但部队得到了休整，整个部队的精神状态也得到了改观。

陪同冷妮前来探亲的是师兄王栋才，这是韩团长交代的任务。自从冷妮和顾红旗结婚后，师兄王栋才第一次和师妹冷妮这么长时间地单独在一起。他们是早晨饭后出发的，他们挎着挎包，里面装着干粮，还把水壶装满了水。两人上路了，就像兄妹去郊游。

冷妮几天前就收到了顾红旗的来信，信自然是空投下来的。虽然那是一封又短又简单的信，但她一连还是读了几遍，几乎都能背下来了。信虽短，也没有更多的儿女情长，她还是感到了温暖。从她入戏班子开始，师傅、师兄、师姐同样给了她温暖，可却和顾红旗的温暖不一样，在她的心里，他是她的男人，是她的家和未来。那场洪水让她失去了亲人，从戏班子又到部队，有了自己的大家庭，可时不时地还是缺乏安全感。在上级的安排下，她终于和顾红旗组织了革命家庭，还有了新婚之夜。他们还没把新床焐热，队伍就出发了。但这次出发不一样了，她心里装着一个半生不熟的男人，有这个男人的地方，才是自己的家。

一路上，冷妮是兴奋的，也是雀跃的，她不时地打量着路边的风景，蹦跳着像只出笼的鸟儿一般。可身旁的师兄王栋才怎么也高兴不起来，从冷妮答应嫁给顾团长那天开始，他的心就像压了一块巨石，让他郁郁寡欢。他多年疼爱、暗恋的师妹，突然心有所属，他就像一个失去引绳的风筝，没根没脉，失落异常。

冷妮走到一处山冈上，回过身来等待着脚步沉重的王栋才走近。王栋才的脚步每往前迈一步，心就疼一次，脸色自然不好看。冷妮自然知道师兄的心思，她不是不喜欢师兄，从师傅收留她那天开始，她就认识了师兄，他们一起学戏，一起讨饭般地生活。当她饥饿难耐时，师兄总是能变戏法似的从怀里掏出半块饼子或者馒头，偷偷地塞给她。她知道，这是师兄上顿特意从自己牙缝里抠出来的食物。当部队进入到四川后，许多人转业,去支援地方建设。那会儿他们文工团处于待命状态,她也暗想过,有朝一日,和师兄一起转业,成家过日子。王栋才也这么想过,觉得他们在一起顺理成章。正当他犹豫着向冷妮表白时,斜刺里杀出顾红旗,一盘早已运筹帷幄的棋局就此被打乱了。

冷妮在与王栋才行走的一路上,她觉得有些话必须和师兄说清楚了。当王栋才走近时,冷妮偏过头道:师兄,我知道你心里想的啥,我现在是顾红旗的女人了,你想也没有用了。要是当初你先提出来,部队又批准我们在一起,我一准嫁给你。谁让你这个闷葫芦有话说不出呢?

王栋才闷闷不乐地:冷妮,你别说了,这些日子我想明白了,只要你以后幸福,不论嫁给谁,我这当师兄的都替你高兴。

冷妮眨着眼睛追问道:你不生我气了?

王栋才摇摇头。

冷妮又问:你不记恨我?

王栋才又摇摇头。

那你为什么整天不高兴,明里暗里还躲着我?冷妮又说。

王栋才垂下头:我是心里不舒服,现在没事了。因为看到你心里是真幸福。

真的?冷妮歪着头问道。

真的!王栋才真诚地答,温暖地望着冷妮。

冷妮突然笑了,绕到王栋才身后,突然蹿到他的背上,说道:师兄,你背我,就像小时候一样。

王栋才绷紧了身子,向山坡下跑去。金沙江已经在望了,夕阳正暖,照耀得山坡上盛开的各色野花绚烂一片,王栋才在野地里,采了一捧各色花朵,递给冷妮。冷妮把脸俯在花上,花香让她陶醉。

他们在天黑前,终于找到了前卫团的营地,可眼前的一切早已是人去屋空。营地只留下马匹的粪便,拆除帐篷时留下的印痕,以及一堆杂乱的脚印。两人呆呆地望着眼前的一切,几乎不敢相信自己的眼睛,半晌,又是半晌,王栋才说:前卫团开拔了。

冷妮望着空荡的营地，突然"哇"的一声大哭起来。

王栋才手足无措地站在一旁，看着师妹的眼泪从脸上滚落，他真想陪师妹痛哭一场。

急 急 急

前卫团是快中午的时候，接到了师部下达插入到敌后拉贡恩达阻击敌人的任务。拉贡恩达是昌都通往拉萨的必经之地，也是自古以来昌都通往拉萨的驿站。

前卫团的人马在金沙江畔已逗留了数日，桥已经建好，公路也在不断地向昌都方向延伸，这是出发以来，他们度过的最平稳也最安逸的时光。甘孜草木茂盛，牛羊成群，没有雪山风暴，正值初秋的季节，到处都是金黄一片。许多干部战士产生了错觉，以为他们将在这里会和大部队会合，通往拉萨的路将就此一片坦途。

顾红旗昨天接到师长发来冷妮今日即将到达前卫团探亲的电报，他几乎一夜也没睡好，连夜把自己的军装洗了，还让李本田打了一桶水，他端在帐篷里给自己痛痛快快地洗了一次澡。自从乐山出发，只要一有空闲就会想起冷妮。一想起自己是有老婆的人了，血液就往脑子上撞，弄得他晕晕乎乎，头重脚轻的。没人的时候，他还学会了发呆，然后咧开嘴嘿嘿地笑一次。有一次被李本田看到了，李本田也笑，凑过来，看眼顾团长幸福的样子，便问：团长，你笑啥子？说出来，让我也听听。顾红旗清醒过来，冲李本田呲了句：一边待着去。话虽然这么说，脸上仍抑制不住，别过头去，又偷笑了一次。弄得李本田心里直发毛，想跟着笑又不敢，就那么憋着。他现在是有老婆的人了，是丈夫了。每每这么想，心里就洋溢着不可名状的兴奋，觉得日子就有了奔头，活着就多了某种意义。他也暗自责怪师长给他的新婚时间太短，心里不免生出许多遗憾。队伍出发时，他把与冷妮相遇的目标定在了拉萨。前面有了目标，脚下便有了根。每往前迈一步，觉得离拉萨又近了一些，内心的幸福感便又增添了几许。

在金沙江畔没想到幸福来得这么突然，他一大早就起床了，穿上了还没完全干透的军装，带着李本田把帐篷内的摆设又擦拭了一遍。顾红旗二十余年的兵龄，一入伍就是战斗，硝烟和冲杀练就了他火暴的性格。在外人眼里，他就是一介武夫。他自己知道，心底里也有柔软之地，比如，他带着李本田把屋内摆放的炮弹箱从里到外都擦拭了一遍，那会儿他的心里就像河床里流动的波浪，一涌一涌的。行军打仗，没有条件，这些炮弹箱既是他的床，也是他的办公桌，更是战时的弹药。一物多用，这是他们多年南征北战的经验。

帐篷内收拾得差不多了，他又来到了外面，看着在风中飘摇的帐篷，怎么看也不像个新房。他又带上李本田到了野地里，一片片的格桑花在眼前起伏着，他命令李本田道：弄些花，摆在帐篷门前。交代完，自己又去检查修路的队伍去了。

顾红旗不断地望着升到当顶的太阳，他盼着太阳西斜，那时，冷妮就会来到他的身旁，真正成为他的新娘。一想到这儿，心里就有一团热乎乎的东西涌遍全身。

他没等来太阳西斜，刘参谋打马而来，告诉他，师里已来急电，杨政委通知他速回团部。他闯进团部的帐篷时，看见杨明业已经展开了一张行军地图，见他进来，正一脸严肃地望着他。杨明业把师里的电报递给他，他脑子就轰地响了一声，电报很简短，只有一句话：命你部立刻启程前往拉贡恩达，十日内到达，切断敌人退路。就这么一封短短的电报，他一连看了三遍。他走过去，找到行军地图拉贡恩达所在的位置，他只用手丈量了一下，就知道那个地方距离前卫团所在地有近千里路。一千里十天之内，这是怎样的任务？别说还有雪山河谷，就是平地，这样的任务对他们来说也够艰巨的了。他脑子轰轰地响着，为了让自己冷静下来，他挥起马鞭狠狠地抽了自己几下。刘参谋上前伏在地图上丈量一下道：团长、政委，如果我们走常规大路时间肯定来不及，我找到了一条小路，不，不能说是路，就是从山脊走过去，会缩短近一半路程，我担心……刘参谋说到这里犹豫起来，望了眼这个，又看眼那个，顾红旗又把脑袋凑近地图，然后说：你担心这些高海拔的山峰不好走是不是？刘参谋点了点头：我数了一下，四千米的山峰就有五座，还有几条不知名的河流。顾红旗似乎下了决心，把马鞭抽到炮弹箱上，抬起头盯着杨明业道：政委，咱们只能冒险而行了，否则，恐难完成任务。

杨明业在顾红旗没来之前，已经把地图快揉烂了，十天时间，近千里的山路。他们还有这么多后勤物资、武器弹药，以及伤员病号。他看完地图，绕着炮弹箱走了几圈了。他心里一点底也没有。见顾红旗下定了决心，这才松口气。两人又商量了一下行军的细节，最后说到了出发日期，杨明业的意思是，明早，或者半夜再出发。他说这话有两层考虑，一是给部队准备开拔的时间，毕竟这是一次强行军，山高路险，一定要准备充分。另外一个原因就是，冷妮就要来了，顾红旗的新婚之夜，一事无成，杨明业想想都为顾红旗遗憾。他要成全顾红旗做一回真正的新郎。杨明业提出的出发时间刚说出口，立马遭到了顾红旗的否决，他从怀里掏出表，看着秒针一圈圈地走过，红着眼睛说：俺的政委，你太磨叽了，照你这么四平八稳的想法，敌人早就抢占拉贡恩达了，到时候，你和俺都将成为罪人。啥是罪人？贻误战机，放走敌人。那是要军法从事的，你和俺得挨枪子，掉脑袋。

他说到这里，不再想就出发的时间和杨明业掰扯了，挥了下马鞭，冲刘参谋命令道：两小时后，也就是两点一刻，队伍必须出发。刘参谋看了杨明业一眼，应声而去。

帐篷外很快传来集合的号声。

杨明业走到顾红旗面前，叹了口气，拍拍顾红旗的肩膀，什么也没说，招呼自己的警卫员小马收拾团部一应物件了。

顾红旗在自己的帐篷前下马，看到帐篷前已摆满了格桑花，他鼻子一酸，在心里呼天抢地喊了一声：冷妮，俺对不住你了。他从挎包里掏出行军日记本，草草地给冷妮留下了一封信。眼前的帐篷已被战士们七手八脚地拆除了，摆放好的炮弹箱也正驮在马背上。他只能把那封留给冷妮的信，放在格桑花丛中。新采摘的格桑花正茂盛地开着，似留似恋地擦着顾红旗的衣角和袖口。他立在花丛前，仿佛看到了冷妮，正似嗔似怪地望着他。他举起手，冲嗔怪的冷妮敬了个礼。

部队已经集结，草地上人马的奔跑让烟土腾了起来，顾红旗对这一切太熟悉了，他似乎又嗅到了战场上烟火的味道。这个味道让他紧张又兴奋。他纵身上马，向他的部队奔去。

冷妮在格桑花丛中，发现了顾红旗留给她的信，信很短，也潦草：老婆，俺接到命令出发了，咱们拉萨见。然后是署名，确切地说，这封信更像一封电报的内容。刚平静下来的冷妮，再次抽泣起来，这是顾红旗写给她的第二封信。第一封信是空投给她的，那时的称呼是冷妮，是她的名字。这次，却变成了"老婆"，她心里一下子就软了，软得像一湾泓水。

昌都的局势短短几天，发生了不可逆转的变化。格达活佛一行，于7月10日来到了昌都府，他本意想面见总管拉鲁，传达中央和平解放西藏的精神，并试图说服拉鲁布置好的藏军放弃抵抗，认清形势。总管拉鲁自然知道格达活佛的来意，先是避而不见，格达活佛只能借助自己的影响，在八方游说、活动。后来拉鲁干脆把格达活佛软禁起来，并派人到处造谣，说共产党的队伍进入西藏就会杀和尚，烧寺庙，分财产，强奸妇女，甚至吃藏人的人肉……总之，将解放军污蔑成了魔鬼和大盗。一时间，昌都城内，人心惶惶，一些达官贵族开始收拾细软准备逃跑，百姓闭门不出，混乱恐惧的情绪笼罩了昌都城。

格达活佛一次次向拉鲁提出抗议，要求去拉萨会见摄政和达赖等人。以商人身份为掩护的英国特务福特怕夜长梦多，以自己的商务公司能向拉萨发电报为诱饵，于8月22日骗格达活佛来到了自己的商务办公地点，命下人偷偷在茶水里投毒，格达活佛遇害，终年47岁。这本来是件大事，却被拉鲁一伙压了下去。但消息还是传到了党中央，不仅有格达活佛遇害这样的坏消息，从青海出发的劝和的藏族代表团也被拉萨政府命人软禁在那曲。西藏噶厦政府派出的藏军已经就位，一部分置于阿里、那曲。将其余三分之二的兵力，共计7个代本（团），一共四千五百余人和民兵（部族武装）三千五百余人部署在昌都及其周围的生达、江达、类乌齐等金沙江两岸一线。另有五六千人被强制武装起来的藏族群众，作为第二梯队随时待命。企图以武力阻止解放军入藏，在昌都周边和解放军摆开了决一死战，誓与昌都共存亡的架势，和谈已经无望。

当所有的信息汇总到毛主席案前时，他在给刘、邓的电报中指出：一个师进攻昌都够不够用？藏军似有相当的战斗力，必须准备打几个硬仗。党中央、毛主席决心做好了打硬仗的准备，命令传达到了18军指挥部，全军上下，调兵遣将，大战一触即发。

中央和西南军区的首长做出指示，昌都战役一定要打好，不仅要击溃来势汹汹的藏军，还不能让溃散的藏军流窜到西藏腹地。如果这样的局面既成事实，日后解放军进军西藏腹地将留下极大的隐患，为和平进军西藏增添许多意想不到的变数。

昌都战役另外一个意义在于，要彻底打消西藏噶厦政府武装保卫西藏的想法，为了不给国际企图分裂西藏的势力留下口实，中央决定力争解放军和平进入西藏，这就需要和西藏噶厦政府签订和平进入西藏协议。如果解放军不能在昌都全面彻底取胜，会给西藏噶厦政府留下幻想的空间，和平协议的签署也将成为泡影。

18军上下当然明白中央和军区的意图，于是调集兵力，从几面摆开进攻兵力。同时，西北军区也派出了骑兵支部，还有云南方向的驻军，也抽调兵力，过来增援。正面打赢这场战斗只是时间问题。这场战役的重中之重，就是切断藏军的退路，不给藏军留下流窜的缺口。

前卫团就是在这样的大背景下接到了师指挥部的命令，他们的目标就是近千里外的拉贡恩达。

甘孜的秋风正浓，格桑花开得正艳。前卫团马啸啸，人默声，一队队全副武装的士兵凛然地在天黑前潜进了雪山之中。

十天近千里路，如果放在平原上行军，前卫团并不会把这次穿插任务当回事，咬咬牙，少睡一些觉，蹦几个高，一定能在敌人到达前抢占阵地。此时，为了节省时间，他们只能抄近路，这又是什么路哇，从古至今压根就没人走过，他们走在雪山的山脊上，冰冻的雪峰就不用说了，四千米高的山峰，氧气稀薄，走上一会儿，就人困马乏了。

周大兴这时派上了用场，他走在队列的最前面，他翻找出当年红军时期的八角帽，重新戴在了头上，不知又在哪儿找了一条皮带扎在腰上。虽然还是穿着藏袍，但人似乎变了样子，人不仅显得年轻了几岁，身手也变得矫健。他已经在藏区生活了十几年，早已适应了这里稀薄的空气和雪山。他自己说，每年自己都会爬到雪山最高处，去采雪莲。他不仅走在队前，而且把尖刀连许多战友的背包和枪支也揽到了自己的身上。虽然上级并没有正式批准他归队，但此时他的样子，早已和身边的战友打成了一片，在他心里，他就是尖刀连的一员。他不停忙前忙后提醒身边的战友注意脚下和身边的断崖，还抽空和战友们开着玩笑。

前行的队伍里，呼哧带喘的声音响成一片。不时地有人摔倒，在雪坡上翻滚，刚出发领受任务的兴奋劲早就不在了，每个人都面色苍白，嘴唇发紫，这都是典型的缺氧标志。后勤驮运弹药粮草的马匹，马失前蹄，也不时地摔倒，有几匹马在顾红旗的眼皮子底下就摔下了山崖。

范处长心疼得趴在崖边，一边向崖下喊，一边在流泪。如果放在平时，队伍出现如此的失误，顾红旗早就该骂娘了，挥起马鞭骂天骂地。现在，他没了喊叫的气力，更重要的是，他的心思都在千里之外的拉贡恩达。他不断地催促着身边的官兵，只要大家的脚还向前迈动，他们距离拉贡恩达就近一步。

经过半天一夜的奔袭，他们翻过了四座雪山，蹚过了三条河流，因为不断地有伤病员掉队，队伍已经没有出发时那么齐整了，队伍明显短了一截，但前卫团大部分人和马还在坚持着。

天快亮的时候，政委杨明业在警卫员小马的搀扶下，摇摇晃晃地找到顾红旗，气喘又断续地：顾团长，队伍应该歇歇了，十天的任务，咱们一天走不完呀。

顾红旗下达了休息的命令，司号员的号声似乎都变得没有了往日那么响亮和饱满了。士兵们听到休息的号声，似乎抓到了救命的稻草，就地而坐，有的一下子躺倒，像一条又一条被捞到岸上的鱼，拼命呼吸着。

天已经蒙蒙亮了，连绵的雪山在晨曦中呈现出青灰色。顾红旗来到尖刀连，找到了带队的周大兴，周大兴正跪在雪地上煮酥油茶，因为山上缺氧，火总是点不着，他鼓起腮帮子一口口朝着一堆柴火在吹气。终于有一丝火苗燃了起来，周大兴咳嗽着，揉着眼睛，他看见了走过来的顾红旗，忙从地上站起来，举手敬礼道：团长好。顾红旗拿过地图摆在他的面前，让他查看路程。周大兴看不懂地图，他用手向西指去，那是一座又一座连绵不断的雪山，周大兴就说：咱们一直往西，那就是西藏的腹地，拉贡恩达就在那里。顾红旗顺着周大兴的手势望过去，太阳已经从东方升了起来，他的眼里是雪峰的银白，晃得他有些睁不开眼睛，但他知道，他们的阵地就在远方大山的褶皱里。想想还有九天的路程，第一天行军，就已经有上百人掉队负伤了，他的心不免忧虑起来。周大兴似乎看出了他的心思，挺胸抬头地站在他面前道：团长，只要有我周大兴这个老兵在，我一定把队伍带到拉贡恩达。顾红旗把抬起的手不轻不重地落到了周大兴的肩上。经过几日的相处，他早就相信了周大兴这名当年的红军战士。他现在不放心的是自己的队伍，他不知道队伍到达目的地还能剩下多少囫囵的人。他也是人，经过半天一夜的行军，他的体力早已消耗殆尽，恨不得也立即躺下，进入梦乡。

日头偏西一点时，顾红旗醒了，他的衣服似乎和身下的冰雪冻在了一起。他用力挣扎着站了起来，衣服与冰面发出撕裂的声音，他冲不远处的司号员喊了声：吹行军号。司号员是个瘦高个战士，他睡在雪地上，军号还抱在胸前，那是他的武器。当司号员挣扎着站起来时，把军号递到嘴边，半晌都没有吹响，顾红旗把目光砸在司号员的脸上，司号员带着哭腔说：报告团长，军号冻住了，吹不响了。顾红旗又一次把马鞭抽在自己的腿上，心里咒骂了一句，冲李本田说：把全团人喊醒，咱们出发。

李本田和司号员分头跑去，一边跑一边喊：出发了，团长命令出发了。

队伍又行进一阵子，杨明业从后面气喘着追上顾红旗，马匹已经没法骑了，四条腿的马似乎走在这雪山上还不如两条腿的人稳定，况且骑在马上随时都有摔落下山崖的危险。于是，各级指挥员只能放弃马匹，徒步前行了。

杨明业一脸苍白，却没掩饰住一脸悲伤，也向顾红旗通报了一条沉痛的消息：据殿后的三营长报告，刚才在宿营地有十几名战士，睡着了就再也没有醒过来。

顾红旗听到这个消息，心里咯噔一下，脸立马就黑了。从乐山出发到金沙口，虽然他们也有一些伤亡，但只是个位数。现在，他们接到穿插到敌后的命令，刚走了一天，也不过近百里，连敌人的毛还没见到，就白白牺牲了十几名战士，还有那些掉队的，他还想再次骂天骂地，却没了力气。想到整个战役自己所担负的任务，他哑着声音冲杨明业说：老杨，就是剩下一兵一卒，也要在上级规定时间内，占领拉贡恩达的阵地。说完甩了下马鞭，又向前走去。

杨明业望着顾红旗走进风雪里的身影，他一直没弄明白，明明没有马了，顾红旗为什么还舍不得丢下马鞭。在高原上行走，身上每一两重物都是累赘。之前，他问过顾红旗这个话题，当时顾红旗一边看着手里的马鞭，一边自语道：你能把自己的手扔掉去干事么？虽然当时顾红旗说这话有些玩笑的成分，杨明业也当玩笑那么一听，可现在不一样了，那个马鞭是牛皮做的，还有一个木头雕的把手，少说也有一斤，队伍走到现在，早已筋疲力尽，除了身上的武器弹药还有干粮，其他多余的东西早就被扔掉了。他又一次不理解，顾红旗为什么舍不得丢下手里那根马鞭。

又一个夜半时分，队伍借着雪山泛出的幽光在山脊上蠕动着，稀拉的队伍，像一条受伤的蟒蛇，虽然前行艰难，仍然努力向前地蠕动着。

小马跘跄地向前跑，一边跑一边大喊：顾团长，顾团长，政委晕过去了。

顾红旗赶到杨明业身边时，杨明业仍在昏迷着，有两名卫生员，一个抱头，另一个在喂药。队伍开始行进时，顾红旗就把军医王秀丽编到了后勤的队伍里，王秀丽不仅是卫生队唯一的女军医，也是全团唯一的女性。两个孩子的事，让王秀丽遭受到了空前的打击，她那张原本饱满的脸变得毫无生气，总是郁郁寡欢。每次行军，都会不时地向来路张望，那里有她的两个孩子，一个大康，一个二康。顾红旗每次看到王秀丽像丢了魂一样，心里火烧火燎地也跟着一起煎熬。虽然，他不是女人，也不是母亲，可他是个健全的人，一想到活生生的两个孩子，都离自己而去，是人，哪一个又能好受？从那以后，顾红旗就多了些对王秀丽的照顾。他也真心希望，王秀丽和杨明业能再有个孩子，来转移王秀丽的情绪。他把这个想法对杨明业说过，杨明业半晌却没有说话，眼睛望着远处说：我真盼望，早日把红旗插到喜马拉雅的山上，那会儿，我们才能真正地踏实下来，不再有流血和牺牲。

顾红旗知道，他们这支队伍，在肩负着一种从来没有过的使命，前无古人，后无来者。他那会儿就暗自下决心，一定要把队伍带到拉萨，并站稳脚跟，在西藏的土地上，生根，发芽，开花，结果，这才是他们的最终使命。

他在呼唤晕倒的杨明业，杨明业在卫生员怀里，突然喘上一口气，茫然地盯着眼前的顾红旗，似乎一时不知自己身在何处。意识一点点地回到他的脑海里，颤颤地伸出一只手和顾红旗的手握在了一起，断续地说：红旗呀……我我给全团拖后腿了，没……想到……身体……这么……不争气。说到这里，还有两行泪水从杨明业眼角流了下来。

顾红旗看着眼前的老战友，他从入伍时就和杨明业在一起，这么多年，形影不离，从来没有分开过，有几次战斗陷入绝境，他们仍然死里逃生。顾红旗握着杨明业的手叫道：老杨，别说那些没用的，就是背俺也要把你背到拉贡恩达的阵地上。

杨明业摇了下头，把目光定在顾红旗的脸上，以一个政委的口气说：顾团长，队……伍不能再这么挨下……去了，官兵……身体情况……不一样，又……一起走，会拖垮整支队伍的。停了停，喘息一阵又说：我建议，顾团长，你带领尖刀连……先行一步，我……负责带着大部队……

跟上。

顾红旗早就为大部队的拖拖拉拉的行军速度不满了，每走上一段，他就要从怀里掏出行军地图看上一眼，为他们蜗牛一样的行军速度，恨不能用鞭子抽自己。此时，他听了这话，马上说：政委，俺同意你的意见。俺和尖刀连先行一步，你殿后。

杨明业点了点头，脸上露出欣慰的神色，他看了眼周围两名卫生员、小马和李本田，又说了句：你们离开一会儿，我有话要对团长单独说。

几名战士听命而去，站在不远不近的地方。

这时杨明业又一次把顾红旗的手捉住：红旗，要是我这次行军有个闪失。说到这儿他的声音哽咽了，喘了几口气又说：你要帮我照顾好王秀丽，我对不住她。

顾红旗听了这话，突然发出牛一样的叫声，几个远离的战士，担惊地望着自己的团长，顾团长用异样的声音在哭号，他们不知发生了什么，没有命令，他们只能站在原地。

顾红旗死死地把杨明业的手握在自己的怀里，咬着嘴唇说：老杨，你不会有事的，俺一会儿就让人用担架抬着你走。

杨明业摇摇头，又把顾红旗拉近一些，用更小的声音说：秀丽，又怀孕了，本想陪她把孩子生出来，算是给她一个交代。杨明业把顾红旗连同自己的手拉到自己的胸前，哀哀地哭泣起来。顾红旗听到这个消息，心头一震，身体像投进了一粒火星，呼啦一声就燃了起来，有一股热热的东西从心底里弥漫全身。他回过头喊着：小马，小马。小马奔过来，握着拳头站在他们面前。顾红旗立起身冲小马道：你从现在开始，要用自己的命确保政委的安全。去找担架，抬上政委走。

小马领命而去。

顾红旗又一次蹲下身，把瘫倒在地的杨明业搂抱起来，用力地一拥，然后说：老杨，俺在前方等你，你一定要挺住。他还摸到杨明业的手指，两人做了一次拉钩状。

顾红旗放下杨明业便向尖刀连前行的方向追去，杨明业躺在雪地上，冲顾红旗离去的方向，举起了手，他满眼都是泪花。

尖刀连是在乐山出发前重新组建起来的连队，以一营一连为框架，把全团身体好、作战经验丰富的老兵集中在了一起。每个团都有一支这样的连队，他们是拳头，也是刺刀，危难之中总有尖刀连挺身而出。

此刻，尖刀连全体官兵就站在顾红旗的面前，这些兵不需动员，他们自己知道他们的责任，好钢一定会用在刀刃上。顾红旗在风雪中，把目光从队头扫到队尾，哑着声音下达了命令：尖刀连，全体都有，俺和你们要先行一步，抢占拉贡恩达阻击阵地，就是剩一兵一卒，也要把你们尖刀连的旗帜给俺插到阵地上去。

顾红旗又一次甩响了手里的马鞭，几十号人的精壮队伍，悄无声息地顺着雪山向远方的拉贡恩达奔去。雪山，河流，缺氧，这是一场生死的比拼，前卫团的尖刀连几十名敢死队员，生死不顾，他们眼里只有远方的阵地。

1950年10月6日，被后人称为解放西藏节点的著名昌都战役打响了。在西北军区青海骑兵团及云南方向入藏部队的支援下，18军尽遣主力部队，分三个方向，呈包夹之势，多点多火力向负隅顽抗的藏军发动了进攻。历时18天，俘虏击毙藏军三千五百余人，藏军一部第九代本率部起义，俘虏了一名噶伦及其他高级军政官员。昌都战争的胜利，标志着进军西藏的门户就此打开，粉碎了帝国主义及西藏上层反动分裂分子企图以军事力量阻止我军进军西藏的迷梦，加剧了西藏统治集团的分化，为和平解放西藏创造了条件。

顽固派牟霞代本，在战斗打响之初，便带着一些亲信从战场上溜走了。他手下的藏军士兵，并没有经历过什么真正战火的历练，面对训练有素的解放军，他心里清楚，凭他们这些乌合之众吃败仗是一定的。自己的队伍还没和解放军真正交火，他便带着几十号人马，从阵地上悄悄撤了下来，身后是隆隆的枪炮声。他不敢回头，只能用力地打马飞奔，他的目的地是逃往拉萨，只有到拉萨才是安全的。他昼夜兼程，从金沙江畔的阵地，绕过昌都，直奔西藏的腹地。在逃往后方的路上，他才感到了藏军是真正的溃败，许多从战场上撤下来的藏军不断地加入到他们的队伍里，从最初的几十人，慢慢地扩展到了上百人，最后竟达到三四百号人。他们在溃败的队伍里，有如惊弓之鸟，他们一边议论着战场上发生的可怕一幕，一边暗自庆幸，自己终于逃离了火海。他们现在的目的只有一个，就是逃离昌都，撤退到拉萨，一群人在牟霞代本的带领下，惶惶如丧家之犬。

一群败兵在路上，遇到了从昌都同样逃出来的英国特务福特，他骑在马上，身后是一群随从及雇员。他们牵着牦牛，驮着家当，他们是在战斗打响前就开始从昌都撤离了，他下一个目标自然也是拉萨。他要随机应变，甚至做了逃离西藏的打算，他明白一旦被俘虏的下场，他手上沾染着格达活佛的鲜血。在向导的带领下，他们走上了通往拉萨唯一的一条山路。路陡而险，这是多年来信使、商人走出来的一条羊肠小路，现在成了他们逃生之路。

顾红旗带着尖刀连战士出现在拉贡恩达时，已经是一天的中午时分了，离从金沙江边出发时的下午两点一刻，到现在已经整整十天了。一路上，十天的奔波，几乎没睡过一个囫囵觉，饿了就吃把炒面，喝口雪水，困了就半闭上眼睛。他们知道，就是死也要死在前进的路上。已经有一些战士跑着走着，突然腿一软，便栽倒在雪地上，再也起不来了。活着的士兵，来不及伤感悲痛，向倒地的士兵匆匆敬个礼，又一头向前奔去。

向导周大兴一直走在队伍的前列，出发时，顾红旗一直担心周大兴的身体，他毕竟是红军时期的老战士，在整个队伍中，年龄最大。走起来，顾红旗才领略到，周大兴的身体一点也不比年轻战士差。长年在西藏牧区生活，他早已习惯了高原缺氧，每年登雪山采雪莲练就的脚板，他就像雪山上的雄鹰那样从容自由。几天连轴转的行军下来，周大兴和尖刀连的官兵相熟起来，并建立起战友般的情谊，他经常把战士肩上的枪抢过来，扛在自己的肩上，最多的时候，又抱又扛，身上有十几支枪，还有许多子弹袋、干粮、军用水壶。此时，他又像行走在雪地中的牦牛，不声不响，肩起属于自己的担子。

一路上，他冲顾红旗说得最多的一句话就是：团长，啥时候让我真正归队呀？最初周大兴提着银元送到团部时，并说明自己的身份，他和杨明业望着眼前又老又黑的周大兴，并没有寄予他多少希望，一直认为他年龄大了，不适合在部队工作了，但又不能让周大兴失望，只答应他做些力所能及的工作。比如，当个向导，筹粮时做个翻译，这些工作，周大兴都尽职尽责。一直到部队出发时，顾红旗和杨明业还在犹豫如何安置周大兴，他们曾冒出让周大兴回家的想法，他们让警卫员把周大兴叫到团部，顾红旗还用纸包了几块银元，想就此作为报酬感谢周大兴。不料周大兴出现在他们面前时，戴着八角帽，扎着腰带，把自己打扮成了一名战士。他立在二人面前，挺胸抬头，铿锵有力地说：团长、政委，给我任务吧，我这个老兵还行。

当顾红旗说出让他回家，并把怀里包好的几块银元塞给周大兴时，周大兴脸立马变了，不认识似的望着两个人，眼里闪过惊恐的表情，半张着嘴巴，半晌才说：啥？你们打算把我扔下？说到这儿，眼泪也下来了，他用袖口抹把眼泪，哽着声音说：十多年了，日日想，夜夜盼，就盼着自己的队伍回来的那一天。现在终于找到自己的队伍了，你们又不要我了……周大兴已经痛哭流涕，眼泪鼻涕一起下来了，他的样子伤心欲绝。

每每这时，顾红旗就会心软，他不惧生死，刀山火海在眼前他也会不闭眼地往前冲，但他就怕动情，尤其是一个男人的哀号和眼泪，他几乎和周大兴感同身受了。他看了杨明业一眼，算是征求意见了，挥了下手里的马鞭说：周大兴同志，俺们同意你继续做向导。

周大兴这才破涕为笑，又像名士兵似的站在他们面前，立正，敬礼，转身跑去。

顾红旗对周大兴的信赖就是队伍出发后，一点点建立起来的。周大兴到现在还记得当初参军时，班排长，以及班里战士每个人的名字，谁牺牲了，谁又在哪一次行军中掉队了，每个细节犹在眼前。顾红旗自己又何尝不是呢？从军二十多年，每个战友名字，阵亡时间，以及受伤的部位，他都记得清清楚楚。还有这个大家庭的友爱，时时包裹着他，没有过生死经历的人是无法理解的，他理解周大兴，他是真心热爱部队这个集体。顾红旗答应周大兴，这次任务完成，他和杨政委就向师里发报，汇报周大兴的问题，让周大兴真正归队，成为一名入藏军人。周大兴听了这个消息，他咧开嘴，露出洁白的牙齿，因为脸早已被高原的太阳晒透了，又黑又红，他的牙齿尤其显白。顾红旗看着周大兴如此这般，鼻子一酸，他伸出手，重重地拍在周大兴的肩上，哽着声音说：俺顾红旗说到做到，一定让你归队。周大兴自豪又幸福的样子，像一个得到补偿的孩子。

拉贡恩达因为驿站而得名，它是通往昌都与拉萨的咽喉要道，上级命令前卫团抢占拉贡恩达是经过深入研究和调查的结果。两山夹一条羊肠小路，远远地顾红旗就通过望远镜把地势看好了，作为一个身经百战英雄团的团长，指挥一场阻击战，简直稀松平常。他命令尖刀连长带两个排抢占东侧高地，自己带另外一个排去抢占西侧高地。他们刚奔向阵地，喘息未定，小路上，几百名藏军便松散地出现在他们的面前。顾红旗出发前，已接到师首长的命令，决不能让一兵一卒的藏军进入西藏腹地，为后续大部队入藏带来不可避免的麻烦。他还预估到，这是藏军撤退下来的先头部队，后面会有更多的散兵游勇。只要把藏军溃逃的先头部队消灭，后面的藏军只能束手就擒。

藏军越来越近，几乎都能看清藏军的眉眼，听清藏军小头目呼三喝四的声音。顾红旗手里的枪响了，他随之喊了一声：打。左右两侧的阵地一起开火。

牟霞代本和这些残兵做梦也没想到，在拉贡恩达还埋伏着一群神兵，在昌都前沿阵地上，他曾听过解放军猛烈的炮火之声，此时，眼前的枪声又响。最初他是慌乱的，他眼见着走在前头一部的藏军倒下，他在枪声中判断出，这是一小股解放军队伍，从金沙江畔到拉贡恩达近千里之遥，在这么短的时间，这支部队是如何来到拉贡恩达的，他们难道是插上了翅膀？最初的慌乱让他想再次逃跑，马头都掉转了，他才发现，自己已无路可逃，逃到拉萨才是他的最终目的。他眼见着藏军在尖刀连的阻击下，溃退下来。他把这些残军集合在一起，告诉他们，想活命就此一条路，必须闯过去，这是唯一的通往拉萨的活命之路。这些藏军自然也明白眼前的处境，这激发起了置之死地而后生的勇气。在牟霞的指挥下，他们再次掉转枪口，蜂拥着冲过来，这次他们让开了中间的小路，直接向东西两侧高地冲过来。别看这些藏军战斗经验不多，交起火来也并没有多少战术，但他们的体力好，从小就和藏羚羊、牦牛生活在一起，习惯了高原的一切，体力是他们的最大优势。他们通往拉萨的路被尖刀连阻断了，这些溃逃的藏军只能摆出一副拼命的架势了。

战斗胶着、激烈，身经百战的顾红旗也许久没有经历如此残酷的战斗了。前卫团接受任务出发前，就是轻装前行，尖刀连再次脱离大部队，又一次做了轻装，为的就是赶时间。他们带的弹药并不多，几个点射波次下来，弹药几乎消耗了一半。为了节省弹药，顾红旗命令战士们上刺刀。

当藏军又一次蜂拥而上时，从山坡上跃出几十人，端着枪，生死不顾地冲将过来，藏军被这气势吓傻了，抱头鼠窜。连续几番之后，藏军似乎反应过来，这些解放军也不是天兵天将，也是血肉之躯，他们眼见着有解放军战士中枪倒地。回过神来的藏军又一次进行了反扑，周大兴就是在这时，看见一个藏军躲在一块石头后面向顾红旗瞄准。从战斗之初他就加入了战斗行列，他不停射击，拼杀，似乎又回到了年轻时，和战友们行军打仗时的状态。

周大兴扑过去，横在了顾红旗面前。这一枪中在他的心口上，他摇晃了一下，倒地的瞬间，看到顾红旗那张焦急的脸。顾红旗和警卫员李本田把周大兴抱回到阵地上时，周大兴已经不能说话了，李本田按住周大兴冒血的伤口，一声声呼唤着：老兵，老兵，你醒醒呀。周大兴睁着眼睛，觉得自己身子飘了起来，他看着阵地上藏军再次溃退而去，脸上现出一抹笑意，颤抖着手，从怀里掏出一张早就写好的纸条，递给顾红旗。

顾红旗的血已冲到了头顶，他知道是周大兴替他挡了子弹，如果不是周大兴，躺在这里的就是自己。他打开周大兴那张染血的纸条，见上面歪歪扭扭地写了一句话：我周大兴永远跟着队伍走。显然，这是周大兴在出发前就写好的。

顾红旗看了这张纸条，突然"嗷"的一声放声大哭起来，他摇晃着周大兴的身体一迭声地喊：周大兴同志，前卫团收留你了，以后这里就是你的家了。

周大兴似乎听到了顾红旗这句话，慢慢地闭上了眼睛。他觉得自己的身体在升腾，他看见了东西两侧尖刀连的阵地，埋伏在掩体后面的战友，还有几名受伤的战士歪倒在一边。散乱的藏军又一次开始发起了冲锋，他呼喊着：战友们打呀！却发现自己用不上劲，只能在一旁看着，急得欲哭无泪。随着一股山风吹来，他越飘越远，他提醒自己，不能当逃兵，部队正是用人之际，他哭着喊着，却听不见任何声音。他最后想：我要跟着自己的队伍走。

顾红旗看到，周大兴眼角滴出了最后一行眼泪。

告　别

顾红旗率领尖刀连的人，在阵地上坚守了两天一夜之后，尖刀连的弹药早已消耗殆尽。从昌都一线溃退下来的藏军越聚越多，顾红旗率领尖刀连剩余的士兵，跳出掩体，已经打退了藏军的十几次冲锋。他一次又一次向山后回望，盼望着大部队前来增援，他从来没有如此想念过杨明业，两人搭档这么多年，在最危险的生死关头，总能化险为夷，转危为安。此时的顾红旗看到东倒西歪的士兵们，他所率领的这个排三十几人，眼下，只剩下十几个人了。周大兴的坟头就埋在阵地不远的山包上，他似乎看到周大兴大睁着眼睛望着自己和剩下的战士们。山坡上的藏军现在显得不慌不忙起来，他们在山脚下生起了火，慢条斯理地在煮酥油茶，他们在积蓄能量，然后再喊杀着向顾红旗阵地冲来。要是这样下去，顾红旗的阵地失守是迟早的事。

顾红旗半跪在阵地上，查看着自己阵地上的士兵，他们进入阵地后，就没吃喝过一次，所带的青稞面早就吃完了，包括身上的水。他们是轻装前进，一门心思地堵住敌人，没料到眼前这些死里逃生的藏军迸发出了超能量，摆出一副和他们决一死战的架势。

太阳又偏西了一些，休息好的藏军又掉转头来，喊杀着向阵地冲来。他们手里的枪一阵紧似一阵地向顾红旗他们射来，藏军身后还有各级军官督战，顾红旗他们只能躲到掩体后面，让这些藏军无限地接近，只有一枪的距离时，他们才会冲出去与这些藏军肉搏。

又一次肉搏开始了，人的叫声，枪托撞击在一起的声音混合在一起，顾红旗用尽最后的力气，把拦腰抱住自己的一名藏军摔倒在地上，自己几乎气绝过去，他抬起头的一瞬间，看到后山坡上迎风招展的一面又一面旗帜，他认了出来，那是前卫团各营的战旗，他眼眶一热，嘶声喊道：大部队来了……

杨明业骑在马上奔来，手里挥舞着长枪。在顾红旗眼里，此时的杨明业是那么伟岸高大，他眼睛一热，鼻子一酸，眼前的景物和人便模糊了。

大部队将几百名藏军包了饺子，还有从昌都逃出来的英国特务福特也成了俘虏。福特后来被政府判刑，刑期届满又被驱逐出境，晚年后的福特，还写了一本关于在西藏的回忆录。这一切都是后话。

清醒过来的顾红旗，看到代本牟霞率领一干骑兵，夺路而逃。他想起了周大兴，还有尖刀连为阻击这些藏军而牺牲的战友。他的血一下子涌到头顶，他喊着：骑兵队，骑兵队。骑兵队已完成了对藏军大部队的包抄，很快集合在了自己的眼前，顾红旗冲李本田喊：备马。警卫员李本田早就把马准备好了。

杨明业知道顾红旗如此是为哪般，他张开手臂拦在顾红旗的面前，叫道：顾团长，不能鲁莽，这里地形我们不熟悉，要是迷了路，后果不堪设想。

顾红旗挥起马鞭，两眼充血：上级给俺们的任务就是阻击敌人，不能让一个藏军逃走，还有那些牺牲的战友，这仇不报，俺顾红旗誓不为人。他一提马鞭，让马躲开挡在前面的杨明业，挥起马鞭，冲骑兵大喊：骑兵队，随俺上……

顾红旗一马当先，骑兵队犹豫了一下，还是随在顾红旗身后向深山里杀将而去。远去的马蹄声淹没在杨明业在风中的呼喊中：顾红旗，你小子毛病又犯了！顾红旗，你快回来！

顾红旗和骑兵队把大部队甩在身后，把杨明业的呼喊声抛在了山谷里。

杨明业向师里发报汇报这次阻击战果，随后又组织人根据上级的精神，清点藏军俘虏。对俘虏，在昌都战役打响前早就有交代，凡是藏军俘虏都要发放路费和马匹，让其回家，面对无家可归的，愿意加入解放军的，马上换上军装。

杨明业处理完这一切之后，已经是两天后的事情了。顾红旗和骑兵队还没有回来，他预感到出了大事，他一边向师里发报汇报此事，一边派出人马进山寻找。杨明业也加入到了寻找骑兵队的队伍中。

没进山前不知道，进了大山才知道阡陌纵横的山岭，像一条又一条褶皱，杨明业把寻找的队伍分成若干分队，顺着这些褶皱寻找而去。这里的山生长得都是一个模样，刚进山半天，杨明业几乎就迷路了，辨不清东西南北。好在每支寻找的队伍都配备了藏族向导，从日出到日落，他们连骑兵队的影子都没有发现，只能走出大山。

师指挥部也在时刻关心顾红旗和骑兵队的下落，每隔几小时就发来电报询问。杨明业也心急如焚，夜晚降临时，他让部队在高冈处点起了篝火，希望迷路的顾红旗能远远地看到。可惜顾红旗还是连个影子也没有。杨明业站在篝火旁，环视着远方漆黑一片的大山，他不担心顾红旗与那一小撮藏军的战斗，凭实力，骑兵队收拾这些残敌应不费吹灰之力。他最担心的就是迷路。骑兵队出发时，只有随身携带的干粮和水，按时间推断，他们早就断粮断水了。杨明业此时像只困兽，团团乱转，又毫无办法。他把团部警卫排的人集合起来，站在高冈上，命令所有人子弹上膛，举枪向天空，一排子弹射向夜空，枪声不时地在山壁上回绕。他多么希望顾红旗和他的骑兵队能够听到他们的枪声啊！就这样，杨明业让警卫排的人每隔一段时间就向半空中射击一次。

一连五天，顾红旗和他的骑兵队仍杳无音信。马师长发火了，最后发来一封电报：倘顾红旗活着回来，让他提着自己的人头来见我。杨明业看了师长的电报，知道顾红旗这次闯了大祸。马师长的脾气他是知道的，平时咋样都好说，要是真动起气来，地动山摇。

远在昌都附近师指挥部里的马师长，几天几夜为了顾红旗也没睡好，每隔几小时就命令通信参谋向前卫团发送电报，询问顾红旗的情况。每次前卫团回复都是：顾团长还没回来。他一想起顾红旗是又爱又恨，爱的是，这是他的左膀右臂，名副其实的一员虎将。这么多年下来，顾红旗多么难的硬仗都能打下来，只要把战场上最难啃的仗交给顾红旗，他马师长可以回去安心睡觉。气的是，顾红旗这个犟脾气，简直就是一个犟种，脾气上来，十头牛都拉不回来。顾红旗在他身边时，还好说，只要马师长瞪起眼睛真发火，顾红旗还有所顾忌，但现在顾红旗是将在外，君命有所不受，他的犟脾气更是无法无天了。马师长是多么怕失去这员爱将呀！他冲人发脾气，自己也不吃不喝，在帐篷里长吁短叹，不时地拍着大腿。顾红旗消失这是件大事，如果真的失踪了，他不向军里上报，那就是他的失职。马师长知道上报军指挥所的后果，军里对失踪一个团长，也是要向军区报告的，一连串反应，这事弄不好都要捅到中央去。堂堂一名前卫团长，为了追击几个藏军残匪，竟然失踪了，谁听了都是个笑话。

在顾红旗失踪第五天的傍晚，师政委老朱掀开了马师长的帐篷。朱政委是部队在乐山集结时，从其他师调来的。原来的侯政委因为年纪大了，转业后便没有再征召回来。朱政委早就知道马师长大名，他很尊重马师长。此时，朱政委进门，站在马师长一侧，叹了口气道：老马，别瞒着了，上报吧，再晚，你我都脱不了隐报不报的干系。

马师长抬起手，转过身冲朱政委说：老朱，再等一晚上，顾红旗这小子命大又硬，不论遇到什么事，他都会化险为夷。

马师长说到这儿，声音已经哽咽了，不知是心疼顾红旗还是怀念他们曾经的生死过往。马师长这么说了，朱政委只能叹口气。

正在这时，通信参谋突然闯进来，大声地报告道：师长、政委，前卫团有消息了，顾团长回来了。

马师长似乎没听清通信参谋的报告，大声地问了句：你说什么？通信参谋又大声地重复了一遍电报的内容。马师长一屁股坐在了身旁的炮弹箱上，眼泪也随之流了下来。朱政委上前，拍了拍马师长的肩膀，嘘了口长气，慢慢地走出马师长的帐篷。

顾红旗和他的骑兵队，是在消失第五天的傍晚走出大山与前卫团会合的。这又是怎样的骑兵队呀？战马因饥饿，几乎无法正常行走，身上的毛乱蓬着，瘦得触目惊心。战士们连拖带拽，脚步踉跄，身后的马也趔趄着身子，人和马走得摇摇晃晃，如同在梦里。因为缺食少水，顾红旗和骑兵队的人眼窝深陷。他们一进山便迷路了，没法和牟霞带着的一伙藏兵相比，他们地形熟悉，翻山越岭又是他们的优点。顾红旗带着骑兵队追到山里，似乎听到了牟霞一伙的马蹄声，可就是不见人，在山里兜兜转转了大半天之后，他们就彻底迷路了。为了走出大山，他们南辕北辙地在山里转悠着，最后还是警卫排射向天空的枪声，让他们辨别出了正确方向，才如梦境般地走出大山。

顾红旗脚步踉跄，与迎上来的杨明业拥抱在一起，他哑着声音说了句：老杨，俺犯错误了。杨明业面对突然而至的顾红旗和骑兵队，也涕泪交加，他一遍遍拍打着顾红旗的后背道：顾红旗，我以为再也见不到你了。顾红旗在杨明业的怀里傻笑着。

第二天一早，师里的电报就如约而至，命令顾红旗速到师部报到。

顾红旗回来，查看着这几天师里发来的一封又一封关于他的电报，他就知道了这个结果。师首长不发火，不会把他这个前卫团长调回去。昌都战役结束后，入藏的大部队又撤回到了四川境内休整，前方只留下少量的筑路队伍，为了再次入藏做准备。甘孜还留下几千人的队伍在修筑机场，为的就是下一次大部队进发，做好后勤保障。他们前卫团得到的指示仍然是，在原地修路搭桥。

顾红旗看到师里这份电报也意识到了问题的严重性，也许这一走便再也回不来了。他开始告别，与各营的营长、教导员们相拥，拍肩打背，与营长们告别完,又依次和连长们告别。所有被告别的人,都两眼潮湿,眼泪汪汪,有的人说:团长,你要保重。也有的人说:团长,你可早点回来,我们会想你……告别的场景也弄得顾红旗心绪难平,他强忍着不让泪水掉下来。

最后,他要和杨明业告别了,他们这对生生死死的老搭档,还从来没有用这种方法告别过。他拉过杨明业的手,一遍遍地说:老杨,部队就交给你了,俺顾红旗对不住前卫团,对不住你。

杨明业一次又一次摇晃着顾红旗的手,咬着腮帮骨说:别说丧气话,这次回师部,向师长、政委检讨,态度一定要好,我杨明业和前卫团等你归来。

王秀丽出现在顾红旗的视线里,她就站在不远处,她怀孕的腰身已经有些显形了。他脑子里又闪过大康和二康,就是几个月前,在乐山,这对兄弟还无忧无虑地在一起玩耍,他们童真的笑声犹在耳边,可眼前,大康和二康都不在了。他走到王秀丽身边,上下仔细地又把王秀丽打量了,说了声:嫂子,你一定要把孩子生出来,这孩子再也不能有闪失了。他说到此,杨明业和王秀丽都受不了了,他们背过身去擦拭着眼泪。

顾红旗知道,自己必须硬下心肠向战友和部队告别了。他转过身,去牵警卫员李本田给他准备好的马匹,他的行李和一应家当都驮到了马背上。李本田却不放开马缰绳,顾红旗就大着声音说:李本田,你把缰绳给俺,俺要出发了。

李本田挺了下胸,手里的缰绳抓得更紧了,然后道:我是警卫员,哪有让团长牵马的?

顾红旗:俺现在不是团长了,杨政委会安排你新的工作。

李本田急得眼泪都快下来了,急赤白脸地:谁说你不是团长了?保护团长为团长服务是我的工作,你不能扔下我。

顾红旗挥起马鞭,梗了脖子道:咦,你小子反了,不听命令了是吧?

李本田也犟上了,上前一步道:团长,你说破大天,我也不会离开你。

最后还是杨明业出面道：是我命令李本田这样做的，他是你的警卫员，你的安全他必须负责到底。

顾红旗没了脾气，望眼李本田，转过身向前走去。他的身后响起前卫团干部战士排山倒海的喊声：团长，保重，一路平安……

顾红旗眼泪终于忍不住，他热泪长流。他不敢回头，走到前面一个高冈上，才回了一次头，全团的人仍整齐地排列在山坳里，目送着他远离。他泪眼蒙眬，立正站好，向前卫团所有的战友敬了个军礼。转过身，冲李本田喊了声：走哇……

两人一马渐渐消失在远处。

李本田在前面牵着马，不离不弃的样子。他望着这个警卫员，想起成都战役后，李本田刚来到自己身边时，还是个腼腆、说话慢条斯理的新兵。一段时间下来，李本田变了，变得和他一个脾气了，又犟又拧，还认死理。其实几任警卫员都经历过这个改变过程，最后都变成他的性格和脾气了。他看着李本田的背影，心里又再次复杂起来。

辎 重 队

顾红旗提着马鞭，风尘仆仆地出现在师大部队驻地，他见到了二团长，二团长正集合队伍去修甘孜机场，一转身看到了顾红旗，把队伍交给别人，咋咋呼呼地几步来到了他的面前。先是不认识似的上下把他打量了，然后就咧着嘴一边笑一边说：顾团长呀，你在师里可出了大名了，丢了五天五夜，哈哈哈……二团长平时就是个心直口快的人，平时在一起时就愿意和顾红旗开玩笑。

一路上，顾红旗走得提心吊胆。师部一封电报把他召回来，他考虑过事情的严重性，为了那十几个小藏匪，自己冒冒失失地钻进深山里，让自己和骑兵队差点没走出来，对身经百战的顾红旗来说，的确是一次走麦城。事后想来，也觉得自己冲动了，最初的动因就是给周大兴这些烈士报仇，但他不后悔，按自己的性子，啥时候允许过自己的仇人在眼皮子底下溜走的道理？之所以迷路，就是自己没来得及带上向导。他也知道师长会生气，他也考虑了这次的后果，否则，前卫团正是用人之际，从几百里外把他召回来，显然讲不通。以前他也犯过错误，马师长会骂他一顿，甚至关他禁闭……可这次不一样了，看来马师长真的火了。

见到二团长惊惊乍乍看自己的样子，他还和二团长勾肩搭背地说：俺这次要是被师长关了禁闭，你可得偷偷看俺去呀，能顺便捎一瓶老酒那是最好不过了。

二团长就正了色，咬着他的耳根道：顾团长，这次好像不会这么发落你。

啥？顾红旗睁大眼睛，无辜地说，还能把俺毙了不成？

二团长又收回语气，拍拍他的肩膀说：那倒不会，反正马师长很生气，你的事都差点捅到军区去。二团长安慰了顾红旗几句，忙追赶队伍，向新建机场方向跑去。

顾红旗呆立一会儿，深吸一口气，冲牵着马站在一旁的李本田说了句：该死该活总得上，管他呢，走。

师部坐落在一户农家小院里，他在门口连喊了三声报告，里面竟没有人答应，他看眼站在师部门口的卫兵，犹豫地问：马师长在里面么？哨兵没说话，但肯定地点了点头。

这次顾红旗整理了下衣帽，又跺了下脚，让鞋子上的尘土散去，大着嗓门道：师长，俺知道你在里面，顾红旗求见……这一声起了作用，他听到马师长雷霆般地喊了句：滚进来。

顾红旗不知是先迈左脚还是右脚，只觉得身子麻酥酥的，不知怎么进了师部。马师长站在对面的窗口前，背对着他，他站在离马师长有两三步远的地方停了下来。他见到马师长如此这般，心里自然有些胆怯。他要以守为攻，先有个好态度，承认自己的错误。于是他磕磕巴巴地开始检讨，从尖刀连阻击撤退的藏军开始，到周大兴牺牲，为给牺牲战友报仇，他热血撞头，最后迷失在深山里。当他说到这儿时，看见马师长的身子动了一下，像只发怒的老虎转过身子，伸出一只手指着他的鼻子，几乎说不出话来，他还看见师长因气愤颤抖的手指。马师长突然暴怒道：好你个顾红旗，闯了这么大祸，你的事差点都捅到军区去，到现在你还没有认识到你的错误，你还在吹牛，吹自己多么能征善战，多么委屈。

马师长过来扯了一下顾红旗的胳膊，顾红旗趔趄一下，把炮弹箱上师长的水杯带到地上，碎了。顾红旗大脑瞬间空白了，他张口结舌，想过师长会发火，拍桌子，骂人，以前这事他经历过不少，但没想到师长会发这么大火。

朱政委听到马师长房间的动静，从另外一个房间走进来，站在一旁。

马师长冷静了一些，站在原地转了三圈，又指着顾红旗的鼻子说：你是前卫团长，关乎大部队是否能顺利挺进西藏，你可倒好，脑子一热，扔下大部队，自己去打打杀杀。你是团长，是一个团的灵魂。你丢了，出事了，扔下上千人的部队怎么办？顾红旗，你的老毛病我一清二楚，你当连长、营长时就这样，一打仗你就眼红，一眼红你就没头脑，我以前把你当成一员战将，指哪儿打哪儿，攻无不克，可你现在是名团长，是前卫团的团长，队伍离大部队有几百里路，你要独立行事，独立思考才行。你的脑子呢，嗯？我问你，脑子掉到裤裆里去了？

马师长骂完，又绕着顾红旗转了三圈。

朱政委一脸温和地站在一旁，扶了下眼镜，用和马师长截然不同的语气说：顾红旗同志，马师长是爱才心切，虽然话糙点，但理就是这个理。

马师长接过朱政委话茬道：政委，你别替顾红旗开脱，他是个什么才呀？简直就是个蠢材。

顾红旗在马师长暴风雨般的攻势面前，脑袋早就耷拉下来了，他任由马师长批判，以前马师长无数次这么发过火，虽然这次有点重，他觉得自己能扛住。反正也不会送他去军事法庭枪毙他，挺一会儿也就过去了，他等待马师长的反转。

果然，马师长不再说他了，走到办公桌旁，从一堆文件里掏出一张纸,然后清清嗓子道:顾红旗,听令。顾红旗下意识站好,抬起头,看着马师长,马师长眼睛留在那张纸上念道:师党委第51号命令,经报请军政治部批准,师党委研究决定,从即日起调原前卫团团长顾红旗,到师后勤部辎重队任运输连长……

后面马师长又说了什么,朱政委又补充了什么,顾红旗几乎一个字也没听清楚,他就像接到死囚犯开斩的审判一样,脑子空白一片,耳朵嗡嗡作响。啥处分他都想过,但从来没想到自己一下子从团长被降为连长,还是后勤运输队的连长。他不是个只能升不能降的人,哪怕让他去修机场,去参加战斗,哪怕当个排长,不,就是个战士也行。把他弄到运输队,和骡马打交道,让他远离一线,远离作战部队,简直是对他的侮辱。半晌,又是半晌,他反应过来,似呻似吟地哀求道:师长、政委,俺接受这个处分,就是,能不能给俺换个地方,只要不在运输队,干啥都行。

马师长又把眼睛瞪起来:运输队咋了?你瞧不起运输队呀,还是瞧不起你这个运输连长?

顾红旗摇摇头,满腹委屈地:师长,你以前说过俺,俺是打仗的能手,你咋不让俺去一线呢?

马师长和朱政委交换了下眼神,这次是朱政委搭话了:顾红旗同志,你的任命是师党委研究决定的,不是某个人说了算的。

顾红旗知道再掰扯下去已经没用了,他低下头,用只有自己听到的声音说:好,那俺就去。说完转身往外走。

马师长又叫住了他,温和着声音说:去辎重队报到前,去见下冷妮吧,师文工团离这里不远。

顾红旗在马师长提醒下,突然想到了冷妮,以前他多次想过冷妮,甚至有几次还出现在他的梦里。冷妮一直冲他笑,像一缕阳光挤进他的生活,照耀进他的心里。无论何时,一想起冷妮,他心都是软的热的。自从接到穿插的任务之后,他几乎没再想过冷妮,心思被紧迫的任务所占据了,直到他到师部报到的路上,他也一直想着师长对自己处理的结果,想着自己的后事,甚至想到万一自己不好的结果,决不能连累冷妮。

听马师长提到冷妮，他的心又软了也热了起来。走到门口，想起什么似的，立住脚，回身给马师长和朱政委敬了个礼。突然他的眼圈红了，他现在就是名连长了，以后再见到马师长怕不那么容易了，想起从参军马师长就是他的连长，两人几乎从来没有分开过。现在他去了后勤的辎重队，有事得向队长汇报，轮不到他见师长了，就是见到后勤部的首长怕是都难了。想到这儿，他哽着声音说了句：师长，你保重。马师长见他这样，似乎某种情绪也触动了师长的心怀，马师长又一次背过身去，嘴硬心软地说了句：滚吧。顾红旗听出了师长这句话的软，眼泪也随之流了出来，他带着哭腔说：师长、政委，以后遇到难啃的仗，打不下来，就把俺顾红旗调上去，俺顾红旗不怕死，打仗还是一把好手。

顾红旗看见马师长背对着他挥了一下手，他知道自己该走了，抹了一把脸上的泪，走出门外。

他这次背着手，李本田心情沉重地牵了马随在他的身后，李本田已经知道了师里对团长的处理结果，想哭又不敢，看着自己团长阴着脸的样子，心里也不舒服。顾红旗和李本田，两人一马来到了师文工团。师文工团男女队员正在排练，晚上他们有演出任务，慰问修筑甘孜机场的官兵。

冷妮正在指挥几个女队员合唱，还是王栋才先发现了从远处走过来的顾红旗。顾红旗的事早就在部队传开了，甚至发配到运输队当连长的消息，韩团长也偷偷地透露给冷妮。怕她想不开，还给她做工作说：师里的决定是暂时的，那么大个团长咋能永远当连长呢？冷妮自从知道顾红旗被处分的消息，她觉得自己冰火两重天地经历了两个世界。以前谁不知道顾红旗是个大英雄？她之所以那么快答应嫁给他，还不是因为他是个英雄？现在可不比以往了，他不仅受了处分，还走了麦城。她觉得没脸见人，连着几天，心情就像个阴雨天，沉重又潮湿。她担心顾红旗，另一面觉得又恨他，恨他不争气，犯了错误。

当听师兄说顾红旗来了时，她顺着来路望过去，看见了两人一马，她又想见他，又怕见他，心一横，独自跑到宿舍的帐篷里，闭门不出了。

顾红旗来到文工团这些青年男女面前时，他把目光投向了女队员，在他心里冷妮是模糊的，他不敢确定哪一位是冷妮，于是就大声喊：冷妮，顾红旗来看你了。没有人出来，有几个女队员还掩着嘴笑。顾红旗又喊了两声，仍然没人出来搭腔，最后还是吴茵红用手指了一下帐篷，顾红旗意识到了什么，就扭头冲帐篷方向喊道：俺顾红旗走麦城了，如今就是个运输连长了，冷妮，俺配不上你了。俺想好了，等到了拉萨，你想和俺离婚，俺就带你见师长，去把离婚手续办了。说到这儿，想想，没什么可说的了。

顾红旗不再停留，他转身冲李本田挥了下手道：咱们走吧，去辎重队报到。

两人一马就走了，走在路上，李本田为顾红旗抱不平道：团长，嫂子也太那个了，怎么能说不理就不理你了？连长咋的了？你还是以前的你……

顾红旗也郁闷着，听李本田这么唠叨心就更乱了，吼一句：你闭嘴。李本田就不敢说话了，两人一马沉闷着向前走去。

冷妮在帐篷里早就听到顾红旗的喊声了，她伏在被子上正在哭泣，犹豫着自己要不要出去，结果顾红旗喊了几声就走了，她失望又焦虑，最后还是忍不住冲了出来。这会儿顾红旗已经走远了，冷妮跑到一个高冈处，她看见两人一马的身影正在小路上行走着，她大喊道：顾红旗，顾红旗……

先是李本田听到了冷妮传过来模糊的喊声，他回头果然看见一个女兵站在高处，正冲他们挥手。他惊叫道：团长，是嫂子。

顾红旗立住脚，看到模糊的冷妮正朝自己这边挥手，她喊的什么却听不见，他揉了下眼睛，问李本田：你确定，她是冷妮？

李本田就万分肯定地说：团长，我的眼神比你的好，她就是嫂子，向你告别呢。

顾红旗大幅度地冲冷妮摆了几下手，也喊道：冷妮，俺顾红旗对不住你，只要你答应还是俺的老婆，俺顾红旗从哪儿跌倒还会从哪儿爬起来……

两人一马还是走了，离开了冷妮的视线，冷妮蹲在山包上，捂住脸痛快地哭了一回。

辎重队的工作当然是运输。昌都战役结束后，昌都获得了解放。大部队一部分撤退到四川境内，仍有几千人的部队担负起了修筑甘孜机场和筑路的工作。此时，中央在与西藏政府谈判，为的就是达成和平协议，顺利地解放西藏。辎重队的任务是繁忙的，不仅要从后方运来粮食、弹药，作为现有在甘孜境内官兵的保障，还要做好粮食的存储工作，为大部队正式进入西藏存储更多物资。

辎重队长是个脸上长满胡须的男人，是军里后勤派出的一名军需助理，副团职干部，临时归前卫师代管。运输队是队伍从四川出发时，从各师、团征召而来，所以说这是个临时组建的部队，经过这大半年磨合，工作也算有条不紊。

顾红旗的命令下达到辎重队，胡队长把电报看了，他自然明白顾红旗为什么被贬职而来。顾红旗的名字他当然知道，这是全军的战斗英雄，稍有资历的人，对顾红旗的名字和事迹并不陌生。第一封顾红旗任职报告发到辎重队不久，师里的第二封电报，也就是顾红旗刚离开师部，马师长又命令向辎重队发了第二封电报，电报的大意是：决不能给顾红旗搞特殊，他现在就是运输连的一名连长。这封电报的弦外之音就是，让胡队长千万不要对顾红旗客气。胡队长接到这封电报自然心领神会。

当顾红旗两人一马出现在辎重队胡队长面前时，胡队长的脸是沉着的，一点友好的意思也没有。他背着手绕着两人一马走了一圈，最后才定在二人面前。顾红旗不认识眼前的什么胡队长，他斜眼把胡队长打量了，目光便投向别处。李本田自然心领神会，上前一步向胡队长敬个礼，掏出师部的命令，递给胡队长。胡队长扫了眼命令，都是电报中的内容，他轻飘飘地把那张命令捏在两指之间，对眼前这个慕名已久的顾红旗来了兴趣，他把胸挺起来，叫了声：顾连长，依据部队条例，这时，你应该给我敬礼才是！

顾红旗压根没把这个胡队长放在眼里，胡队长说完，他像没有听见似的，半转回身冲李本田说：本田你听，这山谷里的风好大呀，吹得俺耳根子嗡嗡响,都不知道叫唤的是啥。

胡队长当然知道顾红旗话里所指,一旁的李本田都听出来了,看眼胡队长,一脸坏笑。

胡队长的自尊心被激发出来了,上前半步,正色道:顾连长,你这装备不错呀,又是马又是警卫员的,要是我没理解错的话,团以上干部才配警卫员和马匹,你现在是辎重队连长了,啥都没有了,如果在战时,顶多给连部配一名通信员。说完转身喊了一声:小赵,小赵……

不远处跑来一个全副武装的小战士,到了近前立住脚,恭敬地冲胡队长敬礼道:小赵奉命前来,请胡队长指示。

胡队长一努嘴道:把这匹马牵到运输连去,和其他的马匹一样,该干啥就干啥。

小赵上前就要抢李本田手里的马缰绳,李本田睁大眼睛怒道:你敢!这是我们团长的马匹。小赵得了命令,自然不依,上前拉扯,李本田就和小赵僵持在一起。

胡队长不跟李本田理论,靠近顾红旗一侧,怪着声音说:顾连长,你的人抗命不遵,该怎么处理,你当过团长,应该比我清楚哇。要是你觉得我职务低,处理不了你们的事,那我只能向师里发电报了。

顾红旗知道眼前这个胡队长是故意和他过不去,想到马师长发火的样子,心里就怯了半分,偏过头冲李本田说:不就是一匹马么?他要牵就让他牵。

李本田听了这话,只能无奈地放开手,从马背上搬下二人的行李和一应用品扛在肩上。小赵顺利地把马牵走。李本田望着小赵远去的背影,七个不服八个不忿的样子。

胡队长初战告捷,他自然要乘胜追击,又道:经辎重队支委研究决定,顾红旗任运输队三连连长,立即上岗报到。

顾红旗眯着眼睛望着眼前这个胡队长,胡队长心里占了优势,显得从容不迫,半昂起头,吸了口气说:今天的天不错呀,一点风也没有。

说完转身走了两步,想起了什么又停下道:原来的三连长前些日子在运输途中腿骨折了，现在养伤，你顾连长命好，一来就有权有职的。又想起什么似的说：三连在什么位置你还不知道吧，一会儿我让人带你去报到。

胡队长走了，留下顾红旗和李本田在原地生气。李本田咬着牙说：团长，这个胡队长明明是在欺负你，你为啥一句话也不说？

顾红旗挥起马鞭冲空气抽了一下，鼻子里发出一声"哼"，扯了下李本田的衣角，二人向连队方向走去。

运输三连有十几辆马车，七八十号人，他们的任务就是把汽车上卸下的货物再扛到马车上，运送到甘孜一带的山里。那里建立了一个后勤基地，各部队用粮和弹药，都到这仓库里领取。汽车一直是从四川方向开过来的，到了金沙江一侧，山里便没了路。汽车很难前行了，只能利用人扛马拉的方式，再把物资向前方运输。

顾红旗刚到三连，人头还没认熟，便接到了抢运一批物资的通知。大后方的汽车运输队刚运来一批物资，天气预报说，后半夜有雨，物资自然不能被雨淋了，尤其是粮食，他们要抢运这批物资，送到仓库里。

那一晚，整个辎重队都出动了，人喊马嘶，火把一串一串地燃烧着。顾红旗所在的三连，自然也不会闲着，他们在江边的货物堆里，把一袋又一袋粮食装运上车，顾红旗扛起一袋粮食，两个战士又把另一袋粮食悠到了他的肩上。所有人基本都是两袋起扛，一袋上肩时，顾红旗并没觉得什么，第二袋一上肩，他"哎哟"一声差点跌倒，他还是努力站稳，艰难地向马车方向走去。李本田一直随在顾红旗身边，虽然现在他的身份不是顾红旗的警卫员了，只是运输三连的一名普通战士。离开前卫团时杨政委的话他牢记住了，不管自己是什么身份，保护好团长就是他的责任，关键时刻，哪怕用命去换。顾红旗踉跄的样子他看到了，把自己肩上的袋子扔到地上，号叫一声就向那两个抬袋子的士兵扑过去，一边和那两个士兵撕打一边叫喊着：你们欺负人，顾团长腰部受过伤，到现在还有两块弹片没有取出来呢，他怎么能扛这么重的东西？抬袋子的那两个士兵也傻了，黑灯瞎火的，他们压根没看清什么顾团长，他们眼里只有这些堆积如山的袋子。

顾红旗腰部火辣辣的，钻心地痛，豆大的汗珠立马就从头上下来了，他还是硬挺着把肩上扛着的两袋粮食装到车上，再次直起腰来时，就听到李本田的号叫，距离太远，他听不清内容，腰还是痛，他把两手插在腰间，踉跄地走回来，看到李本田还和那两个战士撕打着，便大叫一声：住手。

李本田果然住手了，许多战士都听说前卫团顾团长到三连来当连长了，他们大部分人只是听说，并没有见过。顾红旗突然一声大喝，所有人的目光都投向了顾红旗。李本田从货物堆里跳了下来，一边抹泪一边带着哭腔道：团长，你被人欺负成这样，为啥一声不吭呀？你的腰上还有弹片，你不能扛东西。

顾红旗怒喝一声：胡说，在革命队伍里没人欺负俺，都是同志，咱们现在是在抢运物资，你别捣乱，听俺的命令，向后转，抢运物资。说完挥了下手，李本田只能向后转，又投入到了忙碌抢运的队伍中。

顾红旗不知扛了几趟物资，他的腰先是着火了似的痛，后来就麻木了，最后一批粮食装上车时，预报中的大雨就倾盆而下了。顾红旗本想挪动双腿随着运输车队向回走，可他的双腿却不听指挥了，上身向前，腿动不了，他摔倒在泥水中。

李本田从雨水中冲了过来，扶起他，一边哭一边扶着顾红旗向回走，扛了大半夜货物的李本田也耗光了体力，一个不当心，他连同顾红旗一起摔倒在泥水里。李本田一边哭一边说：团长，是我没保护好你，我失职，我愿意接受处分。

他挣扎着要把团长扶起来，体力却不争气，他已经没力气扶起泥水中的顾红旗了，他跪在泥水中拼命大喊：来人啦，我的团长快不行了，快来人啊……

这时，他听到了马蹄声，两人一马向自己这边奔来。到了近前，李本田看见的是胡队长和小赵，不久前他们刚见过面。胡队长弯下腰，先是扶起顾红旗，又让小赵把马牵过来，两人合力把顾红旗扶到马上，自己牵起马绳，小赵过来扶起李本田，四个人一匹马冒着倾盆大雨向驻地摸过去。

在运输三连的临时连部。李本田毕竟是小伙子，恢复得快，一大早他就醒了，顾红旗却起不来了，他掀开顾红旗的衣服，看到团长的腰又红又肿，李本田又自责地掉起了眼泪。顾红旗不耐烦地呲道：一个大男人，别整天哭咧咧的，俺死不了。话虽是这么说，李本田还是忍不住眼泪，一边哭一边说：团长，咱们在这里人生地不熟，要是在团里，早就有军医来给你治伤了。你伤成这样，连个病号饭都没有，还说没挨欺负。

顾红旗没好气地说：你住嘴，你去食堂打饭，你们吃啥，俺吃啥。

两人正说着话，外面响起了一串杂乱的脚步声，李本田推门出去，看到胡队长端了碗青稞面条，面条上面还卧了一个荷包蛋，胡队长身后还有一个背着药箱，军医打扮的人，最后面走的才是小赵。

胡队长来到顾红旗的床前，顾红旗想挣扎着坐起来，他不想让外人看到他这个熊样。胡队长上前一把按住他，同时还捏住他的一只手，用劲地握了握道：顾红旗同志，让你受苦了，是我的责任。然后又招手冲进来的军医说：这是马军医，快过来看看顾团长的伤情。

马军医给顾红旗检查伤情时，胡队长并没有离开，他满含歉意地说：老顾，你腰有伤，为啥不早说？辎重队这么多官兵，一人多搭一把手，就把你的工作完成了。

顾红旗也上来了脾气，阴着脸说：俺是运输三连的连长，战士们能干的事，俺也能干，不仅能干，而且必须带头干。

马军医给顾红旗检查的结果是：腰上的老伤犯了，因尚未取出的炮弹碎片刺破了腰底的软组织和神经，需要休养一些时日。马军医开了些消炎止痛的药，还在顾红旗的腰上贴了几处膏药，并告知，晚上还会来看他。马军医就离开了。

胡队长坐在了顾红旗的床边，拿出一盒烟，抽一支给顾红旗。顾红旗很少抽烟，尤其是前卫团出发后，供给不足，别说烟，连吃的都没有，索性也就不抽了。胡队长递过来的烟，他犹豫一下还是接了过来。胡队长又给他点上了火，顾红旗一直趴在床上，这就避免了和胡队长对视，少了些昨天两人交锋时的尴尬。

胡队长吸了两口烟，才道：老顾，对不住了，我不该对你那样，可马师长有命令，让我必须像对待连长一样那么对你。

顾红旗闷着声音说：本来嘛，俺就是你手下的一个连长，听上级指挥天经地义。俺有其他想法，那是俺顾红旗不懂规矩。

胡队长把手搭在顾红旗的肩上：老顾别这么说，你是全师甚至全军的战斗英雄，立功无数，这谁不知道？你在前方犯了错，马师长这是让你长点记性，他怎么能真处理你？可能么？全师像你这样的团长，除了你，还有谁？

顾红旗听了这话，态度就软了下来，他不怕硬的，就怕软的，他一时不知说什么好，吭哧半晌道：胡队长，你可别这么说，你放心，俺现在就是你手下的一名连长，俺听你指挥。他挣扎着半坐起来，一脸真诚地望着胡队长，胡队长再次捉住他的手，两人用力地握在了一起。

李本田和小赵站在门外，两人早已抛弃了前嫌，小声地唠了起来。

小赵说：你真有福气，能给顾团长这样的大英雄当警卫员。

李本田已不是刚才哭咧咧那个李本田了，他把腰板挺起来，仰着头道：那是，我们团长说了，我们前卫团要第一个把红旗插到喜马拉雅。

小赵：从队伍出发，你们前卫团一直走在最前面，一定吃了不少苦。

李本田就想到了那一座又一座的雪山，一个又一个战士晕倒，还有顾团长率领尖刀连在拉贡恩达一次又一次阻击藏军的情景。他的眼圈又有点发潮，想起了顾团长的话，他把到了眼圈的眼泪咽了回去，才道：我们团长说了，我们能在前卫团是我们的光荣，就是把一腔血洒在进藏路上，也值了。

小赵望着李本田的眼神已经是一脸崇拜了。

和平协议

昌都战役大捷，给西藏当局迎头痛击，曾幻想着以武力拒绝解放军进入西藏的梦想像气泡破灭了。风烛残年的摄政，一直找各种理由离开，随着昌都解放，摄政便以此为借口退位。以金瓶掣签的形式，达赖择机取代了摄政的位置。虽然昌都被解放军一举攻克，但西藏当局并没有束手就擒，通过各种外交途径企图让联合国插手西藏事务。在新中国外交的努力下，又彻底粉碎了西藏当局又一个迷梦。达赖一伙最后的希望也随之落空。眼见着解放军随时都有进入西藏腹地的可能，由西北局派出的以李狄三为首的先遣连，正在向阿里挺进，虽然没经历战争和硝烟，但却意义深远。先遣连的行动，在明确告知西藏当局，和谈则两利，斗则俱伤。达赖一伙一边做着和谈的准备，另一边也为自己想好了退路，把自己的行营搬到了亚东，亚东距离印度只有十几公里，无论人和马，到达印度的时间也不过是一袋烟的工夫。在中国政府一次次发出友好的和谈消息后，此时的阿沛噶伦已接印昌都总管。在阿沛一次又一次写信带话的斡旋下，达赖一伙终于同意噶厦政府任命的第二代本格桑·丹增和堪穷土登列门前往昌都，协助阿沛噶伦到北京进行谈判，同时由达赖行营从亚东派出代表凯墨和土登丹达。周恩来总理和朱德总司令分别迎接了从不同地方出发的西藏代表。经过几轮谈判，最后由达赖一伙确认，终于在1951年5月23日，双方代表签署了《十七条协议》，在协议中，西藏噶厦政府终于承认西藏领土是中国不可分割的一部分，也就是说，解放军不论何时进军西藏，都是中国的内部事务，任何外国政府和机构，对解放军入藏的指责，都是在干预别国的内政。随后5月25日，伟人毛泽东以人民革命军事委员会主席的名义，发布了进军西藏训令。随后人民解放军从昌都、青海、云南、新疆等地出发，向西藏齐头并进。

所有部队从休整中重新集合。人声，马嘶，各路旗帜又一次在风中招展。

顾红旗来到辎重队已有小半年的时间了，他和这里的官兵结下了友情。当中央进军西藏拉萨的训令传达到辎重队时，他明白，辎重队也要向前方挺进了。他把运输三连组织起来，检查了车辆和马匹，又把所有连队人员集合在自己的面前。他站在队前，手里挥着马鞭，高亢地喊道：同志们哪，咱们忙活了小半年，物资囤得也差不多了。如今党中央、毛主席终于命令俺们向拉萨进发了，俺们运输连绝不能拖大部队后腿，大部队走到哪儿，俺们就要把物资送到哪儿。没有路俺们就硬生生地走出一条路，马过不去，俺们就是肩扛人背，也要把物资送上去，决不能让大部队缺衣少粮……顾红旗和半年前相比，人又瘦了一圈，显得更年轻了，他的样子更像个连长了。他从前卫团到辎重队，已经适应了自己的新岗位，什么团长、连长的，在他眼里，只要有事干都一个样子。有时李本田在他身边发牢骚，他就批评李本田说：本田呀，你这思想苗头可不对，马师长说过，在革命队伍里，只有分工不同，没有职务区别。俺现在是连长，咋的了？俺不是挺好么？身上又没少块肉，有吃有喝的，还想咋？他的话弄得李本田一愣一愣的，但反应过来的李本田还是说：团长和连长怎么能一样？中间差着几级呢。顾红旗就拍下李本田的头道：你这个小子，还是个官迷呢。说完哈哈大笑。

顾红旗正挥着马鞭冲全连讲着话，辎重队通信员小赵气喘吁吁地跑过来，喊叫道：三连长，胡队长让你马上去队部一趟。

顾红旗把话头收起来，先解散队伍，然后随着小赵来到了队部，胡队长敞开门正等着他的到来，见他走进，上前一步，先给顾红旗敬个礼。顾红旗有点蒙，经过这半年相处，胡队长和顾红旗自然成了无话不说的好朋友，两人年龄差不多，资历也各有优长。没事的时候，胡队长经常喊顾红旗到队部喝上两口，然后两人谈过去的经历，哪场战斗、哪次战役，说得两人唏嘘不已，又说到某某次战斗，哪个战友牺牲了，他们还会抱头痛哭一次。虽然两人不分彼此，但在工作中还是有上下级关系的，现在顾红旗是运输三连的连长，胡队长是副团职干部，哪有领导先给下级敬礼的道理？这条例上也没有哇。顾红旗以为自己哪儿没穿对，上下把自己的衣服和帽子摸了，不知先迈哪条腿，磕绊地走进队部，胡队长一把拉过他，从桌上拿出一封师里的电报说：顾团长，师里命令你，立即到前卫团报到。顾红旗以为自己是在梦里，他刚到运输连时，天天盼着马师长能回心转意，收回对自己的处分决定。可一天天过去了，马师长似乎已经把他忘了。时间久了，他也习惯了辎重队的生活，把自己受处分的事也忘了，觉得自己天生就是运输连的人，在这里一直干下去也没什么不好。这突然而至的命令，让他云里雾里，一时分不清是现实还是梦境。他挥起马鞭狠狠地抽了一下自己的大腿，这一抽把他疼醒了，差点从地上蹦起来。

顾红旗和李本田像来时一样，两个人一匹马，他们在向辎重队官兵告别。人们听说顾红旗官复原职又调回到前卫团了，所有人都出来告别，他们有人喊连长，也有喊团长的，嘈杂的告别声裹挟在一起，弄得顾红旗的耳朵嗡嗡的。他听不见这些人喊的是什么，他把两只手打开，挥舞了一下，大喊一声：同志们，俺先走一步，俺在拉萨等辎重队的战友们。喊完，恭敬地向辎重队曾朝夕相处半年的战友们敬了个礼，然后利爽地转身，冲李本田道：出发！

前卫团一直在最前沿铺路架桥，为的就是等着这一天大军进发的到来。顾红旗和李本田离前卫团越来越近，顾红旗越来越思念前卫团的战士、杨明业还有三个营长。他在辎重队时，杨明业给他写过两封信，托人捎了过来。杨明业两封信其实就是一个内容，告诉他，队伍进军拉萨之时，就是他归队之日。杨明业还有理有据地在信里分析，要是马师长真的放弃他了，早就派新团长来到前卫团了，为啥到现在还是让杨明业代理这个团长，政委团长一肩挑，不就还是等机会么？总之一句话，杨明业一直鼓励顾红旗别灰心，马师长这就是挥泪斩马谡，给他个教训而已……

顾红旗又怎么能灰心呢？二十多年前，自己十几岁就参加了部队，从那一天开始，这支队伍早就是他的家了。他离开家又能去哪儿？子不嫌母丑，狗不嫌家贫。况且这个家又不丑，穷是穷了点。新中国刚刚成立，百废待兴，他们这边要进军西藏，东边鸭绿江对岸，中国人民志愿军正在和美帝国主义为首的联合国军进行着艰苦卓绝的保家卫国之战。这个"家"正是用人之际，自己怎么能够躲避和逃离？他思念着前卫团这些战友，更多的时候，是在梦里与他们相会。

顾红旗一回到前卫团，就遇到了一件大事。他远远地看见一干人等围在一顶帐篷前，大气也不敢出的样子，还看见人群外，杨明业背着手像只驴似的到处乱转，一点主意也没有的样子。他意识到前卫团一定遇到了大麻烦，否则一向沉稳的政委杨明业不会这么焦头烂额。他跑过去，一边跑一边喊：杨政委，俺回来了……

杨明业看到他怔了一下，迎上来，两个人结实地拥抱了一次。顾红旗又一把推开杨明业，问：政委，告诉俺，出啥事了？

杨明业跺了下脚，一言难尽的样子。

顾红旗就说：老杨，你别吭哧瘪肚的，到底咋了？

杨明业就为难地说：咱们前卫团刚接到开拔命令，是王秀丽不争气呀，啥时候生不好，偏偏这时候生。你说误不误事？

顾红旗忽地一下子想起来了，他离开前卫团时就知道王秀丽怀孕了，而且显了身形。他离开时还吩咐过杨政委，一定要把这个孩子照顾好，大康送人，二康葬在了进藏的雪山上，这是老三了，千万不能再有闪失了。

杨明业说完，顾红旗又用鞭子在半空中抽了一下，一脸不屑地说：生孩子还能挑时候？生呗，有啥大不了的？大康、二康出生时，还打着仗呢。

杨明业又为难地说：这次是难产。杨明业搓着手，一脸苦相。

顾红旗这才看到，几个卫生员围在帐篷的最里层，外面还有一些焦急的官兵围着，观望着。杨明业告诉他，王秀丽自己给自己接生呢。

顾红旗分开众人，来到了帐篷门口，冲里面大喊：王军医，俺是顾红旗，你是个军人，又是个医生，你已经生过两个孩子了，俺顾红旗相信你，前卫团的官兵相信你，说你行，你就一定行。

围在帐篷外的众官兵听顾红旗这么说，也一起为王秀丽加油打气，他们一起喊：王军医，加油……鼓励的声音震天响。突然，帐篷里传出一声婴儿的哭声。所有人都欢呼起来，就像他们刚打完一场胜仗。

杨明业也仰起头，不让自己的眼泪掉出来。顾红旗走到杨明业的身边，拍了他一掌道：老杨，祝贺你，又当爹了。

杨明业却高兴不起来，仍一脸愁容。

顾红旗劝说：老杨，你别贪心啊，俺还啥也没有呢，你生了孩子还不高兴？

杨明业就说：团长，这孩子生得不是时候，部队马上出发，这前不着村后不着店的，想送人都找不到人家。

顾红旗在运输连这大半年，通过他们已往后方运送了一批孩子，这些孩子都是生在甘孜的，因为部队条件不允许，还有高原反应等问题，上级做出决定，凡是生在前线的孩子，一律送往四川。在军留守处，已建起了保育院，专门为18军收养不能带走的孩子。

当顾红旗把这一消息告诉杨明业时，他的目光才活泛起来。

王秀丽生完孩子的第三天，杨明业和顾红旗决定，把孩子送到后方去，一匹马，马一侧驮着一个竹筐，竹筐里放了被子、炼乳、奶瓶。顾红旗挑出一个班长还有两名战士。孩子又是名男婴，杨明业取名叫三康。

当王秀丽把三康放到竹筐里时，三康发出微弱的哭声，王秀丽再也受不住了，蹲在地上痛哭失声。杨明业也背过身去。所有在场的人都理解，这是杨政委的第三个孩子了，前两个孩子的命运他们都知道，人心都是肉长的，孩子刚出生三天就要离开母亲，又有哪个人不痛心难过呢？

顾红旗冲护送孩子的三班长和两名战士下达了命令：你们就是拿命换，也不能让三康有一点闪失，否则，俺就拿你们三个人是问。

三人在顾红旗面前挺起胸脯，齐声答：团长，我们保证完成任务。

在这之前，顾红旗给胡队长写了封信，让三班长带在身上，千叮万嘱一定要让胡队长保护好三康，并安全地送到大后方。

顾红旗冲三班长说：别磨叽了，出发。

三班长牵起马缰，蹲在地上的王秀丽突然站起来，喊了一声：等一下，再让我看眼三康。

她扑到竹筐前，伸出手，掀开被子，眼泪又像断了线的珠子，一边哭一边喊：三康，你睁开眼，再看一眼妈吧……

把三康送走，虽然是无奈之举，但目前也是最好的选择了。二康生病死在了路上，杨明业和顾红旗叨叨着后悔没把二康也一起送人，要是二康送人，就一定不会死。顾红旗一言不发，谁也不是诸葛亮，料事如神，又有谁能预测到后来的事呢？此时被送走的三康，成了他们守护着的共同希望。

生死风雪路

归队后的顾红旗，心情和以前大不一样了。在他的眼里一切都是那么亲切熟悉，在辎重队的日子里，他无时无刻不在思念自己的前卫团。有几次想着自己再也回不到前卫团了，他还蒙着被子，偷偷地擦了几次眼泪，没想到自己这么快就又回来了。他骑在马上，看着又一次向前挺进部队，心潮也起伏着，《十七条协议》已经签署了，这次大部队注定会一帆风顺地抵达拉萨。

军旗、团旗、营旗、连旗在出征的队伍招展着，看了就让人心情激动，飘扬的旗帜就是他们向西藏腹地进军的号角。顾红旗打马走在队伍的最前沿，他依旧和尖刀连走在一起。上次阻击战，尖刀连伤亡惨重，在休整期间，从各营又抽调了精兵强将，补充到尖刀连的队伍中。此时的尖刀连是满员的，一副精兵强将的模样。

前卫团昼夜兼程，他们的任务就是为后续大部队蹚出一条路来，半个月后，他们又处于缺衣少粮的状态中了。前卫团因为是轻装前行，后勤给养本来就不会带多少，又和后续大部队脱节，他们只随身携带一些干粮。出发时他们就省吃俭用，为了节省粮食，一日只吃两餐。早晨一餐还是青稞粥为主，不论怎么省吃俭用，身上所带的粮草还是很快消耗一空。

队伍艰难地翻过一座雪山后，傍晚露宿在一个离藏族村庄不远处的山坡上。范处长又一次提议，去藏族村庄试试运气，万一能买到一些吃食呢。顾红旗在视察露宿的队伍，许多连队炊事班的人，都已经开始拉开了埋锅造饭的架势，锅已架好，火也生了起来，锅中的水开始沸腾了，那些战士却没米下锅，眼巴巴看着锅里沸腾的水，一脸愁苦和无奈。顾红旗走过来，战士们都眼巴巴地盯着顾红旗，顾红旗肚子也咕咕乱叫一气。他不知偷偷紧了几次皮带了，看眼锅里沸腾着的水，又望眼愁苦的炊事班战士，便说：同志们，别急呀，范处长去买粮了，等范处长一回来，咱们就下锅。战士们一边咽着口水，一边将信任的目光投向顾红旗。

范处长蔫头耷脑地还是回来了，带去的银元还是鼓鼓地提在手里。不用问，顾红旗就知道粮食没有买来。顾红旗又能说什么呢？他仰起头，想着办法。范处长就像犯了大错似的，低着头，眼泪汪汪地说：团长，是我无能啊，一粒粮食也没找回来。整个藏族村庄的人，听咱们部队路过，早就跑光了。派范处长出发前，他就有了这样的预感，在甘孜的时候，他们也遇到过断粮，好在那一次，他们碰到了格达活佛一行，算是让队伍度过了危机。现在，只能靠他们自己了，顾红旗在踱步，以前他们挖过地鼠，后来上级传达下来指示，地鼠不能再挖了，要尊重藏族人民不杀生的习俗，地鼠也是生命，自然不能杀生。

顾红旗突然想到了蘑菇，这正是六七月份的季节，雪山上压根看不到蘑菇，可山下却不一样了，此时正是西藏最美的季节，也是植物最繁茂的时期。他挥了一下马鞭，让李本田牵过马来，他带着李本田很快在一片草地上采了些蘑菇回来，找到一个炊事班，把蘑菇放到了锅里。

杨明业听说顾红旗要亲自尝试蘑菇，风风火火地赶来，说什么也不让顾红旗吃。在内地时，他们行军打仗，经常也遇到断炊的情况，他们也采过蘑菇吃，有人中过毒。好在内地的蘑菇他们大都认识，哪个有毒，哪个没毒。可在西藏这地方，蘑菇长得和内地的都不太一样，第一个吃螃蟹的人永远会存在风险。杨明业横竖挡着顾红旗不让他吃，要试吃也要自己来。顾红旗当然不肯，他扯着嗓子喊：老杨，这你就不对了，你是人，俺也是人，你吃不怕，俺就做缩头乌龟了？眼见着锅里的蘑菇快煮好了，两人竟撕扯起来，都想往锅边凑，两人费力地撕巴着，弄得气喘吁吁。肚子里都没食了，力气就比平时少了许多。最后还是顾红旗架着杨明业的胳膊说：老杨，你就听俺一回吧，蘑菇是俺采的，俺心里有数，就是有毒，俺也是自食其果。

正当两个人撕扯得难分难解时，李本田下手了，他从后面出其不意地奔过来，从沸水里捞出一坨煮好的蘑菇，左手倒右手，呲呲哈哈地吹着，努力地撕扯着蘑菇往自己的嘴里送，似乎都没来得及细嚼，便咽到肚子里。李本田的举动，把众人吓傻了，李本田脑子里却异常清楚，嘴里一边吃一边呜噜着声音说：两位首长，你们别争了，你们谁出事，都是全团的大事。说话间，李本田已经把捞出来的那坨蘑菇吞到了自己的肚子里。

顾红旗急赤白脸地冲李本田咆哮道：好你个李本田，你算哪根葱？让全团兄弟饿肚子，是俺这个团长没当好，俺对不住大家，要是有危险也是俺，怎么能让你先吃啊？是俺顾红旗对不住大家。

就在他们争执时，有许多干部战士都围拢了过来，他们早就看到了眼前这一幕，他们眼里早已噙了泪水，听顾红旗这么一说，有许多人的眼泪也流了下来。顾红旗看到此景，举起手给大家敬礼。这时，又有几个干部战士围过来，准备试吃锅里的蘑菇，顾红旗挡在这些人面前，哽着声音道：本田已经吃了，大家就不要再试了。

众人的目光都投向了李本田，他一不做二不休的样子，重新回到锅前，又捞出一块蘑菇，慢条斯理地吃了起来，一边吃还一边笑道：真好吃呀……

半个小时过去之后，李本田突然喊了一声：蘑菇没有毒……

顾红旗松了一口气，在这期间，他已让人把军医王秀丽叫了过来，时刻观察着李本田的反应。当李本田从地上跳起来宣布这一结果时，顾红旗顺势把李本田抱在怀里，拍了他一下后背道：以后你再违反纪律，看老子怎么收拾你。

又一座雪山横在了他们的面前。顾红旗在队伍爬雪山时，查看过行军地图，这是一座海拔接近五千米的雪山，也是通往拉萨最后一座海拔接近五千米的雪山了。他让通信参谋把这一消息传达到了各营，以此激励全团官兵，再加一把劲，胜利就在望了。

当队伍爬到雪山一半时，杨明业出事了。雪山陡，常年的积雪让雪山成了冰面，马匹不断地摔倒。尖刀连在前面用冰镐刨出一级级台阶似的路面，即便这样，还不时地有人和马匹摔倒在雪地里，一摔倒就依着惯性向山下滚动，好不容易费力爬过的路程，再一摔又前功尽弃了。

政委杨明业就在这最艰难的路段一头栽倒在雪地里，顾红旗奔过去时，杨明业脸色苍白，嘴唇乌紫，人都说不出话来了。从出发到现在，他们爬行在高海拔的雪山上，这样的场面，所有人都见惯不惊了，都是因为缺氧导致的。顾红旗把杨明业上身抱在怀里，尽量让杨明业躺平身子。杨明业慢慢睁开眼睛，断续着说：红旗……我……拖全团……后腿了。

顾红旗就说：老杨，别胡说，咱们胜利在望了，俺就是背也要把你背到拉萨去。

杨明业摇摇头，手抚着胸口说：我这身体咋就这么……丢人……啊，上不来气……心脏都要炸开了……万一我不行了……你一定要把队伍带到拉萨……说完又露出痛苦的表情，一转头，又一次晕了过去。

刚生完孩子不久的王秀丽，被顾红旗安排在全团的收容队里，距离大部队还有一段距离，他知道，这时军医来了也没用。没有专门治缺氧的药，在风雪交加的行军路上，又不能久留，路况不适合担架行进，想到这儿，顾红旗冲李本田和杨明业警卫员小马道：把政委扶到俺的背上。

两个警卫员先是不肯，小马过来道：要背也是俺背，怎么能让团长背？李本田在一旁也想表达这个意思，顾红旗不想废话了，他只用目光一扫，两个警卫员便不再敢说话了，听命地把杨明业扶到了顾红旗背上。顾红旗摇晃着还向前走去，两个警卫员在左右两侧，也做出托举状，尽量减轻团长的负担。

顾红旗大口喘着气，看着自己的脚尖，一步步向前迈去。他想起十年前那一次负伤，他已经当上营长了，在攻打大王庄时，部队发起进攻，一发炮弹落到了他身体的后侧，就是那次，他受了重伤，有两块弹片至今还没有从腰里取出来。他被送到野战医院时，身体里的血快流干了，昏迷不醒，野战医院没有血浆，是杨明业带着一批战士赶到医院，自己第一个献了血，他至今身体里还流淌着杨明业的血。他们战友之间这种生死情，让他们刻骨铭心。他只听见自己的喘息声，汗水滴答地落在冰面上。

不知什么时候，杨明业再次苏醒过来，他断续地又说：红旗，你……把我……放下。顾红旗没听见一样，粗重的喘息声响成一片。杨明业就说：红旗，我……杨明业……又欠你一条命……顾红旗在心里反驳着杨明业，他们战友之间，又何谈谁欠谁的呢？这么多年，要是没有相互的生死营救，也许他们早就成为烈士了。杨明业依旧说：红旗呀……出发前我说过……就是爬也要爬到拉萨，把我们的团旗……插上喜马拉雅。

顾红旗的眼泪流了出来，和汗水汇集在一起。他想到了大康、二康，还有三康，杨明业只是进藏路上的一个代表而已，整个18军大部队，还有许许多多像杨明业一样的干部战士，抛妻弃子，义无反顾地走上了进藏这条路。顾红旗在心里鼓励自己，向前迈一步，离拉萨就近一步，到了拉萨，整个西藏解放了，那会儿才是他们好日子的开始。他又想到了冷妮，心里就更柔软起来，幸福的暖流在他全身扩散开来。想象着即将迎来的幸福，脚下似乎又平添了力气，他像驾云一样，身体变得轻飘飘的了。

他的耳畔突然听见走在前面的队伍发出的喊声：我们到达顶峰了……他用尽最后一丝力气，在两个警卫员的帮扶下，向顶峰走去。终于到达了顶峰，他身子一歪，和杨明业一同倒在了雪地里，在倒地的瞬间，他听见杨明业在呼喊着自己：红旗……顾团长……

下部

进　　城

　　前卫团是第一支抵达拉萨城外的部队。他们刚到拉萨城外，便接到了师指挥部的电报，让他们原地等待大部队到来，一起进城。

　　前卫团的人马几乎跌撞地走到这里，他们衣衫褴褛，面色枯黄。有许多人的头发已经很长了，甚至生了虱子。顾红旗回望着自己的部队，从5月出发，此时已经快进入11月份了，足足五个月，他们风餐露宿，饥寒交迫，有许多人永远地留在了进藏路上。接到师指挥所的电报后，便让部队在拉萨城外安营扎寨了。第一件事便是收拾个人卫生，把野人似的头发剪掉，弄些水来，洗了澡。经过一番侍弄，整个部队的样子变得整齐起来。

　　顾红旗和杨明业把几个营长集合起来开了一个会，顾红旗打量着眼前几位营长，他们同样面色枯黄，心里就多了酸楚。一年前在乐山集结时，这几位营长脸带红光，眼神透亮。可眼前，他们像换了一批人，目光散乱，动作迟缓。还有他们的队伍，那会儿兵强马壮，衣襟整洁，可眼下呢，他们却像一支逃难的队伍，不免悲从中来。杨明业政委自然也是流露出万分难过的神情，当部队到达拉萨城外时，他在马上向自己的队伍回望，嘴里发出一遍又一遍啧啧之声。在雪山的路上，他们来不及整理队伍，像野人一样的队伍，挣扎着，有时走着走着大脑空白一片，不知自己身在何处。但他们内心有着一个强大的目标，那就是拉萨城。如今的拉萨城就在眼前，队伍终于集结在一处了。顾红旗和杨明业开始心疼这支队伍。

　　顾红旗把目光在几位营长脸上扫过了，他觉得气氛有些压抑，便站起身来，把马鞭在空中甩了一个响。以前他做出这个动作时，是指挥部队冲锋，或者是战斗处于胶着状态，他下了某种决心，骑在马上，马鞭也是这么一甩，然后冲锋号就响了。几个营长听到了鞭响，果然振作了一些，顾红旗阴着脸说：俺们终于到达拉萨城外了，大部队随后就到。俺们足足走了五个月呀，俺们的队伍也短了一截，好多熟悉的官兵都留在了进藏的路上，俺们活着的人，要记住他们呢。顾红旗说到这儿，不仅红了眼圈，声音也哽咽了，半响，顾红旗又冲几个营长说：俺和杨政委商量了，你们回去，把牺牲的士兵统计出来，咱们活着的人，要给他们立碑，让后人记着他们……

很快，各营便把牺牲在进藏路上的名单统计出来了，顾红旗和杨明业把两只脑袋聚集在酥油灯下，看着各营一长串名单。两个人止不住泪，把眼泪滴在这些名单上。两人看着这些曾经熟悉的名字，还有那一张又一张熟悉的面孔，此时，他们却留在了雪山上。当时没有能力把他们抬下来，就掩埋在行军途中的路旁，他们至今还和风雪相伴。一想到这情这景，顾红旗的心就刀扎一样地难受。他在这些烈士名单中看着那些曾经熟悉的名字，似乎他们就活生生地在他的眼前。顾红旗记得二营有个士兵叫文海强，在过一个六千米海拔的雪山时，就牺牲在了自己的面前。他还记得文海强是在河南参军的老兵，后来当上了班长。队伍刚出发时，文海强还给他牵过马。文海强牺牲前，走路摇摇晃晃，几欲跌倒，他知道文海强状态不好，还喊了一声：文海强，走不动你就坐下喘两口。文海强回了一下头，冲他露出最后一抹笑容，然后一头就扎在雪堆上。他记得清清楚楚，在掩埋文海强时，他还捧了一把雪，在心里说：对不起了海强，等有朝一日给你立碑。

还有个二营的战士，外号叫刘大个子，是个机枪手。牺牲前仍然把枪抱在怀里，身子都硬了，怎么也不能把刘大个子和怀里的机枪分开。营长、连长用各种办法都试过了，队伍的出发号已经吹响，人马都在集结，只有刘大个子和他那挺与他无法分开的机枪。二营长就着急，想派两个战士强行把机枪和刘大个子分开。正巧他路过，看到这一幕，让他们停止了动作，小心地走到刘大个子身旁。刘大个子仍然卧在雪地上，睁着眼睛，望着前方，脸上露出怪异的笑容。他怀里的那挺机枪，和刘大个子紧密地合在一处，他吩咐二营长，烧一锅水，是他亲手把水浇在刘大个子身上，让那挺机枪分开。他们把刘大个子掩埋了，在他们行军的宿营地，又多了一个雪坟。队伍出发了，一座座雪坟留在了他们的身后。每次行军，走一段，顾红旗都会回头张望，似乎在等着掉队的士兵重新归队。

前卫团已经如期抵达到了拉萨城外，他们第一步任务完成了，他站在一处高冈上，回望着来时的路，他的眼前又幻化出风雪路上一面面飘扬的旗帜，还有饥寒交迫的一支行军队伍。不少官兵倒下了，再也抵达不到他们心中的目的地了。每每想到这里，顾红旗都眼眶发潮，鼻子发酸，他真想找个没人的地方大哭一场。

他找到杨明业，说到了那些牺牲的官兵，杨明业也是一副心绪难平的样子。顾红旗就拍着自己的胸口道：老杨，咱们得为这些留在路上的官兵做点什么呀，他们的魂无家可归，还在那些野山上空飘荡呢。

杨明业听了顾红旗的话，也忍不住一遍遍地抹着眼泪，感慨地说：我们今天付出的流血牺牲，后人是不会忘记的。我们现在做出的所有一切，就是为了让我们的下一代过上好日子。谁要是不让我们过好日子，他就是我们的敌人。

顾红旗想起了一个点子，按照他老家的仪式，搞了一次招魂仪式，他让范处长带人做了许多张卡片，把每名牺牲的官兵的名字写在卡片上，又把写有官兵烈士名字的卡片固定在树枝上，然后插在地上。集合起全团官兵，列队在这些卡片的身后，顾红旗站在队列前，仍然像这些烈士活着时一样，清清嗓子喊了一声：全体都有，听我的口令，命令你们跑步归队。

依据事前安排好的程序，由杨明业叫着每个牺牲官兵的名字，那是一长列名单。杨明业报出一个人的姓名，顾红旗就在一旁大声地补充一句：归队。

在招魂烈士归队的仪式中，队列里的所有官兵，刚开始是肃穆而立，随着一个又一个熟悉的战友名字被叫到，他们所有人先是湿了眼睛，后来每个人都泪流满面。

当杨明业把一长串名单叫完时，顾红旗上前一步，转身，冲着全团官兵命令道：欢迎战友回家，鸣枪。

全团官兵把手里的枪举起来，黑压压的一片，像森林。一阵排子枪响过，枪弹的硝烟在全团官兵中间弥漫着。这是他们熟悉的味道。在顾红旗和杨明业眼里，他们的队伍又恢复如初了，兵强马壮，刀枪林立。每名官兵脸上都写满了对胜利的渴望。如今他们终于来到了拉萨城外。他们知道，以后还有更艰巨的任务在等待着他们。

大部队陆续地从四面八方集结在拉萨城外。18军所有部队，历经千辛万苦，翻越的雪山不计其数，穿越的河流更是数不胜数。不知磨坏了多少双鞋，每前进一公里，就有一名战友倒下，然而18军官兵，用血肉之躯，铺平了和平解放西藏的大路。拉萨数万僧俗群众，被动员了起来，他们身穿节日盛装，手捧洁白的哈达，载歌载舞，夹道欢迎解放军入城。

顾红旗骑在马上，前卫团走在整个大部队的最前面。他看着招展的旗帜，听着耳边的锣鼓声，眼前就是他们的目标，拉萨城。可他的耳畔却响起风雪的呼号之声，眼前幻化出他们翻越雪山时，肩扛手拉，前赴后继的队伍。一个战士倒下了，又有另一个战士站起来，把他们的手臂紧握在一起，他们在风雪里挣扎，忍饥受冻……他的眼睛模糊了。他看见了文工团员们在队伍前载歌载舞地唱着跳着，他揉揉眼睛，想找到冷妮，他的眼前，都是化了妆的女兵，在他眼里几乎都是一个模子刻出来的。她们是那么高兴，尽情地用欢乐迎接这一伟大而又庄重的历史时刻。

相　　逢

前卫团和师大部队终于会合了，他们驻扎在拉萨东郊的一片河滩上。顾红旗和杨明业双双来到师部赴命，马师长见到两个人，张开手臂，把两人揽入怀中,感慨地说:我们终于在拉萨会师了。这是他们出发时所期盼的一天,眼下终于实现了。可他们并不兴奋,进了城之后,才觉得千头万绪的工作才刚刚开始。部队还在调集,一部分队伍向日喀则、亚东等地开进,驻守边防,建设西藏的工作才拉开序幕。

前卫团的官兵已有一年多的时间没和师大部队在一起了,顾红旗还是到辎重队报到前,见了一次马师长,挨了让他一辈子都不会忘记的骂。一晃也是一年前的事了。马师长拉着两人的手,顾红旗和杨明业都是他的爱将,他看看这个,望望那个,似有千言万语又无从说起。最后只说了句:等把部队安顿好,我请你们俩喝顿大酒。

喝酒这是男人之间最隆重的礼仪,尤其是在队伍刚进城,缺衣少粮的时候。顾红旗这才想起,已经有一年没有喝过酒了。爬雪山,穿河流时,肚子都填不饱,怎么有机会喝酒?见马师长这么说,便大着嗓门说:师长,你可不能骗俺,这顿酒账俺记下了。

马师长送二人出来,突然想起什么似的又叫住两人,他盯着顾红旗说:我知道你现在还没见冷妮,你们还没真正完婚,部队暂时算安定下来了,今晚上,把冷妮接过来吧。

还没等顾红旗回答,杨明业抢先道:放心吧师长,我会把红旗的新婚之夜安排得妥妥的。

杨明业拉着顾红旗来到了文工团。文工团驻扎在师部队的一个角落里,不论任何时间,这里都是最热闹的地方。不用打听,他们循着声音就找到了。一溜帐篷前,有片河滩地,文工团的人有人在练乐器,也有人在练合唱,一片忙碌又烟火气的景象。两人探头探脑地走过来,被韩团长发现了,韩团长乐呵呵地迎了上来,见到顾红旗就说:你是来找冷妮的吧?

顾红旗当着人面,突然不好意思起来,脸红脖子粗地辩白道:没有,俺们是路过。又推了一把杨明业道:不信你问杨政委。杨明业就冲顾红旗说:你是冷妮的男人,就是专门来看的又怎么了?瞧你这没出息的样。杨明业这么一说,顾红旗脸更红了,拉着杨明业的胳膊道:咱们的事办完了,抓紧走吧。

韩团长看出了顾红旗的心理，上前故意逗他道：顾团长，你别急着走哇。回头冲一群排练的文工团员方向望了望说：你过去，把冷妮找出来，我就让你领回去。

顾红旗刚开始还不敢朝这些女文工团员方向望，见韩团长这么说，他夯着胆子往那面扫了两眼，收回来的目光似乎没地方放了。

杨明业推了下顾红旗道：这可是韩团长说的，快去，把冷妮领回来，咱们全团给你们办婚礼。

此时的顾红旗羞怯得像个新媳妇，在杨明业的推搡下，脚高脚低，浑身不自在地向一群女文工团员这边磨蹭着走过来。十几个女文工团员，自然也看见了扭捏过来的顾红旗。师妹吴茵红故意拉了冷妮，让她躲到自己的身后，冲冷妮小声地：师姐，你总是说顾团长爱你这爱你那的，他要是把你从人堆里找出来，才说明他心里真有你。众人也附和，她们故意排成一排，把冷妮夹在中间，她们的歌声并没停下来，她们合唱的是《进军歌》，十几双女兵的眼睛都投向了顾红旗。顾红旗之前是看着自己的脚尖往前走的，到了近前，他抬起头，突然发现这么多双女孩的目光齐齐地望向自己，被蛇咬了似的，转身拔腿就跑，头都不敢回一下。惹得一群女兵哈哈大笑。

杨明业跺了下脚恨铁不成钢地说：瞧你这点出息。

韩团长冲顾红旗的背影哈哈大笑道：顾团长，你媳妇丢不了，晚上就给你送过去。

顾红旗一蹦八丈高地早跑没影了，杨明业气喘吁吁地追上他，拉住他一只袖口道：顾红旗，你还行不行？让你去找自己的女人，又不是去偷人，你瞧你的熊样。

顾红旗回头见已逃离了那群女兵的目光才稳下心神道：让俺打仗，杀敌，俺死都不怕，俺啥时候见过那么多女人？那么多双眼睛盯着俺一个人哪，你这不是难为俺么？眼睛都看花了。

杨明业追问道：你到底看没看到冷妮呀？

顾红旗心有余悸地，半晌摇摇头道：她们都长得一个模样，俺咋能一眼找出来？

杨明业狠拍一下他的背道：你呀，让我说你啥好呢，你拿出一丁点杀敌的劲，这会儿就能把冷妮抱在怀里了。

说啥呢？顾红旗又不好意思起来，跺了下脚，向前走去。

王秀丽和李本田等人，接到了杨明业的命令，就是让他们尽可能地把团长的新房布置好。说是新房，其实就是顾红旗的帐篷，帐篷安在团部后面的一个高坡上，离杨明业的帐篷不远。床仍然是炮弹箱搭成的，范处长又到军需部门，领来一床被褥，把两床被褥平整地铺在并排而放的炮弹箱上。王秀丽又在帐篷门口贴上了红色的喜字。这是王秀丽和李本田第三次给顾红旗布置新房了。第一次在乐山，前卫团出发的头天晚上；第二次就是在金沙江畔，新房刚布置好，队伍就接到了穿插任务。这一次他们把前两次的经验都用上了，李本田不仅把帐篷内外都检查了一次，还把帐篷门前的几个乱石头搬走，让新娘子进出更加方便一些。

顾红旗一步步走来，站在队伍中的冷妮，正脸红心跳地期待着顾红旗能在众人中一眼把她认出来，然后拉着她的手大步离去。在这一年多的时间里，她已经无数次这么期待过了。在梦里她也无数次和顾红旗有过幽会，出现最多的场景就是，自己骑在马上，顾红旗坐在她的身后，搂着她的腰。然后顾红旗跃马扬鞭，耳边都是风声，刺激而又美好，她在高声尖叫，往往在尖叫中醒过来，才发现是一场梦，心里不免空落起来。

上次，顾红旗去辎重队报到，她赌气地躲在帐篷里不见他。她自己也说不清是种什么情绪，顾红旗犯了错误，从团长降到连长，她觉得脸上无光，认为顾红旗不该犯这么低级的错误。她为他生气。顾红旗走远了，她终于忍不住跑出来，只看到顾红旗一个模糊的背影。她恨自己当时为什么不出来，一头扎在丈夫的怀里，然后大哭一场。那个无数次在梦里出现的坚硬又温暖的怀抱，再一次远离了她。她懊悔、失落，无数次地责备过自己。在甘孜驻扎休整期间，她给辎重队的顾红旗写过两次信，在信里她鼓励顾红旗，让他从连长干起，她相信他，她在拉萨等他。那时的辎重队在后方，离甘孜还有上百公里的路程。她也接到过顾红旗的回信，在信中并没有一丝半点责备的意思，字不多，但意思表达得斩钉截铁：俺是个男人，经得起千锤百炼，从哪儿跌倒就从哪儿爬起来……她在顾红旗的信中感受到了男人的力量。队伍再一次出征时，她听说顾红旗又官复原职，带领前卫团出发了。她随着大部队出征，每前进一步，都能看到前卫团踏出来的路，修好的桥梁，在众多的脚印中，她努力分辨着哪一双是顾红旗留下的。觉得都是，又都不是，但她确信，其中有一双大脚，曾经踏过这条路，是她男人走过的路。这么想过了，她就感到温暖，浑身也有了力气。她在雪山上无数次昏倒，正是心里顾红旗的身影一次次把她召唤苏醒，在战友们的帮助下，一步步向前攀登着。她心里只有一个目标，那就是一直走到拉萨，她知道，自己的丈夫会在那里等她，她摇摇晃晃地随着大部队向前走着。有一次，马师长见她晕倒在路边，还过来扶起她，让她骑在自己的马上走了一程，马师长在前面牵着马，还开玩笑地说：冷妮，你可不能有事，你有事，顾红旗那小子非得找我算账不可。这一路，她骑过太多首长的马，也拽过马的尾巴，一路跌撞着走到了拉萨。

顾红旗在一步步接近自己，虽然师妹吴茵红在暗地里拽着自己的衣襟，但她做好了准备，只要顾红旗站到自己面前，她就会奋不顾身地扑到他的怀里。可惜的是，顾红旗还没走到自己的面前，转身拔腿就跑。她失望了，听着同伴的哄笑声，她的脸在发烧，自己都快要哭出来了。她突然发现，生死不惧的自己的男人，羞怯起来连一个女人都不如。她心里突然涌出一股怜爱。她第一次在乐山和顾红旗同在屋檐下过的那一夜，她那会儿只觉得遗憾，就像做了一场梦，现在一年多过去了，她又长大了一岁，她渴望自己的男人长驱直入，像每次梦里那样，她贴在他宽大又温暖的怀里，听着耳边他的呼吸声……

傍晚的时候，文工团停止了一天的排练，他们的任务是过几天就要有一次演出，这场演出不仅是给部队的官兵，还有拉萨本地的僧俗官员和群众。对于这场演出，任务非同一般，从上到下都很重视。马师长和朱政委也亲临他们文工团做了指示。虽然排练紧张，韩团长依然没忘记今天是冷妮入洞房的日子，排练结束后，就让冷妮回去准备了。冷妮再次出现在他面前时，洗了脸，梳了头发，背着挎包干干净净地站在他的面前，就像一个请假要离开军营的小女兵。韩团长满是怜爱地望着她，想起冷妮当年跟着自己的戏班黏着要学唱戏时的样子，一眨眼的工夫，冷妮就长成了大姑娘，成了别人的新娘。韩团长想伸出手在冷妮头上爱抚地摸一下，就像她还是小丫头时一样，可当他举起手，又停住了，她已经不是当年的小丫头了，他像个父亲似的说：好好照顾顾团长。

冷妮水汪汪地注视着韩团长。她羞红了脸，点了点头。

韩团长又叫来王栋才和吴茵红让他们陪着冷妮去前卫团。王栋才沉默地走在冷妮的身边，吴茵红倒是一直在和冷妮说着悄悄话，冷妮瞥了一眼严肃的王栋才，突然立住脚，把目光投向他，王栋才把目光移开，望着别处。上次去金沙江畔，去顾红旗的独立团，也是王栋才陪她前往，当看到前卫团人去屋空时，王栋才如释重负地嘘了口长气。那天晚上，他们连夜归队，在爬一个山坡时，冷妮实在走不动了，央求要歇会儿，还是王栋才蹲在她的面前，非得要背她不可。她答应了，他们从小在戏班子里一起长大，不仅是师兄妹的关系，他们更像是一家人，跟亲兄妹一样。王栋才对自己的心思，冷妮早就清楚，如果没有顾红旗，也许她会嫁给师兄。可现在她有男人了，她明白师兄的失落。眼下，她看着王栋才的样子，不想让这层关系一直朦胧下去，她一把捉住王栋才的手，另一只手拉过吴茵红，把两个人的手又放到了一起，认真地抬眼盯着师兄道：师兄，茵红师妹一直喜欢你，我希望你们能在一起。王栋才有些吃惊地望着冷妮，师妹吴茵红早已羞红了脸颊。她天天和师妹在一起，自然知道吴茵红想的是什么，她把这层关系挑明了。她真心希望，师兄能和师妹好。

顾红旗和杨明业视察完全团的驻防情况之后，天已经黑了。两人打马回来，杨明业一拍脑门道：哎呀，差点又把大事忘了。立住马，冲顾红旗说：韩团长一定把冷妮送来了，你快回去吧。两人之前商定好，要一起回团部，把一天视察的情况碰一碰，再商量着部队如何自给自足。虽然，部队入城了，但后方补给还没有解决，目前整个队伍最大的困难还是吃饭的问题。

杨明业这一提醒，也让顾红旗回过神来，他在犹豫的时候，杨明业的马鞭已经抽在他马匹的屁股上，马开始向前奔跑。老马识途，颠颠地向自己的帐篷方向跑去。他走近帐篷，看到门帘的缝隙里透出的灯光，心里就暖了一下，还看见李本田一丝不苟地站在帐篷门前，见他过来，立正报告道：团长，冷妮同志已经来了一会儿了。

　　顾红旗听到冷妮两个字，顿觉口干舌燥，脚似乎也不听自己指挥了，轻飘飘地向前挪动着，呼吸也粗重起来。他把手伸向帐篷门帘，似乎嗅到了帐篷里不同的味道，这是他以前帐篷里从来没有过的。当他掀开门帘的一瞬间，突然想起了身边站立的李本田，他收回脚，把目光放到李本田的脸上。李本田正以一个标准的警卫员姿态站立在那里。他想起了在乐山的新婚之夜，自己早晨从八仙桌上下来，差点踩了李本田的往事，撸了一把脸，冲李本田说：今天晚上你就不要和俺在一起睡了。李本田不怀好意地一笑道：团长，我懂。今天我去警卫连去睡。这么说了，他还是有些难过，自从当了团长的警卫员，从来没离开过团长半步。就是去辎重队，他每天晚上都是和顾红旗睡在一顶帐篷里。

　　顾红旗后退几步，离开帐篷有几米开外了，他伸手招呼李本田过来，然后压低声音说：小子，我结婚了，以后有人照顾俺了。说完突然大笑起来。李本田失落地叹口气道：不管咋说，我还是你的警卫员。顾红旗忍住笑，拍了一下李本田的肩膀道：你听俺命令，快去吧。

　　李本田恋恋不舍地给顾红旗敬了个礼。

　　顾红旗看着李本田向警卫连方向走去，他在原地跳了起来。

　　顾红旗定了定神，回过身。他掀开帐篷门帘，立在帐篷口，冷妮早就把自己脸上的妆洗掉了，正清爽地站在他的面前。还是刚来时的打扮，挎包都没拿掉，仍挎在身上。她刚开始是坐在炮弹箱上，左等不来，右等顾红旗还是没出现，她就开始打量着这间不大的帐篷。炮弹箱搭成的床，两床被子肩并肩地铺好了，门帘上还有一个新贴上的大大的红喜字，还有两个牙缸，被李本田接满了清水。她刚才拿过一个牙缸把里面的清水喝了大半缸。还有几个炮弹箱搭成了一张桌子，上面摆着一张地图，还有一个日记本，一副望远镜。一盏酥油灯已经点亮，忽闪着燃着，这就是顾红旗的全部家当了。她张望了一会儿，一切就都尽收眼底了，实在没什么可看的了，她就侧着身子坐在炮弹箱的一角。她提醒自己，这次一定不能睡着，她怕再次错过顾红旗。平时在文工团一群小伙伴们在一起，不是唱歌跳舞就是欢声笑语，冷不丁就剩下她一个人了，在单调的等待中，眼皮直打架。只要她一有困意就站起来活动一下，突然她听到了顾红旗在外面说话的声音，她判断出顾红旗是在和警卫员说话。她的心开始快速地跳了起来，坐在炮弹箱上，心脏却像擂鼓一样响个不停。她口干舌燥，又鼓起勇气把剩下的半缸水喝完了。就在这时，门帘被掀开，她慌张地站起来，看着高大结实的顾红旗站在自己面前。她还是第一次这么近距离地望着顾红旗，她手忙脚乱地冲顾红旗敬礼道：首长好。她还想说点什么，却不知说什么好了。以前她给顾红旗写信时，称呼的是同志，不知随口又把首长二字顺嘴说了出来。

她说完这话，看见顾红旗咧嘴笑了起来，露出一口白牙，因为风吹日晒，顾红旗的脸颊又黑又红，只有那口白牙特别明显。

顾红旗刚进门的那一刻，他自己也紧张得不行，见冷妮比自己更紧张，他反倒放松了。"当"的一声把马鞭扔到炮弹箱上，用手在腿的两侧擦了擦。他想伸出手和冷妮握一下，觉得有些不妥，便坐在冷妮对面的炮弹箱上，看到缸子里的水，"咕噜"几声干了下去，才抹着嘴说：是这样啊冷妮同志，俺们在乐山时就结过一次婚了，可你睡着了，婚没结成，到了拉萨才结，你说这事啊，好事多磨嘛。

顾红旗说完，自己先呵呵地笑起来。

冷妮的脸早就红了，眼睛望着自己的脚尖，嗅着这个既熟悉又陌生男人的气味，她有些晕眩，两只手死死抓住衣襟，救命稻草似的。

顾红旗看见眼前冷妮如此这般，心里突然升起一种从未有过的怜爱。他腾地站了起来，脸红脖子粗地说：冷妮同志，从现在开始咱们就是革命夫妻了，那什么，俺顾红旗别的没有，就是有一个好身体，还有一把力气。以后俺会保护好你，因为咱们是亲人加同志，用俺自己的命，一生一世都要保护好你。

冷妮抬起头，突然两行泪水涌出了眼眶，她想起顾红旗在乐山那片小树林里说过的话，正是因为那些感人肺腑的话语，打动了她，她才下定决心要嫁给他。她还想起了孩子时候的那场大水……那时，她是多么绝望呀，她梦想过会有一只手把她拖出水面。从那以后她经常做噩梦，梦见自己四处流浪，她多么希望自己有个家，有个归宿哇。顾红旗出现在她的眼前，这就是她以后的依靠了。冷妮开始叙述自己的经历，从那场洪水开始……冷妮说得情真意切。顾红旗也叙说自己的经历，他们两个孤儿走到了一起。他们需要温暖，需要家庭。

随着两个人的叙述，他们的心一起热了起来，觉得彼此的距离更近了。他突然弯下身子，把娇小的冷妮拥在怀里，哈着热气又一次说：冷妮呀，俺顾红旗不会亏待你。以后我就是你的男人，为你遮风挡雨，俺这条命以后也是你的了……

顾红旗和冷妮贴在一起，两人都粗重地喘了起来，顾红旗把冷妮抱了起来，回过身，用力地把酥油灯吹灭，把冷妮轻放在炮弹箱搭起的床上，伏下身，伸出手碰到了冷妮胸前的衣扣。冷妮怕冷似的哆嗦了一下，想拒绝又马上停止了，他们的呼吸急促，两人的呼吸交织在一起，像刮过的一场台风……

战　　友

马师长和朱政委，又一次召开了团以上干部会议，将目前部队的处境做了介绍。入藏的全体官兵，又一次遇到了缺衣少粮的窘境。部队虽然开进了西藏，一部分队伍被派到了边境，结束了西藏长期有边无防的状态；西藏政府的代表虽然在北京签署了《十七条协议》，但这一切并没有完全改变噶厦政府对待入藏解放军的态度。布达拉宫脚下的粮仓里堆满了粮食,可他们并不打算卖给解放军,并放出话来,要像当年对待清军和国民党军队一样,饿死这些人,把他们逼出西藏。就是部队带来的马匹,放在城外放养,每匹马还要收取两块银元的费用。驻扎在城里的军队,自然也要交地皮使用费。马师长介绍到这儿,脸色凝重起来道:噶厦政府的一些分裂分子,就是想用此办法,逼我们待不下去,最后撤出西藏。我们大部队虽然来到了拉萨,可我们进藏之路并没有修好,内地的补给运不来,我们的志愿军官兵正在朝鲜战场上浴血奋战,国家的大量财力人力都投入到了朝鲜战争中,新中国刚成立,百废待兴,我们的家底薄哇。说到此处,马师长和朱政委眼圈都红了,参加会议的团以上干部,都低下了头。

马师长把拳头又擂到炮弹箱上冲众人喊:干吗垂头丧气?军长、政委说了,我们是奉党中央、毛主席的命令进入的西藏,不论以后有多少苦日子,多么难,我们绝不走清朝和国民党政府的老路。我们人民解放军把根扎下去,守边戍防,改变西藏一穷二白的面貌。我们要做好长期在这里战斗生活下去的思想准备。

众人又一次把头抬了起来,马师长面色潮红,挥舞着手臂又道:我们现在的任务是修路,打通我们与大后方的联系,我们当前的任务就是筹集粮食,实现自救、自给。我们既然把红旗插到了西藏的土地上,就绝不会后退半步。

决心毕竟是决心,可现实远比想象的残酷许多。达赖一伙并不放心解放军的到来,仍然把大本营安营扎寨在亚东,因为自己的亲哥当采活佛一直在印度,勾结着境外势力。身在亚东的达赖,脚踩两只船,对解放军入藏冷眼旁观,另一方面又暗度陈仓与境外势力打得火热。在拉萨噶厦政府代理摄政的鲁康娃和洛桑扎西在达赖的指示下,把在昌都被打散的藏军又重新集结起来,在解放军营地对面的山坡上,安营扎寨,对峙对抗的气味明显升级了。

昌都解放后,前去接管昌都总管的阿沛噶伦,他是去北京签署和平协议的代表之一,《十七条协议》能够顺利签署,阿沛在其中的斡旋工作功不可没。在北京生活近半年的阿沛,看到了新中国的变化,也亲自聆听了中央领导人的教诲，思想与之前有了明显的变化。帮助解放军，就是帮助西藏人民自己。在18军进藏之后，面对着断粮，他又一次向达赖以及代理摄政的鲁康娃等人做说服工作，在阿沛努力斡旋下，噶厦政府终于同意，开仓卖粮。

结果当天晚上，就有一批干部战士吃了噶厦政府卖的粮，发生了中毒现象，这才发现，噶厦政府卖给解放军的这些粮食都是发霉变质的，有的青稞还发芽了。要想让自己真正在西藏站稳脚跟，噶厦政府是指望不上了，只能自力更生，让部队在这片土地上生存下去。

顾红旗这天刚从部队视察回来，他们对面的山坡上，就驻扎了几百名藏军，因为他们居高临下，队伍在做什么活动，都是在藏军的眼皮子底下，成了透明人。藏军一开拔到这里，顾红旗就把队伍也做了相应的布防，让两个连队向前突出了一公里，直抵山坡下。他估摸着，一个冲锋，用十五分钟时间就能攻到山上的藏军阵地。同时命令炮兵连，把炮口竖起，瞄准了藏军阵地，十几门山炮几个射击波次，他有把握能把藏军阵地轰平。

顾红旗从一开始到现在并没把这些藏军放在眼里，但天天生活在他们眼皮子底下，还是感到不舒服，就像眼里长了只钉子。为此他找过马师长，开宗明义地表明了自己的态度，要带个连把驻扎在自己军营对面的藏军干掉，自然遭到了马师长的批评和制止。马师长又一次重复了上级的入藏政策，他们现在脚跟未稳，建立与稳定和西藏人民的关系，成了当前工作的重中之重。虽然他的计划遭到了马师长劈头盖脸的批评，但他只要出入军营看着藏军在山坡上对准自己的枪口，他仍如鲠在喉，每天到晚都想发火，又不知向谁发泄。

他每天都要检查队伍，让自己的队伍处于严阵以待的状态，他对几个营连长放下话了，只要对面阵地的藏军敢轻举妄动，命令他们十五分钟之内必须全部解决战斗。这些营连长都是随顾红旗征战多年的干将，对自己团长的想法，自然心领神会，他们拍着胸脯保证道：放心吧团长，妥妥的。这种对峙状态让部队重新焕发出了生机。虽然他们肚子里没食，一天只能喝两次青稞粥，名字上虽然被称为粥，其实和部队入藏路上喝的"四眼粥"也没有什么太大的区别，尽管他们饥肠辘辘，但警惕性有增无减。顾红旗放心自己的部队，就像对自己一样有信心，他知道，只要官兵还有一口气，就会射出枪内的最后一粒子弹。

他提着马鞭找到杨明业时，杨明业手里正举着一份电报发怔。他过去站在杨明业面前，似乎杨明业仍没能反应过来，他伸手从杨明业手里扯过电报，只看了一眼，便大叫一声：啥？他们一定是弄错了，怎么能把你调去修路？原来这是一封上级来电，为了早日打通进藏公路，抽调杨明业去筑路部队，担任政委工作。

顾红旗又把电报看了两眼，再把目光投到杨明业脸上，自从入藏之后，杨明业的身体一直不好，在进藏路上晕倒过几次，都是九死一生。虽然大部队开拔到了拉萨，海拔相对来说没有那些雪山高了，但杨明业整个人仍像霜打了一样，他说自己经常失眠，胸口就像压了块大石头，脸色自然不会好看。想当初在内地时，杨明业脸色红润，容光焕发，浑身上下似乎有使不完的劲，可从入藏开始一直到现在，杨明业整个人都不好了。青灰着脸，说话多了就会喘息上一阵子，人就像被抽走了筋脉。

顾红旗指着这份电报说：师里一定是搞错了，是抽俺去修路，俺这就去问师长去。顾红旗还没说完便破马张飞地要出去，被杨明业拦了下来，从他手里抽回电报说：怎么可能？这是刘参谋刚送来的，说文件随后就到，这么大个事，师里怎么可能搞错？

冷静下来的顾红旗也张口结舌，在地上转着圈，嘴里喃喃地：这么说，你就要和俺分开了。

顾红旗来之前，杨明业已开始吩咐警卫员小马收拾东西了。军令如山倒，他是军人，别说调他去修路，就是去闯刀山火海他也不会有半点犹豫。顾红旗抬起头，望着杨明业，结结巴巴地说：老杨，咱们在一起二十多年了，以后，咱们想见一面就难了。

杨明业很冷静，收起电报，拍了一下顾红旗的肩膀道：山不转水转，怎么可能不见面呢？修路现在是我们眼前工作的重中之重，路修不好，后方的补给运不上来，我们就会真像驻藏的清朝官兵和国民党的官员一样，从这里土豆搬家滚球子了。党中央下了这么大决心，把咱们派来这里的任务是什么？咱们不仅是解放西藏，还要在这里长期驻扎下去，这里是我们的边防呀。

这些道理顾红旗不用杨明业说他都懂，他是舍不得让老伙计杨明业离开。他突然一把抱过杨明业，狠狠地拍了一把杨明业，眼里已经含了泪，哽咽地说：上级命令，俺顾红旗服从，老杨你等着，俺晚上给你送行。

说完提着马鞭风风火火地又走了，他喊过自己的警卫员，从怀里掏出两块银元塞给李本田道：交给你一个重要任务，你想尽办法，给俺弄瓶酒，政委明天就要走了，不和他喝回酒，俺会难过一辈子。

李本田第一次见团长如此为难，他不假思索地立正道：保证完成任务。可当他骑上马，漫无目的走出军营时才发现，他这是领受了多么艰巨的任务哇。部队进城之初早就有命令，为了稳定拉萨当地的物价，不允许任何人以任何名义到商业街去购物。这个命令李本田自然得服从，其他地方都接到了噶厦政府的通知，不卖给解放军一针一线。李本田走出军营头就大了，但他知道，就是把自己卖了，也得把团长的任务完成了。他从团长的神态上感受到，这瓶酒对团长来说的意义有多么重大。

从中午一直到傍晚，李本田才打马从军营外回来，一见到等在帐篷外的团长就兴奋地喊：团长，我回来了。然后急火火地从马上跳下来，从怀里掏出一瓶青稞酒。顾红旗见到那瓶酒，眼睛都直了，重重地拍了一掌李本田道：好样的，本田，你小子给俺立了一大功。说完拔腿就走，李本田就喊：团长，还有呢。他变戏法似的从腰上又抽出一瓶酒，又把手再次伸进怀里，还掏出一袋炒青稞。顾红旗眼睛又直了，上下把李本田打量了，严肃起来道：你小子没犯错误吧？李本田吸溜了一下鼻子道：团长，怎么会呢？上级的规定我是不会违反的。

顾红旗听了李本田的话，把心放到肚子里，他现在的确没工夫听李本田汇报了，他要为杨明业去送行。

他再次出现在杨明业帐篷前时，杨明业所有的家当差不多收拾齐整了，只剩下一床被子还铺在炮弹箱上，也就是说，明天一早，他收拾好铺盖就要去筑路部队报到去了。顾红旗已顾不上说什么，找来两个牙缸，咬开瓶盖，把酒分别倒在缸子里，拉着杨明业坐在炮弹箱上。杨明业看眼酒又看眼顾红旗，奇怪地问：怎么会有酒？然后就是一双审慎的目光望向顾红旗。顾红旗太熟悉这种目光了，杨明业的目光中包含了探寻、担忧和好奇，两人在一起搭班子，他们的性格和做事风格形成了互补，杨明业的稳重和顾红旗的激情，让他们团成为这次入藏的前卫团。马师长曾无数次地拍着他们的肩膀说：你们俩好有一比，一个是关羽，一个是孔明。

顾红旗知道，这样熟悉的目光，以后再也不会时刻地提醒他了。他伸手把杨明业拉到对面坐下，端起酒缸说：放心吧，俺的好政委，俺顾红旗不会再犯错误了。说到这儿，他的眼圈就红了。然后又从怀里掏出炒青稞，炒熟的青稞有着一种奇异的香味，在饥饿人的嗅觉里变得异常敏锐。几口酒下肚，顾红旗想到了大康、二康和三康，仿佛这三个孩子是自己的，他的缸子和杨明业重重地撞了一下道：老杨，你去修路也好，早日把路修好，你和王军医就可以早点去看放在成都的三康了。

提起孩子，杨明业的情绪有些低落，自从上次把三康送到后方保育院去之后，一直到部队进入拉萨城，后方保育院才通过运输队捎来一封信，这封信是几个月前就捎出来的，告诉他三康已到达了保育院，让父母安心。这是一张报平安的纸条，他和王秀丽却当成了宝贝一样，翻来覆去地看了无数次，后来还是王秀丽把那张纸条收起来。三康现在怎么样，他们浑然不知，因为部队到了拉萨，运输部队往返一次几乎得大半年的时间，没有路，后方补给只能用马匹、牦牛运输，许多物资在过雪山时，因马匹或牦牛失蹄，又跌落到深不见底的峡谷中。也许三康他们这拨孩子，即便有消息传过来，也连同物资跌入峡谷，让他们的消息而石沉山谷。

杨明业是个男人，承受力还好一些，最受不了的就是王秀丽了，只要一提起孩子总是难过伤心。现在看来，大康他们出发前就送给林姓人家了，也是他们最放心的孩子。王秀丽时时在责备自己，要是在出发当初，狠下心来把二康也送人，也就不会葬在风雪路上。世上没有后悔药，有的只是后悔。每次想到风雪中的二康，王秀丽都要喃喃地说：那么冷的天，只把你留在了路上。妈对不住你。然后就是以泪洗面。面对女人的哭诉，杨明业也坐卧不安，他是父亲，虽然孩子不是他生下来的，但流着他的血液，也是十指连心，他又怎么能够平静下来呢？

今晚是和顾红旗告别，他不想因为自己的儿女情长败坏了战友的情谊。杨明业最放心不下的就是顾红旗的火暴脾气，为了这个不可控的脾气，顾红旗出其不意地取得了很多次战役的胜利，也因此，受了不少苦头，从团长降到运输连长，就是代表作之一。杨明业想到这放下杯子，直视着顾红旗道：红旗，你听我一句劝，以后把你的脾气得改一改，遇事要冷静。什么事你先别做决定，想一会儿，想不明白就找人说道说道，想通了，你再做决定。

顾红旗将双手搭在腿上，说了句：好。

杨明业又说：你现在有冷妮了，你不仅是一团之长，还是丈夫了，做事不但要为官兵考虑，你还要多考虑冷妮。

顾红旗又说了声：好。

杨明业说：我们现在是在高原上工作，不是内地，要照顾好自己的身体。

顾红旗已经控制不住自己了，眼泪流下来，滴落到衣襟上，他还是哽着声音说了声：老杨，我都听你的。我不放心你的身体呀。

眼前这个熟悉得不能再熟悉的战友，他们在一起摸爬滚打二十多年了，相互的了解程度比了解自己还要深刻。这二十多年中，他们已经成了连体人，你疼我也疼。眼看着就要分别了，顾红旗不仅难过，更是心疼。虽然他们都在西藏工作，但以后再见一面就不会那么容易了。

那天晚上，青稞酒让两人上头了。当满天繁星洒满天际之时，两人在帐篷外面告别了。杨明业还像以往一样，对前来接应顾红旗的李本田说：本田，照顾好团长，现在是，以后也是。

顾红旗也大着舌头说：小马，快扶杨政委休息，明天一早，你们还要赶路呢。

两人在夜晚一遍遍招手,直到两人都融入到了夜色之中。

第二天一早,杨明业刚走出帐篷,顾红旗已经集合了警卫连全体官兵,整齐列队在杨明业面前,见杨明业出来,顾红旗走过来道:政委,俺来送送你。

两匹马驮着杨明业和警卫员小马的全部家当出发了。当杨明业骑在马上时,顾红旗立在地上,向杨明业举手敬礼道:送政委出发。警卫连的全体官兵把枪口冲天,一个齐射,枪声打破了清晨的宁静。

杨明业在马上一步三回头地走了。顾红旗向前又追到了一个高冈上,挥着手一遍遍地喊:老杨,你要保重,身体撑不住就向组织提,我去换你……

杨明业也在挥手。

杨明业一走,顾红旗心里空了。入藏部队缺干部,新政府还没建立起来,顾红旗只能暂时兼任政委的角色。每次遇到事,他都会下意识地想起杨明业,嘴里喊着:老杨,老杨。喊过了,这才意识到,团部里只剩下他一个人了,心里就不免唏嘘上一阵子。他提笔想给杨明业写信,可提起笔,又不知说什么好,呆定好一阵子,却一个字也写不出来。

格桑顿珠

上个世纪五十年代初,解放军刚进入西藏时,西藏总体人口才一百万左右,入藏部队就有几万人。党中央、毛主席在部队入城之前就意识到了这个问题,做出指示:为了避免哄抬当地物价,维护当地藏民秩序,解放军再困难,也严禁到街市上购买粮食等一切日常供给。

在西藏进藏公路尚未打通,噶厦政府又不配合的情况下,18军做出自给自足的指示。于是,整个拉萨城内城外,随处可以看到身穿破烂军服的士兵,背柴、背草、炒青稞、磨糌粑的身影。驻扎在高处的藏军,喝奶茶、吃牦牛肉，一副悠哉的神情与解放军形成了鲜明的对比。

虽然，解放军大部队在入藏前，与噶厦政府派出的代表在北京签署了《十七条协议》，此时，解放军大部队已抵达了西藏的首府拉萨，但境外美、英等帝国主义并没有放弃把西藏问题拿到联合国框架内解决的企图，一直在国际社会上为西藏独立分子撑腰打气，甚至为身居亚东行营的达赖一伙做好了流亡的资助准备工作。表面上解放军已和平入藏，但在暗地里，藏独分子暗流涌动。

冷妮已怀有身孕，腰身已经明显了。他们文工团的任务是自力更生解决烧饭的问题，男队员翻山越岭去山上寻找柴草，她们女队员的任务就是拾牛粪。不仅他们文工团动起来了，所有的入藏官兵都在为生存想着一切可能的办法。拾牛粪的人多，牛少，就产生了供不应求的矛盾。因为有身孕在身，冷妮的活动明显不如别人敏捷了，有时发现一泡牛粪，她还没走过去，早就被别人拾到了筐里。后来她想了个办法，就是采用守株待兔的法子，她跟在牛的屁股后面，牛总有拉屎的时候，只要牛的尾巴往上一翘，凭经验，她就知道这是牛要拉屎了。马上紧走几步奔过去，牛粪拉出来，干爽几分钟后，再拾到筐里，每到这时，脸颊就涌现出一缕满足的绯红色。现在的冷妮已不是刚入藏时那个白白净净的女文工团员了，她和那些男兵一样，脸孔黑红，两颊上还有两朵标志性的高原红。因为有身孕在身，营养跟不上，双腿已经浮肿了，一按一个坑。

她和顾红旗结婚后，并没有真正地同住在一起，不仅是她和顾红旗，所有入藏的夫妻为了解决部队目前的困难，只有周末的时间才是他们相聚的时刻。即便这样，顾红旗顾及在官兵面前的影响，又加了一条规定，让她晚来早走。有时熄灯号都吹响了，她才偷偷摸摸地从文工团驻地出发，一路上不仅要躲避查岗的军官，还要躲开哨兵，为的就是尽量不引起别人的注意。有一次，她躲开了固定的哨兵，却没躲开流动哨，被几名不明真相的哨兵带到了师部，还是马师长出来解围，让哨兵把冷妮送到顾红旗的帐篷里。弄得冷妮又羞又臊，见到顾红旗，一下子扑在他的怀里，竟失声痛哭起来。那会儿，她还没有怀孕，两人正处在新婚期，见冷妮委屈地哭了，顾红旗的心里也不好受，第二天特意留冷妮晚走了一些，还把警卫员打来的一碗粥让冷妮喝了。自己牵着马，让冷妮坐在马上，高调地送冷妮回文工团。他的目的就是要让更多人看见，冷妮是他的女人，以后别认错了。

这种壮举也是仅有一次，又一个周末时，天还没亮，离吹起床号的时间还有半个小时，顾红旗就把熟睡冷妮弄醒了。两人新婚不久，正是春宵一刻值千金，冷妮不想走，又把自己的身体投向顾红旗怀抱，但不论怎么缠绵都是要离开的，闭着眼睛，难忍难挨地穿好衣服，便和顾红旗告别了。每次分别，就又是一周后相见了，这对新娘子的冷妮是种折磨，每次分手她都想哭出来。只要一走出帐篷外，冷风一吹便清醒了。她还要绕过岗哨，有时还得弯下腰，就像一名在战场上的士兵，每个神经都充满了十二分警惕。

冷妮怀孕后，顾红旗再见到冷妮时，看到她浮肿起来的双腿，也是一副难受的样子。她是他的女人，他不心疼谁心疼？可他又有什么办法呢？他只能留她早晨吃早饭。团长首长的早餐粥碗里总会比一般官兵多上几粒米，这是后勤处长特意规定的。全团论年龄杨政委调走后，就数顾红旗最大了，论资历也是名副其实的老兵了，每顿饭多几粒粮食，还有谁能有意见呢？起初顾红旗把粥碗推到冷妮面前时，冷妮不肯吃，眼泪汪汪地望着顾红旗说：我吃了，你不就得饿肚子？顾红旗说：你不吃，饿的是两个人，你自己还有肚子里的孩子。一想起孩子，冷妮的心就软了，顾红旗又安慰她道：一会儿俺去伙房吃。冷妮含着泪把饭吃下，离开顾红旗。顾红旗把裤带勒紧，提上马鞭，他又要开始一天的忙碌。

有一天，马师长骑着马来到团里，见到顾红旗把他拉到一边，莫名其妙地让他卷起裤腿。起初他不明白，弯下腰去执行师长命令时，他突然明白过来，不但放下卷了一半的裤腿，还做出要把两只腿藏起来的举动。腿又如何能藏起来呢？最后还是马师长命令他，把裤腿卷起来。马师长弯下身子，在他的双腿上按了按，自然留下了坑。这是浮肿的通常表现。马师长立起身来时，眼圈就红了，哽咽着声音说：我们的军官都这样了，何况我们的士兵。马师长为了不让眼泪流下来，竟把头仰起来，平静片刻，恢复了常态望着远处的雪山说：红旗呀，以后中国人的日子会好起来的，能吃饱饭，有衣穿，后人是不会忘记我们的。说完重重地拍了拍顾红旗的肩膀又说：党中央和西南军区的首长都想着我们，就是自己勒紧裤带也想方设法给我们调运粮食，可我们现在是没有路可走哇。有一批物资，从香港经印度，再从亚东运过来，上级说是货物已经运出来了，什么时候到还不好说。告诉全团官兵们，让我们再勒紧裤带过一段苦日子。

一天下午，顾红旗正坐在帐篷外门前一块石头上擦枪，李本田气喘着跑了过来，两眼放光地道：团长，格桑顿珠头人想见你。

顾红旗站了起来，在他的印象里，不认识这个格桑顿珠，他正迟疑时，李本田就一拍大腿说：上次你让我买酒，就是格桑顿珠头人卖给我的，还送了我一袋炒青稞。

上次李本田神秘地买来了两瓶青稞酒，事后他问过李本田酒到底是从哪里来的，李本田梗着脖子，冲天发誓说：团长，我没违反纪律。铁嘴钢牙的李本田这样表态，顾红旗把心也就放下了，他对李本田是信任的。但听说格桑顿珠找上门来了，他狠狠地瞪了眼李本田，李本田意识到团长目光的含义，又解释道：肯定不是为了那两瓶酒，我给人钱了，况且，是人家主动要卖的。

顾红旗不知是福是祸，但他知道不论祸福躲是躲不掉的，便大声说：还不快把人请过来！

李本田又颠颠地跑出去。李本田再回来时，他身后跟着的不是一个人，而是几个人，确切地说，有一老一少跟在李本田身后的近处。远处，还有四个藏族人，都是仆人打扮，四个人重重地抬了一只箱子。顾红旗扔下马鞭，收起枪，张着手迎上去，他打算让李本田快去叫藏族翻译，没想到，那位年长的头人上来就是一句夹杂着四川口音的汉话：首长好。顾红旗怔了一下，还是给这位叫格桑顿珠的头人敬了个军礼。

头人并不胆怯，似乎早已是和顾红旗老熟人般地把身边的一个藏族小伙子往前推了推道：首长，你还认识他么？

顾红旗抬眼打量，见这位小伙子二十出头的样子，显得文质彬彬，似乎眼熟，但他又不敢确定，便摇摇头。

小伙子也不怯生，上前一步道：首长，我叫格桑庆怀，在拉贡恩达，是你给了我五块银元，还有一匹马，我才从拉贡恩达回到了拉萨。

顾红旗突然想了起来，在拉贡恩达他们伏击溃散下来的藏军，最后抓了一批俘虏，格桑庆怀就是其中之一。根据上级对待俘虏的政策，发放路费，让他们各自回家。

在顾红旗呆怔的过程中，格桑顿珠上前一步施礼道：谢谢首长，是你们把我儿子格桑庆怀放了回来，不仅毫发未伤，还比离家出走时胖了一些。

格桑庆怀就是在昌都战役打响前，受噶厦政府的蛊惑参的军，没料到，这些临时凑起来的民兵根本没有挡住解放军入藏前进的脚步。

格桑顿珠是拉萨城里的一位头人，在郊区有地有牦牛、马匹和若干房产。以前他在英国留过学，也去过成都，在甘孜也有一批好朋友。格达活佛、邦达头人都是他的好朋友。他们在一起时也经常讨论过当年的红军，以及西藏当前的局势。他学过西藏历史，当然了解西藏自古就是中国领土的这一事实，对噶厦政府还有一部分分裂分子企图把西藏独立出去的想法自然不满意。后来，他也得到格达活佛在昌都被英国特务毒死的消息，他不仅痛心，还感到深深的绝望。后来昌都解放，他以为被噶厦政府骗去的儿子再也回不来了，没想到若干天后，儿子格桑庆怀竟奇迹般地回来了。之前他没有接触过解放军的队伍，他是从儿子口中听到的关于解放军的一切消息。儿子讲解放军多么仁义，不仅给他银元，还给他马匹，让他有交通工具，这些天他脑子里灌满了关于解放军的一切。

后来，解放军入城，举行完入城仪式之后，又把队伍调到了郊区，对城内的达官贵人和百姓秋毫无犯。这一切，他一一看在了眼里。几天前意外地在家门口看到了出来买酒的李本田，他看到这个小解放军正一脸愁容，他主动上前询问有什么困难可以帮助。李本田就把自己的首长要送另外一位首长，让他出来买两瓶酒的经过说了，他当时就拿出了两瓶酒让李本田带上,还把一袋炒青稞塞到李本田怀里,李本田把两块银元扔下就跑,一边跑一边说:要是钱不够,我再回去取。通过这件事,他更加相信解放军是真心实意来帮助西藏人民的。于是他做出了决定,让仆人备好一箱礼品,他要亲自拜会部队的首长,以表达自己的感激之情。

当格桑顿珠从顾红旗这里真正了解部队缺衣少粮的实际情况时,格桑顿珠做出了决定,开自己的粮仓向解放军卖粮。

格桑顿珠这一举动,不仅惊动了解放军的全体官兵,同时也惊动了噶厦政府的鲁康娃和洛桑扎西。他们咬牙切齿地骂格桑顿珠是叛徒,并派人暗中监视格桑顿珠一家人的举动。

艰难时期的爱情

从香港绕道印度的那批粮食终于到了,顾红旗接到了去亚东运送粮食的任务,他带着全团,牵着骡马牦牛又一次出发了。留守人员和家属都来送行,不是担心他们运送粮食有多危险,而是他们出发,将要带回所有人的希望。送行的人眼巴巴地冲着出发的队伍挥手告别,出发的队伍不仅能带回来让他们暂时能吃饱的粮食,还有他们期待的种子。接到上级的命令,他们要自力更生,开荒种地,发扬在延安大生产的精神,自给自足,誓要把西藏变成江南的鱼米之乡。许多没参加过延安大生产的干部战士,把延安时期的大生产当成了一个美丽的传说,只要听到《南泥湾》这首歌,便会对延安往事心驰神往。

上级已经下达了命令,他们也将在西藏生产种植,建设好他们未来美丽的家园。顾红旗骑在马上,向冷妮告别,冷妮的身孕让她有身形了,她站在顾红旗面前一手捂着肚子,另一只手挥舞起来在向顾红旗告别。两人到了拉萨之后,还是第一次分别。先是冷妮红了眼圈,仰望着马上的顾红旗,小声说:早点回来。平淡的一句话,让顾红旗觉得有声巨雷在心口滚过。从参军到现在，该打的仗都打过了，战争让他的性情变得粗犷豪放。在别人眼里，他早已把儿女情长抛到脑后了，自从冷妮走进了他的生活，他的性情变了，不像以前那么暴躁，容易发火，遇到事情他也能平心静气了，心里总是美滋滋的，笑容也总是挂在脸上。每个周末与冷妮见面时，他都会用自己的身躯严严实实地把冷妮拥裹了，一遍又一遍喃喃地贴着冷妮的耳朵说：女人真好，你真好。他的话语，让冷妮的身子一遍又一遍地热起来。也就是从那一刻开始，顾红旗开始细腻起来，早晨不等冷妮起来，他就把洗脸水打好，还把冷妮的牙刷上挤上了牙膏，这些工作他全包了。弄得李本田都有意见，跟在他屁股后一次次说：团长，你是不是嫌我多余了？顾红旗就怪异地盯着李本田，温柔着声音说：俺是照顾自己老婆呢，关你啥事？李本田咧开嘴，就被噎在那里，又是不知如何是好的样子。

李本田每天早晨从炊事班打来的青稞粥，顾红旗要看着冷妮吃得丁点不剩才会放下心来。起初冷妮舍不得喝这碗粥，她知道，上级为了爱护这些指挥员，特批了一些青稞，炊事员煮粥时比其他战士总会多上几把青稞，粥和战士灶相比就会稠一些。她担心顾红旗让给她自己会挨饿，起初总是象征性地吃点，顾红旗不高兴，就批评冷妮说：你是个军人，就要服从命令，你现在不是为一个人在吃饭，而是两个人。咱们的孩子以后还会成为接班人，你可以不考虑自己，怎么能不考虑革命接班人呢？自从杨明业被调走后，他一人要当团长还要兼任政委，口才得到了明显提升，说话逻辑清晰，也变得一套一套的。冷妮这粥便不能不喝了，她是在完成革命接班人的任务。每到这时，顾红旗都故作轻松地说：一会儿俺去和战士一起喝粥去。每次冷妮离开后，顾红旗都要把一杯白开水喝下去，然后把腰带紧一紧，有几次被李本田看见了，李本田把自己的粥碗递到顾红旗的面前央求道：团长，求你了，把这粥喝下去吧。顾红旗就故作轻松地挥下手道：你别扯这个，俺不饿。

李本田的眼圈就红了，哀求道：团长，你还有那么多工作，一会儿还要往荒地上运送牛粪，都是体力活，不吃点咋行啊？顾红旗挥下手，轻描淡写地说：咱们现在的日子比过去行军打仗时强多了，放心吧，团长不会有事的。说完提上马鞭，肚子不争气地"咕噜"响上一阵，他站在帐篷外，深吸一口气，把吸到肚子里的这口气压到肠子里，让肠子里的气再排出去，一切妥帖之后，他挺起腰杆，该干啥又干啥了。

杨明业被上级调到筑路部队，王秀丽却留在团卫生队，最近接到上级通知，她到新筹建的医院去报到。说是医院，其实就是一溜干打垒的土房子，房顶上装成铁皮壳子，每个门前都安了一个门帘。最近相传，军区要成立了，当然一切都得按照军区架构来筹备，除了一部分干部战士每天开荒运粪之外，还有一部分人在建房子。他们一到达拉萨一直住在帐篷里，他们要在这里长期扎根，不能少了营院，这是军营的象征，已经有一批干打垒的房子一排排地建了起来。

王秀丽这阵子没事经常会找到冷妮，她以过来人的身份，讲些孕妇的常识，更多的时候，她会叨叨起她的孩子们，每次开口她都会说：离开乐山这都两年了，大康不知长高了没有。想起大康她的目光是悠远的，望着远处的雪山，似乎目光已经穿透千山万水，又回到了乐山。那户农家小院里，大康胖了还是瘦了，那是一双母亲惦念又牵肠挂肚的目光。目光在悠远又绵长中，陡然会变冷，她一定是又想起二康。二康仍在风雪中等待着他们，二康从小就怕黑怕冷，当初把二康葬在雪地里，她趴在二康的坟前一次次答应二康，等他们到了拉萨就接二康回来，让他不要怕。杨明业接到上级筑路任务后，出发时，她千叮万嘱地和杨明业说过，让他把路一定要修到二康坟前，然后把二康带回来。她这么说时，杨明业把身子背过去，用力地点了点头。她知道，丈夫怕她看到眼里的泪水。杨明业参加了筑路大军，也把她的愿望牵走了。她的目光在冰冷中渐渐地又暖过来，她又想起了三康，一个月前，她收到了辎重队伍从后方带来保育院的信，信是保育院长写的，信中告诉她，三康一切都好，让她放心，她再看这封信日期时，已是半年前的信了。有消息总比没有消息好，三康刚出生就送走了，连口奶水都没有喝上，想起三康刚出生时干干瘦瘦的样子，她心里就难过得要死要活。怀三康时，她一直在进藏路上，要吃没吃，要喝没喝的，三康又怎么能胖？刚出生时，三康的哭声都是微弱的，她担心孩子活不过来。现在三康安然无恙，她在内心是感激保育院这些阿姨的，她们是怎样的一些女人，用自己的心和爱来呵护他们这些进藏子女的。

入藏之后，有些家属的孩子出生了，父母哪有一个愿意把孩子和自己分离的？希望孩子留在自己身边，无论苦乐，都想一家团圆在一起。有些父母便尝试着，把孩子留在自己身边。可事与愿违，这些出生不久的孩子，很快就患上了高原症，相继离开了他们的父母。失去孩子的父母是怎样的悲伤呀，他们的哭声穿透了雪山和蓝天，那么撕心裂肺，又悲伤无助。

后来军里做出决定，凡是在西藏出生的孩子，一律送到后方保育院抚养。这是命令，必须服从，山高路远，都是一些男军人护送，有的孩子在运送路上便夭折了，消息传回来，自然又是一片悲伤。即便这样，也得往后方送，送到后方还有生存的机会，凡是最后能送到保育院的孩子，都命大命硬。

因为孩子的话题让王秀丽和冷妮走得近了，王秀丽经常用担忧的眼神望着冷妮日渐凸出的下腹，然后说：不知你们这孩子是男是女，也不知未来怎么样。

冷妮自从怀孕便也开始关心起孩子的命运了，是男是女她倒不在意，只求孩子能够平安地送到保育院去。这就意味着，孩子出生后即将离她而去，何时再次能见到孩子，她自己都不知道，与即将出生的孩子分离，虽然没降临到她的面前，她似乎已经体会到了。然后就安慰自己又似安慰王秀丽地道：等以后咱们结伴一起回四川看望孩子。

冷妮经常陪着王秀丽站在一处高冈上，向四川方向遥望，那里有大康、三康，让王秀丽惦念。冷妮手扶着日渐凸起的肚子，想象着未来肚子里的孩子被送走时的情形，心就又一次碎了。

大约在两个月后，顾红旗回来了，这次不仅运来了党中央的救命粮，还捎回来了种子。除了这些，他还为冷妮带回来了由尼泊尔匠人制造的一只暖手炉，上面还镶着银饰品，很精致美观。这是顾红旗第一次送冷妮礼物。自从结婚后,他发现冷妮的手脚总是冰冷,他们相聚的时候,他总是会用怀和手去焐,那会儿他的愿望就是想让冷妮暖和起来。

冷妮看着这只精美的礼物,激动的话都不会说了,她爱不释手地一次次把玩着,半晌,才喃喃地说:这么美,都可以当传家宝了。

顾红旗望着娇小的冷妮,想起在乐山时,他和马师长站在台下,一眼就看中唱歌的她。后来,又不由分说地嫁给了他,面对这样一个女人,他又怎么能辜负她呢?他曾发过誓,要用自己的一生去呵护自己的女人。看着冷妮吃苦、挨饿、浑身浮肿,他恨不能去替冷妮怀孩子。有一次,他当着冷妮说:都怪我,在这个困难时期,不该让你怀上孩子。冷妮握住他的手,坚强地说:别人能生,我也能生。我是你的女人,就该为你生孩子。以后让孩子也像你一样,当一名英雄。他听了冷妮的话,死死地把冷妮抱在怀里。他无法形容对冷妮的爱。不论如何,他都觉得对不住自己心爱的女人。

冷妮自从有了这只暖手炉,她如获至宝,不论走到哪里都会带在身边。西藏没有木炭,便用烧过的牛粪放到里面,虽然热度坚持不了多久,但她却暖在心里。这是顾红旗送给她的礼物,是自己的男人对她的怜爱和关心,虽然只是只小小的暖手炉,在她心里却像火热的太阳。

水深血浓

冷妮浮肿程度在不断地加剧,起初先是双腿,后来延伸到手臂,一按一个坑。顾红旗带着冷妮,找到了医院。王秀丽带来几个医生一起给冷妮会诊,他们围着冷妮看了一眼,很快得出结论,冷妮浮肿的病因就是长期缺乏维生素导致的。不仅冷妮这样,许多入藏官兵都得了这种病。他们现在不仅缺粮少盐,而且连棵青菜都见不到,又如何保证维生素?

肚子里的孩子月份越来越大,不仅冷妮需要营养,肚子里的孩子更急需养分。顾红旗很愁苦，急得直转圈。部队现有的供应，别说吃饱，能吃个半饱就不错了。每天的三顿饭，变成了两顿，早晨永远是清汤寡水的稀饭，晚上是半稠的粥饭。除了后勤的官兵之外，所有的人都参与了种地的工作。上级指示他们，要在西藏自给自足，学习南泥湾精神，把西藏打造成小江南。正是春耕的时候，一部分人往新开垦的田地里运送肥料，一部分官兵起垄播种。干的都是体力活，因长期吃不饱饭，许多官兵干着活路，头一栽，就晕倒在田地里。

文工团男队员也参加了运送肥料的工作，女队员则满山遍野地捡拾牛粪。冷妮挎着粪筐，提着一支木棍，拖着笨重的身子，跟在一群牛后面。只要发现哪头牛翘起尾巴做排泄状，她便奔过去，提着粪筐做好了准备。半天下来，她已经拾了好几筐牛粪了。出于身体原因，韩团长劝她在家歇歇，她又怎么能待得住？所有人都热火朝天忙春耕，她不能拖大家的后腿。她笑着冲韩团长说：团长，我能行，不就是做拾粪的工作么？又不是什么体力活。

话虽然这样说，半天下来，她就觉得浑身乏力，气喘得厉害，两眼不时地冒着金星。身体越发觉得沉重。

又有一头牛翘起尾巴，她忙冲过去，还没走到牛的近前，眼前一黑便晕了过去。当她醒来时，发现眼前是那么陌生，她再定睛打量时，才发现这是一个藏族人家的房屋，她躺在床上。她要挣扎着坐起来，一张慈祥中年女人的脸浮现在她的眼前。这是一张藏族妇女的脸，一边关切地望着她，一边说着什么。她听不懂藏语，只听懂一句：金珠玛米。这是藏族人对解放军的统称，有尊重、喜欢的意思在里面。

阿妈见她要下床，用手示意她不要动，转过身去，从屋内火炉上端来了一碗煮好的酥油茶，一边用嘴吹凉，一边拿起一只小勺，舀出来一点，送到她的嘴边。在进藏的路上，她喝过酥油，又腻又膻的味道。有的酥油都变质了。可官兵们为了有力气爬雪山，还是捏着鼻子，把酥油喝下去。现在想起来，这是她记忆中最难吃的食物了。眼前的阿妈煮的酥油茶则不然，不知是因为加工过了，还是别的什么原因，在她眼前，正散发着一种奇异的香气。她先是拒绝，因为部队有纪律，不拿群众一针一线，她怎么能吃人家的东西呢？她的躲闪，让藏族阿妈急了，又说出一串她听不懂的藏语，坚定地做出让她喝下去的动作。这时，她的肚子不争气地又咕噜了几声。阿妈的目光盯在她凸起的肚子上。阿妈一边说一边比画着她的肚子，她有些明白了，阿妈是在说她腹中的孩子。阿妈的样子，似乎急得要哭出来。她只得顺从地坐起来，让阿妈的勺子送到自己的嘴边。又香又甜，满满的茶香，浓浓的一口酥油茶流进她的口中，忍不住浑身哆嗦了一下。她觉得这一口酥油茶，是她这辈子喝过的最好的美味。

喝了几口之后，她从阿妈手里把碗接过来。藏族阿妈坐在她的对面，脸上露出开心的笑容。她捧着碗的手在抖颤，眼泪止不住流下来。一旁的阿妈，看着她的眼神一副心疼的样子，嘴里不停地念叨着什么。

她把满满一碗酥油茶喝光，觉得力气又回到了她的身上。她下床，穿鞋。阿妈又做出让她躺下休息的样子。她摇着头拒绝了，透过窗子，她看见外面的光线已经西斜了。她走到院外，阿妈随后出来。到了外面她才看见，她的拾粪筐已经被装满了牛粪。不是鲜牛粪，都是一些干粪便。这才看见，一位藏族阿爸站在粪筐旁，眯着眼睛冲她微笑着。她不知说什么好，不停地举起手来，给阿妈和阿爸敬礼。她知道，自己说太多的感谢话，他们也听不懂。

当她弯腰要把那筐牛粪挎走时，阿爸把她的筐挎起来，做出要送她的样子。她不肯，自己晕倒了，一定是好心的藏族阿妈、阿爸救了自己，又让自己躺在人家床上休息。喝了酥油茶，阿爸又把她的拾粪筐装满了牛粪，现在怎么能麻烦人家替自己送回去呢？她说什么也不肯，比画着，表明自己能行。阿妈一边叹气，一边指着她孕身的肚子，着急地说着什么。她只能依从阿爸的意思。她在前面带路，阿爸随在后面。

晚上，她见到顾红旗把白天的经历说了。顾红旗先是蹙起眉头，听她讲述。待她讲完，顾红旗这才把眉头展开，学着杨明业的样子，背着手走了几步。自从杨明业调走后，他不仅要当团长，还把政委的工作兼了起来。于是举手投足，就有了杨明业的样子。顾红旗琢磨一会儿道：藏族群众救了你，咱们应该感谢人家。这是其一。另外，咱们的工作还要团结藏族群众，让更多的藏族人相信我们解放军。说到这儿，顾红旗停顿下来，挥了下手道：明天，你带路，我找个翻译过来，去登门拜访。

冷妮听了顾红旗的决定，认可地点了头。在她的内心，她也真心实意地感谢这对藏族的阿爸和阿妈。

第二天一早，三个人骑着马就去了这户藏族人家，离老远，顾红旗就从马上下来，让冷妮走在最前面，自己带着翻译随在后面。见门前来了人，那对藏族夫妇迎了出来。站在院内，不远不近地把目光投向他们。阿妈一眼认出了站在前面的冷妮，才惊叫一声，上前把院门打开。

这次顾红旗唱主角，说了一堆感谢的话，还从兜里掏出两块银元，递了过去。那位阿妈受了惊吓似的向后退去，不停地摆着手。翻译告诉顾红旗：他们不要这个钱，冷妮生病了，又怀着孩子，让顾红旗拿上钱去给冷妮治病。

顾红旗执意要把银元给这位阿妈，阿妈坚决不要。顾红旗转身，塞到那位阿爸的衣兜里。阿爸又要把钱掏出来。顾红旗按住阿爸的手，通过翻译告诉这对藏族夫妇：你们昨天救了俺的老婆，又喝了你们的酥油茶。收下钱是应该的。解放军有纪律，不能白拿群众的一针一线，要是你们不收这钱，她就犯错误了。

这对藏族夫妇听了顾红旗这话，才不安地把钱收下。

阿爸告诉顾红旗，自己有两个儿子，在云南到西藏的路上跑马帮，去年被一伙山匪打劫了，连马带货和人都劫到了山里。是路过的解放军，把他们救了出来。他们一直想感谢他们的救命恩人，可是一直找不到机会。正巧，昨天，冷妮晕倒在自家门前不远的地方，被夫妇俩发现了，才发生昨天救冷妮的事。

阿妈还告诉顾红旗：正是因为解放军来了，山里的土匪被打跑了，他们的两个儿子，现在可以放心地跑马帮了。还说：这次认识解放军的首长了，等两个儿子回来，他们要带上两个儿子去军营感谢解放军。

听完老两口的叙述，顾红旗也一副百感交集的样子。冷妮上前，又向阿妈、阿爸说了些感谢的话。当他们要告辞时，阿爸再次制止了他们。阿妈回到屋内，片刻，阿妈再次出来，她手里多了一个布袋。到了近前，打开布袋，递给冷妮，布袋里面装着糌粑、奶酪、用酥油炸过的蕨麻点心。冷妮后退着，做出拒绝的动作。阿妈眼圈红了，指着冷妮的肚子说：大人可以挨饿受苦，孩子不能缺少吃食。你们解放军，这么远为我们而来，我们帮不上什么忙。请收下他们的一点心意，这是他们一家献给解放军的一点回报。

翻译说完，冷妮望眼顾红旗，她看见顾红旗也潮湿了眼睛，并示意她收下。

顾红旗又一次千恩万谢地向他们道了谢。走出院门，回过身子，认真地给这对中年夫妇敬了一个军礼。

他们走出很远，这对夫妇还站在院门口，手搭凉棚目送他们远去。

这一对好心的藏族夫妇，大叔叫波杰次仁，阿妈叫拉姆。一次意外的邂逅，让冷妮感受到了藏族人民的友好和温暖。到了拉萨之后，她见过太多的藏族奴隶，他们见到藏族的达官贵人，远远地就跪在地上，匍匐下身子，眼睛都不敢抬一下。就是见到了他们汉人解放军，也会远远地退到一旁，努力地把腰弯下去。直到在他们身边走过很远，他们才会把弯下去的腰直起来。冷妮有几次，遇到这样的藏族同胞，都会走过去，伸手把他们扶起来，可他们就是不肯起来。你越走近，他们的腰弯下去越低，一副惊恐的样子。

有一次，冷妮见到过一个藏族小男孩，光着脚，穿着破衣烂衫，头发像杂草一样地蓬乱。小男孩见了他们就跑，因为慌不择路，摔倒在一片乱石堆里。当时，是师兄王栋才带着他们几个文工团员往地里送粪。师兄跑过去，抱起那个受伤的小男孩。小男孩惊恐地颤抖着身子，想哭又不敢哭。小男孩的膝盖和手肘都摔破了。他们当下决定，带小男孩去医院里包扎。王栋才抱着男孩往医院方向走，男孩的浑身颤抖不止，不发声，眼泪止不住地流出来。冷妮看出男孩的惊恐，便用自己的手拉住男孩的小手，希望给他以安慰。男孩的目光望了她一眼，就受惊似的躲开了，目光无处安放。

王秀丽给男孩包扎好伤口，翻译过来询问男孩情况时，才发现男孩并不会说话。当王秀丽给男孩做进一步检查时，发现他只有半截舌头。所有人都惊呆了。后来冷妮才听说：那个男孩的母亲是位当地头人家的用人，孩子出生不久，头人就下令，把男孩的舌头割下了。理由是，男孩的哭闹会影响到头人一家休息。当冷妮听到这个结果时，默默无声地哭了。自从到了西藏之后，她见过太多这样的藏族奴隶，他们没有任何权益，主人随便鞭打伤害。他们在主人眼里，还不如那些牛羊。进藏前，冷妮和战友们就了解到，西藏还是原始的农奴社会。奴隶没有自由，没有自己的房屋，和牛羊住在一起。到了西藏之后，他们才了解，农奴比他们了解的情况还要凄惨。

冷妮每次看到这些农奴的生活，心里就有说不出的滋味。解放军来了，就是解放这些最底层的藏族农奴的。可眼下，还有太多的阻力，藏族群众在少数分裂分子的煽动下，并不了解这批解放军进藏的真实用意。他们惧怕解放军，甚至仇恨。有些人还向他们扔石块，吐口水，远远地躲避着他们。

与波杰次仁和拉姆夫妇邂逅不久的一天中午，这对藏族夫妇竟然找到了他们驻地。波杰次仁手里还提了只木桶，冷妮远远地看到了他们，便热情地迎了上来。到了近前，才知道，夫妇俩是给冷妮送牛奶的。拉姆阿妈一边指着冷妮的肚子，一边做出喝牛奶的动作。冷妮明白，拉姆阿妈是让她更好地照顾肚子里的孩子。从小就是孤儿的冷妮，看到此情此景，不免又红了眼圈。望着拉姆阿妈，又想到了自己的母亲，心情就复杂起来。

因为部队有纪律，这桶奶，她要也不是，不要也不是，摸遍全身，发现自己身上并没有带钱。老两口似乎看出了她的用意，把一桶牛奶放下，转身就走，任由冷妮怎么喊，他们也不再停下。

晚上，见到顾红旗之后，冷妮又把白天发生的事说了一遍。顾红旗沉吟了片刻，盯着冷妮说：妮子，这段时间，有空你就多去波杰次仁大叔家坐坐。我们当前的工作重点，是要团结藏族群众，通过他们宣传我们解放军解放西藏的目的，让藏胞了解我们，这样才能信任我们。

自从顾红旗兼任团政委以来，他变了，变得爱动脑子，说话办事，也不像以前那样不讲策略了。他和杨明业分手时，杨明业对他说过的话，他已经牢记在心了。最初的时间里，他并不适应，遇到事还会发火，想骂人。可一想到，他现在不仅是团长，还是政委。以前他不管不顾，出了事有杨明业兜着，他毫无顾忌，一心当好他的团长就可以了。现在他有两个身份，说话办事，总是考虑好了再说出口。那个天不怕地不怕的顾红旗不见了。

他这么说过了，冷妮就担心地说：我不会藏话，也没法和他们交流哇。

顾红旗就拍一下腿说：妮子，你这么年轻，脑子又好使，不会可以学呀。不仅你，我们也都得学。以后地方政府建立起来，我们天天得和藏族同胞打交道，不会说藏话怎么行呢？

一句话提醒了冷妮。顾红旗这么说，不仅是对她的要求，也是命令。

第二天抽空，她又从家里找出块银元，来到了波杰次仁的家，老两口又一次热情地接待了她。一来二去，他们之间渐渐地熟悉起来。波杰次仁夫妇，隔三岔五地就来到部队驻地给冷妮送奶，冷妮每次去送钱，他们都没有收过。

经过一段时间的交往，冷妮真的学会了一些藏话，慢慢地她才了解到，拉姆阿妈是真心实意地喜欢她，喜欢这些解放军，一遍遍地说：要不是解放军，她那两个跑马帮的儿子就再也不会回来了。拉姆阿妈说：自己一直希望有个女儿，可天不遂愿，却给了她两个儿子。每每这时，拉姆阿妈都会拉着冷妮的手，目光慈祥又温柔地盯在她的脸上，看了又看，无以言表的样子。

冷妮何尝又不是如此呢？她从小没了爹娘，一直渴望家庭的温暖。部队每到一地，许多战友都会抽空写家书，唯独她孤零零地坐在一旁，想念着以前有家时的样子。她开始羡慕那些有恋人、有父母的战友了。后来有了顾红旗，让她重新又有了家的概念，每次夜晚来到顾红旗的帐篷前，远远地看到帐篷内传递出来的灯火，她的心同样是透亮温暖的。

在拉姆阿妈面前，她又一次想到了家，想到了母亲，心里就别样起来。后来，她成了拉姆阿妈家的常客，她的到来，也让波杰次仁大叔和拉姆阿妈忙碌欢愉起来，他们把家里最好的食物拿出来与她分享。经过一段时间的交往，她的藏语水平突飞猛进，她现在不用翻译也能和拉姆阿妈和波杰次仁大叔交流了。

顾红旗也开始学习藏语了。部队的官兵已接到上级指示，利用空闲时间，都在学习藏语。按马师长的话说：学藏语是新时期的需要，我们学好藏语，才能和藏族人民打成一片，群众是水，我们是鱼。没有水，我们这些鱼就得饿死，干死。

每当夜幕降临，在田间里劳作了一天的干部战士，集合在空地上。有的点亮汽灯，有的点着火把，在翻译的带领下，一字一句地开始学习藏语。

顾红旗的衣兜里多了一个小册子，上面油印着一些常用藏语，他记不住发音，就请翻译在上面用汉字注明，然后磕绊着一句句练习发声。因为他的发音生硬，又不够准确，经常逗得冷妮大笑不止。遭到了冷妮的嘲笑，顾红旗也不好意思起来，抓抓头皮，嘿嘿地一笑道：我这舌头比鞋垫还硬。冷妮忍住笑，就一句句纠正着顾红旗的发音。

藏族的林卡节到了。有一天，拉姆阿妈又一次来到军营找到冷妮，说明来意，希望冷妮带上顾红旗，还有她的战友，一起去参加他们的林卡节。后来还补充道：两个儿子从云南回来了，也会一起参加他们的节日。

受到了拉姆的邀约，顾红旗和韩团长都很重视，这是一次走进藏族群众的好机会，他们自然不肯错过。韩团长把文工团的人集合起来，讲明了参加藏族节日的重要性，当然也强调了纪律，他们希望通过这次活动，能拉近和藏族群众的感情。

他们到了西藏才知道，属于藏族人民的节日有很多，比如：藏历新年、酥油花灯节、楚布寺跳神节、烧香节、朝山节、雪顿节、燃灯节等等。

林卡节是在每年的夏季，劳作了整个春季的人们，在林地里席地而坐，带上各自家里做的点心、酥油茶等，以庆祝农耕完成，期待着丰收的心情，欢度自己的节日。

波杰次仁和拉姆阿妈的两个儿子，正巧从云南回来，赶上了林卡节。这是两位脸膛黑红的藏族汉子。因为他们长年跑马帮，他们身体强壮，性格也像阳光一样透亮。他们还学会了汉话，和冷妮他们交流起来并没有困难。

马帮是自古就有的行业，他们马帮兄弟从云南运来茶、油、盐等物品。他们去云南时，又会带上藏族的特产，比如奶酪、糌粑、牛肉干等物品。是马帮兄弟，架起了一条西藏通往内地商业物资的桥梁。

那次，兄弟俩还讲起了一年前的往事，他们马帮被一伙山匪劫持了，正是云南入藏的解放军，把他们解救出来。从此，他们就把解放军当成了救命恩人，回到拉萨后，就宣讲解放军的好处。

林卡节往往会连续数日，两个跑马帮的小伙子，还献唱了传统的藏族歌曲。文工团自然也不会错过这个机会，他们一首接一首地唱歌，把到西藏后，宣传民族政策的歌曲和节目都带来了。欢声笑语间，吸引了许多藏族同胞前来围观。

顾红旗看到这样的场面，就拉过韩团长的手感慨道：你们宣传队，是播种机，走到哪里，就把咱们解放军和组织的政策唱到哪里，你们功不可没。

那一次林卡节，后来吸引了更多的官兵参加，为以后的军民大融合，迈出了第一步。

冷妮自从有了波杰次仁大叔和拉姆阿妈的照料，身体一天天地好了起来。她浑身不再浮肿了，脸孔红润。怀着的孩子，似乎也有了力气，在她肚里不断地踢腾着。每到这时，冷妮都会惊奇地叫过顾红旗道：孩子又踢我了。

顾红旗这会儿就伏下身，把耳朵小心地放到冷妮的肚子上，一遍遍地听，然后自豪地咧开嘴笑道：俺儿子以后肯定是条好汉。

冷妮就嗔怪道：孩子还没生呢，你怎么就知道是儿子？

顾红旗就一脸严肃地说：俺说是儿子，就一定是儿子。

血 太 阳

根据党中央和西南军区指示，西藏因战略地位及当前的形势需要，于1952年2月10日，西藏军区正式成立。张国华任第一任军区司令员，谭冠三为政治委员，同时吸收阿沛、朵噶·彭措饶杰为军区副司令员。

西藏军区的成立，无疑给噶厦政府一些分裂分子当头一棒，他们原计划，想拿出当年对付清朝军队和国民党驻藏官员的办法，断粮，断供，拒不配合的办法，把解放军排挤出西藏地区。让他们没料到的是，解放军不仅开荒种田，自给自足，还成立了军区，拉开了常驻的架势。噶厦政府的鲁康娃等人坐不住了，在3月份传统祈愿大法会期间，搞了一个伪"人民议会"的组织，向布达拉宫提交了一份所谓的《西藏人民请愿书》，要求修改《十七条协议》，并提出撤走解放军。噶厦政府很快批准了这份请愿书。代理摄政的鲁康娃、洛桑扎西等人前往西藏工委，态度强硬地递交了所谓的请愿书。他们还做好了文的不行，来武的准备，把驻扎在日喀则的藏军大部队也调到拉萨附近，时刻准备以武力来威胁，让西藏工委来接受他们的请愿书。递交的请愿书自然遭到了西藏工委负责人张经武的驳斥。这些分裂分子，见文的不行，就直接来武的了，入夜，上千名藏军和民兵把西藏工委包围了。他们跳上房顶，占据了有利地形，架设了机枪和山炮，战火一触即发。

军区成立之时，顾红旗便被任命为守备区的司令员。西藏工委的电话是夜半时分把顾红旗惊醒的，告知了目前所处的危险，并请求部队增援，保护西藏地方工委的安全。

顾红旗接完这个电话，几乎从床上蹦了起来，他穿衣戴帽，抓起马鞭，还不忘冲门外的李本田命令道：让司号员吹紧急集合号。他这一连串动作，只在几分钟内完成的，把在睡梦中的冷妮惊得目瞪口呆，她捂着胸口，虚着声音问：出啥事了？走到门口的顾红旗这才想起冷妮，他立住脚，回过身冲冷妮笑了一下道：没啥，队伍演习。挥了下手，又补充道：你睡你的，俺去去就回呀。顾红旗把即将到来的危险说得风轻云淡。

顾红旗带着队伍在几十分钟后，对这些藏军实施了反包围。在这期间，这些分裂分子派出的代表一直在西藏工委门前大吵大闹，把警卫排的人都逼到了墙角，有几个过激分子还把一处房屋点燃了，大火正熊熊地燃烧着。顾红旗实施反包围后，命令各连队的机枪手占据了有利地形，以此威胁这些藏军和民兵组织。见自己被包围了，那些藏军和民兵就有些松动。他们在昌都领略过解放军的厉害。这些解放军打起仗来生死不惧，还不断地穿插，出其不意地插到他们身后。那些日子，他们有如惊弓之鸟。没有参加过昌都之战的藏军，也听过关于解放军的种种传说，队伍一被包围，他们的斗志就泄了一半。

顾红旗骑在马上，看着眼前拉好阵仗的藏军，他打马向前。他的任务是保护工委的安全，并没有接到开战的命令，他自然不会命令部队打响第一枪。他打马向前的举动惊得李本田出了一身冷汗，他从马上跳下来，拉住了顾红旗的马缰，叫道：司令员，你不能去，要去也得带上队伍。警卫连长也从队伍中冲过来，拦在顾红旗的马头前，张开双臂嚷道：司令等一下，让我带上队伍。

要是放在以前，顾红旗会挥起马鞭，把两个人抽走。在他又一次要动怒时，又想起杨明业说过的话，他把马缰往一旁拉了下，低声道：你们闪开，俺进去察看情况，又不是去打仗。

警卫连长有些犹豫，李本田仍然不依不饶地说：司令员，你带上人马也可以察看情况呀。顾红旗不想带着队伍，双方的态势一触即发。如果带着人马不管不顾地冲进去，只要有一个人走火，接下来就是一场恶仗。打胜这场战斗，顾红旗觉得手拿把攥，但会惹下大麻烦，现在从军区到地方工委，都在争取噶厦政府内一切可以争取的力量，来稳定当前西藏的局面，不能因小失大，给图谋分裂的少数人以口实。想到这儿，他又一次低声命令道：李本田上马，跟俺进去。

李本田接到命令，立在那里，他犹豫着是执行司令员的命令，还是继续阻拦顾红旗，这时，顾红旗已拨转马头，向前疾驰而去，李本田这才反应过来，上马追去。

顾红旗打马从藏军包围圈的缝隙中挤了进去，他看见了四面八方对着自己黑洞洞不断移动的枪口。他冲到一伙围攻工委警卫排的几个人面前，挥起马鞭，向一个正准备扔石头砸向警卫人员的家伙的手腕一鞭子抽了过去，那个家伙大叫一声，石块掉在地上。李本田也冲了过来，他在马上压低冲锋枪的枪口，怒道：谁再敢动，老子突突了你们。缓过神来的警卫排人员，又重新集结起来，他们自动地站成一排，一边保护着工委的大门，一边为顾红旗警卫着。在这之前，他们没有接到上级开枪的命令，只能忍让着一伙暴徒的攻击。

此时的顾红旗，已稳下心神，料定这些藏军并不敢轻易开枪，便催马一步步向那一伙暴徒逼近，李本田和警卫排的人也紧随其后，他们像形成的一堵移动的城墙，他们前进一步，暴徒就后撤一步。

顾红旗单枪匹马杀入藏军包围圈时，外围实施反包围的守备区官兵，也随时做好了战斗准备，子弹上膛，炮手就位，只要顾红旗发出一声：打，他们就会将子弹炮弹精准地落在敌人的头上。上千人齐拉枪栓，子弹上膛的声音，在静谧的夜晚传递出来的不仅是杀气。指挥藏军队伍的牟霞代本，很快就认出了顾红旗，上次他在拉贡恩达的大山里，侥幸逃脱，正是眼前这位解放军军官带着骑兵在后面紧追不舍，要不是这些解放军对地形不熟悉，也许自己早就成为阶下囚。在顾红旗没来之前，牟霞本以为今晚的行动胜券在握了，有人放火，有人示威，还有上千人的队伍包围了工委，他不相信这些汉人不会妥协。没想到，他高兴还不到一个时辰，解放军的枪口就抵在了这些藏军的后背上。他料到，今晚的行动泡汤了，他也想过通过武力来解决眼前的一切，但他明白，只要他敢开第一枪，他手下的藏军都将成为尸体或者阶下囚。这么想过之后，他拉动了马缰下达了撤退的命令，那些藏军早已坚持不住了，一听到撤退的命令，都用最快的速度隐遁到夜色之中。那一小股闹事的暴徒，见藏军撤走了，也转过头，没命地四散奔逃而去。噶厦政府以武力示威地方工委的阴谋，就这么被粉碎了。

　　这一天和往常并没有什么不同，顾红旗正带领战士们，在新开荒出来的田地里播种，他的右眼皮跳得厉害，他拍了拍脑袋，还是无济于事。于是找了块纸，撕下一角，蘸着唾沫把一角纸贴到了右眼皮上。李本田看到顾红旗这样，就一惊一乍地道：司令，左眼跳财，右眼……后半句都溜到了嘴边，他又咽了回去，顾红旗狠狠地白了他一眼，没好气地说：少废话，干活。说完便弯下腰把种子撒在地里。他再次抬起头来时，看见了军区后勤部的马副部长，骑马而来。军区成立后，马师长便调到了军区后勤部。顾红旗和马副部长已经好久没有见面了，一个调到了机关，一个在守备区，不在一起办公。他忙把手里的工具放下，小跑着迎上去，两人都能看清对方的眉眼时，顾红旗一边往前跑一边气喘着说：马副部长，啥风把你吹来了，是不是想俺了？马副部长又近了一些，从马上跳了下来，一步步向顾红旗走过来，顾红旗发现马副部长神色不对，一张脸耷拉下来，一点笑模样都没有。顾红旗意识到出什么事了，他的右眼皮子猛跳两下。两人对面站定，两双忧郁的目光纠缠在一起。马副部长突然开口道：红旗，我今天特意来找你，告诉你一个不幸的消息。顾红旗心缩紧了，拳头也攥了起来，马副部长用更低沉的声音说：杨明业牺牲了，就在他们的筑路工地上。

　　顾红旗听到这个消息，差点没站稳，他踉跄一下。想起几个月前，送别杨明业去修路部队报到的情景，他还挥手冲杨明业信誓旦旦地说，希望两人早日见面。后来他才了解到，杨明业牺牲时的细节，杨明业带着官兵在一座海拔五千多米的雪山上筑路，突发心梗，人当场就昏了过去。当人们把他抬下雪山，来到医院时，再也没有醒过来。

　　那天在场的人多年后仍然记得，顾红旗突然发出一声凄惨的叫声，然后就是号啕大哭。所有官兵不知发生了什么大事，惊恐地望着自己的司令员。顾红旗一直哭肿了眼睛,他向西天望去,西斜的太阳又红又大,成了一个血太阳,半边天都是血红一片。

顾红旗来到军区刚成立的医院找到王秀丽时,王秀丽似乎早就得到杨明业牺牲的消息了。她苍白着脸,神情呆滞,就是顾红旗出现在她的眼前,她仍是那样。顾红旗就那么呆呆地望着王秀丽,他突然想到了他们的三个孩子。在这之前,王秀丽到家里来串门时还幻想着说:杨明业带着修路的队伍就要和二康见面了。她最大的希望是,有朝一日,杨明业能把在风雪中的二康找到,让二康从此不再孤单,不再害怕。想到这儿,顾红旗忍不住边哭边说:嫂子……是俺顾红旗没保护好老杨。

王秀丽的眼珠转动了一下,目光落在顾红旗的脸上,她开始流泪,没有声音,泪珠顺着脸颊无声地滑落。

久久之后,王秀丽掩着面终于哭出声来:老杨啊,你见到二康了吧,别让他再害怕,再受冻了,你把他抱在怀里暖一暖啊……

顾红旗的眼泪也止不住,一片红色洇开在他的眼里。

在以后的日子里,顾红旗会经常做梦梦见杨明业。他站在雪山上,指挥着战士们筑路。顾红旗怎么喊他,他就像没听见一样。顾红旗着急,大声喊:老杨,你不认识俺了?一急,就在梦里醒来,把冷妮也惊醒了,梦呓似的道:你又做梦了,还在梦里哭。顾红旗摸一把脸,才发现,都是泪。

送 别

冷妮眼见着就要生了。她入藏近一年的时间了,看到了太多母亲送孩子的场面,她们哭声凄厉,肝肠寸断,那是怎样的一种难舍难分呀。每次看到这样的别离,冷妮就会想到自己的孩子,心里忍不住就先潮湿一片了。

冷妮对未来出生的孩子也和顾红旗探讨过，顾红旗似乎早就有所考虑了，他把眼睛眯上，虚虚实实地望着冷妮日渐凸起的小腹，坚定地道：要是男孩，就叫藏光，意思就是西藏的希望。要是女孩就叫藏南，让她记住，西藏这是她的出生地。冷妮对孩子的名字没有异议，她想象着肚子里的孩子，不论是男是女，都是她身上掉下来的血肉。进藏以来，大部分日子又在饥饿中过来的，她最初担心孩子会营养不良，发育不全。肚子里的孩子却有着顽强的生命力，在她腹中越来越大，不时地蹬她踢她，宣示自己的存在。孩子就像生了根的庄稼，深深又牢牢地扎根于她的腹中，最后和她长成一体。她为孩子而幸福，又为孩子而忧伤，一想起孩子就要被送走的命运，她总是有种想哭的欲望。

每次和王秀丽见面，孩子是绕不过的话题。王秀丽一提起孩子就哭，尤其是杨明业在筑路中牺牲后，王秀丽一下子变得更脆弱了，经常红肿着眼睛冲着远方痴望，似乎在遥远的天边，那里有她的男人和孩子。冷妮每次去本来是想安慰王秀丽的，但见王秀丽哭，自己总也忍不住，两个女人经常面对面地哭成了个泪人。

王秀丽的事，顾红旗一直在挂念着，当他得知杨明业牺牲的消息后，他就发誓，要照顾好王秀丽和她的孩子们，否则对不起战友杨明业。两人生生死死在一起二十多年，他们没牺牲在战火纷飞的战场上，杨明业却倒在了筑路的雪山上。有一天，他又打马来到军区医院，军区医院已有些规模了，一溜土坯房，各门前还挂出了各科室的牌子。他在内科的房间里找到了王秀丽，王秀丽明显憔悴了。他想起当年杨明业和王秀丽结婚时的情景，她医学院毕业，刚参军不久，那时的王秀丽饱满而又鲜亮，她羞怯地站在杨明业的身边，就像一个涉世未深、尚未长大的女孩。而如今，才几年时间，王秀丽为人妻为人母，顾红旗竟然在王秀丽的鬓边发现了几根白发。还不到三十岁的人，竟有这样的变化，顾红旗心里就油煎火烤般难过。那天，内科病室里没有病人，只有顾红旗和王秀丽。顾红旗就踱着步，立在王秀丽的桌前道：王医生，这样不行啊！王秀丽抬起头，疑惑地望着顾红旗，嘴巴张了张，有话又没说出来。

顾红旗定下来，认真地说：那啥，王医生，老杨不在了，日子还得继续。俺想了，入藏的大龄军官不少，你要觉得合适，俺出面。

王秀丽终于听明白了顾红旗想表达的意思，站了起来，脸越发显得苍白，盯着顾红旗道：顾司令员，我和明业虽然生活时间不长，可他已经扎进我这里了。说完手放在胸前，泪也随之流了出来。

顾红旗有些说不下去了，但他还是坚持着把自己想表达的意思说了出来：你还年轻，未来，你一个人……

他的话还没说完，王秀丽摇了下头，咬着自己的嘴唇道：我不会再找的，我现在睁眼闭眼的，都是杨明业的影子，别人不会再驻进我的心里了。

顾红旗吁了口气，他该表达的已经表达了，王秀丽的反应也在意料之中，杨明业不在了，他放心不下眼前这个无依无靠的女人。他望着王秀丽，似乎就看到了杨明业的影子，似乎又在听杨明业说：红旗，你心尽到了，我不怪你。他眼睛潮湿了，摇摇头，把幻觉从眼前驱走，留下一句：王医生，以后有什么事就和俺顾红旗说啊。说完他从内科病室走出去，一直走到没人的地方，立了好久，才平复了心情。

文工团的王栋才和吴茵红要结婚了，冷妮得到这个消息时，一直闷在心里的一口气才吐了出去。回想起她刚入戏班子时，师兄是个又黑又瘦的大男孩，也就是从那时开始，师兄就像她的亲哥哥一样，照顾着她。有许多次，他们戏班子走街串巷地卖唱，有时一连几天都没有一文钱的收入，戏班子里的一些男孩子便出门去乞讨，有时能讨到半个馒头，或者一碗粥，师兄总是跑回来，把讨来的吃食递到她的面前。在她的眼里，师兄是能为她遮风挡雨的人。后来他们又大了一些，不论是练功还是演出，冷妮觉得总有一双目光不离自己的左右，她一次又一次循着那目光望过去，便看见了师兄的一张脸，见她的目光寻过来，慌慌地躲了。她的目光移开，那种感觉又在她身上围绕着了。那时，她是幸福的，也是快乐的。

半路上如果不杀出顾红旗，也许她和师兄的关系将是另外一种样子。

冷妮早就知道，师妹吴茵红早就暗恋师兄了，她嫁给顾红旗的决定在文工团传开时，最高兴的应该就是吴茵红了。吴茵红从小就唱河南坠子，不论台上台下，总是楚楚动人。吴茵红和师兄终于修成正果，冷妮从心里自然高兴。最高兴的还是韩团长，他们都是韩团长一手带大的孩子，每当有文工团员结婚，韩团长就像自己嫁女娶媳一样，忙前忙后，嘴总是合不拢。这是韩团长的希望，当初他收留一个又一个流浪儿来到戏班子，他的愿望就是能让这些孩子吃饱穿暖。后来，他带着戏班子参军，当初的想法也是为了给大家伙找个吃饭的地方，随着在部队接受的教育，吃饱饭不是目的，他们又有了更高的追求，为了更多人吃饱饭，他们要牺牲奉献，不仅是经历苦难，有时甚至牺牲自己。

在韩团长主持下，王栋才和吴茵红的婚礼，圆满地画上了一个句号。

结婚的当天，冷妮找到师兄，他们有了如下对话：

冷妮说：师兄，你成家了，以后就是个真正的男人了。

师妹，咱们是亲人。从她结婚那天开始，师兄就这么说。

吴师妹是你的女人了，以后要多疼她。

我知道。师兄说到这儿时，眼圈潮湿了，又哽着声音补充道：咱们这些兄弟姐妹都是一起来的，我希望大家都好好的。

师兄把目光落在冷妮的肚子上，冷妮马上就要生了。师兄问：孩子起名了么？

冷妮想起顾红旗给孩子起的名字就说：要是男孩就叫藏光，女孩叫藏南。

师兄将目光定在冷妮的脸上：好名字。

冷妮生产时，是夜半时分送进医院的。顾红旗和警卫员李本田抬着她飞奔地来到了医院。是王秀丽医生为她接生的。冷妮被送到病房后，因为宫缩的疼痛高一声低一声地呻吟着。

顾红旗就一遍遍地在病房外面走，他不时地扯着嗓子冲里面喊：冷妮，你要坚强，当个妈不容易呀……

冷妮听见顾红旗在外面这么喊，便让自己噤了声，她向王秀丽要了条毛巾，咬在自己嘴里。

顾红旗听不见冷妮的呻吟声了，越发焦急，他一遍遍走，又喊：妮子，咋样了，生了吗？

顾红旗听不见冷妮回答，他想起了自己的马鞭，刚出门时忘了。他正为自己没抓没挠而感到不适时，李本田从后腰里把他的马鞭抽出来，递到了他的手里，他抓过马鞭，瞬间觉得心里踏实了一半。他死死地把马鞭抓在手里，很有底气地冲产房里喊：冷妮，你要痛就喊出来，不然，俺心里没底。他想起了自己的母亲，他十五岁离开家门参军，就再也没有见过父母。母亲为了生他，一定会很痛。想到这儿，他眼睛湿润起来，仰起头，望着头顶很近的星星，突然顿悟地想：一个生命的降临，都是从疼痛开始的。

在黎明时分，突然一声婴儿的啼哭打破了宁静。王秀丽探出头，喊了一声：冷妮生了，是个男孩。

顾红旗一下子从地上跳了起来冲身边的李本田，似乎又对全世界高喊了一声：俺顾红旗有儿子了。

天陡然就亮了。

冷妮怀拥着刚出生的婴儿，孩子起初在啼哭，声音嘹亮，转眼啼哭声音就弱了下去，浑身开始发青，哭声变成了呜咽。王秀丽把早就准备好的葡萄糖用水溶开，装在奶瓶里，让孩子喝了下去，渐渐地孩子的体征平稳了下来。

三康出生时，也是这种情况，那会儿王秀丽没有奶水，三康一出生连一丝生气都没有。杨明业以为三康再也活不过来了，抱着头蹲在一边。王秀丽不相信，一个好好的孩子，怎么一落地就没了气息？她让人帮着用棉签蘸着葡萄糖水，再去滋润孩子的嘴唇，孩子仍然没有反应，只剩下一点气息，弱如游丝地在喉咙口进进出出。那一个夜晚，她就是把三康拥在怀里，不停地用棉签蘸着葡萄糖水，一点点滋润着三康。杨明业看她辛苦，绝望地：放弃吧，这孩子没有跟着咱们的命。她一边哭泣，一边不停地用葡萄糖水滋润着孩子。她想到了大康、二康，一直到天亮，三康终于发出了微弱的哭声，三康有救了。往后方运输的一路上，战士们就是靠着这些葡萄糖水，让三康坚持到了后方。

王秀丽在拉萨已经接生过几个婴儿了，葡萄糖水已经成了救命的圣水。也许有其他更好的替代品，可他们缺衣少粮的处境，葡萄糖成了他们唯一的选择。

为了让出生的孩子能够活下去，当然就要送到后方去，在军营里，隔三岔五地就会看到两三名战士，牵着一匹马，马的一侧吊着一个竹筐，筐里装着出生的婴儿，然后在母亲撕心裂肺的哭声中出发了。

冷妮在生下藏光的第二天，就不可避免地迎来了这一时刻。李本田牵着马小心翼翼地来到冷妮的面前。在藏光没出生前，小被子、小衣服冷妮就已经给孩子做好了，此时的藏光穿戴齐整地睡在妈妈的怀里。冷妮多么想一直把孩子抱下去，像所有普通母亲一样，一直陪伴在孩子身边，可她不能，即将与孩子分离。她望着孩子一张小脸，恨不能让孩子的面容刻在她的脑海里。李本田牵着马，默然无声地立在一旁，在他的身后还有两名荷枪实弹的士兵，他们的任务就是把孩子送到运输队手里，后面的路程再由运输队负责继续向后方转运。从拉萨到四川，要经过几道手，他们像接力队员一样，一站又一站地把孩子转运下去。

顾红旗早就立在一旁，他之前没有体验有孩子是怎样一种感受，当看到产房里被拥在冷妮怀里的藏光时，他的心就融化了。关于孩子，他是从冷妮凸起的小腹中一点点感知孩子变化的，先是一点点，后来越来越凸起，他感受到了生命的奇迹。一直到冷妮躺在产房里生产时，他感受到了生命的疼痛，眼下，马上就要和刚出生的儿子分别了，他的心似乎被悬了起来。他知道冷妮舍不得，他何尝又能割舍得开呢？

就在这时，送行的人们听到一声喊：等等。顾红旗和冷妮回转过身时，看见了波杰次仁阿爸和拉姆阿妈匆匆赶来，他们身后还跟着十几位藏族男女。孩子出生的当晚，波杰次仁和拉姆阿妈就来看过孩子了，带来了许多藏族婴儿的衣服、鞋帽。自从他们和冷妮相识后，他们就开始默默地为即将出生的婴儿做准备了。当时看到刚出生的婴儿气息奄奄时，他们不安了，为孩子感到难过。当他们听说，孩子即将送到四川时，他们沉默了。他们不懂,他们藏族人出生的孩子,哭声嘹亮,身体健康。可这些从内地来的金珠玛米生出的孩子为什么就不行?一大早,他们起来,去布达拉宫转山,为孩子祈祷,希望孩子平安无事,长命百岁。刚转完山,手里还没放下经筒,便匆匆地赶来了。他们虽然早有准备,还是被眼前的情景震惊了。看着小小的孩子,放到竹筐里,盖着厚厚的被子。拉姆阿妈毕竟是女人,见到此情此景,一下子长跪在那里,嘴里祷告着。

冷妮也过去,把拉姆阿妈拉起来,两个女人拥抱在一起。自从冷妮认识了波杰次仁一家之后,来往就没有断过,学会了许多藏语,还了解了当地人的不少习俗。藏光能够顺利出生,也和拉姆阿妈一家的接济分不开的。每次见面,拉姆阿妈都会送给她一堆奶酪,以及藏族人的吃食,虽然她吃不惯,但为了肚子里的孩子,还是坚持着吃了下去。她明显感觉到,肚子里的孩子,越长越快了。

拉姆阿妈一遍遍地问:一定要把孩子送走么?

冷妮肯定地点头。

波杰次仁阿爸和拉姆阿妈看到此情此景,他们只能默默地双手合十,为即将上路的孩子祝福了。他们身后的藏族群众,齐齐地跪下来,也为孩子祝福着。

顾红旗不想耽误时间了。他狠下心,冲李本田命令道:出发!

冷妮听到顾红旗的命令,身子抖了一下,她是那么不愿意把孩子放开,但她别无选择,她机械地向那匹整装待发的马匹身边移动着脚步,她弯下身子,把竹筐里的物件整理了又整理,其实在这之前,早就整理好了,她现在只不过是在做着重复工作,让时间慢点再慢点。当她不得不把孩子放到竹筐里时,藏光虽然叫得微弱,还是叫了一声,还睁开了眼睛。这目光像一把剑刺破了她的心。她定在那里,一口气没有喘上来。顾红旗冲李本田挥下手道:出发吧。李本田牵过马,无声地向前走去,另外两名士兵跟上,马蹄声唤醒了冷妮,她突然吐出一口气,"哇"的一声号啕大哭起来。王秀丽和几个同样命运的女人都在为藏光送行,见此情此景,仿佛她们又遭到了一次生死别离,这几个女人相拥在一起,发出压抑的哭声。

冷妮向前追去，人和马已经走过一道山梁，成了几粒黑点，她站在山梁上，拼命地喊着：藏光……藏光……嗓子喊哑了，藏光随着那几粒黑点一起不见了，她瘫坐在地上，哭得上气不接下气，天旋地转。

顾红旗一直站在她的身后，有几次眼泪都快流出眼眶，他抬起头望天，看见一只鹫在天空中盘旋着，舒展又自由，他的情绪暂时被秃鹫所吸引，把眼泪咽了回去。波杰次仁阿爸和一些藏族群众拥过来，把冷妮围住，他们也被眼前生离死别这一幕感染了。所有人都湿了眼睛。拉姆阿妈过去，抱过冷妮，喃喃道：可怜的孩子，神会保佑你的，一路平安。冷妮借势扑在拉姆阿妈怀里，哭成了泪人。

自发生"伪人民议会"向西藏工委递交请愿书的事件之后，西藏工委向噶厦政府提出了严正抗议，要求撤销鲁康娃和洛桑扎西司曹的职务。达赖在亚东行宫躲避期间，拉萨噶厦政府执政者其实就成了鲁康娃和洛桑扎西两个人，这出请愿闹剧就是两个人所策划的。在西藏工委一次又一次严正交涉抗议下，噶厦政府不得不做出让步，撤销了鲁康娃和洛桑扎西担任的司曹职务，迫使达赖出山，从亚东又回到了拉萨的布达拉宫。

在中央关心指示下，在西北局精心策划安排下，十世班禅一行从青海入藏，于1952年4月28日，前往布达拉宫，与十四世达赖举行会面。这是自九世班禅与十三世达赖失和后，经过29年，十四世达赖与十世班禅两大活佛的首次见面。在党中央和西北局亲切安排关怀下，两大活佛见面，预示着在西藏民族大团结的道路上又向前迈出了重要一步。

在藏光被送走一个多月后，李本田带着另外两名战士重新归队了。这次送走藏光之前，顾红旗也在做着送走李本田的心理准备。

这一日，顾红旗把李本田叫到了自己的办公室，一间干打垒打成的房子里，李本田像往常一样，以为首长又要交代给他新工作，他站在顾红旗面前，眼睛发亮地说：司令员，有啥子任务就说，我李本田一定能够完成。

顾红旗把目光聚在李本田的脸上，想起成都战役时，自己的警卫员张木林为救自己牺牲，李本田这名刚入伍不久的新兵火线成了他的警卫员。刚开始李本田是个慢性子，不仅说话慢，动作也慢。可自从跟了他，性子一下子就变了，和他一样风风火火。从四川到西藏的历练，李本田成熟了。顾红旗尽量让自己的声音平静地说：本田，你该下连队去锻炼了。

李本田似乎大出意外，睁大眼睛望着顾红旗，发现顾红旗并不是在开玩笑，突然眼圈红了，哽咽着声音道：我走了，以后又有谁来照顾首长呀……

顾红旗站起来，踱到李本田面前，伸手拍了一下他的肩膀，他心里也割舍不下这个警卫员，铁打的营盘流水的兵，如今李本田成长了，他应该去独当一面了。人生就是在分离与重逢中度过的，眼前的小别离，就是为了日后更大的相逢。想到这儿，他回身从桌子上拿出一纸命令道：守备区党委已经研究决定了，任命你为边防哨所的排长。

李本田接过这纸任命时，身子一震，白纸黑字，这是组织的任命，他仔细地把这份命令看了两遍，知道首长已很难再把命令收回了。他郑重地给顾红旗敬了个礼。

新接替李本田工作的小战士姓刘，是在甘孜入伍的一名新战士。李本田在出发前，找到小刘，他要对小刘交接工作。警卫员的工作，其实没什么好交接的，一二三，讲几句注意事项就可以了。李本田觉得，除了自己，别人无法替代这个职位，他把小刘带到后山坡一块石头旁，两人坐下来，李本田说：首长腰上有伤，还有两块弹片没取出来呢，不能让首长坐时间长了，要让他多活动。另外，首长不论骑不骑马，他的马鞭不能离开他，马鞭就是首长的武器。还有，首长的胃不好，你去炊事班打饭，一定要让炊事员把饭煮烂点……李本田说着，便动了感情，与顾红旗朝夕相处的一幕幕往事浮现在眼前，他立起身，站到小刘面前：你知道一个警卫员最重要的是什么吗？初来乍到的小刘望着李本田，虚心地说：李排长，我是新兵，有什么经验你尽管说。李本田吸了口气，加强语调地说：一个警卫员不论你以前是什么性子，到最后都要和首长一样，警卫员就是首长的影子。只有你把这些学会了，你才成熟长大了。

小刘就一脸不解地望着李本田。

李本田：你现在不懂，以后会懂的。当初我也不懂。

李本田学着顾红旗的样子，重重地在小刘肩上拍了一下，又严肃地道：以后首长的安全就交给你了。要是首长有个好歹，军法不处置你，我也不会放过你。

小刘就把腰挺起来，脸上写满了庄严，认真地给李本田敬了个军礼。

李本田要出发了，他是要到几百里路外的边防哨所去赴任，和他同行的还有一支送给养的后勤保障分队。出发前顾红旗把李本田叫到一边交代道：本田，哨所会很艰苦，你要有心理准备。

李本田就说：首长，我啥苦都能吃，为国家守大门，是我的职责。

顾红旗：你是俺的警卫员，到啥时候都别给俺丢人，给你自己丢人。

李本田就挺直了身子，再次正色道：首长，我李本田干不出个人样，就再也不来见你。

出发吧。顾红旗重重地拍了一下李本田，李本田感受到了顾红旗的嘱托。他低声说了句：首长，你保重。在之前，他觉得自己有千言万语要对首长倾诉，最后只变成了这一句。他含了泪，转过身，随着后勤小分队出发了。李本田突然想起什么，回过头，看见站在顾红旗身边的小刘，喊道：小刘，别忘了我交代给你的事。小刘点着头。李本田又说：你要出差错，我会找你算账。

小刘又一次点头。他看到李本田眼里噙满的泪花，心不由得一颤，他又去望顾红旗，顾红旗的眼里也噙了泪花。

李本田一步三回头，又冲顾红旗喊：首长，你多保重，我会想你的。

顾红旗就噙着声音说：你小子好好干，别给俺丢人现眼。

李本田和后勤小分队越走越远，消失在众人的视线里了，送行的人散了，顾红旗还站在原地，他想着远去的李本田，就像送走一个老朋友。李本田走了，他心里突然空空落落的，这么长时间了，他早把李本田当成自己的亲人了。他立在那里，望着天边的尽头，在平复自己的情绪，新警卫员小刘立在他的身旁陪伴着他。他突然转身说了句：本田，咱们走。说出口知道口误了，又忙更正道：不是本田了，是小刘了。

小刘跟上，迈着大步随在顾红旗的身后，向前走去。

梅朵卓嘎

一天傍晚，在军区总院诊室里，王秀丽在值班，酥油灯忽明忽暗地燃着，她望着酥油灯的灯火在发呆。杨明业牺牲后，她恍惚觉得自己分成了两半，一半被远在四川的三康牵走了，另一半则留给了永远躺在雪山脚下的杨明业。世界上和她最亲的两个人，都离她远去，她的思绪常常离开她的身体，在远处的一个角落里，平静又冷漠地回望着自己。正当她发呆的时候，一声凄厉的喊叫声把她召唤到现实中。

一个十五六岁的藏族女孩，穿着褴褛的藏袍，跪伏在自己的面前，嘴里先说出一串她听不懂的藏语，眼泪噼里啪啦地落下来，王秀丽只听清一句"金珠玛米"，她呆怔片刻，上前扶起这个女孩。她自从来到这里，对藏胞并不陌生，每天都会有藏胞来到医院里看病，他们军区组织医疗队也去过村落给藏胞看病，虽然有许多藏胞受了反动宣传，并不信任他们，他们每次出现在村落里，还会有冷漠的目光打量着他们。也有少数走投无路，受疾病困扰的藏胞接受他们的治疗。许多病魔缠身的藏胞，接受治疗后，竟奇迹般地好了，口碑相传，解放军的军医就是神一样的存在了。"金珠玛米"这个词也渐渐地流传开来。

王秀丽虽然不知道眼前这个女孩哭求为何，但她知道一定和病人有关。这时医院的翻译赶了过来，王秀丽这才知道，女孩叫梅朵卓嘎，母亲生孩子难产了，快死了，才找到医院，让军医去救她母亲。王秀丽简单收拾一下，背上医药箱，在翻译的陪同下向郊外走去。

在拉萨河边，小女孩带着他们来到了一座石头房子面前，这座石头房子似乎有些年头了，烟熏火燎的门洞里，黑洞洞的一扇门敞开着，一个男人匍匐在门外,一个喇嘛手里举着一炷香火,在房间里念着咒语,进行着驱鬼请神的仪式。石头房子里传来即将临盆的一个女人的呻吟声。做了多年医生的王秀丽知道孕妇的状态很不好,就在这时,伏在地上乞求的男人突然站了起来,并张开双手拦住了王秀丽的去路,嘴里很快地说着什么,翻译小声地告诉王秀丽:这个男人是这个家庭的主人,他已请喇嘛为自己的女人求神保佑了,他不希望自己的女人和即将出生的孩子受到陌生人打扰。因为男人的拦阻,王秀丽只好站在门外,听着房间里的女人呻吟声由大到小,一点点地微弱下去。她心急如焚地望着随在身后的梅朵卓嘎。女孩抱住父亲的一只臂膀,苦苦地冲着父亲哀求着,王秀丽虽然听不懂女孩说的是什么,但她能感受到女孩哀求着父亲,放她进去,救奄奄一息的母亲。

男人不听女儿的劝阻,固执地张着手做出拒绝状,女孩突然跪倒在父亲的面前,双手抱住父亲的腿,回过身来冲王秀丽和翻译大叫了一声,翻译说:她让我们进去。王秀丽清醒过来,绕过男人向屋内走去,男人试图把女儿甩开,却不能,嘴里不停地大叫着。

眼前的孕妇几乎淹没在血泊里,王秀丽摸了摸女人的胎位就断定,婴儿的胎位不正,如果再继续生产下去,母亲和婴儿都将不保。王秀丽打开医药箱,先是给自己的双手消毒,屋外喇嘛的诵经声和男人的吵叫声,已被她抛到九霄云外。很快,婴儿从母体里出来,先是弱弱地哭了几声,然后就嘹亮起来。在王秀丽的耳朵里,婴儿的啼哭是世间最美妙的声音。

孕妇呻唤一声也苏醒过来,她新奇地打量着陌生的王秀丽,由混沌到清醒,最后的表情是震惊。

王秀丽从屋内走出来时,喇嘛已经没有了踪影,房前屋后还残存着香火的味道。丈夫已不再咆哮和挣扎,他怔怔地望着走出来的王秀丽,低垂下眼帘,把腰弯下去。

梅朵卓嘎清醒过来,向屋内跑去,少顷,她发出一声欣喜的惊叫。紧接着,她用襁褓抱出刚出生的弟弟,冲着王秀丽和翻译一迭声地说:瓜真切。王秀丽对这句话并不陌生,这是藏语"谢谢"的意思。

这次意外的接生，对王秀丽来说就是一个小插曲，自从军区医院成立以后，三天两头就有藏胞来就医或者求救，作为医生，当然会义无反顾地去救治，许多藏胞的病并不是什么大病，有的就是一些炎症，吃点消炎药，或打两针就好了，在藏胞的心里，他们就是神医，是上天的神派来拯救他们的。

这件事过去没多久，王秀丽仍在内科诊室里正常上班，一天下午突然她看见一个男人和一个女孩走了进来，她站起身的一瞬间，她认出这个女孩就是梅朵卓嘎。那天，女孩义无反顾抱住父亲的样子，在她脑海里留下的印象太深了。立在她身旁的就是女孩的父亲。此时，这个男人脸色和善，一副讨好的样子，男人双膝一软先是跪在了她的面前，卓嘎也跪下了。王秀丽以为这父女俩是又一次来感谢她的，后来，在翻译赶到后，她才听明白，这次是父亲把卓嘎送到这里，希望她把女孩收下当徒弟，让自己的女儿能成为像王秀丽一样的神医。

收徒弟，王秀丽当然没有这个权利。虽然她和卓嘎只见过两面，但她内心里已经开始喜欢上了这个聪明伶俐、做事果敢的藏族小女孩了。她通过翻译告诉父女二人，自己一定向上级汇报。

男人和卓嘎显然有些失落，男人告诉翻译，如果上级不同意，他带着女儿卓嘎还会来的，一直到她答应收这个徒弟为止。

王秀丽把父女二人送走，父女似乎还有许多话要说，走得一步三回头，心有不甘。

梅朵卓嘎想入伍参军的事，惊动了军区总院的领导，他们又去了一次卓嘎的家，了解了相关的情况，发现卓嘎一家让卓嘎参军的信心强烈。因为王秀丽让母子平安，他们一家人早已把解放军当成了神明，他们一家希望卓嘎也能成为这样的神，来拯救万千同胞。

军区成立后，已经开始重点吸纳进步的藏族同胞入伍参军，即便没有参军，地方工委也吸纳了许多藏胞的进步人士参与进来，一同开展地方工作。入藏后，不论地方工委还是军区，立足下去，并得到深入的发展，都离不开藏胞的支持。

很快，吸收卓嘎入伍的申请便批准了。

当卓嘎脱下藏袍，换上军装那一刻，她高兴得像个孩子似的又蹦又跳，嘴里一遍遍地喊着"金珠玛米"，两朵红晕飞过她的脸颊。

卓嘎名副其实地成了王秀丽的徒弟，她现在的身份就是一名卫生员，她经常跑前忙后地忙碌着，在总院的每个角落里都能看到卓嘎活跃的身影，听到她爽朗天真的笑声。卓嘎天资聪颖，很快她就学会了一些汉话，每天下班后，她仍不离王秀丽的身边。宿舍里王秀丽就一个人，杨明业牺牲后，她的生活就空了。有了卓嘎的填补，她的业余生活充实了许多，她也乐于卓嘎走进她的生活，两人的友谊从相互学习语言开始，面对着活泼聪颖的卓嘎，王秀丽的生活也增添了许多欢悦的色彩。

没过多久，卓嘎就能充当王秀丽的翻译了，再遇到外出出诊的机会，卓嘎当仁不让地充当了王秀丽的翻译。

随着两人的感情升温，卓嘎搬到了王秀丽的宿舍来住，两人同吃同行，就像一对形影不离的母女。卓嘎渐渐了解了王秀丽的经历，大康送人，二康永远安眠在了进藏的风雪路上，三康又远在成都，还有丈夫杨明业的牺牲。当王秀丽一点点叙述自己的经历时，卓嘎哭了一气又一气，最后，她把王秀丽抱住，望着王秀丽的眼睛说：王军医，你是好人，我做你的女儿好不好？我陪着你……面对着真情的卓嘎，王秀丽突然泪如雨下，她本以为杨明业牺牲后，自己的泪水已经干涸了，再也不会哭了。没料到，卓嘎又一次打动了她，在她单调无望的生活中，多么需要亲情的陪伴，温暖的呵护哇。她用力把卓嘎抱在怀里，一遍遍自语地说着：卓嘎，我认你这个女儿。

卓嘎后来伏在她的面前，给她深深地磕了三个长头，然后起身，又一次伏在她的怀里，幸福地说：我有一位汉人妈妈了。

卓嘎的幸福深切、绵长。自此，王秀丽又多了一个义女。

尼　　玛

顾红旗是在一次去边防检查工作时把尼玛捡回来的。

说捡并不确切，是解救更为准确。每次从守备区去边防检查工作，顾红旗都会骑马。去边防的山路崎岖不平，经常走的是牧民放牧时留下的小路。顾红旗每次去边防检查工作，不是一个人，有后勤补给人员，有机关的参谋干事，还有一些警卫人员，长长的很壮观的一列马队。

这天，他们一行人来到了一个藏族村庄。每次从守备区到边防点，要走很远的路，近则走上十天半月，多则一个多月。守备区管辖着几百公里的边防线，一进一出，有时需要几个月的时间，途经各种藏族村落不计其数，有的知名，大多数村落连名字也没听说过。

他们接近这个叫不上名字的村落时，已经傍晚了，打前站的刘参谋指着地图报告道：司令员，这个村落叫尼玛村，尼玛在藏语里是太阳的意思，再往前走，村落在一百公里开外了。

去边防点检查工作，宿营地的选择都是门学问，在村庄附近宿营是最好的结果，因为可以找到水井或山泉，凡是有村落的地方，都有水源，还有生火的资源什么的。如果队伍驻扎在荒郊野地，这一切都很难得到保障。尤其是他们的战马，需要大量地饮水。

队伍进到拉萨后，有一段时间，顾红旗失去了骑马的机会，因为城里养马的费用惊人，噶厦政府规定，一匹骡马进城后的草料费、占地费用，每天就需要五块银元，这对刚进城的队伍来说太奢侈，也太惊人了。后来，把这些骡马都送到了郊区，有的还送到了后藏的日喀则。到了守备区之后，因工作的需要，顾红旗每次下部队检查工作或者执行任务都要骑马。他的马鞭又有了用武之地，不管有马还是没马的日子里，他的马鞭从来没离开过手，只有马鞭在手，他的心里才是踏实的。马鞭成了他的心结,就像一个嗜烟如命的烟鬼对于香烟的渴望。顾红旗知道,自己对马鞭已经患上了心瘾,很难割舍了。

队伍走到村口时,太阳有一半已经淹没在山后了,血红的夕阳把尼玛村染得通红一片。在村口的一个树桩上,绑着一个青年男子,男子浑身是血,皮开肉绽的样子。他身上流出的鲜血,把身后的柱子都染红了。

众人被眼前这一幕惊呆了,只见半死的青年,艰难地把头抬起来,起初有些惊恐地打量着他们,嘴里发出咿咿呀呀的叫声,然后更加恐惧地望着头顶,有几只秃鹫在头顶上方盘旋着。也许这几只秃鹫已嗅到了死亡的气息,它们呀呀地叫着。

顾红旗让刘参谋带人进村打听情况,自己则来到树桩旁,打量着那个被绑的青年,肉绽处还丝丝地渗着血,不用问,他知道这是鞭伤。村落里的藏胞大都归属一个头人,附近的土地都是头人的,藏胞都是这个头人的奴隶,这些头人不会把奴隶当成人,就像头人家的工具或者骡马一样,任骂任打都看头人的心情。

被捆绑在树桩上的青年,低垂着头,大气都不敢出一下,嘴角还有血渗出。顾红旗一遍遍地询问着:这是谁把你打成这样?显然,青年听不懂他的话,目光中流露出惊惧和绝望,不敢直视,低垂着,目光躲闪着。

顾红旗把青年身上的绳子解开,青年重新获得自由,顺着树桩先是蹲在地上,然后匍匐在地上,不停地向顾红旗磕着长头,嘴里说着众人听不懂的话。

不一会儿,刘参谋带着翻译就从村庄里折返了回来,刘参谋报告道:这个村的头人叫扎西,被打的青年给扎西头人家放牛,昨天有一头牛丢了,今天这个青年就被惩罚了。

顾红旗听罢,他的马鞭又举了起来,冲着空气甩出几声脆响,虽然他了解头人对待藏族群众的做法再普通不过了,但他还是忍不住,让刘参谋和翻译带着他去找叫扎西的头人交涉。

他们在一户门前停了下来,翻译上前去叫门,一个家丁模样的人打开门,惊恐地望着门外的一行人,当听说了来意后,又把门关上,进到里面去通报了。

顾红旗一行站在扎西家的客厅里，扎西老爷坐在椅子上，连眼皮都没抬一下。虽然，他们地处村落，远离拉萨，但解放军进藏的消息早就听说了，他还听说这些解放军在西藏待不长久，迟早有一天会离开，未来的西藏仍然属于噶厦政府的。以前，他们村落也有解放军经过，只在村外寄宿一晚，便开拔了。他这是第一次和解放军的官人正面打交道，虽心里有些惧怕，但表面上做出一副淡定的模样。

顾红旗把马鞭背到身后，他担心忍不住，会挥起马鞭去抽这个傲慢的头人。但他还是质问道：为什么把那个青年打成那样？

翻译完之后，扎西头人把眼皮抬起来，傲慢地用手挥舞了一个圈道：这一片土地、人、动物，就连天上飞的鸟都是属于我扎西头人的，我想怎么处置就怎么处置。

顾红旗听了这话，几欲把马鞭从身后抽出来，但他还是忍住了，他知道，虽然他们成功地进军到了西藏，但离真正地解放西藏人民还有很远的路要走。

他又冲翻译说：我要让那个被打的青年恢复自由，需要多少钱？

当翻译把这句话翻译给扎西头人时，他的眼里闪过一道诡异的光亮，沉吟半响，伸出一个巴掌，然后收起，反复伸出了五次，嘴里又说了一个数字。

翻译告诉顾红旗：他说他要二十五块银元。

顾红旗把目光盯在扎西的脸上，目光像刀子一样，扎西头人的目光落在顾红旗的腰上，那里插着的是一把驳壳枪。他的目光躲闪了一下，虚虚地去望翻译又道：看在这位官人的面子上，给十块银元也行。

当刘参谋拿着十块银元，在扎西头人手里换回青年的卖身契后，顾红旗亲自把青年的卖身契递到青年手里，通过翻译告诉青年：你从此自由了，你不属于任何人了，以后想去哪儿就去哪儿，干什么都可以。

浑身是伤的青年又一次匍匐下身体，把长头磕在地上，嘴里说着一长串感激的话。

顾红旗又安排随行的卫生员为青年医治身体。

第二天一早,天还没亮,队伍又一次出发了,他们的目标是下一处一百里外的村庄。

队伍出发很久了,刘参谋又向顾红旗报告道:那个被解救的青年一直跟在队伍的后面。

顾红旗打马来到队尾时,看到那个青年,青年人见到顾红旗,又把头磕在地上,翻译告诉顾红旗说:这个青年说自己没有家了,是这支队伍解救了他,他以后的余生只能跟着队伍走了。

他望着面前跪伏在地上的青年,想起自己参军时,也是下了决心,跟上队伍出发的。他又让翻译问青年叫什么名字,当他得知青年并没有名字时,沉吟半晌道:就让他叫尼玛吧。他又一次联想到当年马师长给他起的名字。看着眼前有了名字的尼玛,不禁红了自己的眼圈。

队伍赶到十三连边防驻地的时候,是又一天的傍晚了,连长李本田集合起了队伍,夹道欢迎着顾红旗一行。这是李本田离开顾红旗之后,第二次相见,第一次相见也是顾红旗带着守备区机关一行到边防来检查。他跑步上前报告道:报告司令员,边防十三连应到一百二十八人,实到一百二十八人。

顾红旗从马上跳下来,望着分别已久的李本田,一把把李本田抱在他的怀里,拍打着他的后背道:本田,你结实了。

因风吹日晒,脸色黑红的李本田比几年前成熟稳重了许多,他最初离开顾红旗下到边防连时,被任命为排长,经过几年的努力,他现在是名称职的边防连长了。他伏在顾红旗宽大的怀里,眼睛潮湿了,离开顾红旗这几年,他从来没有忘记在首长身边的每一个细节。

顾红旗又何尝不是呢?虽然李本田做自己的警卫员时间不长,但是他却陪着自己走过了这一生之中最难走的路,要是没有李本田不离自己的左右,身为团长的他,也许走不到拉萨。

边防十三连地处四千多米的一个山垭口,营房还没有建成,山坡上是一排帐篷,风吹雨淋,帐篷已失去了本来的面目,有的还裂开了口子,被人随便粗枝大叶地缝合在一起。全连一百多人，却要负责上百公里的边境线，他们每日巡逻，遇到大雪封山，后勤补给送不上来，这里的官兵只能吃雪和青稞面。

那天晚上，顾红旗和李本田就住宿在一顶帐篷里，李本田似乎有许多话要说，又不知从何说起的样子，把两只手放在膝盖上一遍遍地摩擦着，咧开嘴冲顾红旗傻笑着。

借着酥油灯的亮光，顾红旗也在打量着李本田，他脑子里又闪过自己在乐山的新婚之夜，李本田竟神不知鬼不觉地钻到了八仙桌下睡觉的样子。那会儿的李本田还是个单纯的新兵，如今不一样了，李本田肩膀变宽了，脸庞黑红，上唇的胡楂浓密。他点点头道：本田，你现在是名合格的边防连长了。

李本田似乎找到了说话的契机道：首长，我离开你这几年，一天也没敢忘记我曾经是你的警卫员，我不能给首长丢脸。首长把我放到这里，就是信任我，我怎么能给首长丢脸呢？说完又憨厚地笑了。

顾红旗点点头：我们驻扎在边防的官兵，条件艰苦，让你们受苦了。

李本田咽了下口水道：以前西藏有边无防，西藏解放了，我们作为新中国第一批守边的边防军人，我们所有人都觉得光荣。

那天晚上，顾红旗和李本田重逢在一起，似乎有说不完的话，后来，他们相依在一起，和当年一样，两人睡了一晚上安稳的觉。

第二天一早，顾红旗带着人马又要出发了，李本田又一次集合起全连的队伍送别。顾红旗突然想起了尼玛，拉过李本田道：我给你留下一个人。李本田顺着顾红旗的手势望过去，看见了站在一旁的尼玛。顾红旗又说：这是我们顺路解救出来的一个人，叫尼玛，留在你这里，希望你把他培养成为第一代合格的藏族战士。

李本田挺胸答道：首长放心，我保证让他成为一名合格的士兵。

顾红旗一行，走到半山腰回望时，看见十三连的官兵，仍然举手向他敬礼，尼玛又一次匍匐在地上，一起为他们送行。

保 育 院

　　三年后，筑路队伍把川藏公路陆续地打通了。当第一辆汽车跋山涉水地开到拉萨后，军区党委做出了一个决定，组织有孩子的母亲分批次去四川保育院探望自己的孩子。

　　她们曾无数次地幻想过去看望她们的孩子，在这之前，后方保育院给她们捎来了孩子的照片。孩子刚离开她们时，还是个小小的婴儿，眼前的孩子已经是大孩子了，她们认不出，就担心是保育院阿姨把孩子搞错了，张冠李戴。她们审慎地对待着手里的照片，虽然保育院的阿姨在照片后面的空白处，写着孩子的姓名，和出生年月日，她们还是恍惚，不敢确定照片中的孩子就是她们亲生的。她们没带过孩子一天，送走时孩子又瘦又小，此时照片中的孩子穿戴整齐，冲着镜头或拘谨或开心的样子，她们觉得陌生而又遥远。

　　冷妮和王秀丽听说过，有母亲送走孩子时，千方百计地想在孩子身上留下记号。王秀丽在孩子被送走前，在孩子手腕处，偷偷地曾留下一个牙印，现在孩子的牙印还会在么？冷妮也想过给藏光的身上留下点什么，孩子出生擦拭过之后，她仔细地把孩子身上看遍了，连块胎记都没有发现。她试着把藏光的指头含在嘴里，看着孩子呼吸困难的样子，她怎么也狠不下心在孩子身上留记号。孩子送走了，不仅腹中空了，就连心也空了。从怀胎到孩子出生，这个陌生的生命在她身体里整整待了十个月。她无数次和孩子说过话，说起以后的日子，她是多么希望孩子能够记住她这个母亲呀。

　　吉普车载着冷妮和王秀丽出发时，来了许多母亲相送。有的是刚从保育院回来的母亲，她们七嘴八舌地介绍着保育院的情况，虽然她们这些话已经说过无数次了，她们还是不厌其烦地继续介绍下去，似乎通过这种方式，离自己的孩子又近了一些，她们怀念和孩子在一起的快乐幸福的时光。

那些还没轮到自己探望孩子的母亲，她们捎来了亲手做的衣服、鞋子，还有一些她们认为好吃的，满满地塞到车的后备厢里。那些探过亲的母亲告诉她们，保育院孩子的衣服鞋子都是发放的，吃穿都有保障。但她们依然故我，把一个母亲的责任塞满。

波杰次仁阿爸和拉姆阿妈，给冷妮带来了一路上的吃食。拉姆阿妈又一次拥抱了冷妮，并附在她的耳边说：神会保佑你们的。

随着和波杰次仁及拉姆一家的相处，冷妮早就在情感深处接纳了他们，像亲人一样。只要有时间，冷妮就和他们走动。有时两个跑马帮的儿子回来，她还听两个男人讲山外的事。有一次，他们还送给她一条红丝带，属于汉人的吉祥之物。他们真心希望神能保佑她，保佑所有的金珠玛米。每次，冷妮见到一家人，心里都热乎乎的，有着一种天然的亲近感。她觉得在拉萨找到了自己的家。波杰次仁和拉姆就是她的再生父母。

她千恩万谢地和阿爸、阿妈又一次告别了。

众人挥着手向冷妮和王秀丽告别了，吉普车在颠簸中出发了。同行的还有梅朵卓嘎，她被总医院选送到西南军区护士学校去学习，她参军三年了，不仅人长大了，也变漂亮了，还学会了汉话。王秀丽在这三年的时间里，多亏有卓嘎的陪伴，让她空冷的心有了一份温暖和希望。卓嘎也懂得干妈的心思，整日里围绕在她的身旁，说这说那，努力让王秀丽不再孤独和寂寞，她把自己融入到干女儿的角色中。王秀丽一路上一直拉着卓嘎的手，想着她就要离开自己，不免又有些伤感。王秀丽又多了另外一个心事，车辆每经过一座雪山时，她总是会向司机打听这座山的名字，冷妮知道，她是在打听杨明业牺牲的地点。后来上级领导又告诉她，因为山高路远，杨明业的尸体没法运回，只能就地安葬了。她又想起了可怜的二康，至今仍然掩埋在风雪之中。如今爷俩身处异地，都在风雪中孤独着。王秀丽的心就碎了。

车不时地在山谷和雪山上盘旋着，颠簸着，有些路段已经修好，铺着石块，有的路面就是他们进藏时走出来的野地。开车的司机，轻车熟路的样子，一丝不苟地驾驶着车辆，车子在盘山路上行驶时，身下就是深不见底的悬崖峭壁，吓得她们都不敢睁开眼睛，想起来，她们几年前就是在风雪中走这样的路，一步步丈量着走进了西藏。那会儿，她们心中只有一个念头，走到拉萨就是胜利。到拉萨最初的日子里，她们经常做梦，仍然在行军，又饥又饿，脚下是深不见底的万丈深渊，醒来了，她们仍然觉得后怕。后来，她们在西藏扎下了根，回想起身后那么多高山河流，她们觉得自己与世隔绝了，那些走过的雪山河流，就是她们永远的痛，觉得这辈子再也没有胆量和体力再走一回了。现在，她们为了探望自己的孩子，把曾经一次又一次的噩梦，又重新做了一遍。

车行驶到一处峡谷里的山坡上，她们看到了一片墓地，司机见多识广地介绍道：这些烈士，都是为了修路牺牲在这里的。王秀丽听了，便开始流泪。车再往前行驶，这样的墓地渐渐地多了起来。一排排一列列，有的墓前立着碑，有的碑都没来得及立，草草地竖了一块木牌，写着烈士的名字。这些墓地就像集合起来的战士，他们默默地永久地集结在这里，他们的耳旁也许还是轰鸣的开山的炮声，还有领导一次又一次的话语：打通川藏公路，我们才能在拉萨站稳脚跟……

一路上，还有许多筑路部队忙碌地工作着，她们经过时，在短时间内，他们驻足观望着。她们也见到，运送给养的长车，还有骡马队，艰难地向西藏腹地进军着。她们生活在拉萨，浑然不知，后方的队伍和人民，也在负重前行，默默地为西藏的建设努力着付出着。

王秀丽和冷妮，两个人的泪水几乎流了一路，半个月的颠簸，她们终于来到了成都郊外的保育院。除了保育院外，军区在附近还建立了一个办事处，他们负责接待这些从西藏探亲的军人。

王秀丽先是把卓嘎送到了护士学校，两人立在学校门前即将分别。王秀丽望着眼前的卓嘎，三年前的卓嘎又瘦又小，几乎连一句汉话都不会说，三年的陪伴，三年的情感，此时都涌在她的胸口。一路上她就想过分别这一刻，每次想到和卓嘎分别，都会想到和大康、二康、三康分别的情景，心又刀扎一样地难受。

卓嘎走进了她的生活，仿佛是上天早就安排好了一样，有许多个夜晚，她就让卓嘎留在自己的身边，每当她在梦中惊醒，卓嘎就坐起身，拉过她的手，嘴里不停地喊叫着：干妈，你做梦了。我在这儿。卓嘎把自己的两只手合在一起握着她的手。渐渐地，她平复下来，也从梦境中走出来，刚才她梦见二康了，二康在梦里又如当年的样子，但却一直喊冷。她努力把二康抱在怀里，二康仍然止不住地发抖，上牙磕着下牙，孩子的脸苍白得一点血色也没有……醒来她才意识到，二康永远留在了雪路旁，他身上盖的就是积雪。他们一步三回头离开二康时，雪还在下，纷纷扬扬地落在他的坟头上。她记得，二康葬在雪地里时，还穿着单衣。清醒过来的她，眼泪就止不住地流了下来。卓嘎就把自己温暖的身体依偎在她的怀里，用手抱过她一遍遍地说：干妈，你就是我的亲妈，以后我会一直在你身边，陪着你。说着自己也流下了眼泪。

卓嘎了解她所有的经历，当然明白她为什么会在梦里梦外地难过。在她人生最清冷的日子里，有卓嘎陪伴在她的身边，让她度过了最难熬的岁月。她把卓嘎也当成了自己真正的女儿，虽然她们的年龄差距没有那么大，但在情感上，却是相依相生了。

卓嘎在王秀丽的眼里一天天变化着，先是学会了说汉话，又粗略地明白了一些医学常识，个子也一点点变高，人更是一天天鲜亮起来。每当看到卓嘎在自己眼前跑来蹦去的样子，她都忍不住想起大康和三康，自己的亲生孩子也一定一天天变大，变得她还认识么？这么想着，思绪便信马由缰了。

她站在军区护校门口，即将和卓嘎分别了，无忧无虑的卓嘎此时也变得沉默起来，感受到了离别的伤感，两人凝视着，眼泪都在各自的眼圈里含着。还是王秀丽一把抱住卓嘎，哽咽着声音说：卓嘎，你要在这里好好学习，干娘在拉萨等着你。

卓嘎也边哭边说：我学习一结束，立马就回到你的身边。

王秀丽又叮咛了半晌，直到想不起来什么了，才让卓嘎走进学校。卓嘎走得也依依不舍，不停地扭过头去拭泪。终于，卓嘎在她模糊的视线里消失了，她才转过头走去。她想：人生要是没有离别该多好呀。

当王秀丽和冷妮满怀欣喜地出现在保育院，保育员把三康和藏光带到她们面前时，面对着四岁的三康还有三岁的藏光，她们再次不敢相信这就是她们的孩子。两个人蹲下来，小心又谨慎地把目光落在孩子的脸上，三康和藏光同样用陌生和冷漠的目光打量着她们。

保育员阿姨就一遍遍地说：三康、藏光，这就是你们日思夜想、天天念叨的妈妈呀。

两个孩子对自己的母亲展现出了高度的警惕和陌生感，因为她们的到来，两个孩子都换上了保育院统一订制的院服，他们衣着干净，脸孔白皙。和在西藏生活了几年的她们形成了明显的反差，她们的脸又黑又红，手上还有一些没有愈合的血口子。

见保育员这么说，她们先试探着叫出了各自孩子的名字，还颤抖地伸出手，可两个孩子惧怕地向后躲闪着。这就是她们日思夜想的孩子，有多少回她们在梦里与自己的亲骨肉重逢，孩子呼唤着妈妈，她们迎着孩子，两张泪脸紧紧地贴在一起，他们相拥而泣。可现实的场景却正好相反，她们拘谨着，孩子恐惧陌生着。

还是保育院阿姨说：前几批母亲和你们一样，等孩子熟悉你们了，一切都会好的。

她们这时才想起来给孩子带来的礼物，慌张着找出来，捧在自己面前，以期能够引来孩子对她们的相认。可孩子对她们手里的礼物却视而不见，还躲到了保育院阿姨的身后，抱住阿姨的腿，仍戒备地打量着她们。

阿姨就又说：三康，藏光，喊妈妈。

王秀丽终于忍不住了，丢掉手里一直举着的玩具，扑过去把三康抱在怀里，凄着声音说：三康、我是妈妈。

三康突然在王秀丽的怀里大哭起来，一边挣扎着一边说：你不是我妈妈，你的脸长得像猴子屁股一样，我害怕。

三康这一句话，让王秀丽又放开孩子，突然捂住脸放声大哭起来。她委屈，难过，伤心。大康、二康、杨明业这些亲人，又在她脑子里过了一遍。王秀丽的大哭，让三康怔住了，他不明白，眼前这个陌生女人为什么在自己面前哭泣。

三康和藏光还是被两人带到了办事处的招待所。

王秀丽一进房间的门，又一次结结实实地把三康抱在了怀里，似乎这一抱她等得太久了，抱着的不仅是三康，还有大康和二康，对孩子的思念成疾，都在这一抱之中，她的泪脸，浸湿了三康的脸颊。三康惧怕地缩在母亲的怀里，他不敢挣扎，怕眼前这个女人又发出吓人的哭声。

藏光刚三岁，并没有三康那么强的独立意识，他妥协地把眼前这个陌生女人当成了自己的妈妈，因为他别无选择，但仍然有所保留地暗中观察着这个叫妈妈的女人，暂时被玩具所吸引。

冷妮新奇地看着眼前的藏光，一次又一次地把他抱在怀里，亲他，吻他。藏光起初是躲闪的，但他发现自己并没有受到伤害，然后就是妥协。冷妮远远近近地把藏光看了又看，还让孩子脱光身子，详详细细地把孩子的身体检查一遍，依然没有找到一块胎记，她似乎认定，眼前的藏光就是自己的儿子了。她捧起孩子的小脸，一遍遍地说：叫妈妈，藏光，我是妈妈，你叫妈妈呀！藏光盯着冷妮，反驳道：你不是，我的妈妈是马阿姨。马阿姨就是刚才的那个保育院阿姨。冷妮听了这话，身子抖了一下，泪水滴在藏光的脸上。藏光惊惧地望着眼前这个哭泣的女人，一副不知如何是好的样子。冷妮俯下身，重重地把藏光搂在怀里，哭泣着说：藏光，我才是你亲妈呀！

王秀丽起初是看着三康在自己的身边睡去的，她看着孩子可爱的模样，在心里把三康和大康二康对比着，她依稀地又看到了大康。大康送人时，和三康现在的年纪差不多，她似乎又听到了在林家屋内传出的大康的哭声，一遍遍地喊着：我要妈妈，妈妈别丢下我……大康是那么依恋她，可眼前的三康从始至终还没有喊过她一声妈，想到这，泪水又一次涌了出来。半个月的颠簸、疲惫让她在又松又软的床上发出了沉沉的睡意，不知何时，她睡着了。夜半时分，又不知何时醒来，她下意识地伸出手臂去拥抱身边的三康，发现那里是空的。她一惊，忙拉开灯，床上是空的，屋内也是空的。她跳下床，又趴在地上去查看床下，并没有发现三康的影子。她忙穿上衣服，拉开门，楼道里静静的，依然不见三康的影子，她先是小声地呼唤着三康的名字，没有回答，她脑子"嗡"地响了一声，一片空白，三康丢了。她突然身子一软跌坐在走廊的地上，然后使出全身的力气大喊：三康不见了，我的孩子丢了……

办事处的官兵听说王秀丽的孩子丢了，这事非同小可，立马集合起了警卫排，全体官兵一起出动。一把把手电的光束射向每个角落，整个办事处都乱了。

冷妮抱着藏光睡眼惺忪地走出来，只见王秀丽瘫坐在楼道的一角，她承受不住这样的打击，大康、二康都离她而去，她又怎么能失去三康呢？冷妮安慰着王秀丽，藏光突然从母亲的怀里清醒过来，清晰地说：三康哥回保育院了。这话听得两人一怔，冷妮严肃地问：你怎么知道三康回保育院了？

藏光见怪不怪地说：以前他经常带我们跑出去，然后还能回去。

这句话让王秀丽清醒了过来，她忙站起来，急三火四地下楼，到了楼下看见办事处的官兵，打着手电，在四面八方地呼唤着三康，墙角树丛，每个暗影处都不放弃。王秀丽想着藏光的话，她要去保育院，她顺着白天来时的路，向保育院方向跑去。从办事处到保育院直线距离有近两公里的路程，要是走路会更远一些，王秀丽一边跑一边开始犹豫，这么远的路，一个四岁的孩子，又黑灯瞎火的，怎么可能？她几欲返回，她坚信三康就应该在办事处附近的某个角落里，在犹豫中已经能看到保育院的房舍了，她硬着头皮，还是走了进去。正是深夜时分，看门的那位老大爷都睡着了，她还记得三康的宿舍，白天的时候，她就是从这里把三康带走的。她推开门，先让目光适应下黑暗，寻找到了三康的床位，她没有看错，三康就躺在自己的床上，也许是走热了，他一只腿还压在被子上，另一只胳膊搂着被子，睡得正香。王秀丽不管不顾地冲过去，一把抱住三康，"哇"的一声大哭起来。

深夜的保育院又乱了。

冷妮和王秀丽在办事处住了一个多月，眼见着探亲的假期即将结束了。两人经过和孩子们的相处，总算孩子们接受了她们，先是生疏地喊着妈妈，到后来，他们会主动地把自己投入到母亲的怀抱。她们脸上的高原红经过四川潮湿闷热的天气洗礼，也在一点点褪去，恢复了她们本来的面目。孩子们望向她们的目光就少了厌恶，喊妈妈的语调也变得心甘情愿起来。

有一天，王秀丽牵着三康的手来到了冷妮面前道：冷妮，我想让你帮我带一天三康，我要去一趟乐山。

她话一出口，冷妮便什么都明白了，王秀丽这是要去看望大康。队伍从乐山出发到现在，已经有几年的时间了，时间并没有磨灭母亲对孩子的牵挂。

当王秀丽出现在乐山的街头时，当年队伍出发的场景又一次再现在她的面前，她似乎又听到了人群之后大康一遍遍呼喊妈妈的声音，她泪眼再次模糊。她依着记忆寻找着林家住的街巷，终于在几次努力后，林家的小院再次出现在了她面前。还是那个小院，比以前似乎整洁了许多。林姓男子和林妻站在院子里的模样，又一次浮现在她的眼前。她站在院门口，呼唤着：有人么？一连呼喊了几遍，没人回答她。她定睛细看，见到了门上那把锁，看来林男和林妻是出门做活路了。她正犹豫的时候，邻居一位大娘探出头，沙哑着声音问她：找谁？她几乎不假思索地把大康的名字脱口而出，大娘疑惑着，想了想，摇了摇头，告诉她：找错了，这里没有一个叫大康的人。她想，也许大康改名了，便把几年前，队伍出发，如何送孩子的事对大娘说了。大娘恍惚道：你说的是乐发呀，上学去了。说完这话，大娘就审慎地打量着她。怕他们节外生枝，当年把大康送出去时，是和林家签字画押的，这张纸杨明业一直揣到了拉萨，虽然杨明业不在了，但那张契约就在拉萨的家里。每隔一段时间，她就会把那张纸拿出来，白纸黑字写得明明白白，大康是林家的人了，和她一点关系也没有了。每次这么想，就如同掉进冰窖里，从里到外拔凉拔凉的，整个人就像做了一场梦，大康就是梦里的主角，模模糊糊地出现又消失。

面对大娘的询问，她只能支吾着，说自己就是一个过客，然后逃也似的离开了，留下邻居大娘一脸疑惑和警惕。

她从邻居大娘那里打听到了大康在上学，一定是在附近学校，打听学校并不是件难事，她很快就找到了大康所在的小学。她出现在学校院外时，孩子们正是下课时间，一群孩子在院子里奔跑着嬉闹着，她的目光在每一个年龄与大康相仿的男孩子脸上扫过，她觉得每个孩子都像大康，她看得眼花缭乱。当上课铃声又一次敲响时，院子里恢复了寂静，一间间教室里传出了朗朗的读书声，她在阳光中望着校舍，她知道，在某间教室里，就坐着她的亲骨肉大康。她一直等到学校放学，她站在学校门口，不错眼珠地盯着从学校大门里走出的每个男孩。觉得其中有个和大康年龄相仿的孩子就是大康，她即将扑过去时，突然听到一个孩子喊：乐发再见。她循着声音望过去，那个叫乐发的男孩，一边冲同伴打招呼，一边向另一方向走去，从方向上判断，这条路是通往林家小院的路，刚才，她就是顺着这条路走来的。她几步奔过去，一把扯住乐发的胳膊，蹲在孩子面前，一把抱住乐发，叫了声：大康。八九岁的大康已经有些力气了，惊惧之后，一把推开她，警惕地望着她道：我不认识你。她张口结舌，眼前的孩子明明就是大康，他的眉眼、神态和几年前没多大变化，自己的孩子，她相信不会认错，她焦急地说：你亲爸叫杨明业，妈妈叫王秀丽，你被送给了林家，你忘了？她说这话时，孩子的目光中打了一个闪，似乎触动了他的记忆，但还是很快地说：老师说，不让我们和陌生人说话。说完抱起书包，飞也似的向前面跑去。王秀丽多么想再看大康一眼啊，便也追了过去，迎面看见林姓男人慌慌张张地向前跑过来。没错，就是那个男人。几年时间，这个男人比之前胖了一些，外表并没有太大的变化。她止住脚步，把身子躲在一个角落里，只见那个男人几步上前，一把抱起大康，大康又快又急地冲男人说着什么，那个男人也在回头张望，她断定，大康一定和男人说自己。那个男人估计也意识到了她的身份，向身后张望了几次之后，转眼就消失在了街角处。

那天大康放学后，她躲在暗处，在林家小院外观望了许久，她多么希望大康能够再次走出小院，让她看上一眼啊！结果，林家小院的门紧紧地关着。一直到天黑，再也没有等来大康的出现。她的心情可想而知。

王秀丽不知是如何回到成都办事处的，她身子软软的，心里空空的，似乎丢了魂。她见到了日思夜想的大康，现在名字已经改成乐发了。她认出了孩子，可孩子并不认她。她清晰地记得，大康奔向那个男人时，喊的是爸爸。声音清晰明亮，亲切中还有几分撒娇。那个男人一定是经常抱大康，他那么熟练地把大康抱在怀里。大康已经是别人家的孩子了，和自己一点关系也没有了，她一遍遍地用这句话提示着自己。直到她走回办事处，见到三康奔跑着奔向自己时，她突然顿悟到，那个林姓男人是爱大康的，大康也爱那个男人。大康有饭吃，有书读，还有什么不满意的呢？想到这儿，她似乎释然了，随着三康生猛又热烈地扑在她的怀里，她告诉自己，现在她只有三康了。

当一年后王秀丽又一次来到成都保育院探望三康时，她还是忍不住又一次来到了大康的学校门前，她还是想再看一眼大康，哪怕什么也不说，就是看眼大康是否长高了，瘦了还是胖了，孩子安好，便是她的晴天。这一次，她并没能如愿，她找到几个孩子打听乐发的去处，才知道，半年前乐发已经搬家了。家搬了，自然也就转学了。她的心再次空荡起来，她知道这一切的发生，一定是缘于上一次她冒失地出现。以前知道大康的住所，似乎觉得孩子离她并不遥远，在想孩子时，脑子里还有个依托，现在，她不知大康的去处，最后连这点念想也没有了。那天，她蹲在那棵大树下，默默地流着眼泪。

直到多年后，她住进了成都某军人干休所，一个中年男人，风尘仆仆地出现在她的面前，那会儿她的眼睛已不再明亮，只是模糊地看到眼前这个汉子。那汉子突然跪在她的面前，撕心裂肺地喊了一声：妈，我是大康呀。那会儿的心境，仿佛她来到了另外一个世界，对眼前的一切不敢相信，又觉得那么虚幻。当然，这一切是若干年后发生的了。

王秀丽和冷妮不知不觉间休假已满了，她们把孩子又送到了保育院，还是送她们来时那辆吉普车,当她们坐上车的一刹那,她们听到了孩子的哭声,一声又一声"妈妈"地呼唤着。那又是怎样的一种情境呀?车向前开着,她们的眼泪也流了一路,一直到车驶进雪山,孩子一声又一声的呼喊犹如在她们的耳畔和心里经久不散。

她们又一次把孩子留在了保育院,当一年后她们再次出现时,孩子依然对她们陌生,然后又熟悉,再次流泪告别,再次陌生。在周而复始中,她们的心经历着一次次周而复始的折磨,在这种分离与重逢中,心碎了,又重聚。她们和孩子的经历,让她们顿悟了人世间的悲欢离合。

桑杰曲巴

顾红旗是在一次视察边防连哨所时,认识桑杰曲巴老爹的。

桑杰曲巴比顾红旗年长三岁,带着儿子格桑玉麦,在山间放牧。顾红旗一行,行进在山谷时,发现前方山体塌方了,大块的石头和冰雪落在了山谷里。再往前走已经不可能了。他们这次进山,翻越了两座五千多米的雪山,才赶到这里。正值夏季,正是为各边防哨所补充给养最好的季节。要是赶到大雪封山,别说是人,连鸟飞进来都困难。

正当顾红旗等人一筹莫展之际,他听到了桑杰曲巴老爹的歌声,他在唱着一首藏族歌曲,曲调悠长,然后他就在树丛中看到了一片红。当警卫员小刘打马前去探寻时,桑杰曲巴和儿子格桑玉麦,骑着马出现在了他的面前。让顾红旗等人吃惊的是,他们每个人的肩上都扛着一面鲜艳的国旗。

桑杰曲巴父子,是寻着顾红旗一行马队找来的。父子俩在马上用手遮在眼前,把他们一行打量了,便惊呼一声,很快下马,把肩上的国旗插在地上,快步上前。

桑杰曲巴老爹,离很远就在喊:金珠玛米。父子俩的步子急切,当见到顾红旗时，离很远就伸出手，然后亲人似的和顾红旗的手握到了一处。

在翻译的帮助下，顾红旗才知道，眼前的藏族老爹名字叫桑杰曲巴，身后的儿子叫格桑玉麦，是方圆近百公里唯一的居民。在桑杰曲巴老爹的介绍下，顾红旗知道了他们没有家，牛背上的毡房就是行走的家。身后的两面国旗是老伴学着边防哨所那面国旗自己手工做成的。在这里还没有哨所时，他们是这里唯一的居民。这里交通不便，夏天雨水多，冬天的雪又大。早些年间，这里还有一些居民。因为雨水过多，种不出任何庄稼；每到冬季，大雪封山，连出门都困难；恶劣的气候，让这里的藏胞几乎无法生存，所以居民们只能搬迁到他处。只有桑杰曲巴一家留了下来。

后来这里住进了解放军的官兵，在边防建了哨所。他们一家通过哨所的官兵了解了解放军和外面的世界。现在桑杰曲巴一家已经成了义务的边防巡逻队员。没有国旗，他就利用为数不多的走出大山的机会，买来了红布，让老伴照猫画虎，做了两面国旗。他和儿子不论走到哪里，他们都会学着边防官兵的样子，带上国旗，把国旗插在显眼处。

在和桑杰曲巴以后的交往中，顾红旗才对他这种做法有了了解。因为他们地处边境地区。当解放军还没有进藏时，这里只有居民，对面就住着邻国的居民和驻军。邻国的军人，经常越境过来，抢他们的牛羊。有几次，当时这里还有一些居民，联合起来，过境去理论，想要回他们被夺走的牛羊。他们不仅遭到了嘲笑，还被殴打。对面的驻防军人口口声声地说，是他们越境了，才没收他们的牛羊。他们哭求时，对面的军人把枪口对准了他们，还拉响了枪栓。他们这些手无寸铁的牧民，又怎么能斗得过那些军人呢？他们只能吃了眼前的哑巴亏。

恶劣的自然环境和不时受到外军的袭扰，渐渐地，原居民背井离乡，赶着他们的牛羊。牛背上驮着他们的全部家当，翻越雪山，到他处另寻活路去了。

桑杰曲巴老爹，面对外军的袭扰，非常气愤。他生在这里，长在这里，在这片土地上娶妻生子，明明是中国的土地，怎么成了别人的？他怎么也想不通，但碍于自己人单力薄，只能忍受着欺凌。在解放军哨所建立前，他带着儿子，总是小心翼翼地放牧，远离对面军营，生怕惹出是非。即便这样，仍不时地受到骚扰。隔三岔五地，总会有对面的军人摸过来，来抢走他们的牛羊。

当我们的哨所建立之后，被骚扰欺凌的事件再也没有发生过。他感谢这些不远万里来到这里的金珠玛米。他很快成了哨所军人的朋友。这些年来，他还学会了汉话。知道这些金珠玛米是北京的党中央派来的，不仅守护这里的人民，还在为自己祖祖辈辈留下来的土地站岗放哨。边境线漫长，难走，这里的军人艰苦，不仅连住的地方都没有，还经常吃了上顿没有下顿。桑杰曲巴一家就想办法接济这些官兵，拿出自家制作的奶酪、牛肉干……这些军人又怎么忍心白白接收从一家人口中省下的食物呢？当有补给马队送来粮食时，这些官兵也慷慨地把自己的食物送给他们。一来二去，桑杰曲巴老爹一家，就和哨所的官兵建立起了特殊的友谊。

每当这些官兵巡逻时，他看见，这些官兵都会扛着那面鲜艳的旗帜，走到哪里，插到哪里。后来，他才知道，这面旗帜叫国旗，是中华人民共和国的象征，更是官兵巡逻宣示主权的标志。于是，他也让老伴做了两面这样的旗帜，走到哪里，就把旗帜插到哪里。有了国旗，底气就壮了许多。

顾红旗那一次和桑杰曲巴老爹邂逅，是桑杰曲巴带着他们补给的马队，穿过了两道山脊，又绕过了一条峡谷，辗转着才来到了哨所。

自从结识了桑杰曲巴之后，顾红旗深深地被桑杰曲巴淳朴善良的性情打动了。每次到玉麦哨所视察时，他都会和桑杰曲巴老爹见上一面。每次来，他都会带上一瓶山外的青稞酒，与桑杰曲巴席地而坐。桑杰曲巴喝上两口酒之后，话就多了，说起祖祖辈辈生活的山林和土地，每当这时，桑杰曲巴的目光中就闪烁着一种神秘的光芒。桑杰曲巴虽然祖祖辈辈生活在大山里，却经常说出一些名言，比如：苍鹰飞得再高，总有落在地上的时候；山外的水再甜，也比不上玉麦的水亲……桑杰曲巴的心胸让顾红旗时时自惭形秽。在桑杰曲巴老爹的感染下，他们大口地喝酒。桑杰老爹见顾红旗没有一点首长的架子，也放开了自己的性子，酒喝到差不多时，就起身站在高处，唱起了一首古老的藏族歌曲，赞美这片土地和牛羊。

桑杰曲巴也有犯愁的时候，说到儿子格桑玉麦，他的情绪就低落下来。说自己正在攒着牛羊，等秋天到了，他就会赶着牛羊去山外给儿子换媳妇。桑杰老爹已经连续几年这么做了，可惜的是，没有人愿意把女儿嫁到山里。说玉麦太穷，女儿若是嫁到山里，见一面都难。好在桑杰老爹经过努力，终于给儿子在山外谈妥了一门婚事，他要付出比平时多两倍的牛羊数量。

桑杰老爹每次放牧时，经常望着眼前的牛羊走神，想象着这些牛羊会给儿子换来媳妇。他的眼神中，又透出某种希望。

第二年，顾红旗又一次来到哨所时，又一次见到了桑杰曲巴。儿子格桑玉麦身后，还站着一位漂亮姑娘。桑杰老爹骄傲地指着那位姑娘说：首长，你看这就是我的儿媳妇。她比山里的百灵鸟还要漂亮。桑杰老爹满脸的自豪和幸福。

儿子有了媳妇，就可以在山里传宗接代了。他们祖祖辈辈就要在玉麦生活下去，他们肩上的国旗就会插得到处都是。

后来，顾红旗调到了军区机关工作，到边防哨所的机会就少了。但只要有后勤运输队到玉麦哨所运送给养时，他都会托人捎上两瓶青稞酒，还会捎个口信给桑杰老爹，祝他身体健康，牛羊肥壮。

桑杰老爹也有口信捎回来，每次都说他很想念首长，希望有机会再到玉麦来，他还要拿出牛肉、奶酪招待首长。

每次听到桑杰曲巴老爹的口信，顾红旗都很感动。他又想起山谷中，唱着山歌，扛着国旗，快乐的桑杰曲巴老爹的样子，心里就有一股暖流。

自治区成立后不久，桑杰曲巴和格桑玉麦被评选为优秀边民代表，到拉萨开会领奖。当轮到给桑杰曲巴老爹颁奖时，顾红旗亲自上台，为桑杰曲巴父子颁发锦旗。两人在台上紧紧地拥抱在一起。

那一次，顾红旗把桑杰老爹父子留在拉萨，多逗留了几天，他带着他们参观了布达拉宫、大昭寺。还在商铺里买了一些礼物让桑杰父子带上。那次桑杰老爹骄傲地告诉顾红旗：自己的孙子已经出生了，玉麦后继有人了。桑杰老爹还说：用不了多长时间，那些迁走的人，还会回到玉麦。到那时候，他要请顾红旗再回玉麦，看看玉麦的变化。

顾红旗一直记着桑杰老爹的话，他退休前，又一次来到了玉麦。他要向哨所告别，向桑杰老爹一家告别。当他又一次见到桑杰老爹时，他骑在马上，胡须都白了。但身体仍然强壮，笑声朗朗。顾红旗告别完哨所之后，他还特意在桑杰老爹的毡房里留宿了一晚。那天两人坐在毡房门口，喝着青稞酒。桑杰老爹得知顾红旗退休后就要离开拉萨时，流下了真诚的眼泪。他握着顾红旗的手，一遍遍地说：首长，你是我一生中最好的朋友。顾红旗又何尝不在思念他这个藏族朋友呢？

就在顾红旗回到成都干休所的第二年，藏光给他写来一封信，告诉他一个悲痛的消息：桑杰曲巴老爹在雪山上出了意外。桑杰老爹去世时，是个很平常的一天，他带着一家游牧到一个雪山脚下。他毫无例外地要把国旗插到雪山上。当他把红旗刚插到山顶上时，便遇到了雪崩，桑杰老爹随着崩塌的雪，滑到了山谷里……

后来是哨所的官兵出动，才把桑杰老爹的遗体寻找到。自此，在玉麦的大山里，多了一座坟茔，那是桑杰老爹用自己的化身，在宣示着玉麦的存在。

当顾红旗得到桑杰老爹离世的消息时，他立在窗前，望着干休所楼下满园绿树，他又一次想起了西藏的皑皑白雪，眼泪止不住，又一次流了下来。在以后许多年里，只要他一想起桑杰老爹，他的心就五味杂陈，仿佛自己又一次只身在风雪中的雪山峡谷之中。

曙　光

一年以后，藏南出生了。

藏南出生在路上。冷妮探亲回到西藏不久，便又一次怀孕了，即将分娩时，韩团长被宣布调到四川办事处去工作了。韩团长年龄大了，军区成立后，师宣传队便和其他宣传队合并在一起，组成了军区文工团。韩团长不再担任团长，负责文工团的道具工作。他是整个文工团年龄最大的人，高原病也在他身上显现出来，先是血压高，后来又呼吸困难，长期失眠，韩团长整个人就越发显得苍老。部队的状况还是很艰苦，但经过几年的努力，开垦出的荒地已经种上了庄稼，也有了收成。他们还从内地移植过来了苹果、梨的树苗，第二年开春时，居然活了过来。官兵们看着绿树成荫的果树，想象着丰收后的景象，似乎觉得离江南水乡又近了一步。

上级根据每个人的情况，做了人员调整，这一次韩团长就在调整之列，他被宣布调到后方办事处去工作。正赶上冷妮又一次到了临产期，她能回到后方生产，就少了孩子又在途中转送的风险，于是，她便和韩团长一起出发了。

还是吉普车，大部分山路仍然没有完工，依旧是石头遍布。吉普车在颠簸中像大江大河中的一叶扁舟，没头没脑地驶进了茫茫的群山中。

车辆在出发一周后的一天傍晚，冷妮的羊水破了。她预产期在计算中本来还有个十几天，出发时，觉得算上路程，到四川后也该差不多生了。人算不如天算，因为路途的颠簸，她早产了。她是生过孩子的人，羊水一破她觉得大事不好，凄然地喊了司机停车。然后一手抓住韩团长的衣角，绝望地说：师傅，我要生了。韩团长以前有过老婆孩子，经历过女人生孩子的事，后来闹饥荒，老婆孩子都离他而去了，他便干起了沿街卖唱乞讨的生活。后来，他没再找女人，把这些徒弟当成了自己的儿女，一直到部队进入西藏。

他听冷妮这么说，忙跳下车，看着茫茫的群山，前不着村，后不靠店的地方。他意识到，冷妮的孩子只能生在野地里了。他招呼过来司机和跟车的士兵，手忙脚乱地把后备厢里放着的帐篷取出来。这顶帐篷是他们行驶在途中过夜用的，帐篷很快搭好了，他把冷妮似抱似搀地扶到帐篷内，这才发现，没有医生。冷妮生孩子是大事，身边没有个人照应怎么行？他望眼帐篷外那两个涉世未深的战士，显然是指望不上，他只能亲自上阵了。他扶着冷妮躺下，看着冷妮道：妮子，看来，只能师傅帮你接生了。

冷妮听了，自然是一副难为情的样子。裤子里已有羊水渗出。虽然自己九岁时就跟着师傅在一起，这么多年，师傅也像父亲一样照料着他们这些师兄师妹，但师傅毕竟是个男人，让她敞开自己，她又怎么能不羞怯，难为情？已经没有时间犹豫了，韩团长道：妮子，你叫我一声爹，以后我就是你爹了。冷妮在一阵宫缩引起的阵痛中清醒过来，她红着脸，先是怯怯地叫了声：爹。韩团长就说：大点声，让老天爷能够听到。冷妮在一阵剧痛中就大喊一声：爹……站在帐篷外放哨的两个士兵也听到了。冷妮热泪盈眶，不知是疼的还是因为感动。

冷妮生了，是个女孩。按照以前和顾红旗的约定，起名叫藏南。

顾红旗此时还不知道，冷妮已把藏南生在了路上。他正接受军区军需部的任务，带领一支部队向日喀则的部队运送一批军需物资，有被褥服装，也有粮食。他们在一条山沟里，遭到了一伙藏军的埋伏，这些藏军像土匪一样，号叫着冲过来，把一部分军需物资抢走了。根据上级的指示，以团结大局为重，他们在没有危及人身安全的情况下是不能反击的。眼见着这伙藏军像土匪一样抢了他们的粮食，他们又不能反击，气得顾红旗从一个战士怀里夺过一把冲锋枪，冲着天空鸣枪。许多战士气不过，也学着司令的样子，冲天上鸣枪，枪声响彻了整个峡谷，那些藏军则不慌不忙，大摇大摆地赶着牦牛，牵着马匹消失在他们的视野里。

噶厦政府千方百计地要把解放军赶出西藏，断粮食，断盐巴，甚至就是乱石滩的荒地也不肯卖给解放军。让他们没想到的是，这些解放军有如神助，硬生生地在有限的荒地里，突然种出了庄稼。一计不成又施一计，经过这两年和解放军打交道，知道解放军有纪律，不会把他们怎么样，便派出藏军不断挑衅，用尽各种办法，激怒解放军，想让他们动武。只要在西藏发生流血事件，他们就会联合境外分裂势力捅到国际上，让更多国家支持他们，最后让联合国出面干预，达到让西藏独立的目的。驻扎在西藏的队伍，从上到下，早就知道噶厦政府一伙分裂分子的阴谋，于是，上级便下达命令，三令五申，以大局为重。

那一阵子，各支部队不断有伤亡报告，原因就是遭到了藏军或者分裂分子的袭击，有时部队在开荒生产时，或者小股部队在巡逻途中，不时地遭到这伙人的袭扰。那几年，部队三天两头开追悼会，从上到下，干部战士都有一股憋闷的情绪，这些官兵没有牺牲在战场，却死在了这些分裂分子的袭扰冷枪之中。

顾红旗同样怀着这股憋闷的情绪，把余下的物资运送到了日喀则，在后面押运过程中，顾红旗下了铁命令，人在物资在。行军时，士兵站在物资的外侧，把物资团团围在当中，就是晚上睡觉，战士们也睡在物资上。顾红旗还命令，如果再发生意外，就是抢也要把物资抢回来。好在后面的路途上，有惊无险地又遇到了几伙藏军，当看到押运士兵这种保卫森然，一副要拼命的架势，便放弃了。

当他从日喀则回来，到军区赴命时，他一头闯进了马副部长的办公室，把手里的马鞭扔到马副部长办公桌上，一屁股坐在一把空出来的椅子上。这次押运，损失了一些物资，马副部长早就知道了。他看着顾红旗这样子，知道盐从哪儿咸，醋从哪儿酸，他不慌不忙地从抽屉里拿出一份电报，递到顾红旗面前，这是冷妮到了四川办事处之后发来的。电报中告诉他，自己平安到达了四川，孩子生了，是女孩，名字叫藏南。顾红旗看完电报，气果然消了一半，但还是瞪着牛眼睛说：马副部长，求你了，和上级去说说，咱们不能再过这样的窝囊日子了，这伙人都骑在咱们脖子上拉屎撒尿了。

马副部长一副见多识广、心里有数的样子道：当年，这些分裂分子，在昌都摆出那么多部队，想阻挡我们进藏的脚步，他们还不是失败了么？现在，我们种地产粮，自给自足，川藏公路马上就要修好了，朝鲜战场也停战了。美帝国主义都被我们打败了，我们还怕他们几个分裂分子闹事？他们闹不出名堂，最后只能是搬起石头砸自己的脚。

顾红旗端详着眼前的马副部长，果然，不再是以前的马师长了，天天坐机关、学文件的马副部长思想境界比之前高了不少。顾红旗打量着马副部长，嘿嘿地笑了起来，停不下来的样子。弄得马副部长一头雾水，摸了自己的脸，又拍了拍自己的身上，发现并没有什么破绽，便下令道：顾红旗，你给我严肃点，别嬉皮笑脸的。

顾红旗还在笑着，收不住的样子。他想到了藏南出生，在保育院里与藏光在一起共同成长的时光，怎么能不发自肺腑地高兴呢？

不久，格桑顿珠一家又出事了。

上次格桑顿珠在儿子格桑庆怀的陪伴下走进军营，并答应卖粮给危难中的解放军，后来，还把自己家里的土地转让出来，让部队修建军营，开荒种地，从那一刻开始，他一直全心全意地支援着解放军。

第一年种地时，解放军运来的种子出现了问题，大片土地都没长出庄稼，他还拿出自家的种子，让解放军重新播种。从那以后，他成了军营里的常客，军区领导为此还多次接见他，他不时地为驻军还有西藏工委出谋划策。格桑顿珠还没有意识到，他的举动，早被暗中的一些分裂分子盯上了。

在一个大风呼啸的夜晚，他的房舍被点燃了，一些家丁四散着逃走。当顾红旗带着人马赶到时，格桑顿珠和儿子格桑庆怀已经死在了火海中。他们身上不仅有烧伤，还有枪伤，显然，他们先开枪射杀了父子，然后才点燃了一把大火。

顾红旗进藏后，第一个交下的就是格桑顿珠这个藏族朋友。他站在格桑顿珠家的残垣断壁前，想发火又不知冲谁发，他挥起马鞭，把一根树枝抽断。许多官兵看见，顾红旗打马而去，马鞭声和他的身影消失在夜色之中。他压抑的哭声在风中凌乱着。

平　叛

从1956年开始，拉萨和日喀则等地先后出现了小股的武装叛乱。

从1956年2月开始，四川甘孜藏族地区（当时称为西康省）开始了废除封建地主所有制的民主改革。这是一次带有根本性的改革，深深地触动了封建农奴制的根本，尤其是对沿袭几百年民族地区土司制度的冲击。

康区的民主改革开始在丹巴和康定两个县试点，引起了甘孜西部的理塘、色达、白义等县少数顽固土司头人的铤而走险，率先开始了武装叛乱。

康区发生的叛乱，和西藏上层分裂集团的秘密策划是分不开的。

1957年以后，达赖喇嘛一伙分裂分子，放弃了与中共合作的诚意，在境外势力的干预影响下，把《十七条协议》抛在脑后。在达赖的眼皮底下，以募捐的名义，经过多次密谋活动，一个名为"四水六岗卫教志愿军"在山南哲古正式成立。至1958年底，西藏叛乱武装人数达到了近两万人，超过解放军驻藏部队数量的总和。

1959年3月17日，达赖一伙密谋出逃到印度，西藏反政府武装精心策划几年的武装叛乱，终于爆发。

在此之前，党中央和西藏军区早有准备。在毛主席指示下，总参谋部的首长坐镇成都指挥，于3月20日10时，西藏军区的官兵打响了平息叛乱的第一枪。

平叛战斗打响前，顾红旗的守备区领受的任务是直取山南的"四水六岗卫教志愿军"总部。那里不仅是叛军总部，还有藏军的两个代本团，其中就有牟霞代本的一个团驻扎在山南。上次牟霞率领残部逃到拉贡恩达的大山里，顾红旗因为迷路，犯了操之过急的错误，在辎重队锻炼了半年之久。在西藏工委门前闹事，包围西藏工委，递交所谓的请愿书，也是牟霞带的头。这个仇，顾红旗一天也没有忘记。

守备区成立后，首要任务是驻守边防，在城里只有守备区的一个机关，算上警卫连、通信排和机关后勤人员，也只不过几百人。队伍进驻西藏后，毛主席提出了西藏六年不变政策，有许多进藏部队撤离了西藏。平息叛乱，面对的是近两万人的叛军，虽然分布在藏南和藏北不同地区，但平叛的部队明显捉襟见肘，经军区同意，顾红旗的守备区，只能把驻扎在边防哨所的部队撤回来一部分。

李本田率领边防连的一个排就是在这当口赶回来的，他还带回来了尼玛。如今的尼玛已不是当初那个一句汉话也不会说的奴隶了，他个子长高了，身体也壮了，还学会了一口流利的汉话，他现在是机枪班的班长。李本田所在的连队，接到电报后，便昼夜兼程往回赶，山高路险，走得又急，因此有许多人掉队了。虽然电报上没有说明具体任务，但李本田知道，一定有重要事情发生了，否则不会动用他们的边防部队，他恨不能插翅来到顾红旗身边。尼玛身强力壮，一人扛了三挺机枪，还是冲在队伍的最前面。

当李本田出现在顾红旗面前时，甩了一把脸上的汗水，喘息未定道：司令员，我李本田回来了，需要我做什么，你一声令下。李本田是边防连队中第一个归队的，他驻扎的边防哨点却是最远的。顾红旗理解李本田心急如焚，昔日的警卫员，当他每次遇到危险，李本田总是抢先一步，用自己的身体为他阻挡着枪林弹雨。望着汗水淋漓的一队人马，顾红旗上前，拍了一下李本田的肩膀道：好小子，你现在是一个称职连长了，没白在俺身边待。李本田露出一口白牙，憨憨地笑了，用袖口擦拭了一下脸道：什么首长带什么样的兵，我随你。

顾红旗在队伍里认出了尼玛，自从上次救下尼玛后，他还是第一次见到尼玛。尼玛立正敬礼道：首长好。我是尼玛，名字还是首长你给起的呢。尼玛那张朴实的脸上放着红光，顾红旗伸手帮尼玛整理了一下凌乱的衣服。尼玛眼圈红了，嗫嚅地道：我现在是名战士了，不然，我该给恩人磕长头的。顾红旗拍一下尼玛的肩膀开玩笑道：我不是土司，更不是头人，咱们是战友。不兴那一套。

当各个边防连队重新集结在一起的时候，望着长长的队伍，顾红旗又想起了在乐山集结时的情景，前卫团刚出发时，队伍也是这么长长的一列，是那么壮观和雄伟。他来不及感叹，平叛的总攻时间越来越近了，在深夜时分，他下达了队伍进军山南的命令。

战斗打响前，出现了一个插曲。顾红旗骑在马上，手拿望远镜，身边站着司号员，听他的指示，随时吹响冲锋号声。可就在这时，李本田提着枪不管不顾地冲了过来，用自己的身体挡在了他的马匹前。他正在观察叛军的敌情，刚要命令司号员吹响冲锋号声，突然出现的李本田打乱了他的思路。他挥起马鞭，大叫一声：李本田，你想干什么？李本田一把抓住他的马缰，顺手把马缰递到警卫员手里道：别让首长冲锋。此时顾红旗的警卫员是接替李本田的小刘，在顾红旗身边已经有几年了，也算是名老兵了。虽说这几年日子过得艰苦，却是无风无浪的，根本没经过战斗洗礼，他压根不知道顾红旗打起仗来的样子。李本田把顾红旗的马缰递到小刘的手里，李本田训斥着小刘道：当时我是怎么交代你的？你忘了？小刘惊惧地望着李本田，哆嗦着声音应道：没、没忘。李本田低吼一声：保护首长的安全。

顾红旗用脚磕了一下马鞍，冲李本田挥了一下鞭子道：李本田，马上回到你的战斗位置上去，违反纪律军法从事。李本田不再造次，用手指狠狠地指了一下警卫员小刘。

当司号员吹响冲锋号时，顾红旗早就把马绳夺回到了自己的手中。这是整个西藏向叛军发动总攻的时间，冲锋号一响，风暴一般的枪声也响了起来。

顾红旗一马当先地冲了出去，先是骑兵队伍，在冲锋的路上掀起了一阵旋风，然后就是步兵。那些地方组织起来的民团，虽然有境外势力提供的装备，但并没有多大的战斗力。他们很快便被势如破竹的解放军队伍冲得七零八落，偶有抵抗，很快就被瓦解了。

从战斗打响之初，顾红旗就带着人把牟霞的代本团包围了。他从望远镜里看到牟霞骑在马上，身边有十几个人的马队，且战且退，顾红旗心中只有一个目标，就是牟霞本人，上次在拉贡恩达让牟霞侥幸逃脱，这次不会再给他这样的机会了。

战斗到第三天时，叛军从山南退了出去，分成几股，向大山里逃去，顾红旗一边命令队伍分头出击，一边瞄准牟霞的残部追击过去。

牟霞似乎意识到自己的末日将至，他不断地安排人马阻击追上来的队伍，自己则在前面落荒而逃。顾红旗根本不给牟霞逃跑的机会，他率领十几名骑兵战士，死死地咬住牟霞的身影。慌不择路的牟霞一行，逃到了一座寺庙里,这座寺庙在一个半山坡上,很快,顾红旗率领队伍赶了过来。因无路可逃,牟霞的残部只能做出负隅顽抗的姿态,有几名枪手还窜到庙宇的屋顶上,院墙周围也都是一群顽抗的残兵。

顾红旗指挥队伍分四面把寺庙包围了,他让翻译上前喊话,让这些残部接受投降。躲在寺庙屋顶的枪手,一枪把翻译的帽子打飞了。顾红旗只能下达了强攻的命令,躲在寺庙里的残军很快便抵挡不住。顾红旗在望远镜里看到,牟霞率领几个人从后门夺路而逃。他顾不上许多,打马追了过去,在一个山凹处,一片乱石堆前,马匹已无法前行,牟霞等人只能弃马而逃,顾红旗追到近前,也只能弃马追了上去。他一边追一边想着:决不能再重演拉贡恩达那一幕,不能让牟霞逃掉。

顾红旗眼见着牟霞顺着一条石壁攀岩而去,他举起了手里的枪。还没开枪,却听到一声枪响,一个人影却在他眼前倒下了。那个人影在他眼皮子底下踉跄了一下,他收回目光,发现是李本田中枪了。李本田在跌倒之前的一瞬间,手里的枪也响了,藏在不远处的一个藏军的脑袋开花了。显然,李本田是为了掩护他中弹了。他捂着胸口冲追上来的队伍喊了一声:把他们消灭掉。顾红旗弯下腰,把李本田抱在怀里。枪中在李本田的胸前,血正汩汩地涌出来,他大叫道:本田,李本田。李本田微微地睁开眼睛,艰难地说:首长,我还想和你过以前的日子。说到这儿,嘴角牵起一抹微笑,笑容还没在脸上绽开,头一歪就倒在了顾红旗的怀里。李本田身上的血把顾红旗胸前染红了。

当打扫战场的战士把牟霞的尸体拖到顾红旗面前时,他还没在悲痛中醒过神来。他怔怔地望着军医和卫生员七手八脚地抢救着李本田,可李本田再也不会睁开眼睛了。

李本田的遗体是尼玛背下山去的,这个藏族班长满脸是泪,嘴里一直说个不停:连长呀,你走了,以后还有谁教我写字、说汉话?你说你一直陪着我站岗放哨,还说你是我在这个世界上最亲的人,你走了,我没亲人了……

顾红旗还有许多官兵一边走着,一边在流泪。李本田的一幕幕往事放电影似的在他眼前闪现。这是他从参军到现在，牺牲的第三位警卫员，是他们用自己的命换回了他的命，如果没有这些警卫员舍生忘死，自己不知道死过几回了。

李本田还有其他的烈士被安葬在拉萨南郊的烈士陵园里。

1962年中印边境自卫反击战打响，顾红旗率领着他的部队又一次上了战场。反击战胜利后，南郊的烈士陵园又多了许多烈士。在李本田的墓地旁，又多了一个坟茔，碑上面写着：尼玛烈士之墓。反击战打响时，尼玛已经是机枪排的排长了，在反击战打响后，他带领机枪排坚守一片夺回来的领土，被敌人的一发炮弹击中。

在以后的许多日子里，顾红旗会经常来到烈士陵园里。有时怀里抱着一捧格桑花。有时也会揣着烟和酒，把烟点燃，插在烈士墓前；把酒拧开，倒在昔日的战友面前，然后他坐在一处，静静地看着香烟燃烧，闻着酒香，目光依次地从战友的墓前滑过。他脸上慢慢地绽放出一抹笑容，嘴里喃喃地道：你们这帮小子，今天给你们放假，抽吧，喝吧，俺顾红旗陪着你们。说过了，笑容就消失了，眼角会滑下两行泪水，点点滴滴地湿了衣襟。

1965年9月1日，在党中央的关怀和指示下，西藏自治区正式成立。就此，西藏改天换地，昔日那个落后愚昧的农奴社会被彻底砸烂了。

云　　南

云南边境某地，1980年春，新冒芽的草地绿油油地尽情地铺展在人们的面前。一年前，这里还是枪炮声阵阵。此时，一切都平静下来，散尽硝烟的土地上，又恢复到了往昔的宁静。

一支排雷小分队，小心翼翼地在初春的土地上搜索着残留在土地里的地雷。他们奉上级指示，从前线调回到了后方，接受了排雷任务。突然，杨三康不动了，还是刚才迈步的姿势，似乎被武功大师击中了穴位定格在那里。走在一旁的顾藏光意识到了什么，大叫一声：三康，你怎么了？杨三康挥了一下手，厉声命令道：分散，卧倒。杨三康身为军区某部副连长，带领一个排接到了扫雷任务，他们是三天前奔赴雷场的。这天他们和往常一样，正在奔赴雷场，没料到，在排雷的路上，他却踩到了地雷。从去年边境战事开始，他们接触了太多的地雷，有许多战友在冲锋时，因为踩了地雷牺牲了。排雷之前，他们受过排雷训练，对几种常见的地雷型号了如指掌。

副连长杨三康的命令，让全排的官兵条件反射地四散开来，并匍匐在草地上。顾藏光离杨三康最近，他抬起头来，盯着杨三康，大叫一声：三康，你别动。他知道三康踩到了一枚压发式地雷，这种地雷踩上去并不爆炸，只有在松开的一瞬间，才会触动地雷的开关，并瞬间爆炸。顾藏光喊过了，便开始向三康的脚边爬过去，动作敏捷，目标准确。三康看出来藏光的用意，大声制止着：别过来，我一个人能行。说着试探着要蹲下身子自己排雷。

藏光一跃，扑到三康的脚边，从背后抽出工兵铲，还有排雷的钳、剪。三康又大声地制止着：顾藏光同志，我命令你离开，我一个人能够完成排雷任务。

藏光就像没听见一样，把工兵铲伸到了杨三康的脚下，他的动作小心又精确、果断。杨三康看见太阳无遮无拦地照在藏光的脸上，他军帽下的鬓边有汗水浸出来。他闭上了眼睛，似呻似唤地说：藏光，你要干什么？为什么不服从命令？弄不好，把我们两个人都得搭上。

藏光露出一口白牙，手上的工兵铲动作着，一边挖去三康脚旁的浮土，嘴里一边说着：三康，我说过，咱们要同生共死，你在哪儿我就在哪儿。去年反击战打响时，要是没有你，我顾藏光都死了八十回了。

杨三康比藏光早入伍一年，在成都八一学校毕业后，刚好有云南军区到成都征兵，杨三康瞒着母亲王秀丽报了名，直到录取通知书拿到手中，他才把这一结果告诉母亲。王秀丽在两年前退休从西藏回来，住到成都干休所。她看着三康拿到她面前的入伍通知书，像不认字一样，翻来覆去地看了几遍，直到杨三康大声地告诉她：妈，我去参军了，这是云南军区的入伍通知书。王秀丽这时似乎才回过神来，嘴里喃喃地说：你要去参军？杨三康肯定地点点头。从保育院到八一学校，他们这拨孩子，似乎早就学会了独立自主。每年父母只有一次探亲假，那是他们一年中唯一团聚的机会。在更多的时间里，他们自己的事，都自己做主，他们没有享受到父母的呵护，自然没有对父母的依赖心理。

王秀丽把入伍通知书还给杨三康，不认识似的把三康上下打量了，突然才恍悟地道：这么快，你就长大成人了。杨三康和母亲平时见面的机会并不多，虽然两年前，母亲退休回到了成都，但他仍住校，只有周末，才偶尔回一次家，看望一下母亲。

三康参军出发时，学校隆重地给他召开了一次欢送会。低年级的学生羡慕地望着穿着新军装的三康，他们不知道参军后的杨三康意味着什么，但都意识到杨三康长大了，他是他们这拨孩子中第一个走向社会的。不论男孩、女孩，纷纷把羡慕的目光投在杨三康的身上。他们哥长哥短地叫着，就像自己的亲人远行。从保育院，到小学，又到中学，这些孩子一直住在一起，久了，自然有一种大家庭的亲情。平时他们就依据年龄大小，哥、姐地称呼着。

三康和藏光的感情更加要好一些，也许是他们父母的关系，每次都差不多一同来看望他们，于是两人从小到大走得就更近一些。三康比藏光大一些，不论在保育院还是学校，三康都承担起了哥哥的责任，还有藏南，他们三个人在一起玩得最多。

三康参军那一年，藏光刚上高中，藏南上初二，三个人在之前已经在八一学校那片小树林里告别过了。三康不仅买了一瓶果酒，还有两袋饼干，三个人坐在小树林的一片空地上，把酒瓶轮流地在三个人手里换着，轮到谁，都会就着瓶口喝上一口。这是三个人第一次喝酒，在酒精的作用下，三个人都各自说着离愁别绪的话。三康说：我走了，最不放心的就是你们两个人。藏光说：三康哥，我高中一毕业就去昆明找你去，我也要参军。藏南已经出落成少女了，她心思细腻，不知因为酒的作用，还是别的原因，她红着脸说：三康哥，我和藏光能照顾好自己，等以后有探亲假了，就来看看我们。

杨三康望着亲如弟弟妹妹的两个人就红了眼圈，发誓地说：我一定在部队上好好干，争取早日提干，把你们两个都接过去。

三康乘坐军列出发那天，藏光和藏南双双逃学，一直把三康送到了火车站。当列车开走的那一瞬间，藏光和藏南跟着火车跑了好远，一直到看不见火车两个人才停了下来。为此，藏光和藏南还搂抱在一起痛哭了一次。他们不知道，三康在火车上也一直在流泪，他在心里一遍遍地发着誓言：以后一定要保护好这兄妹俩。

藏光果然没有食言，他高中一毕业，便也学着三康的样子，入伍到昆明参了军。当时顾红旗已经退休了，但并没离开西藏，他在陪着尚未退休的冷妮。当顾红旗接到藏光入伍后发来的电报时，他似乎满意也不满意，他满意的是，藏光终于成为一名军人；不满意的是，藏光并没有来到西藏。但无论如何，藏光还是走出了第一步。

藏光如愿以偿地来到了三康的部队，两人碰巧还分到了一个连队。那会儿的三康已经是第二年的老兵了，不仅入了党，还被列为提干对象重点培养。当藏光当满一年兵后，三康终于提干了，成为他的排长。紧接着那场著名的南疆保卫战打响了，他们被拉到了前线。他们这支部队领受了穿插任务，一直深入到敌后，配合大部队正面进攻。战斗一打响，三康就叮嘱藏光道：你跟着我，我是老兵，比你有经验，我不能让你有任何意外。三康这么说的，也是这么做的，有多少次炮弹袭来，都是三康把藏光扑倒，用自己的身体压在藏光的身体上。还有几次，敌人暗堡里的火力突然射向他们时，三康还为藏光挡过子弹。

藏光很快在战火中成长起来，有一次突击任务，他身背炸药包，掀翻了几处敌人的地堡。还有一次争夺一个叫318的阵地，他是第一个把连旗插上阵地的人。藏光先是火线入党，后来他又火线提干，成为尖刀排的排长。部队撤回国内休整，面对着伤痕累累的部队，为了恢复建制，一批新兵补充进来，三康被提拔成了副连长。经过一番休整补充，部队又恢复到战前的样子。不久，他们又接到了排雷的任务。

藏光趴在地上，小心地用工兵铲把三康脚下的那枚地雷铲了出来，他的头上一直在流汗。三康不停地叨叨着：顾藏光，我命令你立即停止排雷，滚一边去，滚得越远越好。你听到没有啊？我让你滚。你倒是滚啊！

顾藏光一边动作一边眼泪都下来了，他哽着声音说：三康哥，不论你怎么说，我都不会离开的，要死咱们也要死在一块。三康都急出了眼泪，他头上的青筋暴跳着，恨不能一脚把顾藏光踹开。但经验告诉他，他这时不能动，要是动一下，触碰到地雷的开关，他们真的就会再也见不到了。三康一边流泪一边说：藏光，我怎么摊上了你这个弟弟，就是头倔驴呀，这么不听话。

藏光已经用钳子把地雷的外壳卸下来了，开关和电路暴露出来，他拿过剪刀，小声地说：三康哥，我要剪了，你闭上眼睛。说完狠下心，一剪刀下去。排过雷的人都知道，这是排雷的最后一道工序，也是最危险的动作，只要稍不注意，就会造成地雷电线短路，哪怕有一个轻微的打火，之前的工作都将前功尽弃。藏光狠下心，把剪刀剪下去之后，他觉得世界都安静了下来，几秒钟之后，他确信已经把三康脚下的地雷排除了。他一跃而起，把三康扑倒，一边叫着一边和三康在草地上滚动着道：成功了，我们没事了。

全排的战士这时才从地上爬起来，他们看见副连长和排长相拥着哭成了一团，你打我一巴掌，我打你一拳。他们不知道，好好的两个人，这是怎么了。

拉　　萨

在盛夏到来之际，三康和藏光结束了排雷任务，两人一起休假回到了拉萨。

两人在休假前，接到藏南的来信，告诉二人，自己高中毕业，要去拉萨看望父母。三个从保育院一起长大的孩子，自从两人参军后，这是分别最长的一次。三康提出随藏光一起回拉萨，先看望藏南，再回成都看望母亲。

到达拉萨后，两人见到了藏南，在两人眼里，藏南已经不是几年前那个又瘦又小的黄毛丫头了。藏南真的长大了，饱满而又水灵。三康见到藏南的第一眼，心里什么地方就咯噔一下。他痴怔地打量着眼前女大十八变的藏南，藏南感受到了三康不同寻常的目光，兀自红了脸。三个伙伴，从保育院结下的友谊，还是很快让三个人亲近熟悉起来。他们有说有笑地又聊起了往事。三康突然想起什么似的问藏南：你高中毕业了，下一步有什么打算呀？

藏南歪着头，想也不想地答：我爸让我到西藏参军，参军就参军呗。

三康听了藏南的话，心思又动了动，瞟眼藏光，藏光一副无动于衷的样子。

顾红旗已经退休，他并没有离开拉萨，冷妮还没退休，他要陪着冷妮。自从退休后，顾红旗学会了做饭，每天从早到晚的一日三餐，都由顾红旗操持。对于操持家务事他乐此不疲，不论在人前人后，他逢人便说：冷妮操持了半辈子家，该歇歇了。退休后的顾红旗，一门心思地扑在了这个小家上。顾红旗的变化，让冷妮都感到意外，琢磨着顾红旗脸上的表情，不可置信地说：老顾，你脑子没事吧？顾红旗用手掌拍着自己的脑门道：俺这里好好的，能有啥问题？片刻他反应过来，把冷妮拉到沙发上，拍着冷妮的肩头道：你跟我半辈子了，没过上一天踏实日子，俺现在退休了，你还在工作，也让俺给你当一回后勤，让你享受享受。

说到此的顾红旗动了情，望着冷妮的目光也泛了潮。从入藏开始，一直到守备区成立，顾红旗很少顾上这个家，他不是在边防哨所检查工作，就是去边防的路上。一年到头，有一多半时间在外面漂泊着，家对他来说就是个招待所。有时他从办公室回来，冷妮早就睡下了，冷妮还没起床，他就又走了。两个人虽然在同一个屋檐下，碰个面都很难。匆匆一晃，半辈子就这么过来了，直到退休后，冷不丁没事可干，捋着这些年的光阴，才发现，一年到头别说和冷妮在一起耳鬓厮磨，就是两人说话的时间都很少。这一发现后，顾红旗被自己吓了一跳。想起当年在乐山的师文工团看到冷妮第一眼，便发誓要照顾冷妮一辈子，要给她一个家。可到拉萨后，他们虽然有个家了，但聚少离多。一晃二十几年过去了，像匆匆做了一场梦。时间过得太快，似乎还没开始，人生的大戏就拉上了帷幕。

退休后的顾红旗要把时光留住，在柴米油盐中，让他品尝出生活的另一种滋味。每天做完早餐，冷妮已经梳洗完毕，在他的眼里，冷妮还很年轻。头发里偶尔能看到几缕白发了，之前他似乎从来没有关注过冷妮这些。送走冷妮，他还会站在窗前，看着冷妮一点点在宿舍楼下走远，最后消失不见。顾红旗在这段时间里，会经常发呆，想着在云南的藏光，也会想起还在读书的藏南。从小到大，两个孩子一直不在自己身边，一年的时间里，只有他们休假，才能看上一眼孩子，住上十天半月，就算一家人真正团聚了。想起两个孩子，顾红旗心就软了一些，回望自己这大半生，从来没有儿女情长过，直到如今，他才会想起身在远方的两个孩子。他有时会站在镜子前，看到已经苍白一片的鬓角，还有满脸的褶皱，心思便复杂起来，觉得对不起两个孩子，更对不住冷妮。想着这些，就湿了眼角。

藏南高中毕业，便来到了拉萨，转眼没见，藏南在父母的眼里长大了。但性格没变，仍没心没肺的，对自己和身外的事物，从来没有个属于自己的主意。藏南来到拉萨的当天，顾红旗就说：你高中毕业了，来西藏参军吧。藏南不假思索地答应了。她答应如此之快，让顾红旗觉得缺少了某种程序，心里寡淡得很。她小时候就听藏光和三康的，让她干什么，她就做什么，总是没心没肺。如今听了父亲的话，她自然也不假思索地应承下来了。

顾红旗又补充道：你来西藏参军，也算是和我们团聚了，咱们一家人，本来就应该在一起。

藏南又平淡地应道：好。停了一会儿才问：那我哥哥藏光呢？

藏光是追随三康去云南参的军，顾红旗和冷妮一点准备也没有。如果按照他的本意，藏光也应该到西藏参军，一家人分离的时间太长了。可他这话，一直没有空对藏光说。

藏光和三康休假突然一起来到拉萨，还是让顾红旗和冷妮喜出望外，自从杨明业牺牲后，他们把三康当成了自己的孩子，每次去成都看望藏光和藏南，都会一同把三康接出来。那会儿的三康还少不更事，没心没肺地总是疯玩。他每次看到三康，就会想起牺牲的杨明业，他在心里为三康难过。他越发地疼爱着三康，总是买一些好吃的，偷偷地塞给三康，三康却从来不吃独食，他前脚离开，三康又会把好吃的好玩的分给藏光和藏南。小时候的三康，给顾红旗留下一个深刻的印象就是厚道、仁义。

三康和藏光同时出现，让顾红旗大感意外，他在家里张罗了一桌子菜，招待三康和藏光。吃饭时，顾红旗还拿出酒。顾红旗这才发现，自己是第一次把三康和藏光当成大人。席间，三康和藏光不停地说起在云南的部队，他们如何参战、立功，又如何完成排雷任务，他并不插嘴，听着两个孩子讲故事似的说着自己的经历。他在心里就感叹，要是杨明业在该多好哇，两家人在一起，热热闹闹地听孩子的成长经历，杨明业会和他一样幸福。也许两个人会大喝一场，一直到喝多，大醉一场。

顾红旗听着三康和藏光说着自己的点滴，他真心地为他们的成长感到高兴。直到饭局结束，藏光把三康送到招待所，然后又回来。顾红旗觉得有必要和藏光谈一谈了，便指着空下来的沙发道：藏光，你坐下，俺有话对你说。

藏光从小到大，和父亲面对面坐下聊天的机会并不多，听了顾红旗的话，他有些拘谨地坐下，望着父亲，有些手足无措的样子。

顾红旗的想法已经成熟了，他觉得有必要把自己的想法告诉藏光，便开门见山地说：藏光，你该调到西藏工作。还没等藏光回答，顾红旗又紧接着说道：你从小到大，就没和我们团聚过，藏南已经同意入伍，来到西藏了，我们一家人该团聚了。他还有更多理由，比如，这是父母工作了大半辈子的地方。还有，杨明业、李本田、尼玛等等这些战友，都留在了这片土地上，这里有他的青春和艰难时期的记忆。自己像一棵老树，已经把根扎在这里了，他希望自己的儿女都移植到这片土地上来，和他一起，在这里长成一片林海。西藏从一穷二白，到现在的应有尽有，和内地并无二致，他是一点一滴看着西藏发展变化的。就像一个一穷二白的人，用自己的双手，把一个家置办起来，便格外珍惜。

藏光显然还不习惯用这种方式和父亲谈话，他在心里是不同意父亲的观点的，他觉得自己在云南部队也没什么不好。自己是战斗英雄，火线入党、提干，他已经在部队找到了位置，正实现着自己的人生价值。另外，从客观条件上来说：云南的生存环境要比西藏强上许多，四季如春的云南，满眼皆绿，有充足的氧气和阳光。虽然，他没去过西藏边防，但他知道那里是不毛之地，平均海拔都在四千米以上。别说四季如春，就连一个草叶都见不到。他认为父辈在这里吃苦，是别无选择，如今他有自己的人生，如果说刚开始是为了投奔三康才到云南参的军，现在不一样了，他找到了自己的人生价值。从小到大，他已经习惯了独处式的生活，团聚以及家的概念，此时在他心里并没有分量。

顾红旗说完自己的想法，把目光投到他的脸上，等待着他的答复。藏光没有说话，把目光移开，他的内心不想向父亲妥协，但他也不想表现出来，用沉默对抗着父亲。

顾红旗在藏光面前又碰到了一个软钉子，他想发火，想想从小到大，还没冲藏光发过火。因为一年一次相见，每次见到孩子，都觉得欠孩子太多了，根本找不到发火的机会，此时的情境也是如此。他只在心里重重地叹了口气。

归　　宿

藏光调到西藏军区，还是因为杨三康。

三康结束休假，回到云南不久，便向上级打了一份调到西藏军区的报告。在此之前，军委也发了一份文件《关于抽调参战人员补充西藏军区的通知》，三康的申请报告很快得到了批复。

三康调走那一天，他背着背包，喜笑颜开地来和藏光告别，从保育院一起长大的两个伙伴，望着彼此。在这之前，藏光问过三康：在云南好好的，为什么要调到西藏去？当时三康打着哈哈说：因为我们的父母在那里工作过呀。藏光一直以为三康说的是大话，他知道三康这么快下定决心调到西藏工作，完全是因为藏南。他们还在休假时，藏南入伍去了边防团卫生队，成为一名卫生员。

在藏光的注视下，三康潇洒地走了，向战友告别，向云南的春暖花开告别，一头扎到了风雪弥漫的西藏。

三康一走，藏光的心就空了，他当初参军就是因为来找三康，两人在战场上结下了生死友谊，让童年的友谊得到了升华。三康调到西藏不久，就给藏光写来一封信，那是一封充满浪漫主义情怀的信，他在信中洋洋洒洒地说：藏光，你也来西藏吧，我站在边防连队的哨位上，才体会到了脚下这片土地的厚度。西藏高原虽然没有春暖花开，白雪的世界依然让人透明欢畅，这里有我们父辈留下的足印，更有我们藏二代改天换地的理想。三康满怀豪情地抒发了理想，话锋又一转写道：还记得梅朵卓嘎姐姐么？她现在是边防团卫生队长。卫生队每次到边防连巡诊我都能见到她……

提起梅朵姐姐，藏光当然有印象，当年她在成都护士学校学习时，每到周末都会来到保育院看他们。每次来，不是带来好吃的，就是新奇的玩具。她在成都上学的三年时间里，梅朵姐姐陪伴他们长大，从保育院升入到了小学。后来，梅朵姐姐走了，他们有很长一段时间不适应，他们思念着美丽的梅朵姐姐。梅朵也并没有忘了他们，隔三岔五地还会给他们写信，寄东西，比如，西藏的一块好看的石头，还有用牛骨雕刻的玩具。梅朵姐姐在他们的成长记忆中留下了永生难忘的一笔。

藏光的心里不仅是空了，还长出一棵小草，他休假回来后，一直想着和父亲的那次谈话，虽然，他没有当面向父亲承诺什么，其实在内心一直抗拒着父亲。从小到现在，他对父母的印象一直很模糊，每年一次的探亲，有时因为父亲工作忙，出现在他们面前的只有母亲，陪伴他们数日，他们刚刚适应有亲人的日子，父母又回到了西藏，然后他们又得重新适应保育院的生活。后来，他们甚至有些怕父母来了，让他们做了一个梦，梦很快又醒了。下次父母再次出现在他们身边时，他们明显地感到了焦虑，父母刚来几天，他们便开始一遍遍问询父母的归期。弄得父母也一头雾水，只有他们心里明白，这一切是因何而起。

再大一些，到他们上初中、高中时，父母再来看望他们，他们只能利用下课后陪伴在父母身边，他们早就适应了集体生活。他们内心知道，父母是他们最亲的人，可并没有那种亲近的距离。包括到现在，他有时经常恍惚地觉得，三康和藏南以及在保育院里一起成长起来的小伙伴，才是他最亲近的人。

如今两个最亲近的人都回到了西藏，在云南剩下他一个人，他开始放心不下三康和藏南了。三康调走两个月后，他终于忍不住，打了一份调动报告。

他带着调动手续回到家时，父亲正要出门去买菜，两人在门口相遇了，他怔在那里，不知说什么才好。顾红旗也怔住，上下地把他打量了，转回身，像对待客人一样把他让进门。他把调动手续放在茶几上，父亲看到了，刚皱起的眉头又一次舒展开来，伸手想去接那叠材料，后来又怕烫似地把手收回来，小心地望着藏光。

藏光叫了一声：爸，我回来，但我有一个请求。

顾红旗的眉毛动了一下，定定地望着藏光。

藏光又说：别的地方我都不去，我要去三康的边防团，和他一个连队。

顾红旗身子一抖，像注射了一支兴奋剂，他拉过藏光，来到书房里，墙上挂着一张军用的边防地图。顾红旗很快找到了地图上的一角，手指着一个地方说：三康就在这里，藏南也在这里，这个地方叫玉麦哨所。

藏光发现，地图上父亲手指着的那个角落，已经摩擦出了亮光，像包浆。父亲站在地图前，突然话就多了起来，用手比画着又说：这里虽山高路远，但这里有桑杰曲巴、格桑玉麦……说到这儿，他说不下去了。又想起桑杰曲巴。虽然桑杰老爹不在了，但他的心从来没有离开过那里。每次想起和桑杰老爹建立起来的感情，都唏嘘不已。

此时的藏光驻足在地图前，望着那片发亮的一角，突然心里就多了种东西，他说不清这种东西是什么，总之，是一种沉甸甸的感觉。

藏光如愿地与边防连的三康会合了，他是乘坐运送给养的车来到边防团的，在团部他见到了梅朵姐姐和藏南。梅朵姐姐还是像当年那样爽朗，一见他面，便把他抱在怀里，摸着他的头，才意识到，藏光早就长成大人了。她红着脸把藏光推开，上下打量着藏光，嘴里一迭声地叫着：藏光，姐姐都认不出你了，你比姐姐高了这么多。藏光望着梅朵心里也热热的，梅朵从小到大就是他心里的女神，他看到梅朵鬓角都长出了白发，心便疼了一下，热热地喊了一声：梅朵姐。

藏南几个月没见，人似乎变了一个样，脸孔黑红，身子也壮了，目光却闪烁着一层他不曾熟悉的光。后来，他才知道，那叫高原光。

辗转着到了边防连，他终于和三康会合了，三康在他眼里也变得和以前不一样了，又黑又粗，这就是西藏边防军人典型的样子。

边防连，一溜石头房子，驻足在半山腰上，连块平地都没有，他们进出，每次都像翻山越岭一样。三康露出一口白牙，微笑着迎接藏光，两个童年的伙伴又一次拥抱在了一起。

来到边防连，藏光才知道这里有多么艰苦，满眼的都是光秃秃的山，营房后面的两块石头间竖了一根旗杆，上面飘着一面国旗，只有国旗的颜色给寂寞的边防连增添了一抹色彩。

边防连的水都要耗费几个小时从山下的一个藏族小村子里运来，水就弥足珍贵，洗完脸的水留到晚上再用一遍，然后洗脚，刷牙的水都要分配好，每人半小牙缸。更别提新鲜蔬菜了，他们吃着半生不熟的馒头，就着咸菜，偶尔会吃一次军用罐头，那就是过年了。每周都要沿着边境线巡逻一次，每一次来回都要用上四天时间。这就是边防连队的生活。

秋天一到，大雪一落，整个边防连就成了孤岛，与世隔绝了。巡逻任务却不能停止，他们经常手牵着手走在漫天风雪的世界里，遇到山高路险的地段，他们就用背包绳把自己串在一起，防止跌落或被大风刮跑。

三康和藏光自然和格桑玉麦熟悉了起来。在边防线上，不仅有边防战士的身影，还有格桑玉麦一家人的存在。他们手制的国旗和巡逻士兵的国旗遥相呼应。

在到边防哨所时，藏光就听过父亲介绍过桑杰曲巴一家，人还没到，他已经被桑杰曲巴老爹一家感动了。在荒无人烟的大山里，住着唯一一户藏族牧民，他们就是桑杰曲巴老爹一家。他们一家人，已经成为边防哨所中的一员。

在巡逻的路上，偶尔会碰到桑杰曲巴老爹一家人，他们放牧的队伍里，还多了格桑玉麦的妻子，后来他知道，那女人的名字叫次仁央宗，是桑杰曲巴老爹用很多牛羊在山外换回来的儿媳妇。次仁央宗是个勤劳美丽的女人，她的样子有些害羞，但并没有影响她骑马放牧。格桑玉麦经常望着妻子的身影深情地说：央宗是世界上最好的女人。

巡逻休息时，桑杰曲巴经常拉着藏光坐在一块石头上，聊会儿天。每次聊天，桑杰曲巴老爹话头都离不开父亲。他说顾红旗是他见过的最好的人，也是他最要好的朋友，他非常想念他。桑杰老爹每每谈及父亲，情感真实充沛。

有一次，藏光离开哨所，回拉萨探亲，桑杰老爹听说了，早早地赶到哨所，带来了奶酪、牛肉干，他抖着胡须说：你父亲最爱吃这些了。他以前每次来哨所时，他都会尝尝我的手艺，喝一杯青稞酒。

藏光要探亲，就要走出大山，桑杰老爹牵着一匹马送藏光。藏光心里不忍，桑杰老爹年龄大了，腿脚已经不利索了，他去阻止。桑杰老爹什么也不说，牵着马义无反顾地走在最前面。桑杰老爹指着大山说：孩子，山高路险，我怕你迷路。在桑杰老爹的陪伴下，翻山越岭的路变得有滋有味了。

一路上，桑杰老爹都在唠叨着父亲，从他的言谈举止中，桑杰老爹真的在思念父亲。藏族人是直肠子，从不拐弯抹角，他把你当成真朋友了，一辈子都不会忘，会真心实意地对你好。桑杰老爹也在关心父亲的身体和生活，问这问那，问了一遍又一遍。藏光也被桑杰老爹的深情打动了。

桑杰老爹一直陪着藏光翻越过那座五千米的大山，才立住脚，指着通往山下的一条小路说：藏光，你顺着这条路走，再穿过两条河，再翻过两座山，就可以到达平原了。说完，从马背上拿下牛肉干和奶酪，让藏光带上。然后立在山冈上，手搭凉棚望着藏光远去。

藏光往山下走得很远了，回头再望时，桑杰老爹还站在原地，不停地向他挥着手臂。藏光眼窝子热了起来，他强忍住，不让自己的眼泪掉下来。

回到拉萨的家后，父亲看见桑杰曲巴带来的礼物，感动得什么似的，不断地搓手，在房间里走来走去。他又说到了和桑杰曲巴的感情，老哥俩坐在风雪中喝青稞酒聊家常的往事，当然又少不了打听哨所，还有桑杰老爹一家的近况。在藏光的描述中，顾红旗时而感叹，时而落泪。他在怀念哨所，怀念他的藏族朋友。

藏光休完假，要归队时，顾红旗变戏法似的展开了两面国旗，孩子般地喜悦道：这是我从军区军需部自己花钱买来的。因为边防哨所需要配发国旗，军需部门，自然少不了国旗。说完，又从柜子里掏出几瓶青稞酒，装到藏光的行囊里，一遍遍地交代着，让藏光一定要把国旗和酒带给桑杰老爹。

藏光又一次出发了，他要归队，再次回到边防哨所。当他翻越雪山时，远远地看到了一个人影。一匹马，一个人，远远地立在那里。到了近前，他才看清是桑杰老爹。他似乎在这里已经等得有些时候了，身上落满了雪花，就连眉毛、胡须都沾上了雪花。藏光又一次感动了，热热地叫了一声：老爹。声音便哽住了。

桑杰老爹过来，牵着马，僵笑着说：我想着你该回来了，我在这儿已经连续等你三天了。说完不由分说，把藏光带回来的一应东西，放到马背上。还邀请藏光骑到马上。藏光不肯，两人只能并肩而行。桑杰老爹又迫不及待地打听顾红旗的近况，藏光一一地回答了。桑杰脸上绽放着笑容，一副心满意足的样子。当藏光把父亲捎给桑杰老爹的国旗展开递给他时，藏光看见桑杰老爹的手都在颤抖。他把国旗抱在怀里。

有一次桑杰老爹对藏光说：你知道我为什么要这么做么？

藏光把目光投到桑杰老爹的脸上。桑杰老爹叹了口气才说：我不为天，也不为地。就是为了在玉麦，我们有了哨所，金珠玛米来了之后，我们一家才不被人欺负，我们才能安心放牧，过我们的生活。这里是我们祖祖辈辈放牧的地方。金珠玛米带来了国旗，有了国旗，才有了属于我们的地盘。我和我儿子说了，也让他世世代代把国旗扛下去，走到哪里，就插到哪里。有了国旗在，就有了我们放牧的地方……

藏光听着桑杰老爹朴素的话，他明白了在父辈没入藏之前，这里有边无防，多少牧民受到欺凌。他们没有安全感，因为没有人保护他们。

冷妮退休时，顾红旗要陪着冷妮离开拉萨了。去成都之前，他想向曾经去过的哨所告别，军区为了满足他的心愿，给他派出了车，还配了马匹。当他翻山越岭时，身体还是有了很大的反应。他绝望地站在半山腰上，望着眼前的雪峰，英雄气短地叹了句：我顾红旗老了。说完流下一行英雄的泪。随行人员，为确保首长人身安全，还是劝他原路返回了。

顾红旗是多么心有不甘，遥想当年，队伍从乐山出发，那年他三十五岁。身体结实，精神饱满。翻越一座又一座雪山，跨越一条又一条河流。那时，他虽然也累，恨不能原地躺下，再也不起来。可那时，全体官兵，心底都燃烧着一个希望，他们的目标是拉萨，是西藏的腹地，那里是他们前进的目标。只要一想到自己的任务，心底里陡然又生出无限的力量。他们再次脚下就有了根，一步又一步向前方攀登，不论还有多少高山河流。

老年时的顾红旗，只能英雄气短，望雪山叹气了。他变得落寞寡欢，走了好久，仍在回望着身后高耸的雪山，抹一把老泪，遗憾地告别了。

他和冷妮坐上从拉萨飞往成都的飞机。这些年来，他和冷妮已经坐过无数次飞机，去成都探望他们的儿女。可这次的心境却不一样了。他们这是在向西藏告别，心自然就别样起来。他和冷妮都默默地把目光望向了舷窗外，望着机翼下一片片、一行行的雪山。他们又想起了当年，他们肩扛手提，气喘吁吁，一步步攀登过的雪山河流，心里就别样起来。他们谁都没有说话，沉浸在当年的回忆中。

桑杰老爹在顾红旗离开拉萨、住进成都干休所之后，有一日插国旗至雪山顶端时，遇到了雪崩，连人带旗埋入了雪中。

送别桑杰老爹那天，全体哨所的人都出动了。他们站在桑杰老爹的雪坟前，脱帽致敬。

从此以后，格桑玉麦和次仁央宗，接过了桑杰老爹留下的旗帜，在山山岭岭的边境线上，哪里有飘扬的国旗，哪里就能找到他们放牧的身影。

再后来，藏光担任了边防连的连长，三康成为连队的指导员。

藏南也从护士学校毕业，又回到了边防团，当上了一名护士。

不久，三康和藏南在边防团举行了婚礼。他们顺理成章地恋爱，结婚。

远在成都的顾红旗和冷妮、王秀丽得到这个消息时，一点也不吃惊。仿佛，他们儿女结合在一起，早就是天生注定的一样。

一年后，三康和藏南的孩子出生了，取名杨戍边。在藏南怀孕时，冷妮就一次次打电话，告诉他们，孩子一出生，就送到成都来，让爷爷奶奶带孩子。在顾红旗和冷妮心里，他们要补上这一课。没带过儿子，他们就要带孙子。把对儿女的亏欠，他们要弥补上。

格桑玉麦和次仁央宗的孩子也出生了，是个女孩，取名顿珠。

那年在第一场雪落下时，身为连长的藏光带着人马给各哨所运送补给。藏光在去一个哨所的路上，被暴风雪困在了半山腰。当暴风雪停止，战士们在半山腰找到藏光时，藏光已经成了雪雕。

当顾红旗得到藏光牺牲的消息时，他几个小时没有说话，也没有流泪，似乎把自己放空了。他清醒过来的第一句话是：把藏光留在哨所吧。

从此，哨所的后山上，多了一座茔。那里葬着藏光。藏光永远留在了哨所。顾红旗和冷妮的心也被牵走了。

从此以后，顾红旗会经常做梦，每次梦里，都会出现一座又一座雪坟，排列在雪山上，像支行进的队伍。

戍　　边

　　2000年6月，国防科技大学毕业的杨戍边回到了成都，看望外公外婆。在戍边的情感记忆里，外公外婆比对父母还要亲切许多，戍边一出生，没再重复父母在保育院的生活。那会儿外公外婆已回到了成都的干休所，理所当然地承担起了照顾戍边的工作。

　　顾红旗和冷妮，从来没有照顾过出生的孩子。两个退休老人，像一对新婚夫妻面对刚出生的婴儿一样，新奇兴奋又手足无措，他们在书店买来了育儿书，笨手笨脚开始了育儿之路。王秀丽也不时地过来搭把手，三个退休老人，搭了一台育儿的戏。

　　虽然老人们手脚笨拙，但育儿的热情是高涨的，他们在子女身上丢失的爱，重新被唤醒，对待戍边比对自己的亲生儿女还要上心百倍。戍边从啼哭的婴儿，到幼儿园，又一路上学，他们总算在隔代人戍边身上体会到了作为父母的艰辛和幸福。

　　直到戍边被国防科技大学所录取，他们像完成一种仪式，长吁一口气，眼泪汪汪地把戍边送走，然后就开始了漫长的期盼和等待。每当寒暑假，戍边回到成都，身子还没待热，顾红旗就张罗着让戍边到西藏去看望父母。此时的杨三康已经是军分区的司令员了，藏南在军区总院外科担任护士长，他们的小家毫无例外地安在了西藏。在戍边小的时候，三康和藏南每年或分头或一起会利用休假的时间，短暂地和戍边待上一阵子，就正如当年顾红旗和冷妮这第一代西藏军人一样。

　　戍边长大了，顾红旗和冷妮理所当然地认为，戍边的家在西藏，根也在西藏。不管戍边愿不愿意，他们都狠下心来把戍边轰到西藏去，让戍边和父母住上一阵子。在他们心里，绝不让三康和藏南的情感之路再次重演。直到现在，三康和藏南这拨孩子，对他们总是亲近不起来。不是孩子不懂事，而是情感的隔膜。孩子们从小到大就没有在自己的身边长大，等孩子参加工作，又曲折迂回地调到西藏，他们又退休了，住到了成都的干休所。是距离让他们这代人和父母有了隔阂。每次见面都客客气气，客气中带着生分和疏离，他们似乎都在努力让自己和其他家庭关系一样，亲切、朴素、自然，可终是不能。

顾红旗和冷妮吸取了教训，从戍边上初中开始，只要学校一放假，他们一定逼迫着戍边去西藏找自己的父母。戍边从开始的抗拒，到最后的适应，又到主动，顾红旗和冷妮看在眼里，心里别着的那股劲才松懈下来。

杨戍边从军校毕业，他回来的不是一个人，还带回来一个藏族女孩顿珠。顾红旗看到顿珠的第一眼时，他眼前一下子就亮了。不知为什么，鬼使神差地让他联想起桑杰曲巴和格桑玉麦。眼前的顿珠似曾相识。第一眼见这个藏族女孩，就透着某种熟悉和亲切。

顿珠也在湖南上大学，是一所旅游学院。说来两人有缘，在一个周末看电影时，两人的票买到了一起。因为顿珠是藏族女孩，杨戍边见她第一眼时，就产生了莫名的亲切感。从上初中，到军校，他每年都会利用寒暑假，回西藏待上一阵子。对来自西藏的人，自然感到亲切。

当得知顿珠的老家在玉麦时，他的眼睛都睁圆了。他没去过玉麦，但从父母嘴里，已听过玉麦无数个故事了。父亲从云南调到西藏，第一个工作单位就是玉麦哨所。还有自己的舅舅，直到现在仍然葬在玉麦哨所旁。从此，杨戍边和顿珠建立了联系。每到寒暑假，两人相约着回西藏。一来二去，两个情窦初开的青年就擦出了爱情的火花。杨戍边喜欢顿珠的阳光爽朗，顿珠从小到大，经常能看到哨所的军人。父亲格桑玉麦是哨所的常客。她的家里有两面国旗，每当父母放牧时，都把国旗带在身边。走到哪里，国旗就插到哪里。她从小到大，听到的都是关于军人哨所的故事。

如今的玉麦已不是以前的样子了。20世纪90年代之后，政府就把公路修到了玉麦。当年因为玉麦交通不便，导致贫穷落后。公路一通，当年离开的藏族群众又都迁回来了。还有许多山外的人，也迁到了山里放牧。玉麦水源充足，牧草肥美。自己的父亲格桑玉麦是玉麦乡的乡长。在父亲的带领下，玉麦乡还成立了一个民兵连，每家都有一面国旗，不论他们走到哪里，都会带上国旗。在玉麦的山山岭岭，到处可以看到飘扬在山头或溪谷边的国旗。九十年代中期，玉麦乡的民兵连，还被自治区和中央授予拥军模范民兵排的称号。民兵排的光荣事迹，还上过电视台。

当顾红旗听说眼前的顿珠就是格桑玉麦的女儿时，他觉得自己做了一场梦。冷妮当然对玉麦了解也不少，那里不仅葬着藏光，同时也知道顾红旗和桑杰曲巴的感情。她当即拉过顿珠的手，像对待久别亲人似的上下打量着顿珠。

顿珠大大方方，爽快地爷爷、奶奶地叫着，似乎她早已对这个家了如指掌，没有一点陌生感。

清醒后的顾红旗，一遍遍喃喃地说道：西藏是个神奇的地方，撒下一粒种子，就能长出一片林海。他因为激动，不停地擦拭着眼角的眼泪。

当顾红旗向戍边询问毕业分配去向时，戍边望了眼顾红旗和冷妮道：外公外婆，我怕是不能在内地陪你们了，我和父母说好了，我要进藏工作。说到这儿，又看了眼身边的顿珠道：顿珠也要回玉麦去。

顾红旗和冷妮听到此，心里既高兴又失落。戍边这个决定是他们早就期待的，他们生怕戍边当了逃兵，他们觉得他们一家人的根就该扎到西藏。可当戍边亲口把这一消息告诉他们时，他们心里又空落起来，戍边毕竟是他们从小养大的。

那天，顾红旗把戍边拉到怀里，拍着戍边的后背，一句话也说不出来，却老泪纵横。

戍边哽咽着声音说：外公、外婆，我小时你们就告诉过我，我的家在西藏，我现在该到了回家的时候了，感谢外公外婆把我养大成人。

戍边说完，端正地给外公外婆敬了一个军礼。

戍边的一番话，引来顾红旗一阵唏嘘。在他的心里，戍边长大了。不仅懂事了，他更像一名合格的军人了。他预期，不远的将来，戍边在西藏的阳光和厉风的洗礼下，一定能成长为一名合格的军人。顾红旗又想起西藏的一句谚语：是雄鹰总是要飞翔的。他明白，戍边长大了，应该到他该去的地方。

又是边防连

杨戍边来到了西藏,不知是外公还是父亲杨三康的安排,他被分到了边防连,父亲和舅舅顾藏光曾经战斗过的连队——玉麦边防连。

当现任连长和指导员带着他参观连队荣誉室时,他看到连队建立之初,历任连长、指导员的照片,以及在连队艰苦奋斗的经历,他自然看到了父亲和舅舅,照片中的历任指导员和连长们,皮肤黑红,嘴唇干裂,这是高原留给他们的显著特征。还有相同的是,他们一律坚定的目光,视死如归的神情,这一切仿佛都是一个模子刻出来的。如果单看任何一张照片,只能认出他们是高原的边防军人,当他们排列在一起时,一个表情,一种神态,就是一种震撼了。

戍边驻足在连队光荣栏前,他突然意识到,父亲和外公为什么给他起了这样的名字。

后来,连长、指导员又把他带到了后山,他在连队的后山坡上,看到了舅舅顾藏光的墓地。他小时候就听说过,舅舅牺牲在了运送给养的风雪路上。后来,他每次来到西藏,都听父亲和母亲一次次讲起舅舅,那会儿,他对舅舅藏光的印象只是一个传说。在父亲的影集里,舅舅浓眉大眼,一脸刚毅。一张又一张不同时期的照片,舅舅轻松或一脸严肃地望向远方。他每次看到舅舅的照片,总觉得舅舅离他那么近,又那么远。

当他迈向舅舅的墓地前时,心抖了一下,这是普通得不能再普通的墓地,坚硬的山坡上,用石头垒起的坟墓。在山石的缝隙里,几株顽强的格桑花开得正艳,有风吹过,格桑花起伏着身子。这里埋着他的亲人。这是他第一次近距离走近舅舅,似乎此时,舅舅就站在他的面前,一脸笑容地在望着他,仿佛在说:戍边,玉麦边防连欢迎你。他怔怔地注视着想象中的舅舅,眼角便湿了。

那一次，戍边不知在舅舅墓前坐了多久，他觉得舅舅一直陪他说着心里话，说的是什么，他又记不清了。他在山坡上回望连队时，才发现这个位置真是好地方，连队的样貌一览无余。现在的连队，已不是当年简易的石头房子了。还是那个地方，是一排整齐的宿舍。宿舍外矗立着电视接收天线。远处，还有通信公司建立起来的基站。边防连再也不是封闭落后的世界了。

戍边到了连队不久，便接到了顿珠的电话，告诉他，玉麦乡要发展旅游了，她被乡里任命为玉麦乡的旅游形象大使并负责旅游开发工作。

每次连队在边境线巡逻时，戍边经常能看到放牧的牧民，在山脚下，山坡旁，随地插着的国旗，这是流动的风景。不论他们放牧到哪里，国旗都随着他们插到那里。有了这些牧民的陪伴，他们的单调巡逻生活，也变得有滋有味了许多。

渐渐地，戍边习惯了巡逻放哨的生活，他多了份期待，隔三岔五他会接到顿珠打到连队的电话。顿珠喜气洋洋地告诉他，玉麦乡的旅游公司即将成立了，到时候会接待来自全国各地的游客走进玉麦，参观西藏的新农村，还有戍边样板乡。

有一次，他带着全排战士，来到玉麦乡参加军民共建活动。他看见许多牧民组织的民兵队伍，他们在队列里，手擎红旗，骑在马上的英武身姿。这就是遍布在边境线上的牧民，让边防军人有了强大的后盾。

虽然他和顿珠不能时时相伴，但隔三岔五地总能听到顿珠的音讯或者见到她的身影。来到西藏后，他对顿珠又有了一个全新的认识，之前在大学时，顿珠给他的印象就是开朗活泼的一个藏族女孩，到了西藏他才意识到，她就是玉麦的一条鱼，这里的土地山脉就是养育她的湖泊，她还像一只鸟，在山地林间自由生动地翱翔。顿珠是属于西藏的。

杨三康身为军分区的司令员，经常到边防连队视察工作。不论是送给养，还是到连队视察的首长，车队行驶到山脚下，便没有了路，上山的人只能步行前往。

父亲来到连队那一次，戍边正在连队的哨位上站岗，他看见父亲和随行人员一步步地爬到了山顶上，他远远地向父亲敬了一个军礼。父亲来到他的哨位前，足足注视了他有几分钟，这是他到边防连队后，他第一次和父亲相见。他觉得此时有许多话，要和父亲讲，但哨兵的职责不允许他说更多的话，他只能挺直身子，冲父亲大声地报告道：边防连排长杨戍边正在值哨，请首长指示。父亲端正地给他敬了个军礼。

那次，父亲把他领到了舅舅藏光的墓地前，父亲示意他坐下，自己也找了个石块坐下，爷俩目光都停留在墓地上。

父亲说：这是你舅舅。

他说：我知道。

父亲还说：我和你舅舅一起从保育院长大，又一起来到这个连队。

他也说：我知道。

父亲从怀里掏出一盒烟，抽出一支，点燃，插在墓前，哽咽着声音说：藏光，我每年都会来看你一次。

戍边看到父亲的眼角有泪光在闪动，他不知此时的父亲想的是什么。他想到的是，他正沿着爷爷、外公、父亲和舅舅曾经走过的路，一步步向前移动着。

在边防连生活工作了一年后，他休假回到了拉萨父母身边。一天晚上吃过饭，父亲冲他说：你该回成都了，去看望奶奶还有外公外婆。

这情景，一下子让他想起自己上初中后，每到放假时，外公外婆对他说过的话：你该去拉萨了，到你爸妈那里去。

当他出现在外公外婆面前时，顾红旗和冷妮像不认识他似的打量着他，后来外公的一只大手拍在了他的肩膀上，连说了几声好，然后哽咽着声音说：戍边，你像个边防军人了。

他又一次挺直身子，冲外公、外婆说了句：我知道，你们一直希望我变成现在这个样子。

那一次，顾红旗听了戍边的话，忍不住哭出了声。冷妮也躲在一边拭泪。在他们心里，外孙长大了。

我的喜马拉雅

戍边当了一年见习排长。根据部队规定,第二年便当上了边防连的副连长。

在这期间,藏南从西藏回来探亲一次。顾红旗就缠着藏南问这问那的,话题总是离不开西藏,恨不能要把西藏的角角落落问个遍。他已经很久没有回过西藏了。西藏的出现,只在他的梦里,有风,有雪,有高原,更有那些爬冰卧雪的官兵。

他最后一次去西藏时,也是大几年前的事了。当时是马部长组织的,他们这些老西藏,去了好几十人。为了更好地、仔细地看上一眼他们工作战斗了半辈子的西藏,他们是坐车去的,走的是川藏线。当大巴车驶进西藏的地界时,所有人都沉默了,刚出发时,喋喋不休的兴奋劲,似乎一扫而空。他们不错眼珠地盯着车窗外,车轮下就是深不见底的悬崖峭壁,另一侧,是看不到山顶的雪山。所有人的思绪都穿越到了几十年前。那会儿,他们是怀着怎样的豪情壮志,一步步走进西藏的?一个战士倒下了,又一匹马倒下了,队伍默然无声,只传来几声低泣。他们的呼吸声响成一片,谁也不知道,下一个倒下的是谁。

车行驶还不到一半的路程,他们许多人身体就受不了了,他们缺氧,有的还呕吐,头痛欲裂。军区陪同的同志,便从兵站调来了氧气瓶,还有抗高原反应的药物。他们勉强地来到了拉萨。看到阔别已久的营房,他们熟悉的战友,有的人因激动,当场晕了过去。他们当时在高原上战天斗地时,并没有觉得身体有什么不适,他们的神经、五脏六腑已经适应了高原的一切。回到内地几年,身体变得娇贵了,他们集体出现了严重的高原反应。

因他们长年在西藏工作,他们的心、肝、脾、肾都要比正常人大上一号。这就是高原留给他们的后遗症,高原的一切已融入到了他们的血液中。

那次西藏之行,他们这些老西藏因高原反应,倒下了一大批。他们出发前,还计划着要去边防哨所看看,因为他们的身体反应,也没再次成行。

后来,他们是集体坐飞机回到成都的。他们上了飞机后,仍然是沉默的。当飞机滑翔着,腾空而起时,有许多人流下了眼泪,他们知道,他们这一趟西藏之行,也许是此生最后一次了。好多人,扒着窗子,望着机身下的雪山,恨不能把高原的样貌永远地刻在脑子里。他们恋恋不舍,心有不甘,但还是离开了曾经属于他们的高原。

他们回到成都后,聚在干休所的凉亭里、排椅上,他们说得最多的,还是高原,还是他们的喜马拉雅。说着念着,他们的思绪就卡壳了,于是又集体沉默起来。他们的思绪又穿过万水千山,回到了风雪交加的高原。

每当有谁家的孩子从高原回来,他们都要集体出动,去探望。他们不仅是探望某个战友的儿女,而是想听一听这些子女从西藏带回来的消息。

藏南要离开时,突然想起什么似的说:爸,我帮你装一个QQ聊天软件吧,以后咱们就在电脑上聊天。我给你拍西藏的照片、视频,让你天天在家看。

顾红旗不知道QQ是什么东西,电脑也是藏南前两年回来买的。他觉得这一切和自己无关,他永远也用不上。

藏南先是教母亲学会了用QQ聊天。从那以后,每天冷妮都会打开电脑,守望什么似的,没完没了地翻看。有一天晚上,冷妮突然把他叫到了电脑前,他在电脑上看到了戍边。戍边在连部值班,他的身后墙上,挂着一溜各式各样的流动红旗,还有值班表什么的,这一切对他来说,再熟悉不过了。他走到电脑前颤着声音问:戍边,真的是你么?戍边就喊了一声:外公。然后汇报自己在连队哨所值班。顾红旗做梦也没想到,自己竟然和远在玉麦哨所的戍边,面对面地聊天。这一切对他来说,恍然如梦。

在他们那个年代,别说聊天,就是和内地打个电话,都比登天还难。

要么是线路断了，要么是线路把通话信号减弱到听不见，他们举着电话，喊着叫着，仍听不清对方讲的是什么。他们主要是靠通信，最初通信时，接到藏光和藏南写来的信，从日期上看都是一两个月以前的事了。

从那以后，顾红旗就有了网瘾，天天没事就守在电脑前，和藏南聊上几句。三康有时间，也会陪着他说上几句。和他聊得最多的还是戍边。戍边不仅和他聊天，还会给他传来许多哨所的照片。有哨所的营房，还有战士们在巡逻的照片……哨所早就不是他印记中的哨所了，营房门前修起了篮球场，还多了体育器械。巡逻时，有时开着车，有时骑马。边境线上还多了许多界碑，界碑一侧，红漆写着清晰的"中国"字样……顾红旗在电脑里发现了新世界。这一切变化，在他们刚入藏时，一切都不敢去想象。

有一年冬天，戍边向他汇报说：大雪又一次封山了，我们哨所正在等后勤运送补给。在电脑这端，顾红旗听说大雪封山，心便提了起来。他不论在守备区当司令，还是在军需部门当部长时，他最犯愁的就是哨所的冬季。只要大雪一落，哨所就成了孤岛。每年，都是在大雪封山前，把过冬的粮草储备好。藏光就牺牲在了给哨所送粮的路上。视频中的戍边，却是不急不忙的样子。戍边正在和他聊天，顾红旗突然听到了飞机的轰鸣声，戍边掉转了电脑的方向，顾红旗透过连部的窗子，看见一架直升机降落到门前的雪地上，搅起一片雪雾。戍边又忙汇报道：外公，后勤运送补给的直升机到了，我得带战士们搬运了。便匆匆地和顾红旗告别，忙自己的工作去了。

戍边虽然在电脑另一端下线了，但顾红旗在这边，犹如又做了一场梦。他知道这些年来，驻藏部队发生了天翻地覆的变化，可他没想到的是，直升机能直接飞到哨所。要不是他亲眼所见，做梦他都不敢想象。

顾红旗第一次觉得老了，老的不仅是身体，还有观念。那天晚上，他失眠了，他的思绪混乱，一会儿是过去，一会儿是现在。脑子里过电影一样。过雪山时，杨明业倒下了，是他和两个警卫员，一起把杨明业背到山头上。他还记得当年的情景，风刮着，雪下着，他气喘如牛，几欲晕倒在路上。是把红旗插到喜马拉雅的信念，才让他支撑下来。如今呢，一切都变了。当年他们种地种树,誓要把西藏变成第二个南泥湾。这一切,终于到来了。西藏不是南泥湾,它是中国的一部分,和内地紧密地联系在一起。内地有的西藏也有,甚至内地不曾有的,西藏现在也有了。他心潮起伏,浮想联翩,他激动得一次次跑厕所,然后回到床上,大睁着眼睛到天亮。

顿珠这一阵子,到成都的次数多了起来,每次到成都,都会看望顾红旗和冷妮。除了带来一些西藏特产外,还有好消息告诉他们。她说:玉麦的旅游公司成立了,在成都又成立了一个分公司。好多旅行社都与他们公司合作,开辟了一条成都到玉麦的旅游专线。

顿珠带来的消息,又是顾红旗没有想到的。当年他去玉麦哨所,整个玉麦只有桑杰曲巴一家人。他和桑杰曲巴坐在石头上喝酒,望着不见人烟的山山岭岭,也畅想着有朝一日,搬离的藏胞还能重新回来。没想到,在顿珠这一代人身上实现了。他想象着成千上万的内地人,欢天喜地地走进西藏,认识玉麦,并喜欢上西藏的样子。这一切,在顾红旗的脑海里,虚虚实实,不敢相信这一切是真的,怕自己是在做梦。他一次次去掐自己的腿,又是实实在在地疼。

次年,戍边和顿珠在成都举行了婚礼。三康、藏南回来了。顿珠的父母——格桑玉麦和次仁央宗也来了。参加婚礼的还有干休所这群第一批入藏的老战友。

故　　乡

因为戍边的婚礼,终于让顾红旗一家团聚了。

顾红旗突然冒出了一个大胆的想法,那就是回故乡的老家看上一眼。他十五岁参军离开了老家,就再也没有回去过。一路南征北战,在四川转业到地方公安局时,他曾冒出过这个想法,还没有实施,便又一次征召回到了部队。在西藏这么多年,他脑子里偶尔会冒出回老家的念头,很快又被他终止了。山高路远,回老家只是动动念头而已。

自从回到成都之后,年纪一年老似一年,这样的想法,越来越强烈。可是一时没找到契机。每次想起老家,自然会想到父母。十五岁那一年,他是背着父母偷偷离开老家的。走时,连个招呼都没打。只在饭锅里,偷了两个母亲蒸的菜团子揣在怀里。他没想到,这一走,就再也没回过头。

家时常出现在他的梦里,有时发呆时,也会想起老家,那两间茅草房,院内生长着一棵枣树。他的离开,父母如何寻找他,又如何站在院内一遍遍喊着他的乳名——狗剩。这样的情景,他想过无数次。有许多次,母亲的呼喊出现在他的梦里,让他在梦里惊醒。然后气喘,泪早就打湿脸颊。在以后的日子里,每到一地,都会给家里写上一封信,他把这么多年来离家的心曲都写在了信里。不知父母收没收到。他写完信,队伍又开拔了。他几乎没有收到过父母的只言片语。

直到队伍入川前,他又一次给家里写信,部队开拔前,他终于收到了回信。信却是他的发小栓子写来的。栓子告诉他,他的父母已经不在了,让他抽空回老家一趟,在父母坟前烧些纸,磕个头。他接到栓子的信之后,找到一个没人的地方,默默地流了好半晌的泪。他知道,自己是个不孝的孩子,但他也明白,自古忠孝不能两全的道理。他现在是部队的指挥员,每次行军,每场战役都离不开他。他冲家的方向跪下了,在心里发着誓,等一有空闲了,一定回老家看看。哪怕在父母的荒坟前坐一坐,也算了了他的心意。

顾红旗回老家的想法,得到了全家人的支持。少小离家老大回。顾红旗带着一家老小,出发了。

他们坐火车,坐汽车,终于回到了故乡,仍然是普通得不能再普通的中原一个小山村。顾红旗远远地看到了村口那棵老槐树,他离家参军时,最后向村口回望时,他的视线里只有这棵老槐树。他离开家门时,只有这棵老槐树相送。几十年过去了,老槐树似乎还是以前的样子,扎撒着树冠,遮天蔽日,生生不息的样子。乡亲们早就得到顾红旗一家要回来的消息，他们早就齐齐地聚在村前大槐树下等待了。顾红旗似乎在这一瞬间又嗅到了童年时的味道，他被这个味道牵引着，走出了与他年龄不相符的步伐。一位和他年龄相仿的汉子走出人群，试探地叫了一声：是狗剩么？他望过去，揉了下眼睛，也试探地问：是栓子？两个童年的伙伴相拥在一起。他们老泪纵横着，当时他们两个伙伴在山坡上放牛，商量着跟着部队出走的大计，两个少年对这次远行，计划好些日子了。那会儿，他们家附近正驻扎着一支队伍，即将出门远行的两个少年，像做梦一样，憧憬着。两人约好，在村前的大槐树下集合，可他左等不来栓子，右等也不来，他只好一个人出发了。过了许多年之后，栓子才写信告诉他，自己的计划被父亲发现了，被绑在院内的树上挨了两个时辰的皮鞭。

老屋还在，一个小院，两间茅草屋，还有院内那棵枣树，枣树又粗了一圈。后来栓子告诉他，虽然他父母不在了，村上的人仍保留着他们家的老屋，因为这两间老屋属于军属院落。他走进小院，果然在门楣上看到了"军属光荣"的门牌，心便跟着抖了一下。他没想到，自己差不多快忘记自己家的模样时，乡亲们和当地政府并没有忘记他。他走进门内，屋内的摆设一如父母在时的样子。

栓子说：没事了，俺就来这里坐坐，盼着你回来这一天。俺跟别人说，这是将军的故居。

顾红旗面对着友善又恭敬的众乡亲，腿一软，跪在了众乡亲面前，颤着声音说：狗剩回来了……

在父母的坟前，他跪下了，一家人都跪下了。他想起，自己离开家时，父母还年轻，满头黑发，脸色红润，那会儿他对参军还没有个概念，以为就是出门走一走，出去见个世面，过上个三月半年的自己还会回来。当时他离家参军的想法简单明了。没想到，这一别就是几十年，父母已变成了两个坟茔。草长在父母的坟头，很茁壮的样子。

他撕心裂肺地喊了一声：爹、娘，俺是狗剩呀，一家人回来看你们了……眼泪模糊了视线，父母的样子一如当初，在他脑海里浮现着，冲他笑，目光满是怜爱与不舍。从自己离家到父母离开这个世界，他们是怎样地思念和记挂自己呀!

他们又一次乘上火车,离开故乡时,他深深地吸了一口气,仿佛要把家乡的味道再一次记住。车开动了,他发现藏南和冷妮望着窗外,沉默不语。戍边和顿珠的目光已经发生了变化,少了嬉笑打闹,多了几许沉重和温情。

半晌后他说:你们记住,这就是你们的老家。

戍边点点头,深沉地望着外公。

两个孩子凝视着窗外,豫东平原的景致快速地从他们眼前掠过。从此,故乡再也不是地图上的那一个小点了,变成了有温度、有色彩、有情感的故乡。

大　　康

干休所的日常,是每天早晨、傍晚大家下楼,走出家门遛弯。然后大家就聚在凉亭下,他们会有一搭无一搭地提起一个话题。这话题当然都是他们的青春过往,比如某一次战役,某一场战斗。谁打主攻,谁做预备队。谁带着队伍被敌人包围了,谁又去解围。某人负伤,是谁给背下阵地的……他们说得最多的,当然还是西藏,他们从乐山出发,途经一座又一座雪山。缺衣、断粮,往往说到这儿就沉默了,似乎思路断了线。然后就集体沉默下来,目光一起向西望去,那个方向就是西藏,他们战斗了几十年的地方。他们的思绪就集体穿越了,又回到了风雪弥漫的过去。

女人们也有自己的话题,她们很少提到当年。她们说得最多的是自己的子女,谁又生了孙子、孙女。孩子上学,放学,吃了什么,穿了什么。

每次听到别人说起子女,王秀丽总会走神。她远远地躲开人群,目光散乱地望着远方。她又想起了大康和二康。这么多年过去了,每每想起两个孩子,她的心里都揪得难受。二康死了之后,她庆幸过把大康送人,如果当时把大康带在身边，又会如何，她不敢去想。

晚年的王秀丽，越发开始思念大康。大康过得好不好，头发白没白，细算下来，大康也人到中年了。当女人们议论孙儿孙女时，她总会想起大康，然后就离开大家躲到一旁发呆。压抑着不再去想大康，可又管不住自己，只能把思念的泪水流到肚子里。这么多年，王秀丽为大康、二康和杨明业，已经流干了泪水。

这天傍晚，马部长带着一个中年模样的男人，风风火火地走了过来，离老远就喊：王军医，找你的。王秀丽把目光收回来，就看到马部长身后的大康了。她看大康第一眼时，似曾相识的样子，让她眼前跳出杨明业，她揉了揉眼睛，那个中年男人近了一些，一副农民打扮，身后还背个包袱，不错眼珠地望着她，张开嘴，却说不出话来，上下打量着她。王秀丽站起来，小声地：你找我？

那汉子把头探近一些道：您是王秀丽，当年的王军医？

王秀丽点点头，目光依旧停在汉子的脸上。

她总是觉得眼前的汉子似曾相识，却在记忆里分明没有见过。她呆怔地盯着这个汉子，嘴唇颤抖着。

汉子突然跪在她面前，悲怆地喊了一声：妈，我是大康呀！

这一声喊，差点让王秀丽跌倒，她扶住了身边的冷妮。定了会儿神，又端详起眼前的大康。

大康用袖口抹了下眼泪：我爹杨明业，当年我上小学时，你去找过我，这事我还记得。

王秀丽喊了一声：大康呀……她抱住了大康，两人痛哭在一起。

大康终于回来了，顾红旗等人也围过来，大家伙把大康围在中间，眼前的一切像一场梦境。顾红旗的样子比王秀丽还要激动，他把大康扶起来，端详着大康，想从大康现在的面容中找到童年的样子，他把眼睛揉了又揉，眼泪也止不住流了下来，颤着声音说：你真是大康？大康含着泪点了点头，顾红旗一下子把大康抱在怀里，拍着大康的后背道：俺替你爹抱一次你。

大康一路寻找过来，找了许多干休所，父母的名字他知道，也知道自己的亲爹杨明业已经不在了。顾红旗提起杨明业，终于让大康爆发了，他再一次跪在众人面前，号啕大哭起来。在大康断续的叙述中，听懂了大康这些年的经历。

三岁半的大康送给林家时，他是有记忆的，他依稀还记得养母抱着他送别父母时的情景，他记得自己大哭，一遍遍地喊着爸、妈时的情景。包括他上小学时，自己的亲妈找到学校门前时的样子，那会儿，他没有认出自己的亲妈，只当一个过路的女人，当养父母给他转学时，他突然意识到，自己的亲妈来找他了。后来，他又大了一些，也理解了养父母的苦处和难处，他们希望他忘掉自己的身世，把他们当成亲生父母，为他们养老送终。他是个懂事的孩子，从没在养父母面前提过自己的亲生父母，暗地里却在关注着父母的消息。他偷偷买过一些西藏有关的书，虽然他不知道父母具体的工作，但他知道，父母是进藏了，才把他送人的。包括在以后漫长的人生中，只要看到穿军装的人，他都会上前打量，有许多次，他有了想到西藏找父母的冲动。可看到养父母那小心又愁苦的面容，他又极力抑制住这种冲动。随着他长大成人，越发地理解了养父母的不易，从小到大，他们视自己为心头肉，与同伴相比，养父母对他比亲儿子还亲，不论吃穿，总是紧着他用。后来他成家立业，学起了木匠，又有了自己的孩子，对养父母有了更深的了解。他在心里暗自发誓，只要养父母在一天，他就不会去寻找亲生父母。

他能感受到养父母小心地守护着和他的关系，他记得从小到大，他们搬了几次家，后来他了解，养父母一次次搬家，就是为了他的身份。养父母固执地认为，他早已不记得当年送人的细节了，只要外人不提及，大康就会把他们当成亲生父母。养父母搬家的另外原因，是担心杨明业和王秀丽还会找过来。

长大成年的大康自然理解养父母这么做的用意，他们含辛茹苦地把自己养大成人，又成家立业，良心和情感，他不忍心去背叛。前几年养父离世了，他像亲儿子一样，哭喊着把父亲送走。半年前母亲也不在了。母亲在离世前，把他喊到床前，目光落在他的脸上，千般不舍、万般不忍的样子。就是在养母临别之前，告诉了他的身世，还在枕下摸索出当年那份契约。这么多年，大康还是第一次看到这关于自己的契约。他不仅看到了养父母的名字，还看到了亲生父亲的签名，还有已不再新鲜的手印。看着亲父亲的手印和签名，他仿佛已经面对着自己的亲生父母一样。

养母最后说：孩子，把我送走，你就找你亲生父母吧，他们当年把你送给我们，他们是为了进藏，带不走你，你别怪他们。

当时大康的心里复杂得一塌糊涂。送走了养母，他用半年时间，才从悲伤中抽离出来，这么多年，他无数次想过自己的亲生父母，在梦里曾经相会，那是怎样的一番情景呀？在清醒的时候，他一次又一次想起养父母这么多年对他的养育之恩。思前想后，知道不论如何都放不下自己的亲生父母，自己该出发去找自己的亲生父母了。他不知道自己的父母还在不在了，又在何处，他找了几家部队去打听父母，也大致描述了父母的经历，后来有人给他出主意，让他到干休所去打听，这是他在四川境内找的第十三家干休所，终于在干休所门口碰到了马部长。在路上马部长已经把他父亲杨明业不在的消息告诉了大康。

那天许多人把大康和王秀丽围在中间，唏嘘过后，都替他们高兴。亲生儿子终于找上门来了。

王秀丽像做梦一样望着眼前陌生又熟悉的大康。在许多次梦里，她都和大康相见了，情形不一，这种真实的相见，她几乎不敢相信眼前的现实。大康在相见的悲喜交加中，拉过母亲的手，哽咽地说：妈，你不能再丢下我了……

半年后，顾红旗接到王秀丽的电话，在电话中王秀丽告诉他，大康要去看一眼他亲爹。顾红旗听到此，已是老泪纵横。自己的战友，依然躺在川藏公路的雪山脚下。那次，顾红旗、冷妮一起陪同大康前往的。

当大康跪在父亲的墓前，喊出一声"爸爸"时，天上飘下了雪花，纷纷扬扬的漫天大雪。

那次从西藏回来，人们突然发现，王秀丽不再发呆了。她变得有说有笑起来。她嘴里不仅总是叨叨三康了，现在又多了个大康。虽然大康已回乐山老家，但总会隔三岔五地带着一家人进城看望王秀丽。大康每次来，王秀丽都要去干休所门口等，她逢人就说：我在等大康一家。生动的神采，又一次回到了王秀丽的脸上。

大康的出现，让王秀丽不再发呆，人也活泛起来。她像每个离休老干部一样，经常和众人聚在干休所院内有说有笑，也会回忆当年峥嵘岁月，然后就一遍遍地感叹当年的日子。在众人眼中，当年那个英姿飒爽的王军医又回来了。

马　　鞭

从西藏回来后，马鞭就一直挂在墙上。顾红旗不论在哪个角落里，只要抬头都能望到这根伴随了他几十年的马鞭。乌木手柄早就有了包浆，呈褐色，皮条早已辨不出本来的颜色了，但仍有韧性。

看着马鞭，他的思绪就会穿越到过去。从当营长开始，就在用这条马鞭。这根马鞭是赵教导员的遗物。他入伍时，赵春生是他的指导员。赵指导员是个知识分子，读书看报，总离不开眼镜。他们这些战士就私下里给赵指导员起了个外号，叫"赵眼镜"。赵指导员长得白白净净，文质彬彬，说话办事总是慢条斯理。这就和当时的马连长形成了鲜明的对比。

赵指导员不仅指挥打仗，做他们思想工作，还是他们的文化教员。每次行军打仗的间隙里，他就会在空地上，支起一块黑板，一笔一画地把他们不认识的字写出来，叫他们念上几遍，然后又横撇竖捺地教他们写字。

顾红旗刚参军时总是坐不住，屁股上像长了刺，每当学习时，他就头疼。小时候，被父亲送到私塾，学过几天。他天生顽劣，总是逃学，要么就是和栓子一起做恶作剧，捉弄先生。后来父母也不再管他，任他疯跑淘气了。后来就放牛去了，直到十五岁，山下来了队伍，他跟着队伍参军了。

赵指导员对他很有耐心，经常把他叫到黑板前，手把手地教他写字。有时，还在班里把他叫出来，两个人一边散步，一边讲人生道理。马连长教会了他打仗，赵指导员教会了他做人。因为他当时年龄小，赵指导员对他很有耐心，不仅讲道理，还讲革命的意义。赵指导员深入浅出地给他打比方，形容现在他们就是黎明前的黑暗。日本鬼子占领了中国，他们作为中国军人，就要齐心协力，把日本鬼子赶出中国，建立自己的社会。未来的社会在赵指导员的描述中，充满了梦幻色彩。比如公平，正义，人人有饭吃，有衣穿，官兵平等……总之，未来的中国，在赵指导员的描述中，是那么美好。

顾红旗最初参军，一半是因为好奇，一半因为在部队有饭吃。他没有那么多未来和理想的想法。在赵指导员的点拨下，他不仅了解了现在，还看到了未来。顾红旗时常在战斗间隙里，抱着枪，倚在战壕里，望着天空，憧憬着未来，人就觉得有了奔头。顾红旗从一个混沌未开的少年，渐渐地成长为一名有理想的战士。

赵指导员在他心里就是兄长。他经常在心里把马连长和赵指导员相互做着比较。马连长是武将，赵指导员就是文官。两人一动一静，相得益彰。

顾红旗当排长那一年，赵指导员已经是营教导员了。按规定，营职军官配备马匹。赵教导员很会骑马，他说自己骑马的本领是在延安学的。在延安时，他是首长的通信员，要经常骑马送信。他离开延安时，他的首长把一根马鞭当成礼物送给了他。就是这根乌木手柄、系着皮条的马鞭。赵教导员对这根马鞭很珍惜，只要一有时间，他就把马鞭拿出来把玩上一阵子。他自己说，一看到马鞭，就想起了在延安的岁月。他和有相同经历的官兵们经常回忆在延安的美好时光。赵教导员是投奔到延安的学生，经过在延安的洗礼，他现在成为了部队的一名指挥员。

知道了赵教导员这条马鞭的来历，马鞭在顾红旗的眼里就变得神圣起来。他没有去过延安，参军之后，他才知道，延安在官兵的心里，那是革命的摇篮和圣地。所有人对延安都充满了向往。

赵教导员有了马匹之后，这根从延安带来的马鞭便派上了用场。赵教导员骑在马上的样子很潇洒，马鞭一挥，战马便向前蹿去，一副所向披靡的样子。在这之前，马营长不会骑马，因为人和马总是配合不好，经常从马上摔下来。马营长就手捂着屁股，龇牙咧嘴地冲马发脾气。

赵教导员就教马营长骑马。骑马也是门学问，不仅是骑在马背上，要达到人马合一才行。这就需要人和马有感情。每次行军打仗，赵教导员都要亲自给自己的战马喂草拌料。有时还牵着马散步，一人一马很和谐的样子。后来马营长也照做了，不久，他就再也没从马上摔下来。然后竖起大拇指冲赵教导员说：老赵，你不仅会做人的工作，连马的工作你也门儿清，我服了。其实，马营长比赵教导员还要大上两岁，自从两人做了搭档后，他一直称赵教导员为老赵，以示尊重。

马营长行伍出身，带兵打仗行，其他事总是沉不下来，凡是遇到打仗以外的事，都推给赵教导员。赵教导员的角色更像个军师和管家。

赵教导员不仅有文化，识文断字，还会唱歌。每当行军累了，赵教导员就带头唱歌。他的歌早就教会了战士们。歌声一响，他们就觉得浑身是劲了。

在顾红旗的心里，赵教导员和马营长一样重要。他那会儿就有了一个人生的小目标，做人就要做马营长和赵教导员那样的人。

直到有一年，队伍接到了反"扫荡"的任务。他们营要保护大部队撤退到山里，还要保护老百姓抢收地里的庄稼。他们在一处河滩上，和前来扫荡的日本军队遭遇了。那场战斗的确是场遭遇战。他们营刚开赴到河滩，就碰到了鬼子的大部队。马营长一声令下，让各排抢占地形，一场阻击战便打响了。

顾红旗带领全排抢占到了河滩处一个高地，成了全营的一个支点。他听见马营长喊叫道：顾红旗，你给我顶住。然后带着其他战士四散开来，寻找有利地形，人还没站稳脚跟，战斗就打响了。

因为顾红旗这个排地形有利，阻止了敌人前进的脚步，于是就招来了敌人猛烈的进攻。不仅子弹，还有敌人的迫击炮弹，纷纷地在战地上炸开。

寡不敌众，马营长已开始组织人马有序地后撤了，顶在前面的只剩下顾红旗这个排。顾红旗看见一个又一个战士倒下，他知道，自己不能撤，他们是全营最后一道屏障了。

迫击炮弹雨点似的落在阵地上，几个波次下来，全排已经剩下不多的几名战士了。日本鬼子开始发起了冲锋，如果阵地失守，撤到后面去的大部队就会受到敌人正面的攻击。顾红旗知道自己的责任。他喊了一声：上刺刀。当时顾红旗已下了最后的决心，就是死也要死在阵地上。

就在他冲出阵地的一瞬间，他的余光里，看到赵教导员，跃马扬鞭地冲了过来，他的身后是一个班的战士，赶来增援。赵教导员一马当先，一手挥舞着马鞭，另一只手握枪。敌人的冲锋被打退了，迫击炮弹又一次雨点般地落下来。顾红旗亲眼看见一发炮弹落在赵教导员的马头前，人和马被炸翻了。顾红旗大叫了一声冲过去，又一发炮弹过来，在赵教导员倒下的地方炸响。

那场遭遇战，以他们牺牲三十几名官兵为代价，还是撤退了。他们甚至来不及掩埋烈士的遗体。

当天晚上，顾红旗在马营长的批准下，又摸回到了河滩处。他们要把烈士遗体带走。可是他们不论怎么找，再也找不到赵教导员了，只在阵地的远处，找到了赵教导员的那根马鞭。马鞭上还沾着赵教导员的血迹。顾红旗知道，赵教导员被炮弹炸飞了。最后他在赵教导员牺牲的弹坑旁，装了一口袋土。给烈士们下葬时，他把那袋土埋下了，修起了一座坟头。这里葬着赵教导员和其他战友。

当他把赵教导员的马鞭带给马营长时，马营长的目光从他的脸上移到那根沾着鲜血的马鞭上，沉默了半晌，哑着声音说：这是老赵留下的唯一遗物，你负责保管吧。

从此，他保存了赵教导员的马鞭。每当他看到马鞭时，他都会想起延安和戴着眼镜笑眯眯的赵教导员。直到自己当了营长后，配备了马匹，他才把马鞭从行李里翻出来。从那以后，这根马鞭就再也没有离开过他。

队伍过长江，后来又入川，再入藏，这根马鞭和他如影随形。每每看到马鞭，似乎他就看到了赵教导员站在他的面前，和他讲道理，谈未来……

他离开守备区，调到军区之后，再也没有了马匹，出行有汽车，马鞭就放在办公室的抽屉里。工作闲暇时，他总会拉开抽屉，把马鞭握在手里，似乎自己又回到了当年。在生死关头，赵教导员策马扬鞭，来接应他。每当此时，他都会想起，在那个平原上，有一个无名氏的坟包，那里葬着一袋浸着赵教导员鲜血的土。

后来，许多人都不理解他，为什么手不离马鞭，杨明业还专门问过他这个话题。他本想找时间和杨明业好好唠唠这根马鞭在他心里的分量，可惜，杨明业却牺牲在了高原的筑路工地上。

从西藏到成都，他和冷妮离开西藏时，什么都没带。他只带回来这条马鞭，把它挂在客厅的墙上。不论从哪个方向，只要他一抬头，就能看到这条马鞭。

从继承这根马鞭开始，马鞭随着他，又经历了大半个世纪。这根马鞭就是他最好的见证。每当他在老年的光阴里，望着马鞭，回想起青春岁月，一次次战役，一位又一位战友的音容笑貌，就会过电影似的出现在他的耳中面前。他总觉得冥冥之中，赵教导员还在，就站在他的面前，目光透过眼镜片望着他，说着话。想到这儿，他的心里就再次翻腾起来。

这根马鞭在他心里的分量是任何物件都无法替代的。有几次战斗打响前，他冲历任警卫员交代过：要是俺牺牲了，请把马鞭收好，把它和我埋在一起。历任警卫员都知道这根马鞭的来历。

老年时的顾红旗，经常望着马鞭呆想，他的表情一会儿凝重，一会儿轻松。莫名其妙地笑，又不知不觉地流泪。马鞭是他大半生履历的见证，更是他的伙伴。他经常把马鞭捧在手里，用手掌一遍遍擦拭着，嘴里嘀咕道：老伙计，俺都老了，你还是当年的样子……他痴痴怔怔地打量着这条马鞭。他多么希望，自己再次骑到马上，跃马扬鞭，在战场上再驰骋一次。

梦与现实

晚年的顾红旗经常做梦。每次梦境几乎都离不开西藏,做得次数最多的梦是,他在爬雪山,一座连着一座的雪山,在梦里没有尽头。风雪弥漫的天际,混沌一片。周围都是气喘声,一匹马倒下了,又一个战士倒下了,他在梦里欲哭无泪。他还经常梦见藏光,每次梦见藏光,都是边防连大雪封山了,藏光和战士们没吃没喝的。有许多次,他从梦里醒来,仍不知身在何处。翻箱倒柜地把旧军装找出来,整齐地穿戴好。扎上腰带,背起挎包,他把自己装扮成即将出征老兵的模样,然后就要出门下楼。冷妮在梦中醒来,惊喊一声,横在他的面前:老顾,你这是要干啥呀?他把冷妮身子扒拉开,喃喃地说:边防连大雪封山了,俺要给藏光送吃的去。说完头也不回地下楼。

冷妮披上衣服就追出去,在干休所院里遇到更多的人,他们一起把顾红旗劝回来。回到家的顾红旗就清醒过来,呆呆地望着冷妮,半响才说:俺这是老糊涂了。说完就流泪,左一下右一下地把泪擦去。

再一次和冷妮重新躺在床上,他的话题就说到藏光和藏南小时候的事,他们去保育院看望两个孩子,孩子不认他们,远远地躲在一旁。提起当年,冷妮的心绪也复杂起来,哽咽着声音说:老顾,咱们这辈子最对不起的就是两个孩子。顾红旗不再说话了,他又想起在哨所旁安葬着的藏光,深深地叹口气说:这就是军人的命呀。

不知何时,他又会再次睡着,永无休止的梦境,又再一次光顾。他又开始重复穿衣戴帽、出门的情形。顾红旗在老年生活里,一半清醒一半糊涂着,自己都不知哪个是真,哪个是假。

白天的时候,他会经常一个电话,打到戍边的炮团里。戍边已经离开边防连,到炮团任营长了。有时戍边能接到,有时接不到。戍边接不到他电话时，他会坐立不安，一遍遍地走到窗前，叨咕道：戍边这孩子干啥呢？冷妮就提示他：戍边昨天不是在电话里说了么？今天他们要去训练。顾红旗就想起来了，戍边在训练。他终于沉静下来，目光透过窗子向西天望去，他知道，在西边的天际下，就是西藏，他的外孙正带着战士们，在刻苦地训练。

他在和戍边通电话时，对部队充满了好奇。他就像一位涉世不深的军事发烧友一样，问东问西，对一切都充满了好奇。戍边在电话那端就给他一遍遍解释，现在部队改革了，和以前大不一样了。不仅有炮兵团，还有机械团、电子对抗团等等。在戍边的叙述中，顾红旗仍然觉得很抽象，在他的记忆里，这一切都不曾有过。

不久，戍边休假回来，给他带来好几张光碟，在电视里放给外公外婆看。这几张光碟，刻录的是戍边部队训练、演习的实况。当电视机里一支支崭新又装有现代化武器的部队出现在他们面前时，顾红旗激动得像个孩子，拉着戍边的衣角，一遍遍地问：这是西藏现在的部队？不是演戏吧？戍边就结合着电视画面一遍遍给他解释：这是特种兵大队，还有直升机大队、炮兵团、电子对抗部队……顾红旗一双眼睛就直了。

戍边走后，他仍然会让冷妮一遍遍地把戍边带回来的光碟放给他看，每次看都觉得新鲜。当演习的炮弹铺天盖地在阵地上炸响时，他的汗毛都竖了起来，最后双眼模糊，泪水又一次浸湿了他的眼睛。有几次，他还在电视画面里看到了戍边的身影，戍边正指挥着营级炮群射击的场面，他就一惊一乍地叫道：妮子，快看，是戍边。他按捺不住，凑到电视机前，恨不能让自己融入画面中。

每天，他都会在冷妮的陪伴下，到楼下走一走，坐一坐。冷妮半搀半扶着他。他们晒太阳时，他经常沉醉地望着冷妮，笑容在脸上弥漫开，神秘地冲冷妮说：你猜俺想起啥来了？

冷妮不说话，望着孩童似的顾红旗。

顾红旗把笑又绽开一点：俺看到你在台上唱歌，就是那首《南泥湾》。说到这，他还哼唱起来，虽然音调不全，却哼得有滋有味。他的思绪又穿越到过去。

冷妮湿了眼睛，双手捉住他的手，喃喃地说：是呀，那会儿我们还都年轻，我二十岁，你三十五……

两个人的手握在一起，他们一起回忆着过去，在风雪弥漫的季节，有他们爱情的花朵在绽放。

老　　兵

2015年年初，杨戍边突然回来了，他现在是炮兵团的参谋长了。很年轻的参谋长，嘴上的胡楂刚刚长硬，但身材却出奇地魁梧。顾红旗每次看到戍边站在自己的面前，就想起年轻时的自己，目光无限留恋地在外孙身上停留。他为戍边感到骄傲。

戍边这次回来，只做了短暂停留，他悄悄地告诉外公外婆，他这次要去北京执行世界反法西斯战争胜利70周年阅兵任务。大部队已经乘着军列出发了。自己回家看眼外公外婆，马上就要追赶自己的队伍去了。戍边只在家里停留了一个晚上，第二天，他在门口向外公外婆敬个礼，就算告别了。

顾红旗望着消失在门口的外孙，半响才醒过神来，冲着空荡的门口回了个礼，回过头悄声地冲冷妮交代着：戍边是在执行秘密任务，咱们可不能乱说呀。

冷妮白了他一眼，不满地道：就你觉悟高，好像我在部队这么多年只吃干饭了。

顾红旗听了这话，就嘿嘿地笑，这么多年的岁月，老两口就是在这一问一答中度过了黄金岁月，一起又走向了风烛残年。

戍边带着自己的部队去北京执行阅兵任务。他们天天盼着，念着，等待着外孙带着他的队伍从天安门广场走过的那一激动人心的时刻。

在阅兵到来还有一个月的时间，军区和干休所的领导一起找到门上，以前这种情景只有年节时才会出现。这次不同，他们宣读了一份中央军委的命令，确切地说是份邀请函，邀请顾红旗和冷妮为阅兵代表，代表老兵接受全世界人民的检阅。

这条消息对顾红旗和冷妮来说，不亚于在他们心里炸响了一颗原子弹。老了，风烛残年了，没想到他们又领受了新的任务。而且这么艰巨，他们是代表老兵参加阅兵，接受全世界人民的检阅。

在等待的日子里，他们是亢奋的，同时也是焦虑的，他们把老军装找出来，洗了一次又一次，怕有一点不干净的灰尘。还把他们各自的军功章找出来，认真仔细地别在军装的胸口上，然后他们就日思夜想地盼望着出发的那一天。

他们出发时，也是军区两个年轻干部陪同的，火车开动那一刻，顾红旗竟又有了一种出征的感觉。他又想起当年离开乐山时，路两旁是成群结队送行的群众。此时的月台上，站满了干休所的老干部，他们真心实意地欢送他们。这些离退休老人，还一起举起手臂，为两人行着军礼。他们在火车上，透过车窗还礼，他们两眼泪花，两人深吸口气，凝重地望着车窗外，神情严峻，似乎即将迎接他们的是风，是雪山、河流……

2015年9月3日，这个日子不仅刻在了顾红旗和冷妮的生命里，也刻进了全国人民和世界人民的心里。世界反法西斯战争胜利70周年，顾红旗、冷妮，还有他们同年代的一些老军人，坐在阅兵车上，他们看到一列又一列队伍，隆隆地，迈着雄健的步伐向天安门走去。这就是他们的队伍。当年的骡马队伍，变成了钢铁雄师。参差不齐的队伍，变成了如砖垒如石削的一列又一列方队。他们铿锵地、地动山摇地在世人面前走过。

当老兵车队出发时，顾红旗大脑空蒙一片，满眼血红，他耳畔是排山倒海的口号声，他揉了揉眼睛，又狠命地掐了一次自己的大腿。他看到了一面面招展的红旗，突然，他热泪盈眶，指着前方行进的队伍说：冷妮，你看，俺看到戍边了，咱外孙走在最前面。

冷妮也哽着声音说：看见了，看见了。

受检阅的车辆，缓缓向前行驶，他听到了音乐，也听到了口号声，看到了一面又一面招展的旗帜。这段受阅路程，在顾红旗心里是那么短，又是那么漫长。事后，过去了好久，他在心里仍然久久地回味着，品咂着，这次经历，成了他一生完美的句号。

一年后，顾红旗去世，享年101岁。

根据他生前的遗嘱，他的骨灰安葬在西藏的拉萨河畔的一处山冈上。拉萨河水在他墓前静静地流过，远处就是雪山，是喜马拉雅余脉。许多当年的战友都安葬于此。他们当年奉命开拔入藏，此时，他们又回来了。他们重新集结在雪山脚下，守护着他们朝思暮念的喜马拉雅。

一个时代结束了，新的时代正在到来。